中华国学文库

孟浩然诗集校注

〔唐〕孟浩然 撰

李景白 校注

中华书局

图书在版编目(CIP)数据

孟浩然诗集校注/(唐)孟浩然撰;李景白校注. —北京:中华书局,2023.3
(中华国学文库)
ISBN 978-7-101-16115-1

Ⅰ.孟… Ⅱ.①孟…②李… Ⅲ.唐诗-注释 Ⅳ.I222.742

中国国家版本馆 CIP 数据核字(2023)第 024855 号

书　　名　孟浩然诗集校注
撰　　者　〔唐〕孟浩然
校　　注　李景白
丛 书 名　中华国学文库
责任编辑　郭睿康　刘　明
责任印制　陈丽娜
出版发行　中华书局
　　　　　(北京市丰台区太平桥西里 38 号　100073)
　　　　　http://www.zhbc.com.cn
　　　　　E-mail:zhbc@zhbc.com.cn
印　　刷　河北新华第一印刷有限责任公司
版　　次　2023 年 3 月第 1 版
　　　　　2023 年 3 月第 1 次印刷
规　　格　开本/880×1230 毫米　1/32
　　　　　印张 13½　插页 2　字数 335 千字
印　　数　1-6000 册
国际书号　ISBN 978-7-101-16115-1
定　　价　58.00 元

中华国学文库出版缘起

《中华国学文库》的出版缘起，要从九十年前说起。

1920年，中华书局在创办人陆费伯鸿先生的主持下，开始编纂《四部备要》。这套汇集三百三十六种典籍的大型丛书，精选经史子集的"最要之书"，校订成"通行善本"，以精雅的仿宋体铅字排印。一经推出，即以其选目实用、文字准确、品相精美、价格低廉的鲜明特点，最大限度地满足了国人研治学问、阅读典籍的需要，广受欢迎。丛书中的许多品种，至今仍为常用之书。

新中国成立之后，党和国家倡导系统整理中国传统文献典籍。六十馀年来，在新的学术理念和新的整理方法的指导下，数千种古籍得到了系统整理，并涌现出许多精校精注整理本，已成为超越前代的新善本，为学界所必备。

同时，随着中华民族以前所未有的自信快速发展，全社会对中国固有的学术文化——国学，也表现出前所未有的关注和重视。让中华文化的优秀成果得到继承和创新，并在世界范围内进行传播和弘扬，普惠全人类，已经成为中华民族的历史使命。当此之时，符合当代国民阅读需要的权威的国学经典读本的出现,实为当务之急。于是,《中华国学文库》应运而生。

《中华国学文库》是我们追慕前贤、服务当代的产物,因此,它自当具备以下三个基本特点:

一、《文库》所选均为中国学术文化的"最要之书"。举凡哲学、历史、文学、宗教、科学、艺术等各类基本典籍,只要是公认的国学经典,皆在此列。

二、《文库》所选均为代表当代最新学术水平的"最善之本",即经过精校精注的最有品质的整理本。其中既有传统旧注本的点校整理本,如朱熹《四书章句集注》,也有获得学界定评的新校新注本,如余嘉锡《世说新语笺疏》。总之,不以新旧为别,惟以善本是求。

三、《文库》所选均以新式标点、简体横排刊印。中国古籍向以繁体竖排为标准样式。时至当代,繁体竖排的标准古籍整理方式仍通行于学术界,但绝大多数国人早已习惯于现代通行的简体横排的图书样式。《文库》作为服务当代公众的国学读本,标准简体字横排本自当是恰当的选择。

《中华国学文库》将逐年分辑出版,每辑十种,一次推出;期以十年,以毕其功。在此,我们诚挚希望得到学术界、出版界同仁的襄助和广大读者的支持。

中华书局自1912年成立,至今已近百岁。我们将《中华国学文库》当作向中华书局百年诞辰敬献的一份贺礼,更是向致力于中华民族和平崛起、实现复兴大业的全国人民敬献的一份厚礼。我们自当努力,让《中华国学文库》当得起这份重任,这份荣誉。

中华书局编辑部

2010年12月

前　言

李景白

孟浩然，唐襄州襄阳（今湖北襄樊市）人，生于武则天永昌元年（六八九），卒于玄宗开元二十八年（七四〇）。他于两《唐书》有传，但均极简略，对其一生难以详知，兹据其全部诗作，揣摩诗意，加以排比，可以约略知其行踪。他的一生，大致可以分为四个时期：

（一）青壮年隐居与漫游时期（开元十六年以前）

他幼年自然是居住在自己的园庐里，以后才到鹿门山隐居，这从《登鹿门山怀古》、《夜归鹿门歌》两首诗可以看得出来。他隐居的过程，实际也是准备应举的过程，他在《书怀贻京邑同好》中说："昼夜常自强，词翰颇亦工。"可见他在襄阳隐居时，努力读书写作，而达到词赋工丽，这正是应举的必要条件。

与此同时，也曾到各地漫游，他的《望洞庭湖上张丞相》、《彭蠡湖中望庐山》等诗，就是漫游长江时的作品。他也曾到湘赣一带游览，《湘中旅泊寄阎九司户防》、《夜渡湘水》等诗，即为游览三湘时的作品。《下灨石》、《九日于龙沙寄刘大昚虚》则为游赣时的作品。漫游可以增长见识，陶冶美感，从而提高写作水平，所以它也是跟应举有着一定关系的。

他在青壮年时期，虽然到各地漫游，但在襄阳的时间更多，与襄阳地方官吏之间，也不免有送往迎来酬酢之事，这从约作于开元八年左右的《送贾昇主簿之荆府》、《和贾主簿升九日登岘山》等诗中可以看出。

他隐居鹿门山时，也常回他的故园，有时也参加一些轻微劳动，如其《田园作》，就是作于他三十岁时。他在《采樵作》诗中写了他上山采樵的情形，也可证明。

总之，孟浩然在四十岁以前，主要在襄阳隐居，读书写作，准备应举。除了偶然参加一点轻微劳动外，还曾到长江各地漫游。

（二）赴京应举时期（开元十六年至十七年）

《旧唐书》说他"年四十，来游京师，应进士不第，还襄阳"。他四十岁，正当开元十六年，赴京时，正是冬季，有《赴京途中遇雪》诗。开元十七年春季，考试落第。这是出乎他的意料的，因为他"昼夜常自强"，而且"少年弄文墨，属意在章句"（《南归阻雪》），勤奋读书，努力写作，在当时诗坛上也颇有好评。为此他十分愤懑、怨怼，索寞无聊，写下了《岁暮归南山》、《留别王维》诸诗。到这年秋季，秋雨连绵，使人更加惆怅，《秦中苦雨思归赠袁左丞贺侍郎》即作于此时。到了冬天，他在百无聊赖中回归襄阳。其《南归阻雪》、《唐城馆中早发寄杨使君》、《夕次蔡阳馆》诸诗，均作于南归途中。此外，《题终南翠微寺空上人房》、《题长安主人壁》、《登总持寺浮屠》、《送袁太祝尉豫章》、《都下送辛大之鄂》诸诗，盖亦作于长安应举时期，都反映了他的生活情况和思想实际。回到襄阳以后，又作了《京还赠张淮》一诗。

（三）漫游吴越时期（开元十八年至二十一年）

孟浩然于开元十七年冬季还乡之后，小住数月，心情逐渐平静，但落第的不豫，还是无法排解，遂于十八年又经洛阳转赴吴越游览，追寻山水之乐，以散心中郁闷。"山水寻吴越，风尘厌洛京。扁舟泛湖海，长揖谢公卿”（《自洛之越》），正反映了他这种心情；而“且乐杯中酒，谁论世上名”，表面上是对仕进已经淡漠，其实是落第后的自嘲之辞。

他自洛阳沿汴水东行，经亳州，转入淮水，进入漕渠，直抵杨子津，有《适越留别谯县张主簿申屠少府》、《问舟子》、《宿杨子津寄润州长山刘隐士》、《杨子津望京口》诸诗。然后渡过长江，沿官河抵达杭州，写下《与杭州薛司户登樟亭驿》、《与颜钱塘登樟亭望潮作》、《将适天台留别临安李主簿》诸诗。他离开杭州，并未直趋越州，而是溯浙江西上，游览浙江景物，然后转赴天台。《初下浙江舟中口号》、《早发渔浦潭》、《经七里滩》、《宿桐庐江寄广陵旧游》、《宿建德江》、《舟中晚望》诸诗，反映了他在这段途中的情形。其《寻天台山》、《宿天台桐柏观》、《寄天台道士》则是游览天台山时的作品。他在天台山游览之后，西北行赴越州，先到剡县，有《腊月八日于剡县石城寺礼佛》诗。自剡县沿上虞江（今曹娥江）赴越州，行抵曹娥埭，转入镜湖，有《济江问舟人》诗，其时约已开元十八年年末。

他在越州游览了各地名胜，《耶溪泛舟》、《云门寺西六七里闻符公兰若最幽与薛八同往》、《游云门寺寄越府包户曹徐起居》、《与崔二十一游镜湖寄包贺二公》、《大禹寺义公禅》、《同曹三御史泛湖归越》、《越中逢天台太一子》、《东陂遇雨率尔贻谢南池》等诗，都是开元十九年春季到秋季这段时间在越州的作品。

他在越州住了八九个月，约在开元十九年秋季，特意赴乐城（今浙江乐清县）去看望他的同乡好友乐城尉张子容。他从海路先到永嘉，适其时张子容也来到永嘉，在上浦馆相会，盘桓数日，二人同回乐城度岁。到开元二十年，孟浩然再经永嘉返越州，张子容又送至永嘉。《岁暮海上作》、《宿永嘉江寄山阴崔国辅少府》、《永嘉上浦馆逢张八子容》、《岁除夜会乐城张少府宅》、《除夜乐城逢张少府作》、《初年乐城馆中卧疾怀归》、《永嘉别张子容》诸诗，正表明了这一段经历。

孟浩然回到越州，张子容又有长安之行，二人于越州又相会，孟有《越中送张少府归秦中》诗。从他《久滞越中赠谢南池会稽贺少府》的"未能忘魏阙，空此滞秦稽。两见夏云起，再闻春鸟啼"句，可以看出他在越州一带逗留了两三个年头。

随后他从越州出发，溯长江、经广陵、浔阳，然后转入汉水还襄阳。沿途写了《广陵别薛八》、《晚泊浔阳望香炉峰》、《自浔阳泛舟经明海》、《归至郢中》、《仲夏归汉南园寄京邑旧游》诸诗。他回到襄阳，大概已是开元二十一年了。

（四）晚年隐居时期（开元二十一年至二十八年）

他从吴越归来之后，渐入老境，除入蜀作短时漫游外，都在襄阳隐居。这期间张子容休沐还乡，二人饮宴唱和，诗作不少。游蜀之作有《入峡寄弟》、《途中遇晴》、《行至汉川作》诸诗。与张子容有《奉先张明府休沐还乡海亭宴集》、《同张明府碧溪赠答》、《秋登张明府海亭》、《寒夜张明府宅宴》、《同卢明府饯张郎中除义王府司马海园作》、《送张郎中迁京》诸诗。与此同时，韩朝宗曾邀他去面见皇帝，遭到他的拒绝。《韩大使东斋会岳上人诸学士》、《送韩使君除洪州都督》、《和于判官登万山亭因赠洪府都督韩公》诸诗，就作于此时。

开元二十五年，张九龄贬荆州长史，署孟浩然为从事。他曾跟随张九龄各地巡视，或祭祀山川，或游览从猎，与之唱和，有《从张丞相游纪南城猎戏赠裴迪张参军》、《陪张丞相祠紫盖山途经玉泉寺》、《陪张丞相登嵩阳楼》、《陪张丞相自松滋江东泊渚宫》、《和张丞相春朝对雪》诸诗。约在开元二十六年，他辞去从事。可见这时他对仕进已经兴趣不大，再没有青壮年时期那种气概了。

开元二十八年，他的好友王昌龄来到襄阳，饮宴甚欢，当时孟浩然"疾疹发背，且愈"，由于食鱼，病复发作，"终于冶城南园，年五十有二"。《送王昌龄之岭南》，盖其最后之作。

孟浩然终生布衣，与隐逸结下了不解之缘。因此，无论史学家、文学家谈到孟浩然都强调他的隐士身份，这自然是无可厚非的。然而这当中有两种偏向：

第一是把他看成浑身静穆、始终如一、完全纯粹的隐士。这可以李白为代表。其实孟浩然的隐逸，各时期是有不同特色的。在青壮年时期，他的隐逸与读书写作、准备应举密切结合。由于他对应举具有一定的自信，这时他的隐逸带有乐观的、奋发向上情绪。他这段时期的作品，大体都具有一种愉快而开朗的倾向。

到了长安应举时期，情况起了变化。根据他的写作水平与当时的声望，考取一名进士应该是不成问题的，然而却意外地落第了。这使他愤懑、怨怼，甚至对当今皇帝流露出不满，还不免有一些耻辱的心情。如果说他青壮年时期的隐逸是主动的，而又带有一些浪漫主义色彩的话，那么他这时期的隐逸却带有被动和不得不如此的因素。他这时期的作品，具有愤懑不平、怨怼之气，甚至某种内疚的倾向。

随着时间的推移，愤懑、怨怼的心情逐渐平静，然而郁闷不豫的情绪，一时还难于疏解，于是有三年的吴越之游，以寻求山水之乐。他这时的作品，既多写山水之美，却又经常地流露出隐逸之情，在这个时期里，他的隐逸是伴随着山水之乐的。与此同时，他也并未完全忘情仕进，在越中他不止一次地表明了"未能忘魏阙”的想法。这里我认为除了表明他并未忘情于仕进外，还有一点值得我们深思：青壮年时期，准备应举，为什么没有这种话语，而在游越时期反而再三地如此表白？我以为这是由于应举落第，一时气愤，诗作之中，表现出决绝，甚至对皇帝有不满情绪。时光不断流逝，心情逐渐平静，也感到有点无味甚至过分，因而才有这种一再表白。他这一时期的诗作，大多具有平静、淡泊，甚至带有一点开朗的倾向。

游越归来之后，渐入老境，已进入晚年时期，这时他的隐逸与过去几个时期又有所不同。过去的隐逸，尽管结合着各种不同情绪，从而各具特色，然而纠缠着仕进，却是共同的。而这一时期，他已不再考虑仕进，所以韩朝宗邀他赴京，面见皇帝，也遭到他的拒绝。可见，这时他的隐逸倒是比较纯粹的。

第二个偏向是强调他隐逸与仕进之间的矛盾。最早提出这个问题的，大概是闻一多先生，以后有些文学史便沿用了这个观点。但我以为他的隐逸虽然在相当长的时期，伴随着仕进，可是并不矛盾，因为孟浩然的隐逸是以儒家思想为基础的。儒家虽然积极求仕，然而也是讲隐逸的。孔子就说过：“隐居以求其志，行义以达其道。”（《论语·季氏》）“天下有道则见（现），无道则隐。”（《论语·泰伯》），“用之则行，舍之则藏。”（《论语·述而》）都表明了儒家是根据不同情况来处理“隐”与“仕”的关系，两者是和谐统一的，而不是矛盾的。

孟浩然的诗，今存二百六十馀首。就其思想内容看，所反映的生活面，是比较狭窄的。但也有一定的进步意义。

首先，他虽然隐逸，但有着积极用世、报效国家的壮志。他的诗里，不止一次地提到“鸿鹄志”、“壮图”、“壮志”。他的“壮志”究竟是什么呢？如果按《秦中感秋寄远上人》的“黄金燃桂尽，壮志逐年衰”看，“壮志”当然指的是功名仕进。但是我们也必须看到，“功名仕进”是手段而不是目的，有的人追求功名仕进是为了光宗耀祖，有的人则是为了发财致富，有的人则是为掌握权力，欺压百姓，有的人则是为了济世安民，致国家于富强等等。那么孟浩然追求功名仕进的目的又何在呢？这在他自己的作品里，表现得不那么明显，不像李白要求自己“济苍生”，“安社稷”，“使寰区大定，海县清一”；也不像杜甫“穷年忧黎元，叹息肠内热”、“致君尧舜上，再使风俗淳”那样明确。但从他的诗歌中，互相印证，还是能看出他的“壮志”、“壮图”、“鸿鹄志”的基本内涵。

他在《仲夏归汉南园寄京邑旧游》中说：“余复何为者，栖栖徒问津。中年废丘壑，上国旅风尘。忠欲事明主，孝思侍老亲。”这是他游越归来之后，回忆进京应举的本意，表明了他“忠欲事明主”的思想。古人把“君”看成是“国”之象征，“忠君”即所以“为国”，他的“魏阙心恒在”、“未能忘魏阙”都具有同样的含意。

再从他所推崇的人物看。他在诗中一再提到屈原，“三湘吊屈平”，“吊屈痛沉湘”，他凭吊屈原，崇拜屈原，表明了他也有爱国爱民的心迹。再从他歌颂为国从军的战士看，他的《送陈七赴西军》诗说：“君负鸿鹄志，蹉跎书剑年。一闻边烽动，万里忽争先。余亦赴京国，何当献凯还。”他认为陈七在国家有事时，争先从军，是“鸿鹄志”，并与自已赴京应举互相比附，在他看来，文武虽为两途，但为国却是一致的。他在《送告八从军》诗中又进一步说：“男儿一片气，何必五车书。好勇方过我，才多便起余。……正待功名遂，从君继两疏。”认为只要能为国做点事，不一定非要读很多的书，把为国家做贡献放在首要地位，并且还表示愿与告八一起功成身退。他还有直接表示忧民思想的诗，如《田家元日》："我年已强仕，无禄尚忧农。"从这些诗作中互相印证，可以看出，孟浩然的"壮志"，实际上包含了为国为民的思想。

其次，他对自己怀才不遇，表示了悲愤；对政治上的黑暗，表示了不满。他这种思想开始于应举落第之后。他入仕无门，愤怨地发出了"北阙休上书"的呼声，甚至指责玄宗李隆基"弃"掉了他。他逐渐悟出了一个道理：埋没人才，不单纯由于皇帝的"不明"，更重要的还由于官僚制度与官场的黑暗。他在《秦中苦雨思归赠袁左丞贺侍郎》诗中说："岂直昏垫苦，亦为权势沉。"这诗作于落第之后的几个月，心情的苦恼，固然与"苦雨"有关，但更大的苦恼，却在于"权势沉"。如果说"权势"二字，在这首诗里还有些朦胧，那么在《留别王维》诗里就十分明确了。他说："当路谁相假？知音世所稀。"在《田园作》诗里，更进一步地说："乡曲无知己，朝端乏亲故。谁能为扬雄，一荐《甘泉赋》。"在《送丁大凤进士举》也说："惜无金张援，十上空归来。"总之，他清楚地认识到他的落第主要由于朝中无人，没有高亲贵友的援引所致。他愤怒抨击当时的社会是"世途皆自媚，流俗寡相知"(《晚春卧疾寄张八子容》)。他又借道士云公的口指责当时的社会是"物情趋势利"(《山中逢道士云公》)。他对当时官场的混浊，社会的黑暗，是带有愤懑之情的。

他对怀才不遇的人，表现出深刻的同情。他在《晚春卧疾寄张八子容》中说："贾谊才空逸，安仁鬓欲丝。遥情每东注，奔晷复西驰。常恐填沟壑，无由振羽仪。"张子容是他最要好的朋友，他对好友倾吐心中积愫，感情是十分真挚的。他以贾谊自比，贾谊虽有才能而无法施展，自己又何尝不是有着类似的遭遇！时光流逝，年龄渐老，常有无所作为而悄然没去的恐惧。但看来这似乎又无法避免，便只好归之于“命”了。他在《洛中访袁拾遗不遇》中说：“洛阳访才子，江岭作流人。”用潘岳《西征赋》“贾生洛阳之才子”典，以袁拾遗暗比贾谊，表明了对袁的推崇，而袁的怀才不遇，引起了孟浩然深刻的同情。宋刘辰翁评此诗为“便不着字，亦自深怨”，是很有见地的。

第三，他歌颂重然诺的侠义精神和不同流合污的高尚品格。司马迁是推崇侠义精神的，故于《史记》中专为游侠立传。序文云：“今游侠，其行虽不轨于正义，然其言必信，其行必果，已诺必诚，不爱其躯，赴士之阨困，既已存亡死生矣，而不矜其能，羞伐其德，盖亦有足多者焉。”司马迁这话讲得相当全面，既指出游侠的缺点，又热情洋溢地歌颂了他们的可钦佩的一面。孟浩然对于这种侠义精神是表示欣赏和赞扬的。他在《醉后赠马四》诗中说：“四海重然诺，吾尝闻白眉。秦城游侠客，相得半酣时。”其《送朱大入秦》诗云：“游人五陵去，宝剑直千金。分手脱相赠，平生一片心。”看来马四、朱大都是游侠一类的人物，他歌颂了他们“其言必信”、“已诺必诚”的性格，又以馈赠宝剑的行动，表明了对侠义之士的倾心。

他的诗中有一篇《赠萧少府》，赞扬萧少府做官能够出汙泥而不染，能够不与世俗同流合污，说他“处腴能不润，居剧体常闲”；称赞他坚决铲除奸诈，使得世风、吏风都有所改变，“去诈人无谄，除邪吏息奸”；赞扬他的心地纯洁，有如“明月在澄湾”。对萧少府的赞扬，实际上是赞扬了高尚的品德与纯洁的心灵。

第四，他写了大量的山水诗和一些田园诗，这在他全部诗中佔有最大的比重，也最能代表孟诗的风格，历来称孟浩然为山水田园诗人，就是根据这种情况说的。

在山水诗中，他虽然流露出一些消极情绪，然而主要的还在于歌颂祖国大自然山河优美的景色以及田园的朴质风光，给读者以美的享受，质朴的熏陶；反映了唐代部分中小地主阶级知识分子的生活情趣和他们的理想与追求。我们无妨以《彭蠡湖中望庐山》为例：

太虚生月晕，舟子知天风。挂席候明发，渺漫平湖中。中流见匡阜，势压九江雄。黯黮凝黛色，峥嵘当曙空。香炉初上日，瀑布喷成虹。久欲追尚子，况兹怀远公。……寄言岩栖者，毕趣当来同。

这首诗固然有消极隐逸思想，然而所描写的山河优美壮丽，予人以深刻的印象。读这首诗的人一般说来是不大注意那点隐逸思想的，而对于庐山、彭蠡湖的色泽美、雄壮美则会不期而然地产生浓厚的兴趣，从而对祖国山河产生热爱的感情。

他的田园诗的数量大大少于山水诗，其最著名者，有《过故人庄》，诗中称"田家"为"故人"，故人相"邀"我即"至"，而最后两句，大有不邀自来之势，这一切都说明作者与田家的亲密无间，与劳动人民能建立这种质朴而纯真的感情，是颇为难得的。

此外，从《南山下与老圃期种瓜》可看出他是与"老圃作邻家"，并且还和老圃一道种瓜。其《东陂遇雨率尔贻谢南池》云："余意在耕凿，问君田事宜。"表明了他是很注意农事的。其《田家元日》云："桑野就耕父，荷锄随牧童。"《采樵作》云："采樵入深山，山深树重叠。……长歌负轻策，平野望烟归。"这都说明他参加过轻微劳动，他与劳动人民感情的融合，便是以此为基础的。

唐玄宗是"盛世明主"，但也是"衰世昏君"，所以孟浩然生活的时代是一个由盛转衰的时代。在“政治清明”的背后，隐藏着黑暗与危机，在“社会升平”的背后，隐藏着不平与混乱。孟诗对这种现实是有所反映的，对一部分地主阶级知识分子的理想与追求，也是有所反映的。但是我们也应看到，孟浩然生活比较简单，除了四十岁进京应举外，基本上过的是隐居与漫游的生活，所接触的人物也不多，主要的是官吏，少数的是道士、和尚与农民，一句话，生活面比较狭窄。这反映到他的诗里，便是内容不够丰富。宋代的苏轼批评孟浩然的诗是“韵高而才短，如造内法酒手，而无材料耳”（《后山诗话》引）。苏轼所谓“才”，不知指的是“才学”、“才情”抑或是“才华”，根据“韵高”看，似乎指的不是“才情”与“才华”，再从后面的“材料”看，似乎指的是“才学”。古代文人强调读书，把“书”看成为创作的源泉，他所谓“才短”，可能就是指的这方面。清施闰章的评语，可作注脚。他说：“坡公谓浩然诗韵高才短，嫌其少料。评孟良是，然坡诗正患多料耳。坡胸中万卷书，下笔无半点尘，为诗何独不然？”（《蠖斋诗话·诗用故典》）他称坡公“多料”是因他胸中有“万卷书”，可见苏轼批评孟浩然“才短”、“无材料”是指孟浩然读书少。这里严羽的话还可以作为佐证。他说：“孟襄阳学力下韩退之远甚，而其诗独出退之之上者，一味妙悟而已。”他认为孟浩然诗之所以高于韩退之的原因，是在于“妙悟”。严羽以禅喻诗，他的见解是否准确，姑不置论，但他所说的“学力”，与苏轼所说的“才”、“材料”，当为一意，亦即读书之谓。但是我们说，如果“才”、“材料”指思想内容、生活内容，那倒是更为合适的。

下面我们再看一下孟诗的艺术风格。

孟浩然的诗,在唐代颇有好评(见附录),这些评论,大都是从艺术角度出发的,足见唐代评论家跟我们今天在评诗的标准上是有所不同的。明确地说,唐人评诗重在艺术,而我们今天则偏重思想。思想是应该重视的,但是在极“左”思潮的影响下,把思想性强调到“唯一”的地步,从而取消了艺术性,那就不对了。我们知道诗歌是艺术,诗人作诗,体现了诗人对于美的追求,创造出优美的意境,丰富人们美的生活情趣,只要这些诗篇不是鼓吹反动思想,那就应该从美学的角度上予以肯定。

如前所述,孟浩然的作品中山水诗占有最大的比重,这自然跟他的生活经历密切相关。他在各个不同时期里,漫游是他生活的重要内容,名胜古迹,古刹道观,无不尽情游览。就是在襄阳隐居时,万山、岘山、望楚山以及汉江、北涧、岘潭都是他经常登临的处所。他对山水有着浓厚的兴趣,在各种场合,他似乎都不会忘记山水。他在《听郑五愔弹琴》诗中说:“余意在山水,闻之谐夙心。”于《经七里滩》诗中说:“为多山水乐,频作泛舟行。”在《夜登孔伯昭南楼时沈太清朱升在座》诗中说:“山水会稽郡,诗书孔氏门。”在《登望楚山最高顶》诗中说:“山水观形胜,襄阳美会稽。”在《和张明府登鹿门山》诗中又说:“弦歌既多暇,山水思弥清。”在《自洛之越》诗中还说:“山水寻吴越,风尘厌洛京。”总之,他似乎把山水看成了须臾不能或离的东西,快乐时以此作为欢愉的辅助,失意时以此作为精神的补偿。他在山水中寻找他所需要的营养,根据他自己特殊的审美情趣,挖掘山水中美的内涵。

大自然之美，是因时因地而不同的，时有四季晨昏，地有四方远近，各具特色。孟浩然对大自然的美，有着广泛的兴趣，大自然多姿多态的景色，几乎都能反映在他的诗作中。其《晚春卧疾寄张八子容》云：

南陌春将晚，北窗犹卧病。林园久不游，草木一何盛。狭径花将尽，闲庭竹扫净。翠羽戏兰苕，赪鳞动荷柄。

写晚春林园景色如画，草木茂盛，花将落尽，这都是静景；而翠鸟在兰苕上嬉戏，金鱼在水中漫游，触动了荷柄，则是动景。不仅色彩美丽，而且有一种自然界的生气。其《秋宵月下有怀》云：

秋空明月悬，光彩露沾湿。惊鹊栖未定，飞萤卷帘入。庭槐寒影疏，邻杵夜声急。佳期旷何许！望望空伫立。

明月露珠，惊鹊飞萤，庭槐寒影，邻杵夜声，把这些具有秋季特征的事物，集中起来，从而突现出秋宵景象，表现出一种幽雅的美。其《南归阻雪》诗云：

旷野莽茫茫，乡山在何处？孤烟村际起，归雁天边去。积雪覆平皋，饥鹰捉寒兔。

这是作者在开元十七年回襄阳途中所作的诗，时值隆冬，正逢大雪。作者通过细腻的观察，捕捉具有典型性的景物，刻画入微，雪景如画，表现出一种洁净的美。写傍晚则称“群壑倏已暝”（《宿业师山房待丁公不至》）；写清晨则称“山明翠微浅”（《登鹿门山怀古》）；写长江则称“大江分九派，淼漫成水乡”（《自浔阳泛舟经明海》）；写北涧则称“津无蛟龙患，日夕常安流”（《与黄侍御北津泛舟》）。描写景物，都能曲尽其妙，表明了作者对于大自然的美有多方面的兴趣：他不仅喜爱静态美，而且喜爱动态美；他不仅喜爱色彩美，而且喜欢雅淡美等等。

但是我们也应该看到，他在广泛爱好中，也有其独特的爱好，即特别喜爱清幽的美。他似乎对“清”有特殊的兴趣，他的诗篇里出现最多的词，似乎就是“清”。他称风为“清风”，称水为“清溪”、“清泉”、“清波”、“清流”、“清川”；白天则称“清昼”；夜间则称为“清夜”；早晨则称“清晓”、“清旦”；思则称“清思”；兴则称“清兴”，如此等等，不一而足。他在诗的境界上，特别喜爱创造清的境界，成为他诗歌的特有的艺术风格。他在秘省赋诗时，唱出了“微云淡河汉，疏雨滴梧桐”的名句，参与赋诗的人都“嗟其清绝”，这倒是抓住了孟诗的风格特点。杜甫也称赞他“清诗句句尽堪传”，也是强调一个“清”字。

清与幽是紧密相连的，孟浩然在爱“清”的同时，也特别喜爱“幽”，这个“幽”字，在他的诗篇中也是出现很多的一个词。他有一首诗叫作《云门寺西六七里闻符公兰若最幽与薛八同往》。当他听到“符公兰若最幽”时，便“与薛八同往”，可见他的目的在于“寻幽”。其《本阇黎新亭作》亦云：“傍险山查立，寻幽石径回。”他对山往往称“幽山”，对人则常称“幽人”，对欣赏则称“幽赏”，对兴会则称“幽兴”等等。不难看出，他的审美情趣，在于追求一种“清幽”的境界。

过去评论家都承认孟浩然“清”的艺术风格，除前所举的杜甫的评论外，高棅则称之为“清雅”（《唐诗品汇·总序》）、“清远”（《唐诗品汇·五言律诗叙目》）。胡震亨《唐音癸签》引徐献忠语云：“襄阳气象清远。”胡应麟亦称孟诗为“清空闲远”、“清空雅淡”（《诗薮·内编》卷四），又称孟诗“清而旷”。总之，对孟诗“清”的特点，都无异辞，而对其“幽”则多未提及。据我所知，似乎只有翁方纲称其诗有“清空幽冷，如月中闻磬，石上听泉”（《石洲诗话》卷一），提出“幽”的特点。将“幽”与“冷”相连，我以为不甚妥帖，然而究竟把“幽”提了出来，还是难得的。

孟浩然对大自然的景物，特别注意选取那种清而幽的景象，创造出一系列清而幽的境界，如：

时见归村人，平沙渡头歇。天边树若荠，江畔舟如月。（《秋登万山寄张五》）

散发乘夕凉，开轩卧闲敞。荷风送香气，竹露滴清响。（《夏日南亭怀辛大》）

夕阳度西岭，群壑倏已暝。松月生夜凉，风泉满清听。（《宿业师山房待丁公不至》）

移舟泊烟渚，日暮客愁新。野旷天低树，江清月近人。（《宿建德江》）

山暝闻猿愁，沧江急夜流。风鸣两岸叶，月照一孤舟。（《宿桐庐江寄广陵旧游》）

以上数例，很能代表孟诗的特色。例一是作者在万山上所见到的景物，远望天边，树矮如荠；近看江畔，舟形如月，一片静谧景象。但作者也看到了人的活动，他们只是“平沙渡头歇”，一点也不喧哗，丝毫也没有破坏这幽静的气氛。如果说这首诗由于作者使用了比喻手法，其清幽还不够突出，不够典型，那么例二便十分清楚了。诗人散发乘凉，倚窗而卧，心情闲适。这时他嗅到了一阵微风吹来的荷花香气，听到了竹叶上露水下滴的响声。荷花的香气，是轻淡的，然而可以嗅到；竹叶上露珠的下滴声，是细微的，然而可以听到，这个境界可谓清极，幽极！皮日休谓“谢朓之诗句，精者有‘露湿寒塘草，月映清淮流’，先生则有‘荷风送香气，竹露滴清响’，此与古人争胜于毫釐也。”（《郢州孟亭记》）两人诗句，风格颇为近似，可谓知言。例三与例二在艺术风格上是极相类的。诗人写时间的发展，景物的变化，日落西山，山谷晦暗，明月东上。这时诗人捕捉到的景物是“松月”、“风泉”，月光透过松枝，照射下来，好像更加深了夜间的凉爽；风声吟吟，泉流潺潺，清越之声，更增加了夜间的寂静。施补华在评论杜甫时说：“《奉先寺》诗，‘阴壑生虚籁，月林散清影”，清幽何减孟公‘松月生夜凉，风泉满清听’之句？”（《岘佣说诗》四）他认为孟浩然“松月”二句诗是“清幽”，确实抓住了这两句诗的特点。这不禁使我们想起了王维的“明月松间照，清泉石上流”（《山居秋暝》），无怪王、孟合称，二人艺术风格确有极端近似之处。例四是诗人在吴越之游期间，溯浙江而上，宿于建德所作。时已黄昏，旷野茫茫，一望无际，似乎远处的天空比近处的树木还要低。夜幕已降，明月高悬在天空，江水清明如镜，明月映入清水之中，水中之月与天空之月，交相辉映，真不知何者为天空之月，何者为水中之月。月在水中，人在舟中，的确是月与人“近”。这种情趣，似出奇想，然而却又是实实在在的景色。旷野无边，水清月明，万籁俱寂，这种境界，可谓清幽之至。胡应麟称之为“神品”（《诗薮·内编》卷六），潘德舆称之为“奇作”（《养一斋诗话》卷一），并非过誉。例五与例四大致作于同时。作者夜宿桐庐江，除了听到猿啼外，又听到风吹树叶的鸣声。这种风不是微风而是急风，水流是急流而不是细流，所以发出的声音不是“风泉满清听”，而是“风鸣两岸叶”。飒飒之声（当时正是秋季），不绝于耳，似乎不够寂静，然而明月高悬，照在沧江之上，唯有一叶孤舟，那风声不仅不感到喧闹，反而更令人感到清幽。这不禁使我们想起了“蝉噪林逾静，鸟鸣山更幽”（王籍《入若耶溪》）的诗句，看似矛盾，实更深刻。

我认为“清幽”是孟浩然诗歌艺术风格上的主要特征，这自然与诗人审美情趣密切相关，而这种审美情趣，又和他的生活、思想密切联系着。他一生大部时间是在隐逸中度过的，隐逸生活所追求的生活境界与艺术境界就是清幽。他的《夜归鹿门歌》，既能代表他的生活情趣，也能代表他的艺术情趣。在那黄昏时节，诗人乘舟回归鹿门山，这时的景况是：“鹿门月照开烟树，忽到庞公栖隐处。岩扉松径长寂寥，惟有幽人夜来去。”景物清幽，人亦清幽，人景浑然合一，生活境界与艺术境界，似乎界限也不大分明了。胡应麟认为“孟诗淡而不幽，时杂流丽”（《诗薮·内编》卷四）。孟诗杂以“流丽”的诗是有的，但为数不多，不能算作孟诗的主要特征；特别是完全否定孟诗之“幽”的主张，恐怕是很不妥当的。

孟诗在艺术风格上另一个特色是“清淡”，这个特色也早已为人们所发现，胡应麟称孟诗为“淡”、“简淡”、“清空雅淡”（《诗薮·内编》卷四、卷五）。淡的内涵，比较抽象，似难掌握。我以为就人的品格讲，所谓淡，即指淡泊；倘就审美情趣讲，所谓淡，即指雅淡，也就是不艳丽。刘辰翁在比较韦应物与孟浩然二人的风格时说：“其（按：指韦应物）诗如深山采药，饮泉坐石，日宴忘归。孟浩然如访梅问柳，遍入幽寺。二人趣意相似，然入处不同。韦诗润者如石；孟诗如雪，虽淡无彩色，不免有轻盈之意。”（《孟浩然诗集》跋语）刘辰翁这里是把“淡”与“彩色”对称的。李东阳在比较王维与孟浩然时说：“唐诗李杜之外，王摩诘、孟浩然足称大家。王诗丰缛而不华靡，孟却专心古淡，而悠远深厚，自无寒俭枯瘠之病。由此言之，则孟为尤胜。”李东阳这里是用“古淡”与“丰缛”对称的。

孟浩然写生活，大体是那些淡泊的生活，如《早发渔浦潭》的“东旭早光芒，渚禽已惊聒。卧闻渔浦口，桡声暗相拨”；《宿永嘉江寄山阴崔国辅少府》的“我行穷水国，君使入京华。相去日千里，孤帆天一涯。卧闻海潮至，起视江月斜”；《游精思观回王白云在后》的“出谷未停午，至家已夕曛。回瞻下山路，但见牛羊群。樵子暗相失，草虫寒不闻。衡门犹未掩，伫立待夫君”。都是用朴素的语言，叙述恬淡的生活，使读者感到是那么清淡，所以闻一多先生认为，《游精思观回王白云在后》一诗“淡到令你疑心到底有诗没有”（《唐诗杂论·孟浩然》）的地步。

他写自然景物很少是设色敷彩、浓妆艳抹的，大都是以素淡出之。除以上所举诗外，再如《万山潭》：“垂钓坐磐石，水清心益闲。鱼行潭树下，猿挂岛藤间。游女昔解佩，传闻于此山。求之不可得，沿月棹歌还。”从这首诗可以看出，诗人的心情是清淡的，景物的描写也是清淡的，无怪闻一多先生认为，这诗是“淡到看不见诗了，才是真正孟浩然的诗，不，说是孟浩然的诗，倒不如说是诗的孟浩然更为准确”（同上）。

总之，“清幽”、“清淡”是孟诗的艺术特色。特别是“清幽”，在孟诗中占有主要地位，孟诗的名句，大都属于这个方面，而且他所创造的清幽境界，最具有艺术魅力，最能感人。当然“清淡”的诗篇也有一些，但不及“清幽”者突出。

历代评论家对孟诗的艺术特色，评论不少，然其用词则颇不一致，除“清幽”、“清淡”之外，有的人称之为“清雅”（高棅《唐诗品汇》总序、郎廷槐《师友诗传录》六）；有的人称之为“清远”（胡震亨《唐音癸签》卷五引徐献忠语，《唐诗品汇》五言律诗叙目）；有的人又称之为“清空雅淡”，“清空闲远”，“清而旷”，（胡应麟《诗薮·内编》卷四），有的人又称之为“清空自在，淡然有馀”（施闰章《蠖斋诗话·孟诗》）。这些词语，都比较抽象，它的外延与内涵，都不是那么清晰，因此每个评论家在理解和使用它时也有所不同。而同一评论家在评论孟诗同一风格时，也常会出现不同的词语。例如：高棅既称孟诗为“清雅”，又称之为“清远”，在他的心目中，“清雅”与“清远”似乎没有多大区别；徐献忠既称之为“清远”，又称之为“闲澹”，在他的心目中，“清远”与“闲澹”似乎又是一致的；胡应麟既称之为“清空闲远”，又称之为“清空雅淡”，在他的心目中，这两个评语的意义，似乎也没有多大的分别。对孟诗艺术风格的众多评论中，用语尽管不同，而其含义基本上是一致的，可以说大体不出“清幽”、“清淡”的范围。

孟诗在艺术风格上的第三个特点是“雄浑”、“壮逸”。孟诗固然以清幽雅淡见长，然亦偶有雄浑之作，《吟谱》云：“孟浩然诗祖建安，宗渊明，冲澹中有壮逸之气。”（胡震亨《唐音癸签》引）这里谈到孟诗的渊源，其看法是否准确，姑置不论，而其评语则是有道理的。所谓“冲淡”，实即指其清幽雅淡，

"壮逸之气",即指其"雄浑开阔"。其雄浑之诗最脍炙人口者莫如《望洞庭湖上张丞相》,"八月湖水平,涵虚混太清。气蒸云梦泽,波动岳阳城"(原作"动",后人改"撼",详见本诗校注)。刘辰翁认为此诗"起得浑浑称题,而气概横绝"。胡应麟则以为"气蒸云梦泽,波撼岳阳城"是浩然的"壮语"(见《诗薮·内编》卷四)。沈德潜则认为"起法高浑,三四浑阔,足与题称"(《唐诗别裁》)。曾季貍云:"老杜有《岳阳楼》诗,浩然亦有。浩然虽不及老杜,然'气蒸云梦泽,波撼岳阳城',亦自雄壮。"(《艇斋诗话》)评论家大多数是肯定这首诗的,而且一致认为气势雄壮。

这首诗所写的景象是开阔的,雄伟的。八月秋汛,湖水为满,天水相接,混而为一;水气蒸发,雾气笼罩了云梦泽广大地区;洞庭湖水,波涛汹涌,似乎在动摇着岳阳城。境界高阔,气势雄浑。《孟集》中像这种风格的诗,的确不多,但也还有几首。例如《彭蠡湖中望庐山》:

> 太虚生月晕,舟子知天风。挂席候明发,渺漫平湖中。中流见匡阜,势压九江雄。黯黮凝黛色,峥嵘当曙空。香炉初上日,瀑布喷成虹。

这首诗描绘出大自然的广阔图景,气势磅礴,格调雄浑。辽阔无边的太空,悬挂着一轮晕月,景色微带朦胧,预示着天风将要来临。在渺漫的湖水中,遥望庐山,庐山巍峨高峻,似乎有意压住长江滔滔江流的雄伟气势。潘德舆认为,这首诗"精力雄健,俯视一切,正不可徒以清言目之"(《养一斋诗话》)。这个评语是有道理的,它的确不是那种"清幽"、"清淡"的风格,而是"雄浑"、"壮逸"的。

此外还有两首观潮诗，均作于吴越之游行抵杭州时。一首是《与颜钱塘登樟亭望潮作》：

百里闻雷震，鸣弦暂辍弹。府中连骑出，江上待潮观。照日秋云迥，浮天渤澥宽。惊涛来似云，一坐凛生寒。

另一首是《与杭州薛司户登樟亭驿》：

水楼一登眺，半出青林高。帟幕英僚敞，芳筵下客叨。山藏伯禹穴，城压伍胥涛。今日观溟涨，垂纶学钓鳌。

这两首诗评论家大都没有谈及，据我所知，只有第二首刘辰翁评曰："与《洞庭》诗称壮，实过之。"他认为这首诗的雄壮，超过了《望洞庭湖上张丞相》，这是很有眼光的。不过第一首似更雄浑。诗中用枚乘《七发》"疾雷闻百里"句意，百里之外，已闻涛声，则波涛之高，可想而知。日照天空，秋云寥远，天海相连，又似天浮海上，境界之开阔、雄伟，似乎还超过了"气蒸云梦泽"，"涵虚混太清"，遗憾的是却没有引起评论家的注意。

孟诗在艺术风格上第四个特点是"平易"、"质朴"而"自然"。在此以前的三个特点，都是从诗人所创造的境界以及诗人的审美情趣这个角度提出来的。如果从诗人对语言的使用和艺术构思的角度看，则能显示出孟诗平易、质朴而自然的风格。刘辰翁评孟诗云："浩然诗高处，不刻画，只似乘兴。"（《孟浩然诗集》跋语）正指出了孟浩然诗这方面的特点。

人事有代谢，往来成古今。江山留胜迹，我辈复登临。（《与诸子登岘山》）

这四句诗，没有难懂的字眼，也没有什么典故，所以读来易于理解。然而细想起来，又包含着一定的哲理。大至朝代更替，小至一家兴衰，一个人由少而壮，由壮而老，由老而死："人事"不停地变化着，在不停的"代谢"中。寒来暑往，春去秋来，时光不停地流逝着，从而形成了"古今"。这几句诗，不仅字句平易，道理也平易，似乎每个人都能感到。但是感到的东西，未必就是深刻理解的东西，因此往往难以道出。孟浩然却一语道破，使得读者大有"骨鲠在喉，一吐为快"的感觉。只觉得它畅快，自然而深刻，够得上是深入浅出，平易近人，自然流畅。沈德潜谓孟诗"语淡而味终不薄"（《唐诗别裁》），是有道理的。孟诗的平易自然还表现在景物的描写上，如：

八月湖水平，涵虚混太清。气蒸云梦泽，波动岳阳城。（《望洞庭湖上张丞相》）

二月湖水清，家家春鸟鸣。林花扫更落，径草踏还生。（《晚春》）

这些诗句，除"涵虚混太清"略为生疏外，也没什么难懂的句子，景物是常见的，都是写湖水，一首用"平"，一首用"清"，都是常用词，也不难理解。以常用词写常见景，却极有表现力。八月正是汛期，江河猛涨，洞庭湖有湘、沅诸水的灌注，有长江的倒灌，湖水为满，与岸相平，天水相接，波涛汹涌，这个"平"字，显示出湖水之大，也正是以下诸句的依据。二月正是枯水季节，湖（这个湖可能是襄阳附近的小湖）水自然不会太大，而且春季的水，碧蓝澄清，绝不像汛季之混浊，"清"字正表现春日湖水的景色。"清"、"平"二字，正见出平易而自然。如果说二诗后面的语句还不够"质朴"的话，那么无妨再举数例：

木落雁南度，北风江上寒。我家襄水曲，遥隔楚云端。（《早寒江上有怀》）

北固临京口，夷山近海滨。江风白浪起，愁杀渡头人。（《杨子津望京口》）

前首写秋景，木叶渐脱，北雁南飞，这些景物最具有秋季特征，诗人抓住了这个典型景象，集中描绘，使读者颇有身临秋境之感。北风呼啸，又在江边，自然更为寒冷，这就把“江上早寒”刻画入微，而在这种环境里，远方游子当然最易引起思乡之念。作者描写这个景物，语言平易质朴，既无生词，亦无僻典，淡淡写来，却能引人入胜。后首写诗人站在长江北岸，眺望长江的景象。映入眼帘的，首先是北固山和夷山，俯视江中，白浪汹涌，波浪成了白色，足见波浪之高峻，水势之湍急。字句十分好懂，质朴像白话，然而却很有表现力，很能牵动作者的心弦。此诗写于作者赴吴越时期，他行抵扬子津，是要过长江的，所以他对“江风白浪”特别敏感。“愁杀渡头人”，多么通俗，多么自然！简直平淡之极，质朴之至，然而读来却感到真挚深厚。这个抒情的句子，就是以上面景物描写为基础的，两相映衬，既显景真，亦显情真。皮日休所谓“遇景入咏，不拘奇抉异，令龌龊束人口者，涵涵然有干霄之兴，若公输氏当巧而不巧者也”（《郢州孟亭记》），倒是抓住了孟浩然在景物描写上的一个主要特点。孟浩然的山水诗大都具有这种平易、质朴而自然的风格，不再详举。

他又善于用平易、质朴而自然的语言描写他生活的各个方面，他多次漫游，写了不少在旅行中心情感受的诗。例如：

挂席几千里，名山都未逢。泊舟浔阳郭，始见香炉峰。

尝读远公传，永怀尘外踪。东林精舍近，日暮空闻钟。（《晚泊浔阳望香炉峰》）

历代评论家对此诗都很赞赏，有的称为“自然高远”（吕本中《童蒙诗训》）；有的称之为“色相俱空，政如羚羊挂角，无迹可求，画家所谓逸品”（《带经堂诗话·入神类》），这些评论都是根据后四句，就诗的意境上讲的。依我看来，这首诗意境上是有些高远空灵的味道，这是来源于佛家的尘外之想，但这点尘外之想，并不足取，如果从意境来说，似乎还不及上面所讲的那些清幽之诗。我以为本诗高明之处主要在于它的平易自然，无雕琢造作的痕迹。施补华注意到它“全首不对”、“妙极自然”（《岘佣说诗》一〇），沈德潜认为这首诗，“通体俱散”，“兴到成诗，人力无与”（《说诗晬语》卷上）。这些评论倒是比较符合实际的。

他写春眠初醒的感受，也是平易而自然的：

春眠不觉晓，处处闻啼鸟。夜来风雨声，花落知多少。（《春晓》）

这首小诗，写清晨初醒一刹那的感受，从艺术构思上看是很平淡的，谁没有春眠初醒的经历呢？香甜的春睡，一觉醒来，听到了鸟啼，啼声并非来自一处，而是“处处”。鸟啼之声，充满寰宇，这就能把读者带进无比广阔的大自然，使读者去体味大自然春日早晨的无限生机。而诗人又想到昨夜风雨，春花必然受到摧残，不免又产生一丝惋惜的味道。诗作虽短，感触颇深，刘辰翁评为：“风流闲美，正不在多。”道出了部分道理。这首诗平易自然的风格是很突出的，既无雕琢之痕，亦无造作之态，平铺直叙，似摆家常，信为佳作。众多选本，大多选有此诗,不为无故。

应邀吃饭,本是人之常情,孟浩然这种诗作,也显露其平易自然的风格,如:

> 故人具鸡黍,邀我至田家。绿树村边合,青山郭外斜。开筵面场圃,把酒话桑麻。待到重阳日,还来就菊花。(《过故人庄》)

顺叙写来,事情经过极为清晰,表现出作者与农民间质朴的感情。而语言平淡,正与质朴的感情恰相合拍。更突出了孟诗那种平易、质朴而自然的风格。方回评此诗"句句自然,无刻画之迹"(《瀛奎律髓》);冒春荣认为"诗以自然为上,工巧次之",并认为孟浩然《过故人庄》是"不事工巧极自然者"(《葚原说诗》卷一),两家评论都是颇为中肯的。

孟浩然为诗,伫兴而作,语出自然,不事雕琢,从而形成其平易、质朴而自然的风格,本来是值得称赞的。然而王士禛以为孟诗"未能免俗"(《渔洋诗话》卷上五二);叶燮以为"孟浩然诸体,似乎澹远,然无缥渺幽深思致,如画家写意,墨色都无。苏轼谓'浩然韵高而才短,如造内法酒手,而无材料',诚为知言。后人胸无才思,易于冲口而出,孟开其端也"。王士禛的所谓"俗",盖即指其平易、质朴而言的,这个评论,不免偏颇。而叶燮的"后人胸无才思,易于冲口而出,孟开其端"的说法,我们则更未能苟同。孟诗平易、质朴而自然,绝非"冲口而出"者,那是经过诗人仔细深入的观察,而以平淡出之,正所谓"寄至味于平淡"(刘大勤《师友诗传续录》一五),绝非浅俗可比。试问:"天边树若荠,江畔舟如月";"荷风送香气,竹露滴清响";"松月生夜凉,风泉满清听";"野旷天低树，江清月近人”；“风鸣两岸叶，月照一孤舟”；“莫愁归路暝，招月伴人还”；“人事有代谢，往来成古今”……这些诗句“俗”乎？“冲口而出”者乎？倘若不是对自然、社会有深入的观察，倘若不是对美有执着的追求，倘若不是对美有深入的体会，如何能创造出如此优美的境界，如何能写出如此清幽的诗篇？我看王士源称其“匠心独妙”（《孟浩然诗集序》），陶翰称其“匠思幽妙”（《送孟大入蜀序》），王世贞称其“造思极苦，既成乃得超然之致”（《艺苑卮言》卷四），倒还有些见识的。朱承爵称“孟浩然眉毛尽落，皆苦吟之验”（《存馀堂诗话》），虽系传闻，亦非无稽。至于叶燮“冲口而出”的指责，他的学生薛雪就很不以为然，他在《一瓢诗话》五八就指出：“前辈论诗，往往有作践古人处。……‘后人胸无才思，易于冲口而出，孟开其端也。’此是过信眉山之说，作践襄阳语也。假如‘气蒸云梦泽，波撼岳阳城’，亦冲口而出者所能道哉？”这是薛雪直接驳斥他老师叶燮的。两相比较，显然是薛雪的意见更符合孟浩然的实际。

总而言之，孟诗在反映社会生活上，不够深刻，所涉及的生活面也比较狭窄，但在思想上有一定的进步意义，也是无法否认的。至于孟诗的艺术成就，那是比较突出的。他以山水田园、漫游隐逸为诗歌的基本内容，在美的追求上有独特的情趣，创造出清幽雅淡的境界，能给予读者以幽美的享受，在美的陶冶中，不期然地产生悠然神远的情趣，对于读者美好情操的培养，是颇为有益的。加以他那平易、质朴而自然的诗风，可谓别具一格。这就为盛唐时代众花竞艳的百花园里，增添一种幽香淡雅的花卉，在有唐一代，孟浩然正是这一流派的开创者。

本书校勘以明刊本为底本,这是由于《四部丛刊》据此影印,《四部备要》据此排印,因而这个本子最为通行的缘故。

《孟浩然诗集》最早的本子当然是唐本,那是天宝四载,王士源将搜集到的孟诗,汇编成册的。天宝九载,韦滔见到时,已经是“书写不一,纸墨薄弱”,因此他重新缮写,增其条目,并送上秘府保存。这是《孟集》最早的本子,然而这个本子早已亡佚了。

宋代的本子当不止一种,但我们今天所能见到的只有蜀刻本一种。这个本子收诗二百一十首,而王士源《序》称收诗二百一十八首,与《序》相差八首。宋晁公武《郡斋读书志》云:“孟浩然诗一卷……,所著诗二百一十首,宜城处士王士源序次为三卷,今并为一,又有天宝中韦縚(滔)序。”晁氏所见,当为唐本,与宋蜀刻本基本相同,可见宋蜀刻本是最接近唐本的一个本子。这是我在校勘中最重要的依据之一。

明代本子较多,除以上所说的明刊本外,又选用了明活字本和汲古阁本。明活字本历来为版本家所珍视;而汲古阁本是毛晋根据宋本、元刘须溪评本、明弘治关中刻本校勘而成的一个新的本子(他虽然在《后记》中说“悉依宋刻”,“不敢臆改”,然而实际上改动还是不少的)。这个本子的校勘记,记录了宋、元、明各本的不同,这对我的校勘极为有益,而对读者亦有参考价值,以是大都采用。此外藻翰斋本也是一个比较好的本子,但未能借到,缩微胶卷只拍摄了开端极小部分,所以无法充分利用。尽管如此,对于我的校勘工作也是有帮助的。

清代本子则还用了碧琳瑯馆重刊本。这个本子是以明凌濛初本为底本而重刊的，朱墨二色套印，保存了宋刘辰翁、明李梦阳评语。

《全唐诗》虽然成书于清康熙年间，然而它是根据明胡震亨的《唐音统签》和清季振宜的《唐诗》校补而成的，经过几代人的校补，一般说来较为平实，具有重要的参考价值。可惜其校勘记只注"一作某"，而未注明某本。所以对《全唐诗》的校勘记采用较少。

《文苑英华》这部总集，成书于宋太平兴国年间，时间更早于宋蜀刻本。该书著录孟诗九十馀首，将及宋本《孟集》之半，特别是周必大等人的校勘记，从中我们可以看出周氏所据宋本与宋蜀刻本之异同。此书及其校勘记也是我校勘时的重要依据之一。

较早的选本，如唐殷璠的《河岳英灵集》、芮挺章的《国秀集》、韦庄的《又玄集》、韦縠的《才调集》，宋王安石的《唐百家诗选》、蔡正孙的《诗林广记》，元方回的《瀛奎律髓》及明初高棅的《唐诗品汇》等选本，均选有孟诗。由其时代较早，颇足珍贵，故都予以充分利用。

诗篇的排列，当然以编年为最好，但对孟的多数诗篇，一时尚难于判断写作年代，故仍依明刊本编排。

本书"附录"部分，包括历代评论、孟浩然传记及唐本原序诸内容。历代对孟诗的评论颇多，难以全录，仅选录一部分。选录的标准是：具有代表性者；意见不同，针锋相对者；用比较法说明其风格之异同者；从文学发展角度说明其流变者等等。至于所列各条，乃随读随记，前后次序，则未遑按时排列。孟浩然传记见于《旧唐书》、《新唐书》及《唐才子传》，照录原文，以资参考。唐本王士源序，明活字本、汲古阁本与底本同，但与宋蜀刻本、明藻翰斋本出入较多，而宋本与藻翰斋本又不尽相同。今用此二本校勘，择要录出异文。至于韦滔重序，明活字本、汲古阁本俱不载，仍用宋本、藻翰斋本略加校勘，以备读者参考。

凡　例

一、本书校勘，用书较多，为节约篇幅，全用省称。宋蜀刻本简称宋本（但在引用周必大或毛晋校勘记时，该校勘记所引宋本与蜀刻本有差异时，始用全称），明活字本简称明活本，汲古阁本简称汲本，清碧琳琅馆重刊本简称清本，《文苑英华》简称《英华》，《唐百家诗选》简称《诗选》，《诗林广记》简称《诗林》，《瀛奎律髓》简称《律髓》，《河岳英灵集》简称《英灵集》；其不便省称者，则仍用全名。

二、本书校勘中对於异文的处理，以力求符合诗意为原则。为了使读者了解各本情况，一般将所据各本的异同，依次列出，读者亦可从中判断校者的校改是否恰当，以期共同研讨。

三、对于都能讲通的异文，一般选用较古之本，以求古本之真。

四、他人之作，有混入《孟集》者，由于底本及其他各种版本亦多收录，故仍予以保留，但在注释中加以说明。有的诗有人疑非孟作，但未取得一致意见，而各本又均收录，对於这类诗作亦予保留，亦在注释中加以说明。

五、本书校、注合一，先校后注，不另立校勘记。

六、对于诗中的难词、典故、史实、人名、地名以及前人诗文等尽可能追本求源,注明出处。重出者一般只注见某首某注,惟对取义不同者,另作补充。但对字句一般不作串讲。

七、过去对于某诗有评语者,选辑一部分,附于该诗之后,注明出处。清碧琳瑯馆重刊本《孟浩然诗集》原有宋刘辰翁、明李梦阳评语,本书选择录用,不再注出处。

目　录

孟浩然诗集校注卷第一

五言古诗

五言排律

孟浩然诗集校注卷第三

五言律诗

七言律诗

五言绝句

附录

孟浩然诗集校注卷第一

五言古诗

寻香山湛上人〔一〕

朝游访名山，山远在空翠〔二〕。氛氲亘百里〔三〕，日入行始至。谷口闻钟声，林端识香气〔四〕。杖策寻故人〔五〕，解鞍暂停骑〔六〕。石门殊豁险〔七〕，篁径转森邃〔八〕。法侣欣相逢〔九〕，清谈晓不寐。平生慕真隐，累日探灵异〔一〇〕。野老朝入田〔一一〕，山僧暮归寺〔一二〕。松泉多逸响〔一三〕，苔壁饶古意。愿言投此山〔一四〕，身世两相弃〔一五〕。

〔一〕题目：明活本、清本、《全唐诗》同。宋本、《英华》、汲本"湛"作"堪"。《孟集》中尚有《还山贻湛法师》一诗，"湛上人"当即"湛法师"，"堪"盖形近而误。上人：对僧人之尊称，言其德行至上。《摩诃般若经》："一心行阿耨菩提多罗三藐三菩提，心不散乱，是名上人。"《世说新语·文学》："殷中军读小品。"刘孝标注引《语林》："且己所不解，上人未必能通。"这是王羲之尊称支道林的话。本诗"湛上人"疑即僧湛然。参看《还山贻湛法师》注〔一〕。

〔二〕在:宋本、明活本、汲本、《全唐诗》等,同。《英华》作“若”,非。空翠:天空高远处呈翠色,故称高空为空翠。

〔三〕氛氲:宋本、明活本、汲本、《全唐诗》、《品汇》同。《英华》作“气氲”,非。山间云气弥漫之貌,称氛氲。《文选·谢惠连·雪赋》:“其为状也,散漫交错,氛氲萧索。”李善注:“氛氲,盛貌。”

〔四〕谷口二句:宋本在“苔壁饶古意”句之后。根据诗意看,作者是早晨出游,先远望山景,然后行至山下,接着便听见钟声,嗅到香气,以后见到湛上人,与湛上人清谈。用的是顺叙写法,放在与湛上人会面之后,便不甚合理,显得层次混乱。当系传抄中的错乱。

〔五〕杖策:“杖”通“仗”,意犹持。《书·牧誓》:“王左杖黄钺。”策,马鞭。《礼记·曲礼》:“君车将驾,则仆执策立于马前。”杖策,意即执鞭。

〔六〕骑:带有鞍辔的马。《战国策·赵策二》:“赵地方二千里,带甲数十万,车千乘,骑万匹。”

〔七〕豁险:原作“壑险”。宋本、汲本作“豁阴”。明活本、《英华》、《全唐诗》作“豁险”,据改。《文选·左思·蜀都赋》:“峻岨塍埒长城,豁险吞若巨防。”刘逵注:“豁,深貌也。”

〔八〕篁:竹。《说文》:“篁,竹田也。”因称竹为篁。径:汲本、《全唐诗》、《英华》同。宋本、明活本作“径”,意同。《玉篇》:“径,路径也。”森:汲本、明活本、《全唐诗》、《英华》同。宋本作“深”。邃:《说文》:“邃,深远也。”

〔九〕法侣:同奉佛法,故曰法侣。犹言同道。

〔一〇〕探灵异:《英华》同。宋本、汲本作“求灵异”。明活本、清本、《全唐诗》作“探奇异”。《品汇》作“探多异”。

〔一一〕入田:《英华》、明活本、《品汇》、清本、《全唐诗》同。宋本、汲本作“入云”。野老指农夫,则以“入田”为佳。

〔一二〕暮:宋本、明代各本及《全唐诗》同。《英华》作“慕”,盖音同形近而误。

〔一三〕逸：原作“清”。宋本、汲本、清本、《全唐诗》作“逸”，据改。

〔一四〕愿：犹每。《诗·邶风·二子乘舟》：“愿言思子，中心养养。”毛传：“愿，每也。”言：语助词。

〔一五〕两：宋本、明活本、汲本、《全唐诗》同。《英华》作“永”，误。

刘辰翁曰：幽致正在里许。

张谦宜《𬘓斋诗谈》卷五：《寻香山湛上人》真味性灵在字句外，古诗正派。

云门寺西六七里闻符公兰若最幽与薛八同往〔一〕

谓余独迷方〔二〕，逢子亦在野。结交指松柏〔三〕，问法寻兰若。小溪劣容舟〔四〕，怪石屡惊马〔五〕。所居最幽绝，所住皆静者〔六〕。密篠夹路傍，清泉流舍下〔七〕。上人亦何闻〔八〕，尘念俱已舍〔九〕。四禅合真如〔一〇〕，一切是虚假。愿承甘露润〔一一〕，喜得惠风洒〔一二〕。依止此山门〔一三〕，谁能效丘也〔一四〕。

〔一〕题目：明活本、《全唐诗》同。《英华》“往”作“造”。宋本作“云门兰若与友人同游”。汲本依宋本，但改“游”为“往”。云门寺：《嘉庆重修一统志（以下简称清一统志）·浙江·绍兴府》：“云门寺在会稽县云门山，晋王献之居此。义熙三年，有五色祥云见，安帝诏建寺，号云门。”符公：未详。薛八：《孟集》中尚有《夜泊牛渚趁薛八船不及》、《广陵别薛八》二诗，则薛八当系浩然好友，未详其名。兰若：梵语称僧人居处为阿兰若，简称兰若。〇本诗当作于滞居越州期间，约在开元十九年前后。

〔二〕独：《英华》、明活本、汲本、《全唐诗》、清本同。宋本作“游”。

〔三〕指松柏：喻友情之深，有如松柏之长生及其不畏严寒的性格。

〔四〕劣：仅。《宋书·刘怀慎传》："德愿善御车，尝立两柱，使其中劣通车轴，乃于百馀步上振辔长驱，未至数尺，打牛奔从柱间直过。""劣容舟"，即仅能容舟，言小溪之狭窄。

〔五〕怪石：宋本作"石怪"。

〔六〕所住：明活本、汲本、《全唐诗》同。宋本作"所佳"，《英华》作"所往"，当因形近而误。"所住"指在这"幽绝"之处所住之人。

〔七〕密筱二句：宋本作"云簇（误作蔟）兴座隅，天空落阶下"。《英华》则作"密筱夹路傍，清泉流舍下"。此后明、清各本，用"云簇"句者则下注："一作密筱夹路傍，清泉流舍下"；用"密筱"句者则下注："一作云簇兴座隅，天空落阶下"，均异文两存。筱（xiǎo）：小竹。

〔八〕闻：原作"闲"，《全唐诗》作"閒"。《英华》作"问"。宋本作"闻"。今从宋本。

〔九〕尘念：佛家称人世间的现实为尘世，尘念即尘世之念。俱：宋本、明活本、汲本同。《英华》、《全唐诗》作"都"。

〔一〇〕四禅：佛家参禅入定的四种境界。《新译》："四静虑，谓色界初禅天至四禅天四种禅定也。人于欲界中修习禅定时，忽觉身心凝然，遍身毛孔，气息徐徐出入，入无积聚，出无分散，是为初禅天定；然此禅定之中，尚有觉观之相，更摄心在定，觉观即灭，乃发静定之喜，是为二禅天定；然以喜心涌动，定力尚不坚固，因摄心谛观，喜心即谢，于是泯然入定，绵绵之乐，从内以发，是为三禅天定；然乐能扰心，犹未彻底清净，更加功不已，出入息断，绝诸妄想，正念坚固，是为四禅天定。"真如：佛家对永久不变之真理称真如。《唯识论》："真谓真实，显非虚妄；如谓如常，表无变易。谓此真实于一切法，常如其性，故曰真如。"

〔一一〕承：承受，承接。甘露：甘美的雨露。《老子》三十二章："天地相合，以降甘露。”

〔一二〕喜：《英华》、汲本、清本、《全唐诗》同。宋本作“憙”。《说文》：“喜，乐也。”又：“憙，说（悦）也。”段玉裁注：“憙与嗜义同，与喜乐义异，浅人不能分别，认为一字，喜行而憙废矣。”根据本义当以“喜”为是。惠风：犹和风。王羲之《兰亭集序》：“是日也，天朗气清，惠风和畅。”

〔一三〕依止句：《英华》、明活本、汲本、清本、《全唐诗》同。宋本作“依此托山门”，非。《周礼·春官·肆师》：“祭兵于山川，亦如之。”郑玄注：“山川，盖军之所依止。”可见“依止”二字，汉已连用。依止，即依傍、栖止之意。杜甫亦有“依止老宿亦未晚，富贵功名焉足图”之句。山门：佛寺的大门。这里用山门以代佛寺。依止山门乃皈依佛门之意。

〔一四〕谁能句：宋本作“谁知效丘也”。《英华》作“谁愿教丘也”。“能”、“愿”以“能”为佳。“知”，于诗意不合，非。“教”，误。丘：孔丘，周游列国，积极从政。既已依止山门，自当不能效法孔丘的追求仕进。

刘辰翁曰：末句也字似散语，亦奇。

宿天台桐柏观〔一〕

海行信风帆〔二〕，夕宿逗云岛。缅寻沧洲趣〔三〕，近爱赤城好〔四〕。扪萝亦践苔，辍棹恣探讨〔五〕。息阴憩桐柏〔六〕，采秀弄芝草〔七〕。鹤唳清露垂〔八〕，鸡鸣信潮早〔九〕。愿言解缨络〔一〇〕，从此去烦恼〔一一〕。高步陵四明〔一二〕，玄踪得二老〔一三〕。纷吾远游意〔一四〕，乐彼长生道〔一五〕。日夕望三山〔一六〕，云涛空浩浩。

〔一〕题目：宋、明各本同。《品汇》、清本无"天台"二字，盖来自元本。天台：天台山，唐属台州，在今浙江天台县北，山势高大，西南接括苍、雁荡诸山，西接四明山，蜿蜒东海之滨，为佛教胜地之一。陶弘景《真诰》："山有八重，四面如一，当斗牛之分，上应台宿，故曰天台。"《清一统志·浙江·台州府》："顾恺之《启蒙记》注：天台山去天不远，路经楢溪，水深险清冷，前有石桥，径不盈尺，长数十丈，下临绝涧，惟忘其身，然后能济。济者梯岩壁，援萝葛，度得平路，见天台山郁然奇秀，列双岭于青霄。上有琼楼玉阙天堂碧林醴泉，仙物毕具也。"桐柏观：《清一统志·浙江·台州府》："桐柏观在天台县西北桐柏山上，唐景云二年（七一一）为司马承祯建。"○此诗当作于游越期间，抵天台山之后，约在开元十八年。

〔二〕海行：宋本、汲本、清本、《全唐诗》、《英华》同。明活本作"海汎"。《品汇》作"海泛"。

〔三〕沧洲趣：指隐逸生活。滨水之地曰沧洲，古人常用以指隐士的居处。《文选·谢朓·之宣城出新林浦向版桥》："既欢怀禄情，复协沧洲趣。"

〔四〕赤城：明活本、汲本、清本、《全唐诗》、《品汇》同。宋本作"赤松"。赤城山在浙江省天台县北六里，登天台山必经此山。孔灵符《会稽记》："赤城山，土色皆赤，状似云霞，望之如雉堞。"参见《题终南翠微寺空上人房》注〔一二〕。

〔五〕棹：宋本、明活本、汲本《品汇》同。《英华》作"掉"，清本作"𨍏"，误。《全唐诗》作"櫂"，与"棹"同。《说文·木部新附》："櫂，所以进船也。或从卓。"辍棹，即停止划船之意。探：宋本、汲本、《全唐诗》同。《英华》、明活本、清本、《品汇》作"穷"。据浩然用词习惯，写寻幽访胜喜用"探"，如《寻香山湛上人》之"累日探灵异"，《初春汉中漾舟》之"探玩无厌足"，以及《登鹿门山怀古》之"探讨意未穷"等，故当以"探"为是。探讨，即寻访探究之意。

〔六〕桐柏：指桐柏观。

〔七〕弄：原作"寻"。明活本、汲本、《品汇》、《全唐诗》同。宋本、《英华》作"弄"。今从宋本。芝草：芝本菌类植物，古人视为神草，故有灵芝之称。《说文》："芝，神草也。"按：《乐府诗集》卷五十八有《采芝操》，郭茂倩注云："《琴集》曰：'《采芝操》，四皓所作也。'《古今乐录》曰：'南山四皓隐居，高祖聘之，四皓不甘，仰天叹而作歌。'"则"采秀弄芝草"表明了作者对隐居的追求。

〔八〕鹤唳：宋本作"鸖嗅"。"鹤"、"鸖"二字同。《正字通》："鸖同鹤。""嗅"当为"唳"之讹。鹤唳，鹤鸣。《论衡·变动》："夜及半而鹤唳，晨将旦而鸡鸣。"

〔九〕信潮：早潮按时而至，故曰信潮。以上二句不仅借"鹤唳"、"鸡鸣"以表示时间，而且也反映了餐霞饮露的生活。

〔一〇〕缨络：原作"缨绂"。明、清各本同。宋本作"缨路"，《英华》作"缨络"。"路"当为"络"之误，今从《英华》。按：《说文》："缨，冠系也。"段玉裁注："冠系，可以系冠者也。系者係也，以二组系于冠，卷结颐下，是谓缨。"绂：印绶。《汉书·匈奴传》："授单于印绂。"颜师古注："绂者，印之组也。"缨绂连用，借指官位。浩然考试不第，未曾授官，无须解缨绂。"缨络"，本为珠玉串成的饰物，引申为世俗的缠绕与束缚。结合作者情况，当以"缨络"为是。《文选·孙绰·游天台山赋序》："方解缨络，永托兹岭，不任吟想之至，聊奋藻以散怀。"亦可证。愿：思念。《诗·卫风·伯兮》："愿言思伯。"郑玄笺："愿，念也。"

〔一一〕去：《英华》及明、清各本同。宋本作"无"，亦通。

〔一二〕陵四明：原作"陵四壁"。明、清各本同。宋本、《全唐诗》作"陵四明"。今从宋本。《英华》作"凌四明"。"陵"、"凌"通。《史记·秦始皇本纪》："陵水经地。"张守节正义："陵作凌，犹历也。"四明山：为天台山馀脉。《清一统志·浙江·宁波府》：

“四明山在府西南一百五十里，为郡之镇山。《唐六典》：‘江南道名山曰四明山，山高一万八千丈，周回二百十里。’乐史《太平寰宇记》：‘山在明州西八十里，四角各生一种木，皆不杂，山顶有池，池有三重石台。道书以为第九洞天，名丹山赤水之天。’《旧志》：‘山由天台山发脉，向东北一百三十里，涌为二百八十峰，周围八百馀里，绵亘府之奉化、慈溪、鄞县，绍兴之馀姚、上虞、嵊县，台州之宁海诸境。上有方石，四面如窗，中通日月星宿之光，故曰四明。’”

〔一三〕踪：宋、明、清各本同。《英华》作“纵”。二字通。《汉书·萧何传》：“夫猎，追杀兽者狗也，而发纵指示兽处者人也。”《史记·萧相国世家》作“发踪”。二老：原作“三老”，明、清各本同。盖来自《英华》，非。据宋本正。孙绰《游天台山赋》：“追羲农之绝轨，蹑二老之玄踪。”李善注云：“二老，老子、老莱子也。”本诗正用其意。

〔一四〕纷：犹喜。《方言》十：“纷怡，喜也。湘潭之间曰纷怡，或曰巸已。”按：单用纷亦应为喜意。

〔一五〕乐彼：原作“学此”，汲本同。《品汇》、《全唐诗》、清本作“学彼”。宋本、明活本作“乐彼”。今从宋本。

〔一六〕三山：亦称三壶，传说中的海上三神山。王嘉《拾遗记》卷一：“三壶，则海中三山也。一曰方壶，则方丈也；二曰蓬壶，则蓬莱也；三曰瀛壶，则瀛洲也。形如壶器。”

题终南翠微寺空上人房〔一〕

翠微终南里，雨后宜返照。闭关久沉冥〔二〕，杖策一登眺〔三〕。遂造幽人室〔四〕，始知静者妙〔五〕。儒道虽异门〔六〕，云林颇同调〔七〕。两心喜相得〔八〕，毕景共谈笑〔九〕。暝还高窗眠〔一〇〕，时见远山烧〔一一〕。缅怀赤城标〔一二〕，更忆临海峤〔一三〕。风泉有清音〔一四〕，何必苏门啸〔一五〕。

〔一〕题目：原作“宿终南翠微寺”。宋、明、清各本及《品汇》作“题终南翠微寺空上人房”。今从宋本。《诗选》“终南”作“中山”，非。终南：秦岭横亘于陕西南部，东至河南，西至甘肃，东西八百馀里。其间有鸟鼠、朱圉、太白、终南、太华诸山。我国古籍中所谓终南，有时是泛指秦岭，有时是专指秦岭中的终南山一段。本诗即系后者。据《元和郡县志》所载，关内道的长安、万年、鄠县、鄠县以南的秦岭均称终南山。翠微寺：《元和郡县志·关内道·京兆府》：“太和宫在县（长安）南五十五里终南山太和谷，武德八年造，贞观十年废。二十一年以时热，公卿重请修筑，于是使将作大匠阎立德缮理焉，改为翠微宫，今废为寺。”〇此诗当作于长安应举期间。

〔二〕沉冥：隐晦而泯灭无迹之貌。《扬子法言·明问》：“蜀庄沉冥。”汪荣宝义疏：“蜀人姓庄名遵，字君平。沉冥犹玄寂泯然无迹之貌，是故成、哀不得而利之，王莽不得而害也。”

〔三〕杖：本训手杖。用作动词，则训扶、持。策：竹名，引申为杖。

〔四〕幽人：幽居隐遁之人，此指翠微寺的高僧空上人，未详其名。

〔五〕静者：义同“幽人”。

〔六〕儒道：儒，儒家，浩然以儒者自许。道，此指佛家。儒家与佛家思想体系完全不同，故称“异门”。

〔七〕云林：指山林。儒者隐居，僧人修道，均在山林而避闹市，他们思想体系、观点主张虽然不同，然而喜爱幽静的山林，却是一致的，故称“同调”。

〔八〕喜相得：《诗选》、《品汇》、明活本同。宋本作“相憙得”。汲本、《全唐诗》作“相喜得”。“憙”“喜”二字，见前《云门寺西六七里闻符公兰若最幽与薛八同往》注〔一二〕。

〔九〕毕景句:景,日光。毕景,日光完毕,意为天晚。言共相谈笑,不觉天晚。这与上句“两心喜相得”紧密相关。

〔一〇〕暝:原作“瞑”,宋本同。《诗选》、明活本作“暝”。汲本、清本作“瞑”。按:《说文》:“瞑,翕目也。”又:“冥,幽也。”“暝”同“冥”,见《集韵》。《玉篇》:“暝,夜也。”本诗“暝还”当为夜还之意,非翕目而还也。“瞑”乃讹字。今从《诗选》。眠:宋本作“昏”,误。

〔一一〕烧(shào):《诗选》及明、清各本同。宋本作“晓”,当形近而误。野火曰烧,见《古今韵会举要》。此处盖用“烧”以表现色赤。

〔一二〕赤城标:明、清各本同。宋本作“赤城摽”,误。《文选·孙绰·游天台山赋》:“赤城霞起而建标,瀑布飞流以界道。”李善注:“支遁《天台山铭》序曰:‘往天台当由赤城山为道径。’孔灵符《会稽记》曰:‘赤城山,土色皆赤,状似云霞。’建标,立物以为表识也。”

〔一三〕临海峤:唐代台州治所在临海,即今浙江省临海县。尖而高的山叫峤。《尔雅·释山》:“(山)锐而高,峤。”郭璞注:“言鑯峻。”郝懿行义疏:“《释名》云:‘山锐而高曰峤。’”谢灵运有《登临海峤初发疆中》诗。

〔一四〕清音:宋本作“清听”。

〔一五〕苏门啸:啸,嘬口出声,类似今日打口哨。魏晋名士常用啸以抒情,成为一时风气。《晋书·阮籍传》:“阮籍尝于苏门山遇孙登,与商略终古及栖神道气之术,登皆不应,籍因长啸而退。至半岭,闻有声若鸾凤之音,响乎岩谷,乃登之啸也。”

刘辰翁曰:不必刻深,怀抱如洗。

初春汉中漾舟〔一〕

漾舟逗何处〔二〕?神女汉皋曲〔三〕。雪罢冰复开,春潭千丈绿〔四〕。轻舟恣来往，探翫无厌足〔五〕。波影摇妓钗，沙光逐人目〔六〕。倾杯鱼鸟醉，联句莺花续〔七〕。良会难再逢，日入须秉烛〔八〕。

〔一〕题目："初春"原作"春初"。宋本、汲本、清本、《全唐诗》作"初春"，据改。《品汇》、清本无"初春"二字。根据诗的内容看，以有为是。

〔二〕漾舟句：原作"羊公岘山下"，明活本、《全唐诗》同，并于句下注云："一云漾舟逗何处"。宋本、汲本、清本、《品汇》作"漾舟逗何处"。今从宋本。逗：犹止。《说文》："逗，止也。"

〔三〕神女句：《元和郡县志·山南道·襄州》："万山一名汉皋山，在县（襄阳）西十一里。"《清一统志·湖北·襄阳府》："万山在襄阳县西北十里，一名方山，一名蔓山，一名汉皋山。《韩诗外传》郑交甫将南适楚，遵彼汉皋台下，乃遇二女，佩两珠，大如荆鸡之卵。《父老传》云：'交甫所见玉女游处，北山之下曲隈是也。'"

〔四〕绿：《品汇》、明、清各本同。宋本作"渌"。

〔五〕轻舟二句：宋本、汲本无。《品汇》、清本"来往"作"往来"。《品汇》、《全唐诗》"翫"作"玩"。恣：《说文》："恣，纵也。"意犹"任意"。翫（wán）：犹"戏"，与"玩"义通。《荀子·礼论》："尒则翫。"杨倞注："翫，戏狎也。"

〔六〕波影二句：《品汇》、明活本、《全唐诗》同。汲本亦同，但二句在"联句莺花续"之后。宋本在"得句烟花续"之后，且"妓"作"伎"，"逐"作"动"。

〔七〕联句句：《品汇》及明、清各本同。宋本作"得句烟花续"。莺啼花开是春天具有代表性的景物，故以"莺花"为是。刘长卿《送朱山人归别业》："闾里相逢少，莺花共寂寥。"既然说"续"，自以"联句"为是。

〔八〕良会二句：宋本、汲本无。秉烛：指夜游。《古诗十九首》："昼短苦夜长，何不秉烛游。"

刘辰翁曰：此虽清事，微近俗意，知此可以语此。

宿业师山房待丁公不至〔一〕

夕阳度西岭，群壑倏已暝〔二〕。松月生夜凉〔三〕，风泉满清听〔四〕。樵人归欲尽，烟鸟栖初定〔五〕。之子期宿来〔六〕，孤琴候萝径〔七〕。

〔一〕题目："业师"原作"来公"，盖来自《英华》。宋本、《诗选》、明活本、汲本、清本、《全唐诗》俱作"业师"，据改。"丁公"，《英华》、《全唐诗》作"丁大"。《诗选》、《诗林》作"丁凤进士"。丁公：即丁大凤。《孟集》有《送丁大凤进士赴举》一诗，知为浩然好友，行大名凤。生平不详。（编者按：底本题目实作"宿来公山房期丁大不至"，此处题目同宋蜀刻本。）

〔二〕倏已暝：《说文》："倏，走也。"段玉裁注："引申为凡忽然之称。"暝：黑暗。

〔三〕夜凉：宋本、《诗选》、《诗林》及明、清各本同。《英华》作"凉意"。

〔四〕清听：清，清越；声音入耳为听。

〔五〕烟鸟：宋本、《诗选》、《诗林》及明、清各本同。《英华》作"磴鸟"，难通，以"烟鸟"为是。烟鸟，暮烟中的鸟。用樵人还家、烟鸟归巢，刻画黄昏景色。

〔六〕之子：犹此子，指丁大。《诗·周南·桃夭》："之子于归，宜其室家。"朱熹注："之子，是子也。此指嫁者而言也。"此外，《周南·汉广》、《召南·鹊巢》、《豳风·东山》均有"之子于归"的话，都是指女子，本诗却指男子。期：约会、约定。《说文》："期，会也。"《诗·鄘风·桑中》："期我乎桑中，要我乎上宫。"毛传："桑中、上宫，所期之地。”宿来：宋本、《诗选》及明、清各本同。《英华》作“未来”。《诗林》作“不来”。宿，《说文》：“止也。”《玉篇》：“宿，夜止也。”

〔七〕孤琴句：明、清各本同。《英华》作“孤宿候萝径”。《诗选》、《诗林》作“携琴候萝径”。萝，女萝，亦称松萝。《广雅·释草》：“女萝，松萝也。”为地衣门松萝科植物，体直立或悬垂，常大批悬垂于高山针叶林枝干间，或生于石上。可作药用。《楚辞·屈原·九歌·山鬼》：“若有人兮山之阿，被薜荔兮带女萝。”“候萝径”，表明期待之殷、感情之厚。

刘辰翁曰：景物满眼，而清淡之趣更自浮动，非寂寞者。

沈德潜《唐诗别裁》卷一：山水清音，悠然自远。末二句见不至意。

施补华《岘佣说诗》四〇：《奉先寺》诗，“阴壑生虚籁，月林散清影”，清幽何减孟公“松月生夜凉，风泉满清听”之句，可见此等语少陵不屑作，非不能作也。

贺裳《载酒园诗话》卷一：孟襄阳《宿业师山房待丁大不至》曰：“夕阳度西岭，群壑倏已暝。松月生夜凉，风泉满清听。樵人归欲尽，烟鸟栖初定。之子期宿来，孤琴候萝径。”钟云：“此‘尽’字不如‘稀’字妙。”《采樵作》曰：“采樵入深山，山深树重叠。桥崩卧槎拥，路险垂藤接。日落伴将稀，山风拂罗衣。长歌负轻策，平望野烟归。”钟云：“观此‘稀’字，远胜‘樵人归欲尽’‘尽’字矣。”余意“日落”与“已暝”，亦微分早暮。“日落伴将稀”，是樵子渐去，见己亦当归。“樵人归欲尽”，是行人已绝，丁犹不至，有“搔首踟蹰”之意，故抱琴候之。自是各写所触，何必同？

张谦宜《𫋜斋诗谈》卷五：《宿来公山房期丁大不至》，不做作清态，正是天真烂漫。

王寿昌《小清华园诗谈》卷下：唐人佳句，有可以照耀古今，脍炙人口者。如陈拾遗之“古木生云际，归帆出雾中”，玄宗皇帝之“春来津树合，月落成楼空”，张子容之“草迎金埒马，花待玉楼人”，孟襄阳之“松月生夜凉，风泉满清听”，“荷花送香气，竹露滴清响”，“微云淡河汉，疏雨滴梧桐”。……此等句当与日星河岳同垂不朽。

耶溪泛舟〔一〕

落景馀清晖〔二〕，轻桡弄溪渚〔三〕。泓澄爱水物〔四〕，临泛何容与〔五〕。白首垂钓翁，新妆浣沙女〔六〕。看看未相识〔七〕，脉脉不得语〔八〕。

〔一〕耶溪：即若耶溪。《清一统志·浙江·绍兴府》：“若耶溪在会稽县南二十里若耶山下，北流入镜湖。”地当今浙江绍兴以南，但镜湖今已干涸。○此诗当作于游越期间。

〔二〕景：日光。落景，犹落日。《文选·张载·七哀诗》：“朱光驰北陆，浮景忽西沉。”李善注：“《说文》曰：‘景，日光也。’”按：今本《说文》作“景，光也。”清晖：《品汇》同。宋本、明活本、汲本、清本、《全唐诗》作“清辉”。“晖”、“辉”音同义通。

〔三〕轻桡：明活本、清本、《全唐诗》同。宋本、《品汇》、汲本作“轻棹”。“桡”、“棹”均训船桨。《淮南子·主术训》：“夫七尺之桡而制船之左右者，以水为资。”《文选·谢灵运·登临海峤初发疆中》：“隐汀绝望舟，骛棹逐惊流。”

〔四〕泓澄：宋、明、清各本俱作“澄明”，意同。水深而清。《文选·左思·吴都赋》：“泓澄奫潫，澒溶沆瀁，莫测其深。”李善注：“《说文》曰：‘泓，下深大也。’澄，湛也。奫潫，回复之貌。皆水深广阔也。”梁简文帝诗：“杂色昆仑水，泓澄龙首渠。”

〔五〕容与：闲散舒适之貌。《汉书·礼乐志》：“澹容与，献嘉觞。”

〔六〕浣沙女：即浣纱女。若耶溪别名浣纱溪，溪旁有浣纱石，相传西施浣纱于此。《清一统志》：“浣纱石在若耶溪侧，是西施浣纱之所。”此系泛指。

〔七〕看看句：原作“相看未相识。”宋本作“看看未相识”。明活本、清本、《全唐诗》作“相看似相识”。《品汇》、汲本作“看看似相识”。今从宋本。

〔八〕脉脉：《文选·古诗十九首》：“盈盈一水间，脉脉不得语。”李善注：“《尔雅》曰：‘脉，相视也。’郭璞曰：‘脉脉，谓相视貌也。’”后世常用脉脉表示含情未吐之貌。

李梦阳曰：“白首垂钓翁”以下，终是两截，格亦不同。

彭蠡湖中望庐山〔一〕

太虚生月晕〔二〕，舟子知天风〔三〕。挂席候明发〔四〕，渺漫平湖中〔五〕。中流见匡阜〔六〕，势压九江雄〔七〕。黯黮凝黛色〔八〕，峥嵘当曙空〔九〕。香炉初上日〔一〇〕，瀑布喷成虹〔一一〕。久欲追尚子〔一二〕，况兹怀远公〔一三〕。我来限于役〔一四〕，未暇息微躬〔一五〕。淮海途将半〔一六〕，星霜岁欲穷〔一七〕。寄言岩栖者〔一八〕，毕趣当来同〔一九〕。

〔一〕题目：宋、明、清各本同。据毛晋校勘记（以下简称毛校记），元本无“彭蠡”二字。彭蠡湖：《元和郡县志·江南西道·江州》：“彭蠡湖在县（都昌）西六十里，与浔阳县分湖为界。”《清一统志·江西·南康府》：“彭蠡湖在星子县东南及都昌县西一里，即鄱阳湖。南接南昌，东抵饶州府界，由都昌县之南西两面，历星子县东,又西北入九江府湖口县,注于大江。在星子县南者名曰落星湖,因落星而名也。在县东南及南昌界者名宫亭湖,在都昌县西南者曰扬澜湖。又北曰左蠡湖。其大湖又有东鄱、西鄱之别。"庐山:《元和郡县志·江南西道·江州》:"庐山在县(浔阳)东三十二里,本名障山,周环五百馀里。"《清一统志·江西·九江府》:"庐山在德化县南二十五里,与南康府接界。张僧鉴《浔阳记》:'山高二千三百六十丈,周二百五十里,其山九叠,川亦九派。'释惠远《庐山记》:'山在江州寻阳南,南滨宫亭湖,北对九江。九江之南为小江山,去小江三十里,左挟彭蠡,右傍通川,引三江之流而据其会,大岭凡有七重,圆基周回,垂五百里。'"按:德化县清时为九江府治,即今九江市。○此诗当作于壮年漫游时期。

〔二〕太虚:古人称天为太虚。《文选·孙绰·游天台山赋》:"太虚辽廓而无阂。"李善注:"太虚谓天也。"月晕:月四周有云气环绕称月晕。庾信诗:"星芒一丈焰,月晕七重轮。"李白《横江词》:"月晕天风雾不开。"古谚语云:"月晕而风,础润而雨。"

〔三〕舟子:原作"舟中"。宋本、汲本、清本、《全唐诗》作"舟子",据改。明活本作"丹子",显系"舟子"之误。舟子,船夫。《诗·邶风·匏有苦叶》:"招招舟子。"毛传:"舟子,舟人主济渡者。"

〔四〕挂席:犹扬帆。《文选·木华·海赋》:"维长绡,挂帆席。"李善注:"绡,今之帆纲也,以长木为之,所以挂帆也。刘熙《释名》曰:'随风张幔曰帆。'或以席为之,故曰帆席也。"《文选·谢灵运·游赤石进帆海》:"扬帆采石华,挂席拾海月。"李善注:"扬帆,挂席,其义一也。"明发:犹黎明。《诗·小雅·小宛》:"明发不寝,有怀二人。"朱熹注:"明发,谓将旦而光明开发也。"

〔五〕渺漫:宋本、汲本同。清本、《全唐诗》作"眇漫"。明活本作"眇望",非。按:"渺漫"为双声联绵词,亦可写作"眇漫",意为烟波旷远之貌。《宋书·夷蛮传·扶南国》:"四海流通,万国交会,长江眇漫,清净深广,有生咸资。"

〔六〕匡阜:明活本、清本、《全唐诗》同。宋本作"遥岛",非。匡阜,乃庐山之别名。《清一统志·江西·南康府》:"庐山……古名南障山,一名匡山,总名匡庐。"又《江西·九江府》:"《豫章旧志》曰:'庐俗字君孝,本姓匡,父东野王共吴芮佐汉定天下,汉封俗于鄡阳,曰越庐君。俗兄弟七人,皆好道术,遂寓精于洞庭之山,故世谓之庐山。'又按周景式曰:'匡俗字子孝,本东里子,出周武王时,生而神灵,屡逃征聘,庐于此山。俗后仙化,空庐犹存,故山取名焉。'斯耳传之谈,非实证也。"

〔七〕九江:长江水系的九条江水,在彭蠡湖以北一段长江上。《书·禹贡》:"九江孔殷。"孔安国传:"江于此州(荆州)界分为九道。"孔颖达疏:"《传》以江是此水大名,九江谓大江分为九,犹大河分为九河。故言江于此州之界,分为九道。"郑玄以为九江各有其源,下流合于大江。其中孔说最为流行。《汉书·地理志》应劭注、颜师古注均采是说。文学作品中如郭璞《江赋》"流九派乎浔阳",孟诗《自浔阳泛舟经明海》"大江分九派",本诗以及毛泽东《菩萨蛮·黄鹤楼》"茫茫九派流中国",均用是说。《元和郡县志·江南西道·江州》:"《禹贡》荆州云:'九江孔殷。'今州西北二十五里九江是也。"《清一统志·江西·九江府》:"浔阳江在府城北,亦名九江,即大江也。"压:极状庐山之高大雄伟。鲍照《登大雷岸与妹书》:"西南望庐山,又特惊异。基压江潮,峰与辰汉相接。"

〔八〕黯(àn)黮(dàn):明活本同。宋本、汲本、《全唐诗》等作"黤黕"。按:黯黮为叠韵联绵词,亦可写作"黤黕"。玄应《一切经音义》卷十七引《苍颉篇》:"黤黮,深黑不明也。"则又可写作"黤黮"。《楚辞·九叹·远游》:"望旧邦之黯黮兮,时溷浊其犹未央。"王逸注:“黯黮,不明貌也。”凝黛色:明活本同。宋本、汲本、《全唐诗》等作“容霁色”。诗中写天将明未明时远望庐山景象,山呈黑色。黛为黑色颜料,古代妇女用以画眉。《楚辞·大招》:“粉白黛黑。”王逸注:“黛画眉深黑而光泽。”用黛色状庐山之黑,使得庐山黑影,并无恐怖气氛,而带有喜爱意味,这和全诗的感情是一致的。

〔九〕峥嵘:《后汉书·班固传》:“金石峥嵘。”李贤注:“峥嵘,高峻也。”《文选·孙绰·游天台山赋》:“披荒榛之蒙笼,陟峭崿之峥嵘。”李善注:“《文字集略》曰:‘崿,崖也。’《字林》曰:‘峥嵘,山高貌。’”曙空:宋本、汲本同。明活本、清本、《全唐诗》作“晓空”,意同。

〔一〇〕香炉:庐山北峰名香炉峰,其形圆耸,气蔼若烟,因而得名。《艺文类聚·山部》引释慧远《庐山记》曰:“东南有香炉山,孤峰秀起,游气笼其上,则氤氲若烟水。”

〔一一〕瀑布:原作“瀑水”。宋本作“曝布”,“曝”盖“瀑”之误。汲本、清本、《全唐诗》作“瀑布”,据改。《太平御览·地部》六引慧远《庐山记》曰:“庐山南有石门似双阙,壁立千馀仞,而瀑布流焉。”又《地部》三十六引周景式《庐山记》曰:“泉在黄龙南数里,即瀑布水也,土人谓之泉潮。其水出山腹,挂流三四百丈,飞湍于林峰表出,望之若悬索。”《清一统志·江西·南康府》:“瀑布泉在星子县庐山开先寺西。……在东北者曰马尾水,在西南者则自坡顶下注双剑峰背邃壑中,汇为大龙潭。绕出双剑之东。下注大壑,悬数十百丈,循崖东北逝,与马尾水合流,出两山峡中,下注石潭,石碧而削,水练而飞,潭绀而渊,为开先佳境。”成虹:宋、明各本及《全唐诗》同。清本作“长虹”,盖来自元本。按:此句与上句为对偶句,应以“成虹”为是。

〔一二〕尚子:明、清各本及《全唐诗》同。宋本作"向子"。《后汉书·逸民传》:"向长字子平,河内朝歌人也。隐居不仕,性尚中和,好通《老》、《易》。……建武中,男女娶嫁既毕,敕断家事勿相关,当如我死也。于是遂肆意,与同好北海禽庆俱游五岳名山,竟不知所终。"李贤注:"《高士传》'向'字作'尚'。"高步瀛曰:"《文选·稽叔夜·与山巨源绝交书》及注引《英雄记》均作'尚',可见今本《高士传》之作'向'乃后人妄改。"(《唐宋诗举要》)

〔一三〕远公:即僧人慧远。慧皎《高僧传》卷六:"释慧远本姓贾氏,雁门楼烦人也。欲往罗浮山,及届浔阳,见庐峰清静,足以息心,始住龙泉精舍。于时沙门慧永,居于西林,与远同门旧好,遂要远同止。刺史桓伊乃为远复于山东立房殿,即东林是也。"《清一统志·江西,九江府》:"东林寺在德化县南庐山麓,晋慧远创建。"

〔一四〕限:宋、明各本及《全唐诗》同。清本作"恨",盖来自元本,因形近而误。于役:《诗·王风·君子于役》:"君子于役,不知其期。"郑玄笺:"君子往行役,不知其反期。"古人行役指服兵役或劳役,后世也指离家远游。

〔一五〕微躬:微,自谦之辞。躬,指自身。

〔一六〕淮海:《书·禹贡》:"淮海惟扬州。"孔安国传:"北据淮,南距海。"则淮海当指长江下游淮河以南广大地区。又因治所在扬州,故后人也用以代扬州。这是孟浩然赴长江下游(或即扬州)游历,途经彭蠡时诗。孟氏自故乡去扬州至此只走了一半路程,故曰"途将半"。

〔一七〕星霜:星宿,一年循环周转一次;霜,每年因时而降。故古人常用"星霜"代表一年。张九龄《与弟游家园》:"星霜屡尔别,兰麝为谁幽。"

〔一八〕岩:隐士多栖止于山林,故称岩栖者。《文选·嵇康·与山巨源绝交书》:"故尧舜之君世,许由之岩栖,子房之佐汉,接舆之行歌,其揆一也。"

〔一九〕毕趣句:"趣"为"趋"之或字,见《集韵》。言趋赴淮海游历完毕,归来即与高士同隐。高步瀛以为"毕疑当作异,形近而误"(见《唐宋诗举要》)。似不好解。

潘德舆《养一斋诗话》卷八:严沧浪云:"孟襄阳学力下韩退之远甚,而其诗独出退之之上者,一味妙悟故也。"然则盛唐惟孟襄阳乃可以一味妙悟目之。然襄阳诗如:"……太虚生月晕,舟子知天风。挂席候明发,渺漫平湖中。中流见匡阜,势压九江雄。香炉初上日,瀑布喷成虹。"精力浑健,俯视一切,正不可徒以清言目之。则谓襄阳诗都属悟到,不关学力,亦微误耳。

登鹿门山怀古〔一〕

清晓因兴来〔二〕,乘流越江岘〔三〕。沙禽近初识〔四〕,浦树遥莫辨〔五〕。渐到鹿门山〔六〕,山明翠微浅〔七〕。岩潭多屈曲〔八〕,舟楫屡回转〔九〕。昔闻庞德公〔一〇〕,采药遂不返。金涧养芝术〔一一〕,石床卧苔藓〔一二〕。纷吾感耆旧〔一三〕,结缆事攀践〔一四〕。隐迹今尚存〔一五〕,高风邈已远〔一六〕。白云何时去〔一七〕,丹桂空偃蹇〔一八〕。探讨意未穷〔一九〕,回艇夕阳晚〔二〇〕。

〔一〕题目:《诗选》、明活本同。宋本、《品汇》、汲本、清本作"题鹿门山"。鹿门山:在今湖北省襄樊市东南。《清一统志·湖北·襄阳府》:"鹿门山在襄阳县东南三十里。《襄阳记》:'鹿门山旧名苏岭山,建武中,襄阳侯习郁立神祠于山,刻二石鹿,夹神道口,俗因谓之鹿门庙,遂以庙名山也。'"○此诗盖作于少年时,尚未在鹿门隐居。

〔二〕清晓:犹今言清早。杜甫《奉酬李都督表丈早春作》:"力疾坐清晓,来时悲早春。"

〔三〕江岘:汉江沿岸的岘山。《元和郡县志·山南道·襄州》:"岘山在县(襄阳)东南九里,山东临汉水,古今大路。羊祜镇襄阳,与邹润甫共登此山,后人立碑,谓之堕泪碑。"

〔四〕沙禽:沙上之禽,指水鸟。初:原作"方",《品汇》、明活本、《全唐诗》同。宋本、《诗选》、汲本作"初"。从诗意看,以"方"为佳,盖出自明人改动。

〔五〕浦树:《诗·大雅·常武》:"率彼淮浦。"毛传:"浦,水涯也。"浦树,水滨之树。

〔六〕渐到:宋本、明活本同。《品汇》、清本、《全唐诗》作"渐至",意同。

〔七〕翠微:山间云气青翠之色。《尔雅·释山》:"山脊,冈。未及上,翠微。"郝懿行义疏:"翠微者,《初学记》引旧注云:'一说山气青缥色曰翠微。'刘逵《蜀都赋》注:'翠微,山气之轻缥也。'义本《尔雅》。盖未及山顶,孱颜之间,葱郁葐蒀,望之谸谸青翠,气如微也。"

〔八〕岩潭:犹山水。

〔九〕楫:船桨。《释名·释船》:"楫,捷也。拨水使舟捷疾也。"《书·说命》:"若济巨川,用汝作舟楫。"

〔一〇〕昔闻句:明、清各本同。宋本作"昔门庞德公","门"当为"闻"之误。庞德公,东汉襄阳隐士。《襄阳耆旧记》:"(庞德公)居岘山之南,未尝入城府,躬耕田里,夫妇相敬如宾,琴书自娱。睹其貌者,肃如也。荆州牧刘表数延请,不能屈,乃自往候之。诸葛孔明每至公家,独拜公于床下,公殊不令止。

司马德操尝造公，值公渡沔，祀先人墓。德操径入堂上，呼德公妻子，使作黍。……德操少德公十岁，以兄事之，呼作庞德公也；人乃谓是德公名，非也。后携其妻子登鹿门山，托言采药，因不知所在。”

〔一一〕金涧句：《诗选》、《品汇》、清本同。宋本、汲本、《全唐诗》“养”作“饵”。从意义上看以“养”字为是。涧：山涧，前加“金”字，带有神异、尊重之意。王昌龄《留别武陵袁丞》：“桃花遗古岸，金涧流春水。”芝术：泛指药草。芝，古人把它看成神草，故有灵芝之称。《尔雅·释草》：“术，山蓟。”郝懿行义疏：“《本草》云：‘术，一名山蓟，一名山姜，一名山连。’”今中药中有白术、苍术，即此。本句意为山涧中还生养着许多药草。

〔一二〕石床：指庞德公隐居时常常偃卧、休息的平石。

〔一三〕纷：盛貌，表示感触复杂。耆旧：指年高有德而又孚众望之人，这里指庞德公。

〔一四〕缆：原作“揽”，据宋本改。《玉篇》：“缆，系舟索。”结缆，意指停船。攀践：指攀登鹿门山。

〔一五〕隐迹：指庞德公隐遁的遗迹。

〔一六〕高风：高尚的风范。《文选·夏侯湛·东方朔画赞》：“睹先生之县邑，想先生之高风。”邈：渺茫、悠远。《楚辞·九章·怀沙》：“汤禹久远兮，邈而不可慕。”

〔一七〕白云：陶弘景《答诏问山中何所有》：“山中何所有，岭上多白云。只可自怡悦，不堪持赠君。”

〔一八〕丹桂：桂树之一种，以皮赤而得名。偃蹇：高貌。《楚辞·离骚》：“望瑶台之偃蹇兮，见有娀之佚女。”王逸注：“偃蹇，高貌。”以上二句，既是景物的写实，也是庞德公隐迹的象征。

〔一九〕探讨：游历山水，探求幽胜。意：宋、明、清各本同。《诗选》作“竟”，非。

〔二〇〕艇:原作“舻”,明、清各本及《品汇》同。宋本及《全唐诗》作“艇”,今从宋本。

李梦阳曰:此首佳,思致郁密。

题明禅师西山兰若〔一〕

西山多奇状,秀出倚前楹〔二〕。停午收彩翠〔三〕,夕阳照分明。吾师住其下〔四〕,禅坐证无生〔五〕。结庐就嵌窟〔六〕,翦竹通径行〔七〕。谈空对樵叟〔八〕,授法与山精〔九〕。日暮方辞去,田园归冶城〔一〇〕。

〔一〕题目:“题”原作“游”,明活本、清本、《全唐诗》同。宋本、汲本作“题”。今从宋本。据毛校记元本作“明禅师兰若”。明禅师:禅师为对僧人的尊称,“明”为其法名。生平未详。西山:不详。从“日暮方辞去,田园归冶城”两句看,当距孟浩然的住宅不远,盖襄阳境内小山。

〔二〕倚:原作“傍”。宋本、汲本、清本、《全唐诗》作“倚”,据改。“西山”二句下原注“一云西山饶石林,磋翠疑削成”。楹:房柱。《说文》:“楹,柱也。”后世往往用楹代房舍。

〔三〕停午:正午。《水经注·江水》:“自三峡七百里中,两岸连山,略无阙处,重岩叠嶂,隐天蔽日,自非停午夜分,不见曦月。”彩翠:本指颜色,这里用颜色以代霞雾。言时至正午,霞收雾散。

〔四〕住:明活本、清本、《全唐诗》同。宋本、汲本作“位”。

〔五〕禅坐:参禅打坐。证:原作“说”。宋本、汲本、清本、《全唐诗》作“证”,据改。无生:《庄子·至乐》:“察其始而本无生,非徒无生也,而本无形。”佛教传入中国,亦利用道家“无生”一词,以表示佛家不生不灭的境界。

〔六〕结庐:陶渊明《饮酒》:“结庐在人境,而无车马喧。”嵌窟:犹深洞。

《说文·新附》:“嵌,山深貌。”言就山岩深洞修建房屋。

〔七〕翦竹句:明活本、汲本、清本同。宋本作“翦芀通往行”。《全唐诗》作“翦苕通往行”。“芀”、“苕”通。《尔雅·释草》:“蘪、荂,荼。猋、藨,芀。”邢昺疏:“此辨苕、荼之别名也。蘪也,荂也,其别名荼,即苕也。苕又一名猋,又名藨。”可见《全唐诗》与宋本同。按:苕为苇花,生于水滨,于诗意不合。翦竹目的在于形成小径。故以“翦竹通径行”为是。

〔八〕空:佛家对超越现实世界的境界称为空。《大乘义章》:“空者,理之别目,绝众相,故名为空。”佛家正是追求这种空的境界。“谈空”即讲说佛法之意。

〔九〕山精:古代传说中的山间奇怪动物。《淮南子·氾论训》:“山出枭阳。”高诱注:“枭阳,山精也。人形长大,面黑色,身有毛,足反踵,见人而笑。”《抱朴子·登涉》:“抱朴子曰:山中山精之形,如小儿而独足,走(足)向后,喜来犯人。人入山若夜闻人(其)音声大(笑)语,其名曰蚑。知而呼之,即不敢犯人也。一名热内(超空),亦可兼呼之。又有山精,如鼓赤色,亦一足,其名曰晖(挥)。又或如人,长九尺(寸),衣裘戴笠,名曰金累。(又)或如龙而五色赤角,名曰飞飞。见之皆以名呼之,即不敢为害也。”(括号内均为《太平御览》所引之异文)

〔一〇〕冶城:王士源《孟浩然集序》:“开元二十八年,王昌龄游襄阳,时浩然疾疹发背。且愈,相得欢甚,浪情宴谑,食鲜疾动,终于冶城南园,年五十有二。”据此则冶城南园为浩然故居。陈贻焮以为即涧南园,良是。

李邺嗣《慰弘禅师集天竺语诗序》:即如唐人妙诗,若《游明禅师西山兰若》诗,此亦孟襄阳之禅也,而不得耑谓之诗。(见《杲堂文钞》卷二)

听郑五愔弹琴〔一〕

阮籍推名饮〔二〕，清风坐竹林〔三〕。半酣下衫袖，拂拭龙唇琴〔四〕。一杯弹一曲，不觉夕阳沉。余意在山水，闻之谐夙心〔五〕。

〔一〕题目：宋本、明活本、汲本、《全唐诗》同。《品汇》、清本作“听郑五愔琴”。郑五愔：未详。岑仲勉《唐人行第录》云：“《全诗》三函孟浩然《听郑五愔弹琴》，愔字文靖，见《纪事》一一，或是此人。”查《唐诗纪事》卷十一载：“愔字文靖，年十七，进士擢第。神龙（唐中宗年号）中为中书舍人，与崔日用、赵履温、李愧等托武三思，权熏炙中外。天下语曰：‘崔、冉、郑，乱时政。’或曰：初附来俊臣，俊臣诛，附易之；易之诛，托韦庶人。后附谯王，卒被戮。”从这段记载可以看出郑愔是一个阿附权贵、品行不端的人。这和本诗所歌颂的“阮籍推名饮，清风坐竹林”的性格，大相径庭，当非一人。○此诗当作于壮年时期，时已自鹿门归园庐。

〔二〕阮籍：宋本“籍”作“藉”，非。阮籍字嗣宗，三国魏尉氏人。博览群书，尤好老庄。嗜酒，能啸，善弹琴，每以沉醉远祸。闻步兵厨营人善酿，有贮酒三百斛，乃求为步兵校尉，后世称为阮步兵本此。籍颇遗弃礼法，尝曰：“礼岂为我设耶！”籍又能为青白眼，见俚俗之士，以白眼对之。常率意命驾，途穷辄痛哭而返。诗作有《咏怀》八十二首，颇著名。

〔三〕坐竹林：《品汇》、明活本、汲本同。宋本、清本、《全唐诗》作“满竹林”。《世说新语·任诞》：“陈留阮籍，谯国嵇康，河内山涛，三人皆相比，康年少亚之。预此契者，沛国刘伶，陈留阮咸，河内向秀，琅邪王戎，七人常集于竹林之下，肆意酣畅，故世谓之竹林七贤。”据此，当以“坐竹林”为是。

〔四〕龙脣琴：宋本、汲本、《全唐诗》同。《品汇》、明活本“脣”作“唇”。《说文》：“脣，口耑也。”“唇，惊也。”实为两字。后二字通用，见《集韵》。古人称琴的发音部位曰龙脣。聂崇义《三礼图》：“琴脣名龙脣，足名凤足。”陈旸《乐书·琴制》：“琴底有凤足，用黄杨木表其足，色本黄也。……龙脣者，声所由出也。”故后人亦用“龙脣”以代琴。《古琴疏》：“荀季和（淑）有琴曰龙脣，一日大风雨失去。三年后复大风雨，有黑龙飞入李膺堂中。膺谛视识之，曰此荀季和旧物也，登即送还。”以上两句言放下衫袖，拂拭龙脣，盖开始弹琴的景况。

〔五〕余意二句：“余意”，宋、明、清各本同。据毛校记元本作“馀意”，于诗意不合，非。《列子·汤问》：“伯牙善鼓琴，钟子期善听。伯牙鼓琴，志在高山，钟子期曰：‘善哉！峨峨乎若泰山。’志在流水，曰：‘善哉！洋洋乎若江河。’伯牙所念，钟子期必得之。”孟浩然为隐士，所以说“余意在山水”，听了郑五愔意在山水的琴音，正与自己的夙心相谐和。

刘辰翁曰：朴而不俚，风韵尚存。

李梦阳曰：在此公口出，虽浅亦自佳，效之则不可。

李东阳《麓堂诗话》：古诗与律不同体，必各用其体，乃为合格。然律犹可间出古意，古不可涉律。古涉律调，如谢灵运“池塘生春草，红药当阶翻”，虽一时传诵，固已移于流俗而不自觉。若孟浩然“一杯还一曲，不觉夕阳沉”，杜子美“独树花发自分明，春渚日落梦相牵”，李太白“鹦鹉西飞陇山去，芳洲之树何青青”，崔颢“黄鹤一去不复返，白云千载空悠悠”，乃律间出古，要自不厌也。

疾愈过龙泉寺精舍呈易业二公〔一〕

停午闻山钟〔二〕，起行散愁疾〔三〕。寻林采芝去〔四〕，转谷松翠密〔五〕。傍见精舍开〔六〕，长廊饭僧毕〔七〕。石渠流雪水〔八〕，金子耀霜橘〔九〕。竹房思旧游〔一〇〕，过憩终永日〔一一〕。入洞窥石髓〔一二〕，傍崖采蜂蜜〔一三〕。日暮辞远公〔一四〕，虎溪相送出〔一五〕。

〔一〕题目："二公"原作"二上人"。明活本无"寺"字，"二公"亦作"二上人"。宋本、清本无"寺"字。《品汇》作"疾愈过龙泉精舍"。《英华》、汲本、《全唐诗》作"疾愈过龙泉寺精舍呈易业二公"。今从《英华》。龙泉寺：未详。据《清一统志》所载，龙泉寺在全国不下十馀处，但似均非浩然行踪所及，玩诗意此龙泉寺似距浩然居处不远。易业二公：未详。

〔二〕停午：正午。亦作"亭午"。

〔三〕散愁疾：《英华》、《品汇》、《全唐诗》同。宋本作"送愁疾"。明活本作"散愁寂"。

〔四〕芝：本为菌类植物，古人视为神草。详《登鹿门山怀古》注〔十一〕。浩然疾初愈，故于树林中寻找芝草，以备治病。

〔五〕转谷：《英华》、明活本、《全唐诗》同。宋本、《品汇》、汲本作"谷转"。转谷，意为转过山谷。松翠：原作"松萝"，《品汇》、明活本、汲本同。宋本、《英华》、《全唐诗》作"松翠"。今从宋本。

〔六〕傍：宋本、《英华》、《全唐诗》同。明活本、汲本、清本、《品汇》作"旁"，通。精舍：僧人居处曰精舍。《晋书·孝武帝纪》："帝初奉佛法，立精舍于殿内，引诸沙门以居之。"《世说新语·栖逸》："康僧渊在豫章，去郭数十里立精舍，旁连岭，带长川，芳林列于轩庭，清流激于堂宇。"

〔七〕饭僧："饭僧"犹"斋僧"，即设食以供僧人。

〔八〕渠：宋、明、清各本同。《英华》作"梁"，非。

〔九〕子：宋、明、清各本同。《英华》作"鸟"，周必大校记云："集作子，又作乌。”按：“金子耀霜橘”，言霜橘金黄，有如金子，耀人眼目。“金乌耀霜橘”，言日光照耀霜橘，光彩夺目。崔湜《唐都尉山池》：“金子悬湘柚，珠房拆海榴。”孟康《咏日》：“金乌升晓气，玉槛漾晨曦”。故“金子”、“金乌”二者均通。“鸟”当为“乌”之误。

〔一〇〕竹房：竹林中的房屋，僧人或隐士所居。这里指龙泉寺精舍。宋之问《游法华寺》：“苔涧深不测，竹房闲且清。”旧游：指易、业二公。

〔一一〕永日：消磨整天。《诗·唐风·山有枢》：“子有酒食，何不日鼓瑟？且以喜乐，且以永日。”

〔一二〕石髓：即钟乳石。古人传说，认为服之可以长生。陈藏器曰：“石髓生临海华盖山石窟，土人采取澄淘如泥，作丸如弹子，有白有黄者弥佳。”李时珍曰：“按《列仙传》言，邛疏煮石髓服，即钟乳也。”（以上引文均见《本草纲目》）浩然病初愈，故亦注意石髓。

〔一三〕傍崖：宋、明各本及《品汇》同。清本作“傍岸”，误。

〔一四〕日暮：宋、明、清各本同。《英华》、《品汇》作“日暝”。远公：即慧远，详见《彭蠡湖中望庐山》注〔一三〕。这里借指易业二公。

〔一五〕虎溪：在江西九江庐山东林寺前。晋时慧远法师居东林寺，送客不过溪，过溪虎辄鸣。《庐山记》：“慧远居东林寺，送客不过溪。一日，与陶渊明、道士陆静修共过溪，不觉逾之，虎辄号鸣，三人大笑而别。”这里借此故实，言相送之远。

刘辰翁曰：此岂待赋，赋之乃佳。

湘中旅泊寄阎九司户防〔一〕

桂水通百越〔二〕，扁舟期晓发〔三〕。荆云蔽三巴〔四〕，夕望不见家。襄王梦行雨〔五〕，才子谪长沙〔六〕。长沙饶瘴疠〔七〕，胡为苦留滞〔八〕。久别思款颜〔九〕，承欢怀接袂〔一〇〕。接袂杳无由，徒增旅泊愁〔一一〕。清猿不可听，沿月下湘流〔一二〕。

〔一〕题目：原作“襄阳旅泊寄阎九司户”。宋本、汲本作“湖中旅泊寄阎防”。清本作“泊湖寄阎昉”。《全唐诗》作“湖中旅泊寄阎九司户防”。《诗选》作“湘中旅泊寄阎九司户防”。《唐诗纪事·阎防》引孟浩然此诗作《湘中旅泊寄（阎）防》，均无“襄阳”字样。再从诗的内容看，并非“襄阳”附近的情况，而为三湘一带的情况。且浩然不能称“襄阳”为“旅泊”。末句“沿月下湘流”亦与“襄阳”矛盾。可见“襄阳”显系误文。而“湖中”为“湘中”之误。今从《诗选》。阎防：《唐才子传》：“阎防，河中人，开元二十二年李琚榜及第。颜真卿甚敬爱之，欲荐于朝，不屈。为人好古博雅，诗语真素，魂清魄爽，放旷山水。高情独诣于终南山丰德寺，结茆茨读书，百丈溪是其隐处。题诗云：‘浪迹弃人世，还山自幽独。始傍巢由踪，吾其获心曲。’又云：‘养闲度人世，达命知止足。不学鲁国儒，俟时劳伐辐。’后信命不务进取，以此自终。”〇此诗当作于壮年漫游时期。

〔二〕桂水：在今湖南南部，唐代属郴州。《清一统志·湖南·桂阳直隶州》：“桂水源出蓝山县南，东北流经嘉禾县，又东北入州界，合舂水入湘。《汉书·地理志》桂阳注引应劭曰：‘桂水所出，东北入湘。’《水经注》：‘桂水出桂阳北界山，山壁高耸，三面特峻，石泉悬注瀑布而下，北径南平县而东北，流届钟亭，右会钟水，通为桂水也。’”百越：《唐诗纪事》作“百粤”，同。《文献通考·舆地考·古南越》：“自岭而南，当唐虞三代为蛮夷之国，是百越之地也。”注：“自交趾至会稽七八千里，百越杂处，各有种姓。”《四库全书·百越先贤志提要》：“南方之国越为大，自勾践六世孙无疆为楚所败，诸子散处海上，其著者：东越无诸，都东冶，至漳泉，故闽越也；东海五摇，都永嘉，故瓯越也；自湘漓而南，故西越也；牂柯西下邕、雍、绥、建，故骆越也。统而言之，谓之百越。”据此则百越之范围甚广，包有我国东南部直到越南北部一带地方。本诗所言，大抵指岭南一带。

〔三〕晓发：明、清各本同。宋本作“晚发”，非。

〔四〕荆云：原作“荆门”。宋本、《诗选》、明活本、《全唐诗》等作“荆云”，据改。蔽：《诗选》及明、清各本同。宋本作“闭”，误。三巴：即巴郡、巴东、巴西之合称。《华阳国志·巴》：“建安六年（刘）璋乃改永宁为巴郡，以固陵为巴东，安汉为巴西，是为三巴。”卢僎《南望楼》：“去国三巴远，登楼万里春。伤心江上客，不是故乡人。”本诗盖用三巴以泛指川东鄂西一带，包括襄阳，所以下句说“夕望不见家”。

〔五〕襄王句：宋玉《高唐赋》序：“昔者，楚襄王与宋玉游于云梦之台，望高唐之观。其上独有云气，崪兮直上，忽兮改容。须臾之间，变化无穷。王问玉曰：‘此何气也？’玉对曰：‘所谓朝云者也。’王曰：‘何谓朝云？’玉曰：‘昔者先王尝游高唐，怠而昼寝，梦见一妇人，曰：妾巫山之女也，为高唐之客，闻君游高唐，愿荐枕席。王因而幸之。去而辞曰：妾在巫山之阳，高丘之阻，旦为朝云，暮为行雨，朝朝暮暮，阳台之下。’旦朝视之，如言，故为立庙，号曰朝云。”

〔六〕才子句：阎防时谪居长沙，至于他谪居长沙的情况，则未详。《唐诗纪事》卷二十六：“防在开元天宝间有文称，岑参、孟浩然、韦苏州有赠章，然不知得罪谪长沙之故也。”又，汉贾谊称才子，遭大臣之忌，出为长沙王太傅。本句亦有用贾谊比阎防之意。

〔七〕瘴疠：《诗选》、明、清各本同。宋本作“瘴厉”。厉通疠。《左传·襄公三十一年》：“盗贼公行，而夭厉不戒。”瘴疠，湿热地区山林间流行的一种传染病。杜甫《梦李白》之一：“江南瘴疠地，逐客无消息。”

〔八〕苦留滞:《诗选》、清本、《全唐诗》同。宋本、明活本作“久留滞”。

〔九〕款颜:晤面畅谈。

〔一〇〕承欢:博取欢心。《楚辞·九章·哀郢》:“外承欢之汋约兮,谌荏弱而难持。”袂:《玉篇》:“袂,袖也。”衣袖相接,意为亲切相见。

〔一一〕旅泊:宋本作“旅洎”,非。形近而误。《易·旅卦》孔颖达疏:“旅者客寄之名,羁旅之称,失其本居而寄他方,谓之为旅。”泊:《集韵》:“泊,止也,舟附岸曰泊。”则“旅泊”意为羁旅他乡而又水行者。指作者离乡背井,沿湘江游历。

〔一二〕下:《诗选》及明、清各本同。宋本作“上”,误。

施闰章《蠖斋诗话·月诗》:浩然“沿月棹歌还”、“招月伴人还”、“沿月下湘流”、“江清月近人”,并妙于言月。

大堤行寄万七〔一〕

大堤行乐处〔二〕,车马相驰突〔三〕。岁岁春草生,踏青二三月〔四〕。王孙挟珠弹〔五〕,游女矜罗袜〔六〕。携手今莫同,江花为谁发〔七〕?

〔一〕题目:《品汇》及明、清各本同。宋本“万”作“黄”,疑误。《乐府诗集》作《大堤行》。大堤:乐府名,又称《襄阳乐》、《襄阳曲》、《雍州曲》等。《乐府诗集》卷四八《襄阳乐》题解:“《古今乐录》曰:‘《襄阳乐》者,宋随王诞之所作也。诞始为襄阳郡,元嘉二十六年仍为雍州刺史,夜闻诸女歌谣,因而作之,所以歌和中有襄阳来夜乐之语也。’旧舞十六人,梁八人。又有《大堤曲》,亦出于此。简文帝雍州十曲,有《大堤》、《南湖》、《北渚》等曲。”《襄阳乐》其一:“朝发襄阳城,暮至大堤宿。大堤诸女儿,花艳惊郎目。”李白《大堤曲》:“汉水临襄阳,花开大堤暖。佳期大堤下,泪向南云满。春风复无情,吹我梦魂乱。不见眼中人,天长音信断。”万七:不详。岑仲勉《唐人行第录》:“《全诗》三函孟浩然《大堤行寄万七》。按万姓当日与文人唱和者,韩翃、卢纶有万巨;严维有万经;戴叔伦有《寄万德躬故居》,又《送万户曹之任扬州便归旧隐》。此外《广记》四七〇引《宣室志》,天宝泾阳令万庄退居瓜洲。此万七属何人,殊难揣度。”据诗意,或为浩然同乡好友。

〔二〕大堤:当即襄阳城外不远的沿江大堤。因《大堤曲》,亦可指江边歌乐声。

〔三〕驰突:奔驰冲撞。《三国志·魏志·武帝纪》:“吕布出兵战,先以骑犯青州兵,青州兵奔,太祖阵乱,驰突火出,坠马,烧左手掌。”李白《登梅冈》:“群峰如逐鹿,奔走相驰突。”此言车马之多。

〔四〕踏青:古人春日郊游,名曰踏青。踏青日期因时因地而有所不同,有的在二月二日,有的在三月三日,后世多在清明。二三月:《品汇》及明、清各本同。宋本作“三两日”,误。

〔五〕王孙句:古代称贵族子弟为王孙。《战国策·楚策四》:“黄雀因是以,俯噣白粒,仰栖茂树,鼓翅奋翼,自以为无患,与人无争也。不知夫公子王孙左挟弹,左摄丸,将加己乎十仞之上。”后亦泛指男子。

〔六〕游女句:张柬之《大堤曲》:“南国多佳人,莫若大堤女。玉床翠羽帐,宝袜莲花炬。”足见襄阳女子之娇艳。矜:爱惜。《尔雅·释训》:“矜怜,抚掩之也。”郝懿行义疏:“《说文》:‘怃,爱也。’抚掩,当作怃俺。《方言》云:‘怃俺,怜爱也。’”《小尔雅》:“矜,惜也。”罗袜:古代妇女以罗制袜,故名。以上数句写大堤春游的景象。

〔七〕江花:梁简文帝《采莲曲》:“桂楫兰桡浮碧水,江花玉面两相似。”

白居易《忆江南》:“日出江花红胜火,春来江水绿如蓝。”

还山贻湛法师〔一〕

幼闻无生理〔二〕,常欲观此身〔三〕。心迹罕兼遂〔四〕,崎岖多在尘〔五〕。晚途归旧壑〔六〕,偶与支公邻〔七〕。喜得林下契〔八〕,共推席上珍〔九〕。念兹泛苦海〔一〇〕,方便示迷津〔一一〕。导以微妙法〔一二〕,结为清净因〔一三〕。烦恼业顿舍〔一四〕,山林情转殷〔一五〕。朝来问疑义〔一六〕,夕话得清真〔一七〕。墨妙称古绝〔一八〕,词华惊世人〔一九〕。禅房闭虚静〔二〇〕,花药连冬春〔二一〕。平石藉琴砚〔二二〕,落泉洒衣巾。欲知明灭意〔二三〕,朝夕海鸥驯。

〔一〕题目:“贻”原作“赠”。宋本、汲本、清本、《全唐诗》作“贻”。今依宋本。湛法师:疑即僧湛然。陈思《宝刻丛编》卷三引《复斋碑录》:“唐裴观德政碑,唐贾昇撰,僧湛然分书。开元八年立在岘山。”而本诗中有“墨妙称古绝”之句,可知湛法师精于书法。(编者按:“法”原作“禅”,宋本、《全唐诗》作“法”。)

〔二〕无生:佛教认为世间万物无生无灭。这里用“无生理”以代佛教教义。

〔三〕此身:指自己之身。

〔四〕心迹句:明、清各本同。宋本“遂”作“逐”,盖形近而误。心迹:心谓心意,迹谓事迹。全句谓心与事很难两者都如意。

〔五〕崎岖:宋本、汲本、清本、《全唐诗》同。明活本作“岖崎”。尘:尘世。言道路与人事的崎岖皆因在尘世。

〔六〕旧壑:隐士所居,常称丘壑。浩然称自己旧日隐处为旧壑。这里似乎是指鹿门山。

〔七〕支公:晋僧人支遁,善清言,当时颇负盛名,尊称支公。后世又以支公泛称高僧。这里借指湛法师。参看《题荣二山池》注〔三〕。

〔八〕林下：隐士多居山林，故以林下称隐逸之所。慧皎《高僧传·竺僧朗》："朗常蔬食布衣，志耽人外，……与隐士张忠为林下之契，每共游处。"本诗借指湛法师与自己为林下之契友。

〔九〕席上珍：《礼记·儒行》："儒有席上之珍以待聘。"用席上珍宝美玉以比喻人的美好才德。

〔一〇〕苦海：佛家语。佛家认为人生在世，苦痛无边无际，有如大海，故称苦海。

〔一一〕迷津：佛家语。佛家认为人在欲、色、无色三界及六道轮回中，往往迷失方向，需赖慈航济渡。津，渡口。以上"喜得林下契，共推席上珍。念兹泛苦海，方便示迷津"四句，宋本无。

〔一二〕微妙法：精微奥妙之法。《无量寿经》："普为十方说微妙法。"

〔一三〕清净：佛家语。佛家称远离恶行与烦恼的境界为清净。《俱舍论》："远离一切恶行烦恼垢，故名为清净。"因，因缘。以上"导以微妙法，结为清净因"二句，清本无。据毛校记，元本亦无此二句。

〔一四〕烦恼：佛家称身心为贪欲所困惑而产生的精神状态为烦恼。《景德传灯录·宝志〈大乘赞〉》："但无一切希求，烦恼自然消落。"业：梵语"羯磨"的意译。佛教认为在六道中生死轮回是业决定的。业包括行动、语言、思想意识三方面，称身业、口业、意业。

〔一五〕山林：明、清各本同。宋本作"山杖"，非。

〔一六〕疑义：诗文或佛理中难于理解的地方。陶渊明《移居》："奇文共欣赏，疑义相与析。"此指佛理。

〔一七〕清真：清洁纯真，意犹真理。这里指佛理真谛。

〔一八〕墨妙：精妙的书法。张说《故吏部侍郎元公碑铭》："麟阁书仙，凤池墨妙。"古绝：明、清各本同。宋本作"今绝"。

〔一九〕词华：宋本、《全唐诗》同。明活本、汲本、清本作"辞华"，通。词华，指诗文的文采。杜甫《赠比部萧郎中十兄》："词华倾后辈，风雅蔼孤骞。"

〔二〇〕禅房：明、清各本同。宋本作"竹房"。禅房，僧人所居。杨衒之《洛阳伽蓝记·景林寺》："寺西有园，多饶奇果，春鸟秋蝉，鸣声相续。中有禅房一所，内置祇洹精舍。"竹房亦僧人或隐士所居。

〔二一〕花药句：僧人养花种药，一年不断。

〔二二〕藉：宋本、汲本、《全唐诗》同。明活本、清本作"籍"，非。藉，本为坐卧其上之意，这里用于琴砚，当为陈列之意。

〔二三〕明灭意：宋本同。明活本作"意冥灭"。清本作"意明灭"。《全唐诗》作"冥灭意"。

李梦阳曰：墨妙以下，便不称，虽李杜其古诗亦皆前密而后散。

秋登万山寄张五〔一〕

北山白云里，隐者自怡悦〔二〕。相望试登高〔三〕，心随雁飞灭〔四〕。愁因薄暮起，兴是清秋发〔五〕。时见归村人，平沙渡头歇〔六〕。天边树若荠〔七〕，江畔舟如月〔八〕。何当载酒来〔九〕，共醉重阳节〔一〇〕。

〔一〕题目：《英华》同。《诗选》亦作"万山"。宋本、明活本、汲本、清本、《全唐诗》"万山"作"兰山"。按：《清一统志·四川·叙州府》载："石门山在庆符县以南，下瞰石门江，其林薄中多兰，一名兰山。"孟浩然虽也来过四川，行踪未及这带地方。而万山在襄阳附近，当以万山为是。万山：《清一统志·湖北·襄阳府》："万山在襄阳县西北十里，一名方山，一名蔓山，一名汉皋山。”张五：《诗选》作“张五儃”。《全唐诗》题下注云：“一作九月九日岘山寄张子容。一作秋登万山寄张文儃”。根据诗的内容看，虽然比较符合张子容的关系，但张子容为张八，八与五形音均相去甚远，不易写错。唐代又有张諲，永嘉人，初隐少室山下，后应举，官至刑部员外郎。善草隶，兼画山水，与李颀友善，事王维为兄，皆为诗酒丹青之契。王维与张諲唱和之诗甚多，称其为张五。岑仲勉疑“文儃”为张諲之字。但《孟集》中尚有《寻张五》一诗，诗云：“闻就庞公隐，移居近涧湖。”则知张五隐居于襄阳附近。而张諲则初隐于少室山，辞官以后，也是“归故山偃仰，不复来人间矣”（见《唐才子传》），并未来襄阳隐居。故张諲亦似不合。张五究系何人，不如阙疑以待考。

〔二〕北山二句：万山在襄阳之北，故称北山。二句暗用陶弘景《答诏问山中何所有赋诗以答》诗意。该诗云：“山中何所有，岭上多白云。只可自怡悦，不堪持赠君。”

〔三〕试：原作“始”，明活本、清本、《品汇》同。宋本、《英华》、《诗选》、汲本、《全唐诗》作“试”。今从宋本。“始”，盖出自明人之改动。登高：九月九日登高，为古人风习。吴筠《续齐谐记》：“汝南桓景随费长房游学，长房谓之曰：‘汝南九月九日当有大灾厄，急令家人缝囊盛茱萸系臂上，登山饮菊花酒，此祸可消。’景如言，举家登山。夕还，见鸡犬一时暴死。长房闻之曰：‘此可代也。’今世人九日登高饮酒，妇人带茱萸囊，盖始于此。”古人风习往往与神话传说相附会，不足为训。但也可见此种风习来源甚早。

〔四〕心随句：《英华》、明活本、清本同。宋本、汲本作“心飞逐鸟灭”。《品汇》作“心随飞雁灭”。盖来自元本。《诗选》作“心随鸟飞灭”。时当秋季，正北雁南飞之时，雁更切合诗意。

〔五〕清秋：《英华》、《品汇》、明活本、清本、《全唐诗》同。宋本、汲本作

“清境”。从诗意看以“清秋”为佳。

〔六〕平沙:《英华》、《品汇》、明活本、清本同。宋本、《全唐诗》作“沙行”。

〔七〕荠:菜名。茎高数寸,以至尺馀。其嫩茎叶可供食用。《诗·邶风·谷风》:“谁谓荼苦,其甘如荠。”言天边之树,极为遥远,看来矮小,有如荠菜。

〔八〕舟:原作“洲”。宋本同。《英华》、明活本、汲本、清本、《全唐诗》作“舟”,据改。按薛道衡《敬酬杨仆射山斋独坐》有“遥原树若荠,远水舟如叶”之句,孟诗盖从之变化而来,以“舟”为是。且时当重阳前不久,新月初悬,故言舟如月也。

〔九〕何当:犹何妨。载酒:《汉书·扬雄传》:“家素贫,耆酒,人希至其门。时有好事者载酒肴从游学。”此指携酒同游。

〔一〇〕重阳节:曹丕《九日与钟繇书》:“岁往月来,忽复九月九日。九为阳数,而日月并应,俗嘉其名,以为宜于长久,故以享宴高会。”杜甫《九日》:“重阳独酌杯中酒,抱病起登江上台。”旧时以阴历九月九日为重九节,因九为阳数,故亦谓之重阳节。

刘辰翁曰:朴而不厌。又曰:其俚至此。

李梦阳曰:愁因薄暮起二句,不可言朴。

杨慎《升庵诗话》卷十三:《罗浮山记》云:“望平地树如荠”,自是俊语。梁戴暠诗“长安树如荠”,用其语也。后人翻之益工,薛道衡诗:“遥原树若荠,远水舟如叶。”孟浩然“天边树若荠,江畔洲如月。”

登江中孤屿赠白云先生王迥〔一〕

悠悠清江水,水落沙屿出。回潭石下深〔二〕,绿筱岸傍密〔三〕。鲛人潜不见〔四〕,渔父歌自逸〔五〕。忆与君别时,泛舟如昨日。夕阳开晚照〔六〕，中坐兴非一〔七〕。南望鹿门山〔八〕，归来恨如失〔九〕。

〔一〕题目：明活本、汲本、《全唐诗》同。宋本“赠”作“话”。《诗选》作“登江中孤屿贻王山人迥”。“赠”、“贻”意同，“话”误。江：指汉江。孤屿，江中小洲，应在岘山附近。白云先生王迥：王迥号白云先生，行九，隐居鹿门山，为浩然好友。《孟集》中有关王迥之诗颇多。如《鹦鹉洲送王九之江左》、《白云先生王迥见访》、《春中喜王九相寻》、《同王九题就师山房》、《赠王九》、《上巳日洛中寄王九迥》等。从这些诗中可以看出浩然和他的关系是相当密切的，也可以知道他是一个隐士，曾往游江南。○此诗疑壮年隐于园庐时所作。

〔二〕回潭：当指岘山附近汉江里的一个深潭，潭中水流回旋。

〔三〕绿筱：翠绿的细竹。谢灵运《过始宁墅》：“白云抱幽石，绿筱媚清涟。”岸傍：《诗选》及明、清各本同。宋本作“岸边”。

〔四〕鲛人：神话传说中海底怪人。张华《博物志》卷九：“南海外有鲛人，水居如鱼，不废耕绩，其眼能泣珠。”曹植《七启》：“然后采菱华，擢水蘋，弄珠蚌，戏鲛人。”

〔五〕歌自逸：《诗选》及明、清各本同。宋本作“自歌逸”。

〔六〕开晚照：《诗选》、汲本同。宋本作“门返照”。明活本、清本、《全唐诗》作“开返照”。“门”当系“开”之误。宋孝武帝《七夕》：“白日倾晚照，弦月升初光。”

〔七〕中坐句：中，意为此中、此地；兴，兴会、兴致；言当日兴致勃勃，不一而足。

〔八〕鹿门山：在襄阳城南三十里。详《登鹿门山怀古》注〔一〕。

〔九〕如失：原作“相失”。宋本、汲本、《全唐诗》作“如失”，据改。言望见鹿门山，更加思念好友，心中若有所失。

李梦阳曰:同此一题,若诵"秋水共澄鲜"之句,则孟诗为奴仆矣。(按:谢灵运《登江中孤屿》诗有"云日相辉映,空水共澄鲜"之句。但谢灵运所游为永嘉江,孟浩然所游者则为汉江。)

晚春卧疾寄张八子容〔一〕

南陌春将晚〔二〕,北窗犹卧病〔三〕。林园久不游,草木一何盛〔四〕。狭径花将尽〔五〕,闲庭竹扫净〔六〕。翠羽戏兰苕〔七〕,赪鳞动荷柄〔八〕。念我平生好〔九〕,江乡远从政〔一〇〕。云山阻梦思,衾枕劳歌咏。歌咏复何为〔一一〕,同心恨别离〔一二〕。世途皆自媚〔一三〕,流俗寡相知。贾谊才空逸〔一四〕,安仁鬓欲丝〔一五〕。遥情每东注〔一六〕,奔晷复西驰〔一七〕。常恐填沟壑〔一八〕,无由振羽仪〔一九〕。穷通若有命〔二〇〕,欲向论中推〔二一〕。

〔一〕题目:宋本、汲本、清本、《全唐诗》作"晚春卧病寄张八"。明活本"疾"作"病"。张八子容:张子容,行八,为浩然好友。《孟集》中与子容唱和之诗甚多,不备举。辛文房《唐才子传》:"子容,襄阳人。开元元年,常无名榜进士,仕为乐城令。初与孟浩然同隐鹿门山,为死生交,诗篇唱答颇多。后值乱离,流寓江表。……后竟弃官归旧业。有诗集。兴趣高远,略去凡近。当时哲匠,咸称道焉。"○此诗疑作于壮年、张子容任乐城县尉时期。

〔二〕南陌:《玉篇》:"陌,阡陌。"按:《史记·秦本纪》:"开阡陌。"司马贞索隐引《风俗通义》:"南北曰阡,东西曰陌;河东以东西为阡,南北曰陌。"故陌为田间小路,因亦泛指田野。梁武帝《河中之水》:"河中之水向东流,洛阳女儿名莫愁。莫愁十三能织绮,十四采桑南陌头。”本诗实指田野,亦即指浩然的田园。

〔三〕北窗:《晋书·陶潜传》:“高卧北窗,自谓羲皇上人。”

〔四〕草木:明活本、汲本、清本、《全唐诗》同。宋本作“果木”。

〔五〕将尽:宋本、汲本同。明活本、清本、《全唐诗》作“障迷”。

〔六〕净:宋、明、清各本同。据毛校记元本作“尽”。依诗意以“净”为佳,“尽”盖声近而误。言风吹竹梢,竹梢摇动,其矮者有如扫地,因而地净,极言闲庭之闲,非常幽静。

〔七〕翠羽句:翠羽,指翡翠鸟。羽毛有蓝、绿、赤、棕等色,但蓝绿最为突出。兰:兰草,《说文》:“兰,香草也。”《楚辞·离骚》:“纫秋兰以为佩。”王逸注:“兰,香草也。”苕(tiáo):《尔雅·释草》:“苕,陵苕。黄华蔈,白华茇。”按:苕一名紫葳,即凌霄花。言翠鸟戏于兰草凌霄之间。

〔八〕赪(chēng)鳞:《尔雅·释器》:“再染谓之赪。”郭璞注:“赪,染赤。”《广韵》:“赪,赤色,俗作赬。”鲤鱼色赤,故以赪鳞代鲤鱼。

〔九〕平生好:平生好友,指张子容。

〔一〇〕江乡:犹言水乡。杜甫《送大理封主簿五郎亲事不合却赴通州》:“馀寒折花卉,恨别满江乡。”本诗江乡,盖指温州乐城。

〔一一〕歌:两处原皆作“感”。明代各本同。宋本、清代各本两处俱作“歌”。今从宋本。《诗·关雎序》:“诗者志之所之也。”孔颖达疏:“言作诗者所以舒心志愤懑而卒成于歌咏,故《虞书》谓之诗言志也。包管万虑,其名曰心。感物而动,乃呼为志。志之所适,万物感焉。”衾枕:被子、枕头均为卧具,正扣题目的“卧疾”。

〔一二〕同心:《易·系辞》:“二人同心,其利断金;同心之言,其臭如兰。”因用“同心”以代好友。

〔一三〕世途句:自媚:媚,喜爱。《饮马长城窟行》:“入门各自媚,谁肯相为言。”言世上都是自己爱自己,自己为自己鼓吹,不肯替别人说话。

〔一四〕贾谊句：贾谊，汉河南洛阳人，年十八，即以诵诗书、属文章闻名郡中。河南守吴公闻其才，召至门下。文帝召以为博士，时年仅二十馀岁，一年中超迁至大中大夫。后文帝拟任为公卿，但因绛灌等人中伤，遂出为长沙王太傅。谊既失志，遂经湘水，为赋以吊屈原。后又任为梁怀王太傅，以梁怀王坠马死，自伤为傅无状，哭泣年馀亦死。时年三十三。这里用贾谊以比张子容，作者以为张子容博学多才，然而颇不得意，贬居乐城尉。

〔一五〕丝：明、清各本同。宋本作"垂"，非。安仁：晋潘岳字安仁，美姿容，有文才。泰始中，武帝躬耕藉田，岳作赋美其事，才名冠世。出为河阳令，累迁给事黄门侍郎。与石崇友善，谄事贾谧。后孙秀诬以谋反，被诛。其所作《秋兴赋》序云："晋十有四年，余春秋三十有二，始见二毛。"所谓二毛即"鬓欲丝"之意。这里借用这个典故以喻自己年事渐老而功名未就。

〔一六〕遥情：遥远之情。作者在襄州，张子容在温州，相距遥远。卢照邻《乐府杂诗序》："少卿长别，起高唱于河梁；平子多愁，寄遥情于陇阪。"

〔一七〕奔晷（guǐ）：《说文》："晷，日景也。"奔晷西驰，日景自东向西奔驰，意为时光流逝。

〔一八〕填沟壑：身体填入沟壑，指死后无人葬埋。《左传・昭公十三年》："小人老而无子，知挤于沟壑矣。"《战国策・秦策四》："顾及未填沟壑而托之。"

〔一九〕羽仪：犹羽翼。嵇康《兄秀才公穆入军赠诗》之一："抗首漱朝露，晞阳振羽仪。"孟诗用鸟的举翼高飞比喻仕途得意，做官升迁。

〔二〇〕穷通：穷，阻塞；通，通达。往往用以代表命运的好坏，仕途的顺利与坎坷等等。

〔二一〕欲向句:论:指刘芳《穷通论》。《魏书·刘芳传》:"芳虽处穷窘之中,而业尚贞固,聪敏过人,笃志坟典。昼则佣书,以自资给,夜则读诵,终夕不寝,至有易衣并日之弊,而澹然自守,不汲汲于荣利,不戚戚于贱贫,乃著《穷通论》以自慰焉。"言想向《穷通论》中去推究推究。

刘辰翁曰:其语甚痛,其意甚浅。

书怀贻京邑同好〔一〕

惟先自邹鲁〔二〕,家世重儒风〔三〕。诗礼袭遗训〔四〕,趋庭沾末躬〔五〕。昼夜常自强〔六〕,词翰颇亦工〔七〕。三十既成立〔八〕,吁嗟命不通〔九〕。慈亲向羸老〔一〇〕,喜惧在深衷〔一一〕。甘脆朝不足〔一二〕,箪瓢夕屡空〔一三〕。执鞭慕夫子〔一四〕,捧檄怀毛公〔一五〕。感激遂弹冠〔一六〕,安能守固穷〔一七〕。当涂诉知己〔一八〕,投刺匪求蒙〔一九〕。秦楚邈离异〔二〇〕,翻飞何日同〔二一〕!

〔一〕题目:"同好"原作"故人"。宋本、《英华》、汲本、清本、《全唐诗》作"同好"。今从宋本。京邑:指首都长安。○此诗当作于三十岁时。

〔二〕邹鲁:邹和鲁,均周代诸侯国名。邹,当今山东邹县;鲁,当今山东曲阜。孟子邹人,孔子鲁人。先世来自邹鲁,暗示自己为孔孟之后。

〔三〕儒风:指孔子之道。孟子发挥孔子思想,为儒家传人,浩然姓孟氏,应为孟子后人,故称家世重儒风。

〔四〕诗礼:儒家以《诗》、《书》、《礼》、《乐》、《易》、《春秋》六经教授弟子,学诗习礼便成为儒家的主要科目。

〔五〕趋庭句:“沾”原作“绍”。宋本、《英华》、汲本、清本、《全唐诗》作“沾”,据改。趋庭:即“趋而过庭”之省语,《论语·季氏》:“鲤趋而过庭。”刘宝楠正义:“趋而过庭者,礼。臣行过君前,子行过父前,皆当徐趋,所以为敬也。”沾:《说文》:“沾,雨霑也。”即湿润之意。末躬:躬,自身,末躬,含有谦虚之意。

〔六〕常自强:宋本作“恒自强”,意同。《易·乾》:“象曰:天行健,君子以自强不息。”

〔七〕词翰:原作“词赋”,明活本、汲本同。宋本、《英华》、《全唐诗》作“词翰”。今从宋本。泛指诗文等辞章之学。

〔八〕三十句:《论语·为政》:“子曰:吾十有五而志于学,三十而立,四十而不惑……”本句即用此典,表明自己三十岁时,品德学业均有所成就。

〔九〕吁嗟:原作“嗟吁”,明代各本同。宋本、《英华》作“吁嗟”。今从宋本。

〔一〇〕向:宋、明各本及《全唐诗》同。清本作“尚”。“向”乃趋向、逐渐之意,符合诗意,以“向”为是。“尚”,形近而误。

〔一一〕喜惧句:《论语·里仁》:“子曰:父母之年,不可不知也,一则以喜,一则以惧。”朱熹注:“知,犹记忆也。知父母之年,则既喜其寿,又惧其衰。”内心深处惦念着慈母的衰老,心存恐惧。

〔一二〕甘脆:代表美好的食物。《战国策·韩策二》:“仲子固进,而聂政谢曰:臣有老母,家贫客游,以为狗屠,可旦夕得甘脆以养亲。”

〔一三〕箪瓢句:箪,竹制盛饭器;瓢,用葫芦制成的盛水、酒器。《论语·雍也》:“子曰:贤哉回也! 一箪食(sì),一瓢饮,在陋巷,人不堪其忧,回也不改其乐。贤哉回也!”言箪瓢之内,食物常缺。

〔一四〕执鞭句:执鞭,卑贱之役。夫子,孔子。《论语·述而》:“富而可求也,虽执鞭之士,吾亦为之。”意思是说如能求得财富,就是卑贱的事也可以做。本句袭用其意。

〔一五〕捧檄句:檄,指征召的文书。怀与慕为互文。毛公,毛义。《后汉书·刘赵淳于江刘周赵列传》:"庐江毛义少节,家贫,以孝行称。南阳张奉慕其名,往候之。坐定而府檄适至,以义为守令,义奉檄而入,喜动颜色。奉者志尚士也,心贱之,自恨来,固辞而去。及义母死,去官行服。数辟公府,为县令,进退必以礼。后举贤良,公车征,遂不至。张奉叹曰:贤者固不可测。往日之喜,乃为亲屈也。斯盖所谓'家贫亲老,不择官而仕'者也。"意思是说怀慕毛义为母求仕。

〔一六〕感激:感动、激发之意。诸葛亮《出师表》:"由是感激,遂许先帝以驱驰。"弹冠:整理帽子,弹去灰尘,比喻将要出来做官。《汉书·王吉传》:"吉与贡禹为友,世称'王阳(王吉字子阳)在位,贡公弹冠',言其取舍同也。"颜师古注:"弹冠者,且入仕也。"孟浩然亦因知己在位,也愿出仕。

〔一七〕固穷:安于穷困。《论语·卫灵公》:"子曰:君子固穷,小人穷斯滥矣。"

〔一八〕当涂:犹当道、当路。指身居要职。

〔一九〕投刺:刺,名刺、名帖、名片。旧时拜访别人特别是高官,必先投刺。匪:同非。《诗·卫风·木瓜》:"投我以木瓜,报之以琼琚。匪报也,永以为好也。"郑玄笺:"匪,非也。"求蒙:《易·蒙》:"匪我求童蒙,童蒙求我。"孔颖达疏:"蒙者,微昧暗弱之名。"又云:"匪我求童蒙,童蒙求我者,物既暗弱而意愿亨通……暗者求明,明者不谘于暗。"孟浩然借用此语,表明自己不求那些不知己的人。

〔二〇〕秦楚:唐都长安在京畿道,当古秦国地,扣题目的"京邑"。作者在襄阳,为古楚国地。邈:《说文》:"邈,远也。"言二人相距遥远。

〔二一〕翻飞：翻飞比喻仕途顺利，犹如鸟的展翅高飞。

游云门寺寄越府包户曹徐起居〔一〕

我行适诸越，梦寐怀所欢〔二〕。久负独往愿，今来恣游盘〔三〕。台岭践嶝石〔四〕，耶溪溯林湍〔五〕。舍舟入香界〔六〕，登阁憩旃檀〔七〕。晴山秦望近〔八〕，春水镜湖宽〔九〕。远怀伫应接〔一〇〕，卑位徒劳安。白云日夕滞〔一一〕，沧海去来观〔一二〕。故国眇天末〔一三〕，良朋在朝端〔一四〕。迟尔同携手，何时方挂冠〔一五〕？

〔一〕题目：明活本同。《全唐诗》"云门寺"作"云门山"。宋本、汲本作"龙门寺"，误。按：云门寺在会稽云门山，诗中所涉及地址，全在越中会稽，故以云门寺为是。参看《云门寺西六七里闻符公兰若最幽与薛八同往》注〔一〕。越府：指越州。治所在会稽，即今浙江绍兴。包户曹徐起居：户曹、起居俱官名。二人生平不详。○此诗约作于开元十九年游越期间。

〔二〕所欢：指包、徐二君。

〔三〕游盘：即游乐之意，亦可写作盘游。《书·五子之歌》："乃盘游无度。"

〔四〕嶝：宋本、汲本同。明活本、清本、《全唐诗》作"磴"。二字通用，见《集韵》。嶝，登山小路。《玉篇》："嶝，小坂也。"沈约《从军行》："云萦九折嶝，风卷万里波。"《水经注·汾水》："石磴萦行，若羊肠焉。"

〔五〕耶溪：即若耶溪，在会稽之南。详《耶溪泛舟》注〔一〕。溯：《尔雅·释水》："逆流而上曰溯洄，顺流而下曰溯游。"以后只称逆流为溯。《左传·文公十年》："楚子西沿汉溯江。"杜预注："沿顺流，溯逆流。"林湍：林间急流。

〔六〕香界:佛家称佛地为众香国,楼阁园囿皆香,香气周流十方无量世界。后世因亦泛称佛寺为香界。

〔七〕旃檀:梵语旃檀那的略称,意即檀香木。慧琳《一切经音义》二七:"旃檀那,谓牛头旃檀等,赤即紫檀之类,白谓白檀之属。"这里指佛阁建筑。

〔八〕晴:宋、明各本及《全唐诗》同。清本作"青"。秦望:秦望山。在今浙江杭州市西南。《清一统志·浙江·杭州府》:"秦望山在钱塘县西南十二里,陈顾野王《舆地志》:秦始皇东游,登此山瞻望,欲渡会稽,故名。"

〔九〕镜湖:又名鉴湖,当今浙江绍兴市以南。其初本通潮汐,东汉永和五年(一四〇)会稽太守马臻始环湖筑塘潴水。《元和郡县志·江南东道·越州》:"越州镜湖,在会稽山阴两县界,周回三百一十里,都灌田九千顷。"宋熙宁以后,湖水逐渐干涸。

〔一〇〕怀:原作"行"。宋本、明活本、汲本、《全唐诗》作"怀",据改。

〔一一〕日夕滞:原作"去久滞"。宋、明、清各本俱作"日夕滞",据改。

〔一二〕去来:原作"竭来",误。明活本、汲本、清本、《全唐诗》作"去来",据改。宋本作"去还"。

〔一三〕眇:远。《楚辞·哀郢》:"眇不知其所蹠。"王逸注:"眇犹远也。"

〔一四〕朝端:朝中首席,往往指宰相一类高级官吏。

〔一五〕挂冠:《后汉书·逸民传》:"逢萌字子康,北海都昌人也。……时王莽杀其子宇,萌谓友人曰:'三纲绝矣!不去,祸将及人。'即解冠挂东都城门,归,将家属浮海,客于辽东。"后因以挂冠作辞官代语。

示孟郊〔一〕

蔓草蔽极野〔二〕,兰芝结孤根〔三〕。众音何其繁,伯牙独不喧。当时高深意，举世无能分。钟期一见知，山水千秋闻〔四〕。尔其保静节〔五〕，薄俗徒云云。

〔一〕孟郊：字东野，为中唐著名诗人。生于唐玄宗天宝十载（七五一），卒于唐宪宗元和九年（八一四），而孟浩然生于唐武后永昌元年（六八九），卒于唐玄宗开元二十八年（七四〇），是孟浩然死时，孟郊尚未出生，所以历来对这首诗颇有怀疑与争论。严羽《沧浪诗话·考证》：孟浩然有《赠孟郊》一首。按东野乃贞元、元和间人，而浩然终于开元二十八年，时代悬远，其诗亦不似浩然，必误入。马星翼《东泉诗话》：孟浩然集中有《赠孟郊》一首，当别一孟郊，非东野也。《沧浪诗话》讥其不似浩然，疑后人误入之，亦泥。按：此诗宋本不载，是值得怀疑的。

〔二〕蔓草：蔓生之草。古人常用以比喻恶人恶事。《左传·隐公元年》："蔓草犹不可除，况君之宠弟乎？"

〔三〕兰芝：兰为香草。芝，古人以为神草。二者常用以代美好事物及品德高尚之人。结孤根：与"蔽极野"相对，言恶者极多，美者孤独。

〔四〕众音六句：伯牙：俞伯牙；钟期：钟子期，均春秋时人。《吕氏春秋·本味》："伯牙鼓琴，钟子期听之。方鼓琴而志在太山，钟子期曰：'善哉乎鼓琴，巍巍乎若太山。'少选之间，而志在流水，钟子期又曰：'善哉乎鼓琴，汤汤乎若流水。'钟子期死，伯牙破琴、绝弦，终身不复鼓琴，以为世无足复为鼓琴者。"这里是说，噪音极多，美音却极少，而像钟子期那样的知音，更是难得的。所以"高山流水"成为千古有名的故事。

〔五〕静节：美好的节操。

山中逢道士云公〔一〕

春馀草木繁，耕种满田园。酌酒聊自劝，农夫安与言。忽闻荆山子〔二〕,时出桃花源〔三〕。采樵过北谷,卖药来西村。村烟日云夕〔四〕,榛路有归客〔五〕。杖策前相逢〔六〕,依然是畴昔〔七〕。邂逅欢觏止〔八〕,殷勤叙离隔〔九〕。谓余搏扶桑〔一〇〕,轻举振六翮〔一一〕。奈何偶昌运,独见遗草泽〔一二〕。既笑接舆狂〔一三〕,仍怜孔丘厄〔一四〕。物情趋势利〔一五〕,吾道贵闲寂〔一六〕。偃息西山下〔一七〕,门庭罕人迹。何时还清溪,从尔炼丹液〔一八〕。

〔一〕题目:明、清各本同。据毛校记元本无"云公"二字。此诗宋本不载。云公:未详。〇此诗似应举失败后口吻,若然,则当在长安应举之后。

〔二〕荆山子:荆山在今湖北南漳县西北。《左传·昭公四年》:"荆山,九州之险也。"《元和郡县志·山南道·襄州》:"荆山在县(南漳)西北八十里,三面绝险,惟东南一隅,才通人径。"荆山子即指隐于荆山的道士云公。

〔三〕桃花源:晋陶渊明有《桃花源诗并序》,盖根据民间传说加工写成。沈德潜在《古诗源》中认为是"此羲皇之想也,必辨其有无,殊为多事",是颇有见地的。这里借指为隐士所居。

〔四〕村烟:村落上空笼罩的烟气,黄昏时最为显著。

〔五〕榛路:灌木丛生的路。

〔六〕杖策:杖本为名词,这里用作动词。杖策即柱杖、扶杖之意。陆云《逸民歌》:"杖短策而往兮,乃枕石而漱流。"

〔七〕畴昔:过去、往日。《左传·宣公二年》:"华元杀羊食(sì)士,其御羊斟不与。及战,曰:'畴昔之羊,子为政;今日之事,我为政。'"

〔八〕邂逅:不期而遇。《诗·郑风·野有蔓草》:"邂逅相遇,适我愿兮。"觏:见。《诗·豳风·伐柯》:"我觏之子,笾豆有践。"郑玄笺:“觏,见也。”

〔九〕殷勤:感情亲切。《汉书·司马迁传》:“夫仆与李陵,俱居门下,素非相善也,趣舍异路,未尝衔杯酒接殷勤之欢。”

〔一〇〕搏:清本、《全唐诗》同。明活本、汲本作“转”,非。搏,鸟以羽翼击打曰搏。《礼记·儒行》:“鸷虫攫搏。”孔颖达疏:“以脚取之谓之攫,以翼击之谓之搏。”此二句乃以鸟喻人,展翅搏击,故以“搏”字为是。扶桑:传说日出处有神木,名曰扶桑。《山海经·海外东经》:“汤谷上有扶桑,十日所浴。”《楚辞·离骚》:“饮余马于咸池兮,总余辔乎扶桑。”

〔一一〕六翮(hé):鸟之强羽。《战国策·楚策四》:“奋其六翮而凌清风,飘遥乎高翔。”振六翮,意即振羽奋飞。两句用鸟的奋飞,拍击日出处的神木,以比喻人的飞黄腾达。

〔一二〕草泽:荒莽的原野。左思《咏史》:“何世无奇才,遗之在草泽。”见:犹“被”。

〔一三〕接舆狂:接舆,春秋时隐士。《论语·微子》:“楚狂接舆歌而过孔子。”刘宝楠正义:“接舆楚人,故称楚狂。”

〔一四〕孔丘厄:《论语·卫灵公》:“(孔子)在陈绝粮,从者病,莫能兴。”《荀子·宥坐》:“孔子南适楚,厄于陈蔡之间,七日不火食,藜羹不糁,弟子皆有饥色。”

〔一五〕物情:犹世情。

〔一六〕闲:“闲”即“暇、静”之意。用闲、寂两字,概括道教精髓。

〔一七〕偃息:安然仰卧之意。《吕氏春秋·顺说》:“若夫偃息之义,则未之识也。”

〔一八〕炼丹液:道教讲炼丹服药,以追求长生不老。

李梦阳曰:奈何以下其意怨。

岁暮海上作

仲尼既已没〔一〕,余亦浮于海〔二〕。昏见斗柄回〔三〕,方知岁星改〔四〕。虚舟任所适〔五〕,垂钓非有待〔六〕。为问乘槎人〔七〕,沧洲复何在〔八〕。

〔一〕仲尼:孔子名丘,字仲尼。已没:明活本、《品汇》同。宋本、汲本作"云没"。《英华》、《诗选》作"已殁"。《全唐诗》作"云殁"。"没""殁"同。《玉篇》:"殁,古文没字。"○此诗疑作于应举失败之后。或即作于游越期间。

〔二〕浮于海:用《论语·公冶长》"道不行,乘桴浮于海"典故,紧扣题目。孔子在"道不行"的时候,就"浮于海",表明此诗作于孟浩然功名失意之后。

〔三〕昏见:宋、明、清各本同。《英华》作"又见",亦通。斗柄:指北斗七星之第五至第七星,古人以北斗星斗柄之转运以计算月份,斗柄所指之辰谓之斗建。如正月指寅,即为建寅之月;二月指卯,即为建卯之月等等。《鹖冠子·环流》:"斗柄东指,天下皆春;斗柄南指,天下皆夏;斗柄西指,天下皆秋;斗柄北指,天下皆冬。"斗柄回转,表示时间已经改变。

〔四〕方知:宋本、明活本、《品汇》、清本、《全唐诗》同。《英华》、《诗选》作"始知",意同。岁星:即木星,古人以之纪年。《史记·天官书》:"察日月之行以揆岁星顺逆。"司马贞索隐:"《天官占》云:岁星,一曰应星,一曰经星,一曰纪星。《物理论》云:岁行一次,谓之岁星,则十二岁而一周天也。"

〔五〕虚舟:空船,因亦指轻便之船。《易·中孚》:"乘木舟虚也。"王弼注:"乘木于川,舟之虚则终已无溺也。"孔颖达疏:"以中信而济难,若乘虚舟以涉川也。"陶渊明《五月旦作和戴主簿》:"虚舟纵逸棹，回后遂无穷。"

〔六〕垂钓句：《史记·齐太公世家》："吕尚盖尝穷困，年老矣，以渔钓奸周西伯。西伯……遇太公于渭之阳，与语大悦……载与俱归，立为师。"后世遂用为贤能待用的典故。

〔七〕乘槎人：《英华》、《品汇》、明活本、汲本、清本、《全唐诗》同。宋本作"乘查久"。《诗选》作"乘查人"。"槎"、"查"同，见《集韵》。乘槎人，神话传说，天河与海相连，有木筏（槎）载人。《博物志》卷三："天河与海通。近世有人居海渚者，年年八月有浮槎去来不失期。人有奇志，立飞阁于查上，多赍粮，乘槎而去。十馀日中，犹观星月日辰，自后芒芒忽忽，亦不觉昼夜，去十馀日，奄至一处，有城郭状，屋舍甚严，遥望宫中多织妇，见一丈夫牵牛渚次饮之；牵牛人乃惊问曰：'何由至此？'此人见说来意，并问：'此是何处？'答曰：'君还至蜀郡访严君平则知之。'竟不上岸，因还如期。后至蜀，问君平，曰：'某年月日，有客星犯牵牛宿。'计年月，正是此人到天河时也。"

〔八〕沧洲句：宋本、《品汇》、明活本、汲本、清本同。《英华》作"沧浪复谁在"。《诗选》、《全唐诗》作"沧洲复谁在"。按："沧浪"或指汉水，或指汉水之中小洲。浩然襄阳人，即居汉水之滨，似无提问"复何在"之必要。再者作者诗中，惯用"沧洲"，如《韩大使东斋会岳上人诸学士》："沧洲趣不远。"《同曹三御史泛湖归越》："沧洲已拂衣。"故应以"沧洲"为是。"沧洲"本为滨水之地，古时又常指隐士所居。阮籍《为郑冲劝晋王笺》："临沧洲而谢支伯，登箕山以揖许由。"《文选·谢朓·之宣城出新林浦向版桥》："既欢怀禄情，复协沧洲趣。"

刘辰翁曰：奇壮澹荡，少许自足。

越中逢天台太一子〔一〕

仙穴逢羽人〔二〕，停舻向前拜〔三〕。问余涉风水〔四〕，何处远行迈〔五〕？登陆寻天台〔六〕，顺流下吴会〔七〕。兹山夙所尚，安得闻灵怪〔八〕。上逼青天高〔九〕，俯临沧海大〔一〇〕。鸡鸣见日出，每与仙人会〔一一〕。来去赤城中〔一二〕，逍遥白云外。莓苔异人间〔一三〕，瀑布当空界〔一四〕。福庭长不死〔一五〕，华顶旧称最〔一六〕。永愿从之游〔一七〕，何当济所届。

〔一〕题目：宋、明、清各本同。据毛校记元本无"天台"二字。《全唐诗》"太一"作"太乙"。"太一"一词，最早见于《庄子》及《楚辞》。《庄子·天地》有"主之以太一"句，成玄英疏云："太者广大之名，一以不二为称，故谓之太一也。"《楚辞·九歌》有"东皇太一"，为楚神名。此外《汉书·郊祀志》、《淮南子》等书中均写作"太一"。本诗"太一子"系道士法名，根据这些典籍写法，当以"太一"为恰。〇此诗当作于游越时期，盖在开元十九年前后。

〔二〕逢羽人：《英华》作"逄羽人"。按"逄"为姓氏，于本句不合，当为"逢"之误。羽人：《楚辞·远游》："仍羽人于丹丘兮，留不死之旧乡。"王逸注："《山海经》言有羽人之国，或曰，人得道生羽毛也。"洪兴祖补注："羽人，飞仙也。"后世以道士着羽衣曰羽人。这里指太一子。

〔三〕舻：船头，或曰船尾，这里泛指船。

〔四〕涉风水：意犹跋涉。

〔五〕何处：明代各本及清本作"何事"。宋本、《全唐诗》作"何处"。今从宋本。远行迈：迈亦远行，《说文》："迈，远行也。"此盖太一子对作者的讯问，问其远行往何处也。

〔六〕天台：天台山在今浙江天台县北。详见《宿天台桐柏观》注〔一〕。

〔七〕吴会:秦置会稽郡,包括今江苏南部及浙江一带。东汉时又在今江苏南部及浙江北部改置吴郡,而以杭州湾以南及福建改为会稽郡。后遂常泛称江苏南部及浙江为吴会。这里吴会指今浙江杭州湾以南地区。

〔八〕闻灵怪:宋本作"问灵怪"。《英华》亦作"问灵怪",但在"问"下校记云:"集作闻",可见周必大所见宋本与蜀刻本还不完全相同。"闻"、"问"均通。

〔九〕上逼:《英华》、明活本、清本、《全唐诗》同。宋本、汲本作"上通"。从句意看,应以"逼"为佳。

〔一〇〕俯临:宋、明、清各本同。《英华》作"停临"。"俯临"与"上逼"一上一下,形成对文,顺理成章。"停"当为"俯"之讹。

〔一一〕每与句:明活本同。宋本作"每与神仙会"。《英华》作"常与仙人会",但校记云:"集作'每与神仙会'。诸本皆重押'会'字。惟一本作'常觌仙人旆'。"可见宋本《孟集》还是相同的。不知所谓"一本"是个什么本子,而这个本子之所以作"常觌仙人旆",盖在纠正"重押会字"。汲本、清本作"神仙会"。总之这是一个系统。《全唐诗》作"常觌仙人旆",盖来自《英华》的所谓"一本",这是又一个系统。疑此系后人妄改,根据是"重押会字"。其实古诗对重押字是不那么严格的。

〔一二〕来去:《英华》及明、清各本同。宋本、《全唐诗》作"往来"。赤城:即赤城山,在今浙江天台县北,登天台必经此山。详《宿天台桐柏观》注〔一〕。

〔一三〕莓苔:宋、明、清各本同。《英华》作"苺苔"。"苺"与"莓"同,《说文》作"苺",《尔雅》作"莓"。典籍中用莓者多,用苺者罕见。《文选·孙绰·游天台山赋》:"践莓苔之滑石,搏壁立之翠屏。"李善注:"莓苔,即石桥之苔也。……《异苑》曰:'天台山石桥,有莓苔之险。'"

〔一四〕当空界:“当”原作“作”。《英华》同。宋本、汲本、《全唐诗》作“当”,据改。后世各本,作“当”字者,盖来于宋本;作“作”字者,盖来于《英华》。从诗意看,以“当”为恰,极言瀑布之高。

〔一五〕福庭:古人称神仙或有道者所居之地为福庭。《文选·孙绰·游天台山赋》:“仍羽人于丹丘,寻不死之福庭。”长不死:《英华》、明活本同。宋本、汲本、清本、《全唐诗》作“长自然”。按:道教追求长生不死,且本句显然袭用“寻不死之福庭”句意,应以“长不死”为是。

〔一六〕华顶:宋、明、清各本同。《英华》作“胜境”。《寻天台山》有“欲寻华顶去”之句,当以“华顶”为是。华顶,天台山最高处。

〔一七〕永愿句:“之”原作“此”。《英华》作“之”,据改。明活本作“永怀从此游”,意近。宋本作“永比从之游”,汲本、《全唐诗》作“永此从之游”,均未取。

自浔阳泛舟经明海〔一〕

大江分九派〔二〕,淼漫成水乡〔三〕。舟子乘利涉〔四〕,往来至浔阳〔五〕。因之泛五湖〔六〕,流浪经三湘〔七〕。观涛壮枚发〔八〕,吊屈痛沉湘〔九〕。魏阙心恒在〔一〇〕,金门诏不忘〔一一〕。遥怜上林雁〔一二〕,冰泮已回翔〔一三〕。

〔一〕题目:“海”下原多一“作”字。宋本、汲本、《全唐诗》无,据删。明活本“明海”作“海潮”,非。清本无“自浔阳”三字,“明海”作“湖海”,亦非。浔阳:唐代浔阳,即今江西九江。《元和郡县志·江南道·江州》:“浔阳县,本汉旧县,属庐江郡,以在浔水之阳(按州治旧在江北),故名浔阳。隋平陈改浔阳为彭蠡县,大业二年改为湓城县。武德五年,复改为浔阳县。”明海:指彭蠡湖。唐人往往称湖为海。如李白《远别离》:“远别离,古有皇英之二女,乃在洞庭之南，潇湘之浦。海水直下万里深，谁人不言此离苦。"称洞庭湖为"海"。《庐山谣寄卢侍御虚舟》："庐山秀出南斗傍，屏风九叠云锦张，影落明湖青黛光，金阙前开二峰长。""明湖"即指彭蠡湖。根据唐人习惯，亦可称曰"明海"。○此诗约作于开元二十年，自越还襄阳途中。

〔二〕九派：宋本、《全唐诗》作"九流"。明活本作"九派"。汲本作"九派"。按："派"，水名，见《说文》。显系"派"之误。"派"即"㳅"之异体，见《字汇补》。而"㳅"即"流"字，见《玉篇》。从文字训诂角度上看，《说文》："流，水行也。""派，别水也。"则本诗"大江分九派"，乃分支之意，当以"派"为是。再从语言实践上看，历代典籍中，凡言"九流"，大都指学术流派而言，如《穀梁传序》之"九流分而微言隐"；《尔雅序》之"诚九流之津涉"；《北史·周武帝纪》之"九流七略，异说相腾"；《莲社高贤传》之"九流异议皆糠粃耳"。例证颇多，不备举。而"九派"则大都指大江的分支。如：《说苑》之"禹凿江以通于九派"；郭璞《江赋》之"流九派乎浔阳"；鲍照《登黄鹤矶》之"九派引沧流"等等。因此应作"九派"为是。九派，犹九支。言长江至九江一带分为九支。《尚书·禹贡》："荆州，九江孔殷。"孔安国传："江至此州界，分为九道。"所谓"此州"，指禹贡荆州，其地约当唐代的江南西道。可见大江至此分九派之说，来源甚早。参见《彭蠡湖中望庐山》注〔七〕。

〔三〕淼漫句：宋本、《全唐诗》"淼漫"作"淼淼"。其馀各本均作"淼漫"。意通。"成水乡"清本作"水成乡"，非。淼漫，水广阔无边之貌。《文选·左思·吴都赋》："溃渱泮汗，滇㴐淼漫。"刘逵注："滇㴐淼漫，山水阔远无崖之状。"

〔四〕利涉：《易·需》："利涉大川，往有功也。"利涉应为顺利涉水之意，后世因称舟为利涉。

〔五〕至：原作"逗"。宋本、汲本、《全唐诗》作"至"。清本作"经"。明活本作“过”。今从宋本。

〔六〕五湖:五湖的说法很多,这里应指太湖,或亦包括其附近小湖。《史记·河渠书》:“于吴则通渠三江五湖。”裴骃集解:“韦昭注曰:‘五湖,湖名耳,实一湖,今太湖是也。’”又《水经注·沔水》:“南江东注于具区,谓之五湖口。五湖谓长荡湖、太湖、射湖、贵湖、滆湖也。郭景纯《江赋》曰:‘注五湖以漫漭。’盖言江水经纬五湖,而苞注太湖也。是以左丘明述《国语》曰:‘越伐吴,战于五湖’是也。又云:‘范蠡灭吴,返至五湖而辞越。’斯乃太湖之兼摄通称也。”

〔七〕经三湘:宋、明各本同。清本作“过三湘”。盖来自元本。三湘:唐江南西道的西部(当今湖南省)有漓湘(漓水和湘水同源而分流,称漓湘)、潇湘(潇水与湘水之合称)、蒸湘(蒸水与湘水之合称),所以称这一带地方为三湘。有的又以沅湘(沅水、湘水)、潇湘、蒸湘为三湘者。总之是指今湖南省一带。

〔八〕观涛:宋、明各本及《全唐诗》同。清本作“观潮”。枚发:枚乘《七发》曾写“广陵观涛”一段。前边说“并往观乎广陵之曲江”,后边又说“弭节伍子之山”。据《浙江通志》所载,钱塘江本名浙江,又名曲江。则枚乘所写之观涛事,正是钱塘江。

〔九〕吊屈句:明活本、清本、《全唐诗》同。宋本、汲本“沉”作“沅”,非。屈原名平,战国楚人。怀王时任左徒、三闾大夫。博闻强记,明于治乱。主张对内修明政治,对外联齐抗秦。因遭谗被放,后见国政日非,乃自沉于汨罗江。这里说“沉湘”是因汨罗为湘水支流。由以上四句可以看出此诗作于游览三湘、五湖,钱塘观涛之后。

〔一〇〕恒在:明代各本及清本作“常在”。宋本、《全唐诗》作“恒在”。今从宋本。魏阙:宫门外阙悬法之所,因以代帝王所居。《吕氏春秋·审为》:“身在江海之上,心居乎魏阙之下。”高诱注:“魏阙,象魏也,悬教象之法,浃日而收之。魏魏高大,故曰魏阙。

言身虽在江海之上，心存王室，故在天子门阙之下也。”

〔一一〕金门：汉代宫门有金马门，省称金门。后世多用以指代宫门。《文选·扬雄·解嘲》：“与群贤同行，历金门、上玉堂有日矣。”应劭曰：“待诏金马门。”由以上两句可以看出孟浩然在游历当中仍然念念不忘于仕进的。

〔一二〕上林雁：《汉书·苏武传》：“匈奴与汉和亲，汉求武等，匈奴诡言武死。后汉使复至匈奴，常惠请其守者与俱，得夜见汉使，具自陈道。教使者谓单于，言天子射上林中，得雁，足有系帛书，言武等在某泽中。使者大喜。如惠语以让单于。单于视左右而惊，谢汉使曰：‘武等实在。’”此处活用典实，以表达自己对皇帝的留恋。上林，秦苑囿名。汉武帝时又加以扩建，周围三百馀里，地当长安、盩厔、鄠县界。苑中畜养各种禽兽，供皇帝游猎之用。

〔一三〕冰泮句：“已”，清本、《全唐诗》作“也”。“泮”，宋本作“判”，同音而误。冰泮：《诗·邶风·匏有苦叶》：“士如归妻，迨冰未泮。”毛传：“泮，散也。”冰泮即冰融解之意。言天气已温暖，雁又飞回上林。

早发渔浦潭〔一〕

东旭早光芒〔二〕，渚禽已惊聒〔三〕。卧闻渔浦口〔四〕，桡声暗相拨〔五〕。日出气象分，始知江路阔〔六〕。美人常晏起，照影弄流沫〔七〕。饮水畏惊猿，祭鱼时见獭〔八〕。舟行自无闷，况值晴景豁〔九〕。

〔一〕题目：明、清各本同。宋本“浦”作“流”。当系传写之误。《品汇》无“早”字；“渔”作“汉”，非。渔浦潭：通称渔浦，在今浙江富阳县东南。《清一统志·浙江·杭州府》：“渔浦在富阳县东南四十里。自朱坑冈而来,七里为前溪,下流入江(按:指浙江)。五代钱镠拒刘汉宏水军由渔浦出,即此。"○此诗当作于游越初期,约在开元十八年。

〔二〕光芒:原作"光茫"。明代各本同。据宋本正。按"芒"本义为草端,见《说文》。引申为光芒。《晏子春秋·内篇谏上·景公异荧惑守虚而不去》:"列舍无次,变星有芒。"这个芒,即光芒之意。本句《英华》作"晨旭光苍茫"。从韵律上讲,不甚调合;从意义上讲,亦不恰当。东旭:早晨东方初升的太阳。《说文》:"旭,日旦出貌。"本句正扣题目的"早"字。

〔三〕渚禽:各本同。《品汇》作"诸禽",盖形近而误。已惊聒(guō):各本同。惟《英华》作"似惊聒",于诗意不合,非。聒,声音扰乱。《楚辞·九思·疾世》:"鸲鹆鸣兮聒余。"王逸注:"多声乱耳为聒。"

〔四〕卧闻:意指早晨尚未起身,亦扣题目"早"字。

〔五〕桡:船桨。《楚辞·九歌·湘君》:"荪桡兮兰旌。"王逸注:"桡,船小楫也。"以上四句写了晨旭之光,渚禽之噪,接着写自己尚未起身却已听到船桨拨水的声音,把早晨开船的情景刻画入微,所以刘辰翁评曰:"别是一种清气可人。"

〔六〕江路阔:宋、明、清各本同。惟《全唐诗》作"江湖阔"。按:作者乘舟,在浙江逆流而上,应以"江路阔"为是。

〔七〕美人二句:写江边女子浣洗衣服的情景。

〔八〕惊猿两句:"惊猿":《英华》、《品汇》、明、清各本同。宋本作"猿惊"。时:宋、明、清各本及《品汇》同。《英华》作"常",意同。祭鱼:《礼记·月令》:"(孟春之月)鱼上冰,獭祭鱼。"按:獭俗称水獭,生于水边,捕鱼为食。《说文》:"獭,如小狗也,水居食鱼。"獭常捕鱼陈列于水边,有如陈物而祭,称为祭鱼,亦称獭祭。这两句均系倒装,也是写沿江景色。

〔九〕豁（huò）：《说文》："豁，通谷也。"《六书故》："豁，谷敞也。"俗称开阔、敞亮为豁亮。

刘辰翁曰：美人常晏起，著此空阔，又别超众作以此。

李梦阳曰：此一首佳。

潘德舆《养一斋诗话》卷八：严沧浪云："孟襄阳学力下韩退之远甚，而其诗独出退之之上者，一味妙悟故也。"然则盛唐惟孟襄阳乃可以一味妙悟目之。然襄阳诗如："东旭早光芒，浦禽已惊聒。卧闻渔浦口，桡声暗相拨。日出气象分，始知江湖阔。"……精力浑健，俯视一切，正不可徒以清言目之。则谓襄阳诗都属悟到，不关学力，亦微误耳。

经七里滩〔一〕

余奉垂堂诫，千金非所轻〔二〕。为多山水乐〔三〕，频作泛舟行。五岳追尚子〔四〕，三湘吊屈平〔五〕。湖经洞庭阔〔六〕，江入新安清〔七〕。复闻严陵濑〔八〕，乃在兹湍路〔九〕。叠嶂数百里〔一〇〕，沿洄非一趣〔一一〕。彩翠相氛氲〔一二〕，别流乱奔注。钓矶平可坐〔一三〕，苔磴滑难步〔一四〕。猿饮石下潭，鸟还日边树。观奇恨来晚，倚棹惜将暮。挥手弄潺湲〔一五〕，从此洗尘虑〔一六〕。

〔一〕七里滩：又称七里濑，今称七里泷。在今浙江桐庐县以南。《元和郡县志·江南道·睦州》："七里濑在县（建德）东北十里。"《太平寰宇记·江南东道·睦州》："七里濑即富春渚是也。"《清一统志·浙江·严州府》："七里濑一名七里滩，在桐庐县严陵山西。……叶梦得《避暑录》：'七里滩，两山耸起壁立，连亘七里，土人谓之泷。'《旧志》：'七里滩上距严州四十馀里，又下数里乃至钓台，两山夹峙，水驶如箭。谚云：有风七里，无风七十里，言舟行难于牵挽，惟恃风为迟速也。'"○此诗作于游越期间。

〔二〕余奉二句：垂堂诫：屋檐之下，瓦落伤人，戒人勿居危险之处。《汉书·司马相如传》："故鄙谚曰：'家絫千金，坐不垂堂。'"张揖曰："畏櫩瓦堕中人也。"王先谦补注引沈钦韩曰："《论衡·四讳篇》：'毋承屋檐而坐，恐瓦坠击人首也。'汉时谚语，意正如此，与张说合。"本诗一二两句，正用汉时谚语意。

〔三〕山水乐：《论语·雍也》："知(智)者乐水，仁者乐山。"

〔四〕岳：汲本同。宋本、明活本、清本作"嶽"。高翔麟《说文字通》："嶽，古文作岴，今作岳。"邵瑛《说文解字群经正字》："今经典今古文并用。……要而言之，诸经多作嶽，而《尚书》则无不作岳者，斯岂以上古遗书为隶古定故独异欤？"五岳：即东岳泰山，西岳华山，南岳衡山，北岳恒山，中岳嵩山。这里泛指名山。尚子：尚，宋本作"向"，误。详《彭蠡湖中望庐山》注〔一二〕。

〔五〕三湘：漓湘、潇湘、蒸湘，泛指今湖南一带。详《自浔阳泛舟经明海》注〔七〕。屈平：屈原名平。因忧国忧民而沉江。详《自浔阳泛舟经明海》注〔九〕。

〔六〕洞庭：湖名，在江南西道岳州、澧州、朗州境，当今湖南省北部。《元和郡县志·江南道·岳州》："洞庭湖在县(巴陵)西南一里五十步，周回二百六十里。湖口有一洲，名曹公洲。"

〔七〕新安：新安江在江南东道。《元和郡县志·江南道·睦州》："新安江自歙州黟县界流入县(清溪)，东流入浙江。"

〔八〕严陵濑：后汉严光(字子陵)隐居处，在今浙江桐庐县南。《太平寰宇记·江南东道·睦州》："严子陵钓台在县(桐庐)南大江侧，坛下连七里濑。按《东观汉记》云：'光武与子陵有旧，及登位忘之。陵隐于孤亭山，垂钓为业。……(帝)访得之，陵不受封。'今郡有台并坛，亦谓严陵濑。"

〔九〕兹湍路：原作“此川路”，明活本同。宋本、汲本、清本、《全唐诗》作“兹湍路”。今从宋本。

〔一〇〕叠嶂：重叠的山。《水经注·江水》：“重岩叠嶂，隐天蔽日。”

〔一一〕沿洄：沿，顺流而下；洄，溯流而上。李白《淮阴书怀寄王宗城》：“沿洄且不定，飘忽怅徂征。”

〔一二〕氛氲：盛貌。谢惠连《雪赋》：“其为状也，散漫交错，氛氲萧瑟。”

〔一三〕钓矶：严子陵钓鱼处，亦称钓台，见本诗注〔八〕。

〔一四〕磴：石级。《玉篇》：“磴，岩磴也。”

〔一五〕潺湲：水流貌。《楚辞·九歌·湘夫人》：“荒忽兮远望，观流水兮潺湲。”谢灵运《过七里濑》：“石浅水潺湲，日落山照耀。”此指流水。

〔一六〕此：原作“兹”。明活本、《全唐诗》同。宋本、汲本、清本作“此”。今从宋本。

南归阻雪〔一〕

我行滞宛许〔二〕，日夕望京豫〔三〕。旷野莽茫茫〔四〕，乡山在何处？孤烟村际起，归雁天边去。积雪覆平皋〔五〕，饥鹰捉寒兔〔六〕。少年弄文墨〔七〕，属意在章句〔八〕。十上耻还家〔九〕，徘徊守归路〔一〇〕。

〔一〕题目：原作“南阳北阻雪”。宋本、汲本、清本、《全唐诗》、《品汇》作“南归阻雪”。元本、明活本作“南归北阻雪”，不通。今从宋本。○此诗盖作于考试失败后还乡途中，自洛阳南归，行抵南阳之北，遇大雪，时在开元十七年冬季。

〔二〕宛许：各本同。《品汇》作“宛洛”，非。宛：旧县名。秦置南阳郡，治宛，即今南阳市。许：唐许州，即今许昌市，在南阳东北。宛许，泛指南阳以北一带地方。“滞”正扣题目之“阻雪”。

〔三〕京:京指长安,唐代通称西京。豫:古豫州,借指洛阳。《尚书·禹贡》:“荆河维豫州。”孔安国传:“西南至荆山,北距河水。”《尔雅·释地》:“河南曰豫州。”郝懿行义疏:“《释名》云:豫州,地在九州之中,京师东都所在。”唐代通称洛阳为东都。

〔四〕莽茫茫:汲本作“犇茫茫”。犇为奔之古文,盖误以莽为奔,而又改用古文。莽,丛生的草木。茫茫,旷远之貌。《文选·阮籍·咏怀诗》之十二:“绿水扬洪波,旷野莽茫茫。”本诗正袭用此句。

〔五〕覆平皋:明、清本同。宋本作“覆平皇”。《英华》作“覆平湍”。均误。平皋,水边平地。《汉书·司马相如传》:“汩淢靸以永逝兮,注平皋之广衍。”颜师古注:“皋,水边地也。”

〔六〕饥鹰:原作“饑鹰”。宋本、《品汇》作“饥鹰”,据正。古代谷不收曰饑,饿曰饥。故以“饥”为是。孤烟四句写雪景如画。刘辰翁评曰:“像此时景。”

〔七〕少年:宋、明、清各本同。《英华》作“妙年”,非。文墨:指写作。《史记·萧相国世家》:“今萧何未尝有汗马之劳,徒恃文墨议论。”

〔八〕属意:专心致意。《文选·刘琨·答卢谌诗并书》:“不复属意于文,二十馀年矣。”章句:汉代注家以分章析句来解说古书意义的著作体。如《汉书·艺文志·六艺略》中,《尚书》有欧阳大小夏侯章句,《春秋》有公羊、穀梁章句。《汉书·夏侯胜传》:“胜非之曰:‘建所谓章句小儒,破碎大道。’”这里指章节句子,代称诗文辞赋等文学作品。

〔九〕十上:十次上书,即多次上书之意。古人往往上书献策以求汲引或见用。《战国策·秦策一》:“(苏秦)说秦王,书十上而说不行。”高诱注:“苏秦之说不见用也。”这里指考试落第,或真的向皇帝献赋,也是可能的。由于考试落第,所以下文说“耻还家”。

〔一〇〕徘徊:宋、明、清各本同。《全唐诗》作“裴徊”,通。来回地走。《史记·吕太后纪》:“欲为乱,殿门弗得入,徘徊往来。”

刘辰翁曰:曲折凄楚。

将适天台留别临安李主簿〔一〕

枳棘君尚栖〔二〕,匏瓜吾岂系〔三〕? 念离当夏首〔四〕,漂泊指炎裔〔五〕。江海非惰游〔六〕,田园失归计。定山既早发〔七〕,渔浦亦宵济〔八〕。泛泛随波澜,行行任舻枻〔九〕。故林日已远,群木坐成翳〔一〇〕。羽人在丹丘〔一一〕,吾亦从此逝。

〔一〕题目:宋本、《英华》及明、清各本同。据毛校记元本作“别李主簿”。临安:县名,唐属杭州,县治在今浙江临安县北。主簿:县有主簿,掌管文书。李主簿,未详。○本诗盖作于开元十八年游越期间。

〔二〕枳(zhǐ)棘:棘,原作“棘”,宋、明各本同,误。据《全唐诗》改。枳与棘均木名,《韩非子·外储说左下》:“树枳棘者,成而刺人。”这两种树木都有刺,往往用以比喻艰难险阻的环境。栖:《玉篇》:“栖,同栖,鸟栖也。”《庄子·至乐》:“夫以鸟养养鸟者,宜栖之深林。”引申为人的停留、栖止。比喻李主簿虽然不如意,可是仍然在做官。

〔三〕匏瓜:匏,葫芦之属。《说文》:“匏,瓠也。”《论语·阳货》:“吾岂匏瓜也哉,焉能系而不食?”刘宝楠正义:“匏瓜以不食,得系滞一处。”孔子这个话乃用匏瓜作比喻,表示自己求仕的急切心情。孟浩然本句即用此典以表明自己求仕的愿望。

〔四〕念离句:明代各本同。宋本作“谁念离当夏”。据毛校记另一宋本作“惟念离当夏”。“谁”盖“惟”之讹。

〔五〕漂泊:明、清各本同。宋本作“淡泊”,非。炎裔:泛指南方边远地区。

〔六〕惰:原作“墯”,明活本、汲本、《全唐诗》作“堕”。宋本作“隳”。《英华》作“惰”。今从《英华》。惰游,懒惰闲散,不事生产之意。《礼记·玉藻》:“垂緌五寸,惰游之士也。”郑玄注:“惰游,罢(pí)民也。”

〔七〕定山:宋本、汲本作“空山”,非。按本句与下句为对偶句,此处当为地名,不应为泛指。且此两句实用谢灵运《富春渚》诗意:“宵济渔浦潭,旦及富春郭。定山缅云雾,赤亭无淹薄。”黄节注引《吴郡缘海四县记》云:“钱唐西南五十里有定山。”

〔八〕渔浦:即渔浦潭,在浙江。详见《早发渔浦潭》注〔一〕。

〔九〕舻栧(qì):《说文》:“舻,舳舻也。一曰船头。”《洪武正韵》:“舻,船头刺棹处,一曰船尾。”《玉篇》:“栧,楫也。”这里用舻栧代船。

〔一〇〕群:原作“郡”。宋本、《英华》及以后各本均作“群”,据正。成翳:《英华》、明活本、清本、《全唐诗》同。宋本及汲本作“咸翳”,非。翳,本指帝王的车盖。《说文》:“翳,华盖也。”这里泛指盖,言树木枝叶繁茂,已亭亭如盖。

〔一一〕羽人句:《楚辞·远游》:“仍羽人于丹丘兮,留不死之旧乡。”蒋骥注:“仍,就也。羽人,飞仙也。丹丘,昼夜长明之处,不死之乡,仙灵所宅也。”

《王直方诗话》:山谷尝谓余云:作诗使《史》、《汉》间全语为有气骨。后因读浩然诗见“以吾一日长”、“异方之乐令人悲”及“吾亦从此逝”,方悟山谷之言。(《苕溪渔隐丛话前集》卷十五引)

适越留别谯县张主簿申屠少府〔一〕

朝乘汴河流〔二〕,夕次谯县界〔三〕。幸因西风吹〔四〕,得与故人会。君学梅福隐〔五〕，余随伯鸾迈〔六〕。别后能相思，浮云在吴会〔七〕。

〔一〕题目：《英华》、明活本、汲本、清本、《全唐诗》同。宋本无"屠"字。主簿：唐代县置主簿，掌管文书。少府：县尉之别称。张屠二人不详。○本诗当作于吴越之游抵谯县时，盖开元十八年也。

〔二〕汴河流：《英华》、明活本、清本、《全唐诗》同。宋本、汲本作"汴河去"。汴河，即隋通济渠，唐代自洛阳去长江一带，大抵都走这条水路。

〔三〕夕次：《英华》、明活本、汲本、清本、《全唐诗》同。宋本作"返次"，误。"夕次"与上句"朝乘"相对。军队驻于某处曰次。《左传·庄公三年》："凡师一宿为舍，再宿为信，过信为次。"后亦用于泛指。谯县：宋、明、清各本同。据毛校记，元本作"护郡"，非。谯县，唐代为亳州州治，即今安徽亳县。

〔四〕幸因：《英华》、明活本、清本同。宋本、汲本、《全唐诗》作"幸值"，意通。

〔五〕梅福：汉寿春人。少学于长安，明《尚书》、《穀梁传》，为郡文学，补南昌尉，后弃官归里，但常上书言事。元始中，王莽专政，乃弃妻子而去。后有人遇福于会稽，已变姓名为吴市门卒。事详《汉书》本传。梅福隐指吏隐。

〔六〕余随：《英华》、明活本、汲本同。宋本、清本作"吾从"。据毛校记，另一宋本作"余从"。伯鸾：梁鸿字伯鸾，后汉扶风平陵人。家贫而尚节介，博览无不通，而不为章句。与妻共隐于霸陵山中，以耕织为业，咏《诗》、《书》、弹琴以自娱。后东出关，过京师，作《五噫之歌》，居齐鲁之间。又适吴，佣于大家皋伯通家。每归，妻为具食，不敢于鸿前仰视，举案齐眉。伯通察而异之，曰："彼佣能使其妻敬之如此，非凡人也。"乃舍之于其家。鸿闭户著书十馀篇。详《后汉书·逸民传》。

〔七〕浮云在:宋本、明活本、汲本、清本、《全唐诗》同。《英华》作"浮云去",非。周必大于"去"下校云:"集作在"。吴会:指浙江一带。详《越中逢天台太一子》注〔七〕。

送从弟邕下第后寻会稽〔一〕

疾风吹征帆〔二〕,倏尔向空没〔三〕。千里去俄顷〔四〕,三江坐超忽〔五〕。向来共欢娱〔六〕,日夕成楚越〔七〕。落羽更分飞〔八〕,谁能不惊骨。

〔一〕题目:"寻"原作"归",明活本、汲本同。《品汇》"弟"下无"邕"字。宋本、《全唐诗》作"寻"。《诗选》无"后"字,"下第"作"落第","归"作"东游"。按:"寻"乃寻幽访胜之意,与东游意通。又《孟集》中有《寻天台山》诗,《自洛之越》有"山水寻吴越"之句,用法与此同。且孟氏家居襄阳,到会稽乃游览性质,不应言归。应以"寻"为是,据宋本改。"落第"与"下第"意同。会稽:唐代为越州州治,即今浙江绍兴。《太平寰宇记·江南东道·越州》:"会稽县,秦旧县。《吴越春秋》云:'禹巡行天下,还归大越,会计修国之道。以会稽名山,仍为地号。'"下第:旧称科举不中曰下第,韦应物《送槐广落第归扬州》:"下第常称屈,少年心独轻。"

〔二〕征帆:《尔雅·释言》:"征,行也。"征帆,远行之船。

〔三〕倏:忽然之意。段玉裁《说文解字注》:"倏,犬走疾也。依《韵会》本订,引伸为凡忽然之称。"倏尔言时间之速。这两句写离别时的情景,因为有"疾风",所以"征帆"格外走得快。"倏尔向空没"便成为必然的结果。其实这也反映了作者惜别的心情。刘辰翁评其"发兴甚苦",是有道理的;而李梦阳的"起句亦不见苦",则觉有意挑剔了。

〔四〕去俄顷：明活本、《诗选》、《品汇》同。宋本、汲本、《全唐诗》作“在俄顷”。“千里”言行程之远，与上句“向空”照应，“俄顷”言时间之速，与上句“倏尔”照应。

〔五〕三江：钱塘江附近三条江水的合称。《国语·越语上》：“三江环之。”韦昭注：“三江，吴江（按即江苏的吴淞江）、钱唐江、浦阳江。”这里用“三江”借指越州一带。超忽：旷远之貌。《文选·王巾·头陀寺碑文》：“东望平皋，千里超忽。”李善注：“《楚辞》曰：‘出不入兮往不反，平原忽兮路超远。’”

〔六〕欢娱：据毛校记元本作“欢异”，误。

〔七〕楚越：襄阳为古楚国地，会稽为古越国地。言旦夕隔千里，已在楚而弟在越。

〔八〕落羽：羽毛挫落，此喻科场失意。陈子昂《落第西还别魏四懔》：“转蓬方不定，落羽自惊弦。”

送辛大不及〔一〕

送君不相见，日暮独愁余〔二〕。江上空徘徊〔三〕，天边迷处所。郡邑经樊邓〔四〕，山河入嵩汝〔五〕。蒲轮去渐遥〔六〕，石径徒延伫〔七〕。

〔一〕题目：原作“送辛大之鄂渚不及”。宋本、《英华》、汲本无“之鄂渚”三字，据删。按：《太平寰宇记·江南西道·鄂州》引《舆地志》云：“云梦之南，是为鄂渚。”而本诗所言樊邓、嵩汝，均在襄阳之北。鄂渚非是。辛大：姓辛，行大，疑即辛谔，为孟浩然同乡好友。详《夏日南亭怀辛大》注〔一〕。

〔二〕愁余：原作“愁绪”。宋、明、清各本同。《英华》作“愁余”，周必大校勘记云：“《楚词》曰：‘眇眇兮愁予。’余、予《唐韵》并有上声，改作绪,非。"今据改。

〔三〕空:原作"久"。明活本、汲本同。宋本作"独"。据毛校记,另一宋本作"亦"。《英华》作"空"。可见在宋代此字即已存在分歧。其所以如此,盖在避免相连二句重用"独"字,在此过程中,出现了异文。约而言之,明代各本均取"久"字,清本、《全唐诗》取"空"字。今从《英华》。

〔四〕樊邓:宋、明、清各本同,惟《英华》作"焚邓",误。樊,指樊城镇,即今襄樊市;邓,指邓州,即今河南邓县。

〔五〕山河:原作"云山"。宋本、《英华》、汲本、《全唐诗》作"山河",据改。嵩汝:嵩,指嵩山;汝,指汝州,今河南临汝县。

〔六〕蒲轮:古时征聘贤士所用之车。《汉书·武帝纪》:"遣使者安车蒲轮,束帛加璧,征鲁申公。"颜师古注:"以蒲裹轴,取其安也。"

〔七〕径:原作"径"。宋本、《英华》、《全唐诗》作"径",通。今从宋本。

江上别流人〔一〕

以我越乡客〔二〕,逢君谪居者〔三〕。分飞黄鹤楼〔四〕,流落苍梧野〔五〕。驿使乘云去〔六〕,征帆沿溜下〔七〕。不知从此分,还袂何时把〔八〕。

〔一〕题目:明活本、汲本、清本、《全唐诗》、《诗选》同。宋本"流"作"留",当系同音而误。

〔二〕客:明活本、汲本、清本、《全唐诗》、《诗选》同。宋本作"里",误。越:犹离。《方言》六:"伆(wěn),邈,离也。楚谓之越,吴越曰伆。"越乡客,犹离乡之人。

〔三〕谪居者:官吏因获罪而被降级并送至远方的人,与流放近似,故本诗题称"流人"。

〔四〕黄鹤楼:明活本、汲本、清本、《全唐诗》、《诗选》同。宋本作"黄鹄楼”,这是由于鄂州的黄鹤山,一名黄鹄山,推演而误。《太平寰宇记·江南西道·鄂州·江夏县》:“黄鹤楼在县西二百八十步,昔费祎登仙,每乘黄鹤于此憩驾,故号为黄鹤楼。”《清一统志·湖北·武昌府》:“黄鹤楼在江夏县西。《元和志》:‘江夏城西南角,因矶为楼,名黄鹤楼。’”按:仙人乘鹤事,各书传说不一。

〔五〕流落:原作“流客”。宋本、《诗选》、汲本、《全唐诗》作“流落”。清本作“流宕”。今从宋本。苍梧:唐苍梧县为梧州州治,属岭南道。在唐代为边远地区,罪人往往流放岭南。

〔六〕驿使:驿站传递文书之人。

〔七〕征帆:远行之舟。何逊《赠诸游旧》:“无由下征帆,独与暮潮归。”溜:水流。《文选·孙绰·游天台山赋》:“惠风伫芳于阳林,醴泉涌溜于阴渠。”本诗则指河中水流。

〔八〕袂(mèi):《说文》:“袂,袖也。”把:《说文》:“把,握也。”

刘辰翁曰:他起语亦各一样,如“北阙休上书”、“八月湖水平”,又敻异矣。

洗然弟竹亭〔一〕

吾与二三子〔二〕,平生结交深。俱怀鸿鹄志〔三〕,共有鹡鸰心〔四〕。逸气假毫翰〔五〕,清风在竹林。远是酒中趣〔六〕,琴上偶然音。

〔一〕题目:此首宋本、明活本俱不载。据毛校记元本亦无,故汲本收入“拾遗”中。洗然:浩然之弟。据《送洗然弟进士举》知洗然曾赴举,馀不详。

〔二〕二三子:《论语·述而》:“二三子以我为隐乎,吾无隐乎尔。吾无行而不与二三子者,是丘也。”

〔三〕鸿鹄:鸟名,即天鹅。《孟子·告子上》:“一心以为有鸿鹄将至。”

《史记·陈涉世家》:"陈涉太息曰:'嗟乎!燕雀安知鸿鹄之志哉。'"因鸿鹄飞得很高,故常用以比喻志向远大。

〔四〕共有:汲本、清本同。《全唐诗》作"昔有",误。鹡鸰:鸟名,亦作"脊令"。《诗·小雅·常棣》:"脊令在原,兄弟急难。"毛传:"脊令,雝渠也。飞则鸣,行则摇,不能自舍耳。急难,言兄弟相救于急难。"郑玄笺:"雝渠,水鸟,而今在原,失其常处,则飞则鸣,求其类,天性也。犹兄弟之于急难。"后世因用鹡鸰(脊令)以喻兄弟。鹡鸰心,言兄弟之间感情融洽,互相爱护,互相支援。

〔五〕逸气:清逸之气。《晋书·王廙传》:"(廙)旦自寻阳迅风飞帆,暮至都,倚舫楼长啸,神气甚逸。王导谓庾亮曰:'世将为伤时识事。'亮曰:'正足舒其逸气耳。'"曹丕《与吴质书》:"公幹(刘桢字)有逸气,但未遒耳。"毫翰:毫,本义为尖锐之毛,因用以为笔之代称。陆机《文赋》:"或操觚以率尔,或含毫而邈然。"翰亦笔。刘桢《公宴诗》:"投翰长太息。"两字连用,常用以代文辞。《南史·王弘之传》:"弘之元嘉四年卒,颜延之欲为作诔,书与其子昙生曰:'君家高世之善,有识归重,豫染毫翰,所应载述。'"

〔六〕远是:汲本、清本同。《全唐诗》作"达是"。酒中趣:酒中乐趣。酒中之趣,天宽地阔。《晋书·孟嘉传》:"嘉好酣饮,愈多不乱。(桓)温问嘉:'酒有何好,而卿嗜之?'嘉曰:'公未得酒中趣耳。'"

夜登孔伯昭南楼时沈太清朱升在座〔一〕

谁家无风月〔二〕,此地有琴樽〔三〕。山水会稽郡〔四〕,诗书孔氏门〔五〕。再来值秋杪〔六〕,高阁夜无喧〔七〕。华烛罢燃蜡,清弦方奏鹍〔八〕。沈生隐侯胤〔九〕,朱子买臣孙〔一〇〕。好我意不浅,登兹共话言〔一一〕。

〔一〕题目:明活本、汲本、清本、《全唐诗》同。宋本“朱升”作“宋鼎”。据毛校记,元本无“时沈太清”等字。根据“沈生隐侯胤”句看,以有为是。再据“朱子买臣孙”句看,“宋鼎”当为“朱升”之误。孔伯昭、沈太清、朱升生平不详。

〔二〕风月:清风明月。代表优美的夜景。《文心雕龙·明诗》:“并怜风月,狎池苑,述恩荣,叙酣宴,慷慨以任气,磊落以使才。”《诗品》:“王微风月,谢客山泉,皆五言之警策者也。”

〔三〕樽:原作“樽”。宋本、明活本、汲本作“樽”。清本、《全唐诗》作“尊”。按《说文》:“尊,酒器也。”徐铉曰:“今俗以尊作尊卑之尊,别作樽,非是。”可见尊为本字。但同时也反映出,樽在唐宋时代已甚流行,而“樽”亦见于典籍,且较通行。今从宋本。琴樽:琴为乐器,樽为酒器,既表现文人之风雅,亦代表文士之宴集。谢朓《和宋记室省中》:“无叹阻琴樽,相从伊水侧。”

〔四〕会稽郡:本旧郡名,这里借指越州的会稽。详见《送从弟邕下第后寻会稽》注〔一〕。本句言会稽山水极为优美。

〔五〕诗书句:颂扬孔伯昭为孔子后裔,诗礼传家。

〔六〕秋杪:《说文》:“杪,木标末也。”木末称杪,故秋末称秋杪。

〔七〕夜:明活本、汲本、清本、《全唐诗》同。宋本作“闲”。据毛校记另一宋本作“闭”。“闭”当为“闲”之误。根据诗题及诗的内容看,似以“夜”为佳。

〔八〕鹍:鹍鸡,琴曲名。《文选·嵇康·琴赋》:“飞龙鹿鸣,鹍鸡游弦。”李善注:“古相和歌者有鹍鸡曲。”

〔九〕沈生句:《全唐诗》同。宋本、汲本作“沈侯隐公胤”,误。沈约字休文,梁武康人,笃志好学,博通群书,善属文,仕宋、齐、梁,累官司徒左长史、尚书仆射、尚书令。曾封建昌县侯,卒谥隐。此言沈太清为沈约之后。

〔一〇〕朱子句:朱买臣,汉会稽吴人,字翁子。卖薪自给,行歌诵书,后拜会稽太守。言朱升为买臣之后。

〔一一〕共:明、清各本同。宋本作“同”,意通。

方回《瀛奎律髓》:又如“山水会稽郡,诗书孔氏门”,亦佳句。吾州孔氏改“会稽”二字为“新安”,用为桃符累年。晚辈不知为浩然诗也。

宴包二融宅〔一〕

闲居枕清洛〔二〕,左右接大野〔三〕。门庭无杂宾,车辙多长者〔四〕。是时方盛夏〔五〕,风物自萧洒〔六〕。五月休沐归〔七〕,相携竹林下。开襟成欢趣,对酌不能罢〔八〕。烟暝栖鸟迷〔九〕,余将归白社〔一〇〕。

〔一〕题目:原作“宴鲍二宅”,明活本同。宋本、《英华》、汲本、《全唐诗》作“宴包二融宅”。今从宋本。包二:包融行二。辛文房《唐才子传》卷二:“融,延陵人。开元间仕历大理司直,与参军殷遥、孟浩然交厚,工为诗。”

〔二〕枕:本为以头枕物,引申为靠近之意。清洛:指洛水。

〔三〕大野:原作“人野”。宋、明各本同。清本及《全唐诗》作“大野”。“人野”殊为难解。从《全唐诗》。

〔四〕车辙:车所经由之路。《庄子·人间世》:“汝不知夫螳螂乎?怒其臂以当车辙,不知其不胜任也。”此言来往于包融路上,都是长者。

〔五〕盛夏:原作“正夏”,据宋本、《英华》、汲本、《全唐诗》改。

〔六〕风物:犹言风景。陶渊明《游斜川》诗序:“天气澄和,风物闲美。”

〔七〕五月:宋本、汲本同。明活本、清本、《全唐诗》作“五日”。“五月”正与“盛夏”相应,当以“五月”为是。归:《英华》、明活本、汲本、清本、《全唐诗》同。宋本作“浴”。据毛校记,另一宋本作“初”。均非。休沐:古代官吏例假休息,称为休沐。五月二句,刘辰翁评曰:“实事便好。”

〔八〕对酌:原作“对酒”,宋本、《英华》、明活本、汲本、清本、《全唐诗》作“对酌”,据改。

〔九〕迷:宋本、《英华》、明活本同。据毛校记元本作“还”。栖鸟:栖止之鸟,归巢之鸟。因天色已晚,且有烟霭,故归巢之鸟有迷失之感。

〔一〇〕白社:在洛阳之东。当今河南偃师县。《抱朴子·杂应》:“洛阳有道士董威辇,常止白社中,了不食。陈子叙共守事之,从学道。”《晋书·董京传》:“董京字威辇,不知何郡人也。初与陇西计吏俱至洛阳,被发而行,逍遥吟咏,常宿白社中。时乞于市。”沈约《郊居赋》:“乍容身于白社,亦寄孥于伯通。”后世多借指隐士所居。

岘潭作〔一〕

石潭傍隈隩〔二〕,沙岸晓寅缘〔三〕。试垂竹竿钓,果得查头鳊〔四〕。美人骋金错〔五〕,纤手鲙红鲜〔六〕。因谢陆内史〔七〕,莼羹何足传〔八〕。

〔一〕题目:明活本、清本、《全唐诗》同。宋本、汲本“潭”作“山”,意通。

〔二〕隈隩:《说文》:“隈,水曲隩也。”又“隩,水隈崖也。”段玉裁注:“崖,山边也。引申之为水边。”盖隈隩乃山曲水边之意,则石潭在岘山下弯曲之处。

〔三〕岸:明、清各本同。宋本作“榜”,非。寅缘:攀附。《文选·左思·吴都赋》:“寅缘山岳之岊,幂历江海之流。”刘逵注:“寅缘,布藤上貌。”韩愈《古意》:“我欲求之不惮远,青壁无路难寅缘。”

〔四〕查:宋本、汲本同。明活本、清本、《全唐诗》作"槎",同。查头鳊:亦称槎头鳊,或槎头缩项鳊,色青,味道鲜美。葛立方《韵语阳秋》卷十六:"缩头鳊出襄阳,以禁捕,遂以槎断水,因谓之槎头缩项鳊。"

〔五〕金错:即金错刀。《文选·张衡·四愁诗》:"美人赠我金错刀,何以报之英琼瑶。"李善注:"谢承《后汉书》曰:'诏赐应奉金错把刀。'"

〔六〕鲙:宋本同。明活本、汲本、《全唐诗》作"脍"。二字通,见《干禄字书》。细切鱼肉叫鲙。

〔七〕陆内史:陆机,西晋吴郡人,字士衡。曾官平原内史。善诗文。

〔八〕莼(chún)羹:《晋书·张翰传》:"张翰字季鹰,吴郡吴人也。……齐王冏辟为大司马东曹掾。……因见秋风起,乃思吴中菰菜、莼羹、鲈鱼脍,曰:'人生贵得适志,何能羁宦数千里以要名爵乎?'遂命驾而归。"可见莼羹乃张翰事,这里说成陆机,盖因机为吴郡人而浩然误记。莼羹,后世一般用作思乡的典故,这里则用作美味之意。言槎头鳊较莼羹更为鲜美也。

刘辰翁曰:其诗风味可爱如此。

齿坐呈山南诸隐〔一〕

习公有遗座〔二〕,高在白云陲〔三〕。樵子见不识〔四〕,山僧赏自知。以余为好事,携手一来窥。竹露闲夜滴,松风清昼吹〔五〕。从来抱微尚〔六〕,况复感前规。于此无奇策,苍生奚以为。

〔一〕题目:本首宋本、明活本俱不载。据毛校记元本亦无此首。汲本收入"拾遗"中。

〔二〕习公:习郁,后汉襄阳人,字文通,官侍中,于岘山南作鱼池,池边有高堤,种竹及长楸、芙蓉。晋山简每临此池,常醉呼曰:“此是我高阳池也。”

〔三〕白云陲:白云的边际。

〔四〕见不识:汲本、清本同。《全唐诗》作“不见识”。

〔五〕竹露二句:因意境清幽,故刘辰翁评曰:“清气如此。”

〔六〕微尚:《南史·谢弘微传》:“弘微叔父混,风格高峻,于弘微特所敬贵,号曰微子。尝因酣谦之馀,为韵语以奖劝之曰:‘微子基微尚,无倦由慕蔺,勿轻一篑少,进德必千仞。’”谢灵运《初去郡》:“伊余秉微尚,拙讷谢浮名。”

与王昌龄宴王十一〔一〕

归来卧青山,尝魂在清都〔二〕。漆园有傲吏〔三〕,惠我在招呼〔四〕。书幌神仙箓〔五〕,画屏山海图〔六〕。酌霞复对此〔七〕,宛似入蓬壶〔八〕。

〔一〕题目:“王十一”原作“黄十一”。宋本、《英华》、汲本作“王十一”,《全唐诗》作“王道士房”。清本作“宴王道士山房”。“黄”盖“王”之误。今从宋本。从诗的内容看,王十一当为道士,生平不详。王昌龄:辛文房《唐才子传》卷二:“王昌龄,字少伯,太原人。开元十五年李嶷榜进士,授汜水尉。又中宏辞,迁校书郎。后以不护细行,贬龙标尉。以刀火之际归乡里,为刺史闾丘晓所忌而杀。后张镐按军河南,晓愆期,将戮之,辞以亲老乞恕,镐曰:‘王昌龄之亲,欲与谁养乎?’晓大惭沮。昌龄工诗,缜密而思清,时称‘诗家夫子王江宁’,盖尝为江宁令。与文士王之涣、辛渐交友至深,皆出模范,其名重如此。”

〔二〕尝魂句:明清各本作“常梦游清都”。宋本、《英华》作“尝魂在清都”。今从宋本。清都:道家以天帝所居之处称清都。《列子·

周穆王》:“清都紫微,钧天广乐,帝之所居。”张湛注:“清都紫微,天帝之所居也。”

〔三〕漆园傲吏:《史记·老庄列传》:“庄子者,蒙人也,名周。周尝为蒙漆园吏。……楚威王闻庄周贤,使使厚币迎之,许以为相。庄周笑谓楚使者曰:‘千金,重利;卿相,尊位也。子独不见郊祭之牺牛乎?养食之数岁,衣之以文绣,以入太庙,当是之时,虽欲为孤豚,岂可得乎?子亟去,无污我!我宁游戏污渎之中自快,无为有国者所羁,终身不仕,以快吾志焉。’”漆园傲吏本指庄周,此处借指王道士。看来这位道士乃由仕而隐者。

〔四〕惠我:明活本同。宋本、《英华》、汲本作“惠县”,非。据毛校记元本作“惠好”。清本、《全唐诗》同。《诗·邶风·北风》:“惠而好我,携手同行。”招呼:呼唤之意。《诗·小雅·鹿鸣》:“呦呦鹿鸣,食野之苹。”毛传:“鹿得萍,呦呦然鸣而相呼,恳诚发乎中。以兴嘉乐宾客,当有恳诚相招呼以成礼也。”

〔五〕箓:道教秘文。《隋书·经籍志四》:“其受道之法,初受《五千文箓》,次受《三洞箓》,次受《洞玄箓》,次受《上清箓》,箓皆素书,纪诸天曹官属佐吏之名有多少。又有诸符,错在其间,文章诡怪,世所不识。”

〔六〕山海图:以《山海经》为内容的图画。《山海经》大概成书于战国,经秦汉有所增删。书中记述山川、道里、部族、物产、巫医、祭祀、风俗等,但多杂以怪异、神话,因之为道家所推重,收入道藏太玄部。晋郭璞为之作注及图赞,今图亡而赞存。以上两句描写王道士居处室内景物。

〔七〕复:明活本、汲本、清本、《全唐诗》同。宋本作“后”,盖形近而误。霞:即流霞,仙酒名。《抱朴子·祛惑》:“(项)曼都曰:‘……仙人但以流霞一杯,与我饮之,辄不饥渴。’”

〔八〕蓬壶:神话传说中的仙山名。王嘉《拾遗记》卷一“高辛”条:“三壶则海中三山也。一曰方壶，则方丈也；二曰蓬壶，则蓬莱也；三曰瀛壶，则瀛洲也。形如壶器。”

襄阳公宅饮〔一〕

窈窕夕阳佳〔二〕，丰茸春色好〔三〕。欲觅淹留处〔四〕，无过狭斜道〔五〕。绮席卷龙须〔六〕，香杯浮玛瑙〔七〕。北林积修树〔八〕，南池生别岛〔九〕。手拨金翠花，心迷玉红草〔一〇〕。谈天光六义〔一一〕，发论明三倒〔一二〕。座非陈子惊〔一三〕，门还魏公扫〔一四〕。荣辱应无间〔一五〕，欢娱当共保。

〔一〕襄阳公：后汉习郁，封襄阳公。《襄阳耆旧记》："后汉习融，襄阳人，有德行，不仕。子郁，字文通，为黄门侍郎，封襄阳公。"襄阳公宅，为襄阳贵第。根据诗的内容看，参与此次饮宴者均当时名士，但未详其人。

〔二〕阳：《英华》、明活本、汲本、清本、《全唐诗》同。宋本作"阴"，非。窈窕：《说文》："窈，深远也。"又"窕，深肆极也。"窈窕合为一词，即深远之貌。曹植《飞龙篇》："晨游太山，云雾窈窕。"曹诗用窈窕状云雾之深远，本诗则用以状夕阳光辉之深远。

〔三〕丰茸：《英华》、汲本、《全唐诗》同。清本作"蘴茸"。"蘴"、"丰"同，见《集韵》。宋本作"荸茸"，"荸"当为"蘴"之误。明活本作"丰茸"，"茸"当为"茸"之误。丰茸，植物丰盛茂密之貌。司马相如《长门赋》："罗丰茸之游树兮，离楼梧而相撑。"

〔四〕淹留：久留。《楚辞·离骚》："时缤纷其变易兮，又何可以淹留？"王逸注："言时世溷浊，善恶变易，不可以久留，宜速去也。"

〔五〕狭斜道：狭街小巷。《长安有狭斜行》："长安有狭斜，狭斜不容车。"（《乐府诗集》卷三十五）因娼女歌妓往往居于狭街小巷，故后世常用以指娼女歌妓的居处。

〔六〕绮席:明活本、汲本、《全唐诗》同。宋本作“倚席”盖形近而误。绮席,绮本义为有花纹的丝织品,引申为美好。绮席即指美好的席。龙须:草名,可以织席,其席亦称龙须。《初学记》二十五引《东宫旧事》:“太子有独坐龙须席。”韩偓《已凉》:“八尺龙须方锦褥,已凉天气未寒时。”

〔七〕杯:明活本、汲本、《全唐诗》同。宋本作“极”。《英华》作“床”。均非。此句与上句为对偶句,上句为“席”,此处应为名物字。再从玛瑙一词看,证明杯是而床非。玛瑙:原作“马脑”,《全唐诗》作“码碯”,宋本、《英华》等作“玛瑙”。各种写法均可,但以“玛瑙”为通行,今从宋本。玛瑙,宝石名,可制器皿及装饰品,极名贵。《广韵》:“瑙,玛瑙,宝石。”以上二句言室内器物之珍贵。

〔八〕修:长。《尔雅·释宫》:“陕(狭)而修曲曰楼。”郭璞注:“修,长也。”陆德明释文:“陕,狭。”

〔九〕别:不相连属。《尔雅·释山》:“小山别大山,鲜。”郭璞注:“不相连。”郝懿行义疏:“《诗·皇矣》正义引孙炎曰:‘别,不相连也。’”

〔一〇〕红:原作“芝”。宋本、《英华》、汲本、《全唐诗》作“红”,据改。以上二句言花草之珍贵。

〔一一〕天:宋本、明活本、汲本同。《英华》、《全唐诗》作“笑”。据毛校记元本亦作“笑”。六义:指《诗经》的风、雅、颂、赋、比、兴。《毛诗序》:“故诗有六义焉,一曰风,二曰赋,三曰比,四曰兴,五曰雅,六曰颂。”

〔一二〕三倒:《世说新语·赏誉》:“王平子迈世有俊才,少所推服,每闻卫玠言,辄叹息绝倒。”刘孝标注:“《玠别传》曰:‘玠少有名理,善通《庄》、《老》。瑯邪王平子,高气不群,迈世独傲,每闻玠之语议,至于理会之间,要妙之际,辄绝倒于坐。前后三闻,为之三倒。时人遂曰:卫君谈道,平子三倒。’”言议论深入,为人信服。

〔一三〕座非句:用汉陈遵事。陈遵,字孟公,好客。《汉书·陈遵传》:"所到,衣冠怀之,唯恐在后。时列侯有与遵同姓字者,每至人门,曰陈孟公,坐中莫不震动。既至而非,因号其人曰陈惊坐云。"

〔一四〕门还句:用魏勃事。《史记·齐悼惠世家》:"魏勃少时,欲求见齐相曹参,家贫无以自通。乃常独早夜扫齐相舍人门外。相舍人怪之,以为物(索隐:物,怪物。),而伺之,得勃。勃曰:'愿见相君,无因,故为子扫,欲以求见。'于是舍人见勃曹参,因以为舍人。"

〔一五〕荣辱:《英华》、明活本、汲本、清本、《全唐诗》同。宋本作"荣华"。

同张明府清镜叹〔一〕

妾有盘龙镜〔二〕,清光常昼发〔三〕。自从生尘埃,有若雾中月。愁来试取照〔四〕,坐叹生白发。寄语边塞人,如何久离别!

〔一〕题目:明活本、汲本、《全唐诗》、《诗选》同。《品汇》作"清镜叹同张明府赋"。清本作"清镜叹"。宋本不载。张明府:张子容。详见《晚春卧疾寄张八子容》注〔一〕。○此诗盖作于晚年时期。

〔二〕盘龙镜:古人以铜为镜,镂以盘龙花纹。庾信《镜赋》:"镂五色之盘龙,刻千年之古字。"

〔三〕昼:《诗选》、《品汇》、汲本、清本、《全唐诗》同。明活本作"书",形近而误。

〔四〕试:《诗选》、《品汇》、明活本、汲本、《全唐诗》同。清本作"或"。

刘辰翁曰:语更欲村,真不可废,所谓增之太长,减之太短者。

夏日南亭怀辛大〔一〕

山光忽西落〔二〕，池月渐东上。散发乘夕凉〔三〕，开轩卧闲敞〔四〕。荷风送香气，竹露滴清响〔五〕。欲取鸣琴弹，恨无知音赏〔六〕。感此怀故人〔七〕，中宵劳梦想〔八〕。

〔一〕题目：宋本、《英华》、汲本、《全唐诗》同。据毛校记元本无"夏日"二字。根据诗的内容看，正写夏日，以有为是。明活本、清本"辛大"作"辛子"。《品汇》作"南亭怀辛子"。孟诗中有关辛大诗尚有《送辛大不及》、《都下送辛大之鄂》、《张七及辛大见访》，均称"辛大"，故以"辛大"为是。南亭：当在孟浩然隐居处，但其在涧南园抑在鹿门山则未详。辛大：《孟集》中有《西山寻辛谔》，诗中称辛谔为"故人"；而《孟集》中有关辛大诗共四首，从这些诗中，可以看出二人常相过从，情意深厚。本诗中亦称辛大为故人，故疑辛大即辛谔。

〔二〕落：宋本、汲本、《全唐诗》、《品汇》同。《英华》、明活本作"发"，非。山光：此指山边的太阳。

〔三〕乘：宋本作"承"，同音而误。夕：原作"夜"。宋本、《英华》、《品汇》、汲本、《全唐诗》俱作"夕"，据改。散发：古代男子束发于头顶，暇时常将发散开，以示闲适。这正与下句相应。

〔四〕轩：本指长廊之有窗者，因亦指窗。《文选·左思·魏都赋》："周轩中天。"李善注："轩，长廊之有窗也。"阮籍《咏怀》之十五："开轩临四野，登高望所思。"闲敞：闲，指心情悠闲、闲散；敞，指月夜清寂深幽。《文选·张衡·南都赋》："体爽垲以闲敞，纷郁郁其难详。"

〔五〕清响：竹露下滴的清脆声响。

〔六〕知音：知心朋友，指辛大。《吕氏春秋·本味》："伯牙鼓琴，钟子期听之。方鼓琴而志在太山，钟子期曰：'善哉乎鼓琴，巍巍乎若太山。'少选之间而志在流水，钟子期又曰：'善哉乎鼓琴，汤汤乎若流水。'钟子期死，伯牙破琴绝弦，终身不复鼓琴。"《淮南子·修务训》："钟子期死，而伯牙绝弦破琴，知世莫赏也。"高诱注："钟，官氏；子，通称；期，名也。达于音律。伯牙，楚人，睹世无知音若子期者，故绝弦破其琴也。"古诗："不惜歌者苦，但伤知音稀。"

〔七〕故人：宋本、明活本、汲本、《品汇》、《全唐诗》同。《英华》作"古人"，误。故人，犹旧友，指辛大。

〔八〕中宵：中夜。陶渊明《辛丑岁七月赴假还江陵夜行途口》："怀役不遑寐，中宵尚孤征。"

皮日休《郢州孟亭记》：北齐美萧悫，有"芙蓉露下落，杨柳月中疏"。先生则有"微云淡河汉，疏雨滴梧桐"。乐府美王融"日霁沙屿明，风动甘泉浊"。先生则有"气蒸云梦泽，波动岳阳城"。谢朓之诗句，精者有"露湿寒塘草，月映清淮流"。先生则有"荷风送香气，竹露滴清响"。此与古人争胜于毫氂也。

王寿昌《小清华园诗谈》卷下：唐人佳句，有可以照耀古今，脍炙人口者。如陈拾遗之"古木生云际，归帆出雾中"，玄宗皇帝之"春来津树合，月落戍楼空"，张子容之"草迎金埒马，花待玉楼人"，孟襄阳之"松月生夜凉，风泉满清听"，"荷风送香气，竹露滴清响"，"微云淡河汉，疏雨滴梧桐"，……此等句当与日星河岳同垂不朽。

沈德潜《唐诗别裁》：荷风竹露，佳景亦佳句也。外又有"微云淡河汉，疏雨滴梧桐"句，一时叹为清绝。

秋宵月下有怀〔一〕

秋空明月悬,光彩露沾湿〔二〕。惊鹊栖未定〔三〕,飞萤卷帘入〔四〕。庭槐寒影疏〔五〕,邻杵夜声急〔六〕。佳期旷何许〔七〕!望望空伫立。

〔一〕题目:宋、明、清各本同。《品汇》无"月下"二字。根据诗的内容,以有为是。

〔二〕露沾:王粲《从军》:"下船登高岸,草露沾我衣。"

〔三〕未定:原作"不定"。宋、明、清各本俱作"未定",据改。惊鹊:鹊,鸟名,俗称喜鹊。王勃《寒梧栖凤赋》:"游必有方,哂南飞之惊鹊;音能中吕,嗟入夜之啼乌。"

〔四〕萤:俗称萤火虫。《尔雅·释虫》:"萤火即炤。"郭璞注:"夜飞腹下有火。"实则由于呼吸时荧光素氧化所致。

〔五〕槐:宋本、汲本、清本、《全唐诗》同。《品汇》、明活本作"窗"。

〔六〕声:宋本、汲本、清本、《全唐诗》同。《品汇》、明活本作"深"。杵:槌衣具。储光羲《田家杂兴》:"秋山响砧杵。"

〔七〕佳期:指与佳人相约会,亦泛指欢叙之期。《文选·谢庄·月赋》:"月既没兮露欲晞,岁方晏兮无与归。佳期可以还,微霜沾人衣。"旷:久远。见《广雅·释诂》。

刘辰翁曰:亦自纤丽,与"疏雨滴梧桐"相似,谓其诗枯淡,非也。

仲夏归汉南园寄京邑旧游〔一〕

尝读高士传〔二〕,最嘉陶征君〔三〕。日耽田园趣〔四〕,自谓羲皇人〔五〕。余复何为者,栖栖徒问津〔六〕。中年废丘壑〔七〕,

上国旅风尘〔八〕。忠欲事明主，孝思侍老亲。归来当炎夏〔九〕，耕稼不及春。扇枕北窗下〔一〇〕，采芝南涧滨〔一一〕。因声谢同列〔一二〕，吾慕颍阳真〔一三〕。

〔一〕题目："汉南园"原作"南园"。明活本作"涧园"。宋本、汲本、清本、《全唐诗》作"汉南园"。今从宋本。清本、《全唐诗》"旧游"作"耆旧"。仲夏：盛夏。通常指夏季中间那个月，即阴历五月。汉南园：为浩然祖居，亦称涧南园。〇疑此诗作于游越归来，开元二十年五月。

〔二〕高士传：可能指晋皇甫谧撰《高士传》，该书收录晋以前高士行迹。南宋李石《续博物志》曰："刘向传列仙七十二人，皇甫谧传高士亦七十二人。"知谧书仅七十二人。今本九十六人，盖原书散佚，后人采摭《太平御览》所引抄合而成。按《高士传》中并无陶渊明。抑唐本与今本不同欤？抑高士传为泛称欤？

〔三〕嘉：《尔雅·释诂》："嘉，美也。"推重、赞美之意。陶征君：陶渊明隐居，诏为著作郎，称疾不赴，故称陶征君。

〔四〕日耽句："耽"原作"耽"，为"耽"之俗字。宋本、明活本、汲本、清本作"睹"。《全唐诗》作"耽"，以"耽"为是。《玉篇》："耽，乐也。"《书·无逸》："惟耽乐之从。"孔安国传："过乐谓之耽。"陶渊明不为五斗米折腰，辞官归隐，耽乐田园生活，写了不少有关田园情趣的诗文。

〔五〕羲皇人：陶渊明《与子俨等疏》："少学琴书，偶爱闲静，开卷有得，便欣然忘食。见树木交荫，时鸟变声，亦复欢然有喜。常言：五六月中，北窗下卧，遇凉风暂至，自谓羲皇上人。"古人崇古，认为伏羲时，人民生活闲适，无忧无虑。

〔六〕余复二句：栖栖：遑遑不安之貌。问津：问讯渡口。《论语·宪问》："微生亩谓孔子曰：丘何为是栖栖者与！无乃为佞乎？"刘宝楠正义:“《文选·答宾戏》曰:‘栖栖遑遑,孔席不暖。’李善注:‘栖遑,不安居之意也。’……夫子周流无已,不安其居。”又《论语·微子》:“长沮桀溺耦而耕,孔子过之,使子路问津焉。”言自己却像孔子周游列国,以求见用一样,栖栖遑遑,不安其居。指下文赴试事。

〔七〕丘壑:山丘、山谷,代表隐士所居。《太平御览》七十九:“黄帝……谓荣成子曰:‘吾将钓于一壑,栖于一丘。’”《世说新语·品藻》:“明帝问谢鲲:‘君自谓何如庾亮?’答曰:‘端委庙堂,使百官准则,臣不如亮;一丘一壑,自谓过之。’”废丘壑,意指废弃隐居。

〔八〕上国:《全唐诗》同。宋本、明活本、汲本、清本作“十上”。上国,指唐朝的国都长安。风尘:用以描写旅途的辛苦,亦寓有世俗追求仕进之意。指进京赴举事。

〔九〕当炎夏:原作“冒炎暑”。宋、明、清各本俱作“当炎夏”,据改。

〔一〇〕扇(shān)枕句:扇枕:代睡觉。句用“北窗下卧”意。表示生活闲适,隐居自如。

〔一一〕采芝:采摘芝草,亦隐士所为。

〔一二〕同列:原作“朝列”。明活本、清本同。宋本、汲本、《全唐诗》作“同列”。今从宋本。

〔一三〕颍阳真:许由的淳真。皇甫谧《高士传》:“许由字武仲,阳城槐里人也。为人据义履方,邪席不坐,邪膳不食,后隐于沛泽之中,尧让天下于许由……由于是遁耕于中岳颍水之阳,箕山之下。”

家园卧疾毕太祝曜见寻〔一〕

伏枕旧游旷〔二〕,笙歌劳梦思〔三〕。平生重交结,迨此令人疑。冰室无暖气〔四〕,炎云空赫曦〔五〕。隙驹不暂驻〔六〕,日听凉蝉悲。壮图哀未立[七],班白恨吾衰[八]。夫子自南楚,缅怀嵩汝期[九]。

〔一〕题目:原无"曜"字,据宋本、汲本、《全唐诗》补。明活本作"家园卧病旧游见寻"。毕曜:生卒年里均不详。开元中曾任太祝。天宝十三载(七五四),为司经正字。乾元二年(七五九)任监察御史,与毛若虚、敬羽、裴升皆以酷毒著称,时号毛、敬、裴、毕,后获罪流放黔中。工诗,与孟浩然、杜甫、独孤及、钱起友善。诗作多佚。

〔二〕伏枕:指其卧疾。旷:犹疏薄。《礼记·檀弓下》:"斯子也,必多旷于礼矣夫。"孔颖达疏:"旷,犹疏薄也。"按此句与"多病故人疏"意同。

〔三〕笙歌:明活本、汲本、清本同。《全唐诗》作"笙簧"。宋本作"笙篁",误。

〔四〕冰室:藏冰之室。《周礼·天官·凌人》"夏,颁冰掌事。秋,刷。"郑玄注:"刷,清也。郑司农云:刷除冰室,当更内(纳)新冰。"此句喻冬日景况。

〔五〕炎云句:宋本、汲本、《全唐诗》同。明活本、清本"炎云"作"火云"。清本"空"作"失",误。赫曦:亦作"赫戏",光明炎盛貌。《楚辞·离骚》:"陟升皇之赫戏兮,忽临睨夫旧乡。"王逸注:"赫戏,光明貌。"洪兴祖补注:"戏与曦同。"《文选·潘岳·在怀县作》:"初伏起新节,隆暑方赫羲。"李善注:"《思玄赋》注曰:赫羲,盛也。"此句状夏日景况。

〔六〕隙驹:《庄子·知北游》:"人生天地之间,若白驹之过郤。"《释文》:"隙,本又作郤。"喻时光流逝之速。

〔七〕哀:原作"竟"。据宋本、明活本、《全唐诗》改。汲本作"衰",与下句意重,误。壮图:宏伟的谋画。杜甫《过南岳入洞庭湖》:"帝子留遗恨,曹公屈壮图。”

〔八〕班白:亦作斑白、颁白。头发花白,喻年老。《礼·祭义》:“斑白者不以其任行乎道路。”《孟子·梁惠王上》:“颁白者不负戴于道路矣。”

〔九〕夫子二句:夫子,当指毕曜。嵩汝,当指嵩山、汝水,均在都畿道,洛阳东南,当今河南省西部。揣诗意二人曾在此会晤过。因对毕曜事迹所知甚少,未详。待考。二句以下,宋本尚多“顾予衡茅下,兼致禀物资。脱分趋庭礼,殷勤伐木诗。脱君车前鞅,设我园中葵。斗酒须寒兴,明朝难重持”八句。

田家元日

昨夜斗回北,今朝岁起东〔一〕。我年已强仕〔二〕,无禄尚忧农〔三〕。桑野就耕父〔四〕,荷锄随牧童。田家占气候〔五〕,共说此年丰。

〔一〕昨夜两句:斗:北斗星。北斗共计七星,其第五至第七星称斗柄。古人以斗柄的运转计算月份,如正月指寅,正当北方。详见《岁暮海上作》注〔三〕。岁:岁星,即木星。两句言星移物换,又进入正月。○此诗盖四十岁作,开元十六年正月。

〔二〕年:明、清本各同。宋本作“来”,误。强仕:借指四十岁。《礼记·曲礼上》:“四十曰强,而仕。”孔颖达疏:“三十九以前通曰壮,壮久则强,故四十曰强。强有二义:一则四十不惑,是智虑强:二则气力强也。”智虑气力既强,则可以为仕,故后人常用强仕以代四十岁。

〔三〕尚忧农:明、清各本同。宋本作“唯尚农”,未取。禄:俸禄。《礼记·王制》:“位定然后禄之。”无禄,表明未做官。

〔四〕桑野句:原作“野老就耕去”。据宋本、汲本、《全唐诗》改。桑野:

《诗·豳风·东山》:“蜎蜎者蠋,烝在桑野。”桑野,本指种桑的田野,这里泛指田野。

〔五〕占(zhān):占视。根据征兆而预测,带有占卜意味。占气候,即根据气候而进行预测。

晚泊浔阳望香炉峰〔一〕

挂席几千里〔二〕,名山都未逢。泊舟浔阳郭〔三〕,始见香炉峰。尝读远公传〔四〕,永怀尘外踪〔五〕。东林精舍近〔六〕,日暮空闻钟〔七〕。

〔一〕题目:《品汇》、明活本同。宋本、《英华》、汲本、清本、《全唐诗》“香炉峰”作“庐山”。《诗选》作“庐峰”。按香炉峰,即庐山北峰,详《彭蠡湖中望庐山》注〔一〇〕。○此诗当作于游越归来途中。

〔二〕挂席:宋、明、清各本同。《英华》作“挂帆”。浩然惯用“挂席”,如“挂席候明发”、“挂席东南望”。挂席,犹扬帆。详《彭蠡湖中望庐山》注〔四〕。

〔三〕泊舟:停船靠岸曰泊。《玉篇》:“泊,止舟也。”浔阳:唐属江南西道,为江州州治。即今江西九江市。详《自浔阳泛舟经明海》注〔一〕。郭:城郭。古代筑城,在内者曰城,在外者曰郭。《广韵》:“郭,内城外郭。”后世往往城郭混用。

〔四〕远公:晋高僧慧远的尊称。详《彭蠡湖中望庐山》注〔一三〕。传:《高僧传》中有慧远的传记。

〔五〕尘外:尘世之外。僧人出家,摆脱世俗,故称尘外。

〔六〕近:宋、明、清各本同。《英华》作“在”,非。东林精舍:即东林寺。详见《彭蠡湖中望庐山》注〔一三〕。

〔七〕空:明活本、《英华》同。宋本、汲本、清本、《全唐诗》作“但”。

吕本中《吕氏童蒙诗训》:浩然诗"挂席几千里,名山都未逢。泊舟浔阳郭,始见香炉峰",但详看此等语,自然高远。

王士禛《带经堂诗话》卷三《入神类》:襄阳诗"挂席几千里,名山都未逢。泊舟浔阳郭,始见香炉峰。常读远公传,永怀尘外踪。东林不可见,日暮空闻钟",诗至此,色相俱空,政如羚羊挂角,无迹可求,画家所谓逸品是也。

沈德潜《说诗晬语》卷上:又有通体俱散者,李太白《夜泊牛渚》、孟浩然《晚泊浔阳》、释皎然《寻陆鸿渐》等章,兴到成诗,人力无与,匪垂典则,偶存标格而已。

施补华《岘佣说诗》一〇:五言律中,有二语不对者,如"倚杖柴门外,临风听暮蝉"是也;有全首不对者,如"挂席几千里"、"牛渚西江夜"是也。须一气挥洒,妙极自然。初学人当讲究对仗,不能臻此化境。

《岘佣说诗》五:五律有清空一气,不可以炼句炼字求者,最为高格。如:李太白"牛渚西江夜"、"蜀僧抱绿绮",襄阳"挂席几千里"……诸首,所谓羚羊挂角,无迹可求。

田同之《西圃诗说》:严沧浪"羚羊挂角,无迹可求",司空表圣"不着一字,尽得风流"之说,唯李太白"牛渚西江夜"、孟襄阳"挂席几千里"二首与沈云卿《龙池乐章》、崔司勋《黄鹤楼》诗,足以当之,所谓逸品是也。

沈德潜《唐诗别裁》卷一:此天籁也。已近远公精舍,而但闻钟声,写望字意,悠然神远。

万山潭〔一〕

垂钓坐磐石〔二〕,水清心益闲〔三〕。鱼行潭树下〔四〕,猿挂岛藤间[五]。游女昔解佩[六],传闻于此山。求之不可得,沿月棹歌还。

〔一〕题目:明、清各本同。宋本无“万”字,非。万山:在襄阳西北四十里,滨汉江。详《秋登万山寄张五》注〔一〕。

〔二〕磐石:宋本、《品汇》、汲本、清本同。明活本、《全唐诗》作“盘石”,通。《易·渐》:“鸿渐于磐。”王弼注:“磐,石之安者。”泛指扁平而厚重稳固的大石。

〔三〕闲:闲静。《淮南子·本经训》:“闲静而不躁。”高诱注:“闲静,言无欲也。”

〔四〕鱼行:宋、明、清各本同。《英华》作“鱼游”。潭树:潭中树影。

〔五〕猿挂句:明、清各本同。宋本“藤”作“萝”,当以“藤”为恰。《英华》“挂”作“吼”。据毛校记元本作“卧”。今从宋本。

〔六〕游女:宋、明、清各本同。《英华》作“神女”。解佩:佩,亦作珮,带上之饰物。《文选·郭璞·江赋》:“感交甫之丧珮。”李善注:“《韩诗内传》曰:‘郑交甫遵彼汉皋台下,遇二女,与言曰:愿请子之珮。二女与交甫,交甫受而怀之,超然而去。十步,循探之,即亡矣。回顾二女,亦即亡矣。’”王士禛《带经堂诗话》卷十三《遗迹》上:“岘山西北十里为万山,万山下有潭,杜元凯沉碑处。孟诗‘神女昔解珮,传闻于此山’,盖解珮渚亦在其下矣。”

刘辰翁曰:蜕出风露,古始未有。又曰:古意淡韵,终不可以众作律之,而众作愈不可及。

沈德潜《唐诗别裁》:不必刻深,风骨自异。

施闰章《蠖斋诗话·月诗》:浩然“沿月棹歌还”、“招月伴人还”、“沿月下湘流”、“江清月近人”并妙于言月。

入峡寄弟[一]

吾昔与尔辈[二],读书常闭门。未尝冒湍险[三],岂顾垂堂言〔四〕？自此历江湖，辛勤难具论〔五〕。往来行旅弊〔六〕，开凿禹功存〔七〕。壁直千岩峻〔八〕，潨流万壑奔〔九〕。我来凡几宿，无夕不闻猿〔一〇〕。浦上摇归恋〔一一〕，舟中失梦魂。泪沾明月峡〔一二〕，心断鹡鸰原〔一三〕。离阔星难聚〔一四〕，秋深露已繁〔一五〕。因君下南楚〔一六〕，书此示乡园〔一七〕。

〔一〕题目：明、清各本同。宋本在总目中"弟"作"謽弟"，诗前题目又作"舍弟"。按：舍弟为谦词，用于本题，不恰。"謽"当系"谔"之误。若然则浩然尚有弟名谔者。备参。峡：指三峡。○此诗盖作于游越归来之后，已进入晚年时期。

〔二〕尔辈：原作"汝辈"。明活本同。宋本、汲本、清本、《全唐诗》作"尔辈"。今从宋本。"尔辈"，盖指洗然、邕等。

〔三〕未尝：宋、明各本同。清本作"未曾"。湍险：宋、明、清各本同。据毛校记元本作"滩险"。湍，指湍急的流水。

〔四〕岂顾句：顾，顾念、理会之意。垂堂言：古谚云，千金之子，坐不垂堂。盖惧檐瓦坠落伤人。详见《经七里滩》注〔二〕。本句言（过去在家闭门读书，没有经历过危险），哪里理会垂堂之诫呢？

〔五〕具论：意犹尽述。

〔六〕弊：疲弊，困难，艰辛。

〔七〕开凿句：古代天下大水，洪水横流。大禹治水，开山凿河，导水入海，天下以平。《淮南子·主术训》："禹决江疏河，以为天下兴利。"言大禹开凿三峡之功，至今犹存。

〔八〕壁直句：原作"壁立千峰峻"。明活本、清本、《全唐诗》同。汲本作"壁立千岩峻"。宋本作"壁直千岩峻"。今从宋本。

〔九〕潨（cóng）：明、清各本同。宋本作"淙"，与潨同，水流声，见《集韵》。言水流澎湃，万壑奔腾。

〔一〇〕无夕句：《水经注·江水》："自三峡七百里中，两岸连山，略无阙处。重岩叠嶂，隐天蔽日，自非停午夜分，不见曦月。……每至晴初霜旦，林寒涧肃，常有高猿长啸，属引凄异，空谷传响，哀啭久绝。故渔者歌曰：‘巴东三峡巫峡长，猿鸣三声泪沾裳。’”

〔一一〕摇：明、清各本同。宋本作“思”。据毛校记元本作“遥”。浦：崖岸。《说文》：“浦，水濒也。”段玉裁注：“《大雅》‘率彼淮浦’，传曰：‘浦，崖也。’”摇：摇荡。归恋：犹归思。

〔一二〕明月峡：在今重庆市以东。《太平寰宇记·山南西道·渝州》：“明月峡在县（巴县）东北八十里。《华阳国志》云：‘江州县有明月峡，即此。’李膺《益州记》云：‘广阳州东七里，水南有遮要三槌石，石东二里至明月峡，峡首南岸，壁高四十丈，其壁有圆孔，形若满月，因以为名。’”

〔一三〕鹡鸰原：鹡鸰，鸟名。用《诗经》“脊令在原”典，借指兄弟间的感情。详《洗然弟竹亭》注〔四〕。想到兄弟手足情深，不觉伤心，故曰心断。

〔一四〕离阔：犹离别。星：散。《释名·释天》：“星，散也。列位布散也。”

〔一五〕已：原作“易”，宋本、汲本、清本、《全唐诗》作“已”，据改。

〔一六〕君：指所托寄诗之人。南楚：指江陵一带（包括襄阳）。《汉书·高帝纪》“二月，羽自立为西楚霸王。”孟康曰：“旧名江陵为南楚，吴为东楚，彭城为西楚。”按：江陵在汉代为南郡治所，襄阳亦属南郡。本诗所谓南楚，实指襄阳。

〔一七〕示：原作“寄”。明活本同。宋本、汲本、清本、《全唐诗》作“示”。今从宋本。

宿杨子津寄润州长山刘隐士〔一〕

所思在梦寐〔二〕，欲往大江深。日夕望京口〔三〕，烟波愁我心〔四〕。心驰茅山洞〔五〕，目极枫树林〔六〕。不见少微星〔七〕，风霜徒夜吟〔八〕。

〔一〕题目:宋、明、清各本同,但宋本“州”误作“洲”。据毛校记元本无“润州长山”四字。《品汇》作“宿杨子津寄刘处士”。杨子津:“杨”亦作“扬”。古渡口名。在江都以南长江北岸,为渡江要津。《清一统志·江苏·扬州府》:“扬子桥在江都县南十五里,即扬子津,自古为江滨津要。《通鉴》隋开皇十年,杨素帅舟师自扬子津入。即此。”润州:唐润州属江南东道,治所在丹徒,即今江苏镇江市。《太平寰宇记·江南东道·润州》:“唐武德三年,杜伏威归国,置润州于丹徒县。”长山:《清一统志·江苏·镇江府》:“长山在丹徒县南二十五里,上有灵泉,下流与练湖通,溉田甚广。”刘隐士:未详。○本诗盖作于赴越途中,当在开元十八年。

〔二〕梦寐:明活本、汲本、《品汇》、清本同。宋本、《全唐诗》作“建业”,与题意不合。

〔三〕京口:《元和郡县志·江南东道·润州》:“孙权自吴徙治丹徒,号曰京城。后迁建业(按即今南京市),于此置京口镇。”地在今江苏镇江市。

〔四〕烟波:带有雾霭的广阔水面。崔颢《黄鹤楼》:“日暮乡关何处是,烟波江上使人愁。”自开端至此四句,句法自然,而格调高古,感情充沛。刘辰翁评曰:“是大家数诗。”

〔五〕茅山:原名句曲山,在润州南部,即今江苏句容县以南,金坛、溧水两县之间。相传汉茅盈与弟衷、固自咸阳来,得道于此,世号三茅君,因名山曰茅山。山有大茅峰,并有蓬壶、玉柱、华阳三洞。《太平寰宇记·江南东道·润州》:“句曲山一名茅山,在县(延陵)西南三十里。《茅君内传》云:‘山形曲折似句字,故名句曲。’”《清一统志·江苏·江宁府》:“茅山在句容县东南。……昔汉有咸阳三茅君得道,来学此山,故谓之茅山。”

〔六〕目极:犹远望。《南史·萧子显传》:“登高极目,临水送归,风动春朝，月明秋夜。”

〔七〕星：原作“隐”。宋本、汲本、《全唐诗》作“星”，据改。少微星：星名，又名处士星。《史记·天官书》：“曰少微，士大夫。”司马贞索隐：“《天官占》云：‘少微一名处士星’也。”张守节正义：“少微四星，在太微西，南北列：第一星，处士也；第二星，议士也；第三星，博士也；第四星，大夫也。占以明大黄润，则贤士举；不明，反是；月、五星犯守，处士忧，宰相易也。”后常用以喻处士。

〔八〕风霜句：原作“星霜劳夜吟”。明活本、清本、《全唐诗》同。宋本、汲本作“风霜徒夜吟”。《全唐诗》校勘记中也保留了“风霜徒夜吟”。今从宋本。

送丁大凤进士举〔一〕

吾观《鹪鹩赋》〔二〕，君负王佐才〔三〕。惜无金张援〔四〕，十上空归来〔五〕。弃置乡园老，翻飞羽翼摧。故人今在位〔六〕，歧路莫迟回〔七〕。

〔一〕题目：原作“送丁大凤进士赴举呈张九龄”。明活本、清本、《全唐诗》同。宋本作“送丁大凤进士举”。汲本“举”上多一“赴”字。今从宋本。丁大凤：姓丁，行大，名凤。《孟浩然集》中有《宿业师山房待丁公不至》诗，“丁公”，《英华》、《全唐诗》作“丁大”，《诗选》作“丁凤进士”，当即本诗之“丁大凤”。该诗反映二人感情之深厚，知二人为好友，但生平不详。○本诗疑作于应举归来之后。

〔二〕鹪鹩赋：晋张华所作。其序云：“鹪鹩，小鸟也，生于蒿莱之间，长于藩篱之下，翔集寻常之内，而生生之理足矣。色浅体陋，不为人用；形微处卑，物莫之害。繁滋族类，乘居匹游，翩翩然有以自乐也。”浩然借鹪鹩以自喻。

〔三〕王佐才：具有辅佐帝王的才能。《三国志·魏志·荀彧传》：“或年少时，南阳何颙异之，曰：'王佐才也。'"此用"王佐才"以称赞丁凤。

〔四〕金张：《文选·左思·咏史诗》："金张籍旧业，七叶珥汉貂。"李善注："《汉书·金日磾赞》曰：'夷狄亡国，羁虏汉庭，七叶内侍，何其盛也。'七叶，自武至平也。又，《张汤传·赞》曰：'张氏之子孙相继，自宣元以来为侍中中常侍者，凡十馀人。'功臣之后，唯自金氏、张氏亲近贵宠，比于外戚。"后世因以金张代权贵。按：《汉书·金日磾传·赞》"七叶"作"七世"。《张汤传·赞》无所引文字。

〔五〕十上：用苏秦"书十上而说不行"的故实，借指自己考试落第，或献赋不见用。详见《南归阻雪》注〔九〕。

〔六〕故人：或指张九龄、王维等。王士源《孟浩然诗集序》："丞相范阳张九龄、侍御史京兆王维……率与浩然为忘形之交。"

〔七〕歧：原作"岐"，明、清各本同。宋本作"歧"，据改。迟回：迟疑，徘徊不进。《文选·鲍照·放歌行》："今君有何疾，临路独迟回。"

送吴悦游韶阳〔一〕

五色怜凤雏〔二〕，南飞适鹧鸪〔三〕。楚人不相识，何处求椅梧〔四〕。去去日千里，茫茫天一隅。安能与斥鷃〔五〕，决起但枪榆〔六〕。

〔一〕吴悦：未详。韶阳：疑即韶州，治所在曲江。《清一统志·广东·韶州府》："韶石在曲江县北。《水经注》：'利水南流，经韶石下，其高百仞，广圆五里，两石对峙，大小略均，似双阙，名韶石。'"抑以其在韶石之南，故有韶阳之称欤？

〔二〕凤雏：本意为幼凤，常用以喻人。王嘉《拾遗记》卷二："〔周成王〕四年，旃涂国献凤雏，载以瑶华之车，饰以五色之玉，驾以赤象，至于京师,育于灵禽之苑,饮以琼浆,饴以云实。"《晋书·陆云传》:"幼时吴尚书广陵闵鸿,见而奇之,曰:'此儿若非龙驹,当是凤雏。'"这里用以比吴悦。

〔三〕鹧鸪:鸟名。晋崔豹《古今注·鸟兽》:"南山有鸟,名鹧鸪,自呼其名,常向日而飞。畏霜露,早晚希出。"

〔四〕椅梧:椅,今名山桐。梧即梧桐。《诗·鄘风·定之方中》:"树之榛栗,椅桐梓漆,爰伐琴瑟。"毛传:"椅,梓属。"郑玄笺:"树此六木于宫者,曰其长大,可伐以为琴瑟。"由于椅梧可以制琴瑟,古人对之颇为珍视。故《庄子·秋水》云:"南方有鸟,其名为鹓雏,子知之乎?夫鹓雏发于南海而飞于北海,非梧桐不止,非练实不食。"成玄英疏:"鹓雏,鸾凤之属,亦言凤子也。"言珍贵之鸟,必止于珍贵之木。

〔五〕斥鷃:明活本、汲本、清本、《全唐诗》同。宋本作"尺鷃"。"尺鷃"、"斥鴳",小鸟名。《庄子·逍遥游》:"斥鴳笑之曰:'我腾跃而上,不过数仞而下,翱翔蓬蒿之间,此亦飞之至也。'"陆德明释文:"斥本亦作尺,鴳亦作鷃。"《淮南子·精神训》:"凤皇不能与之俪,而况斥鷃乎?"

〔六〕决起句:枪榆:宋本、明活本、汲本、《全唐诗》同。清本作"抢榆"。《庄子·逍遥游》:"我决起而飞,枪榆枋。"王先谦集解:"李云:决,疾貌。""支云:枪,突也。李云:犹集也。榆、枋,二木名。"按:郭庆藩集释本"枪"作"抢"。言小鸟疾飞,不过集于榆枋之上。

送陈七赴西军〔一〕

吾观非常者〔二〕,碌碌在目前〔三〕。君负鸿鹄志〔四〕,蹉跎书剑年〔五〕。一闻边烽动〔六〕,万里忽争先。余亦赴京国〔七〕,何当献凯还〔八〕。

〔一〕题目:明活本、《全唐诗》同。汲本、清本无“西”字。此诗宋本不载。陈七:未详。此诗盖作于赴京应举之前,当在开元十六年。

〔二〕非常者:异乎寻常之人。《史记·司马相如传》:“盖世必有非常之人,然后有非常之事;有非常之事,然后有非常之功。”

〔三〕碌碌:庸庸碌碌,无所作为。二句言非常之人在没有遇到机会的时候,看来往往是庸庸碌碌的。

〔四〕鸿鹄志:鸿鹄,天鹅。鸿鹄志,志向远大。详见《洗然弟竹亭》注〔三〕。

〔五〕蹉跎:《说文》:“蹉,蹉跎失时也。”蹉跎即时光流逝,虚度年华之意。《晋书·周处传》:“欲自修而年已蹉跎。”书剑年:指少年时代。《史记·项羽本纪》:“项籍少时,学书不成,去;学剑,又不成。”

〔六〕边烽:边疆烽火。代表战争。开元年间对西域的战争颇多。根据本诗下句“余亦赴京国”看,当在浩然赴长安之前不久。《资治通鉴·开元十六年》:“春,正月,壬寅,安西副大都护赵颐贞败吐蕃于曲子城。”又,“秋,七月,吐蕃大将悉末朗寇瓜州,都督张守珪击走之。乙巳,河西节度使萧嵩、陇右节度使张忠亮大破吐蕃于渴波谷;忠亮追之,拔其大莫门城,擒获甚众,焚其骆驼桥而还。”按:浩然是在开元十六年冬季赴长安的,故疑边烽动指的是这两次战争。

〔七〕京国:明活本、汲本、《全唐诗》同。清本作“京阙”,意同。指首都长安。

〔八〕何当:犹合当。献凯还:语意双关。

刘辰翁:起得别。又:一个一样语,可观。

李梦阳:是盛唐诗。

田园作〔一〕

弊庐隔尘喧〔二〕，惟先养恬素〔三〕。卜邻近三径〔四〕，植果盈千树〔五〕。粤余任推迁〔六〕，三十犹未遇〔七〕。书剑时将晚〔八〕，丘园日已暮〔九〕。晨兴自多怀〔一〇〕，昼坐常寡悟。冲天羡鸿鹄〔一一〕，争食羞鸡鹜〔一二〕。望断金马门〔一三〕，劳歌采樵路〔一四〕。乡曲无知己〔一五〕，朝端乏亲故〔一六〕。谁能为扬雄〔一七〕，一荐《甘泉赋》〔一八〕。

〔一〕题目：原作“田家作”。明代各本及清本同。宋本、《全唐诗》作“田园作”。今从宋本。〇此诗作于三十岁时，即开元六年。

〔二〕弊庐：浩然自称其家屋，其《岁暮归南山》云：“北阙休上书，南山归弊庐。”盖同用陶渊明《移居》诗意，该诗云：“弊庐何必广，取足蔽床席。”尘喧：尘世的喧闹。

〔三〕恬素：恬淡与朴素纯洁。

〔四〕近三径：原作“劳三径”。明活本、清本同。汲本作“劳三徙”。宋本、《全唐诗》作“近三径”。今从宋本。三径：西汉末，王莽专政，兖州刺史蒋诩辞官归隐，于院中开辟三径。晋赵岐《三辅决录》：“蒋诩字元卿，舍中竹下开三径，唯求仲、羊仲从之游。”后世往往用三径以代隐士所居。陶渊明《归去来兮辞》：“三径就荒，松菊犹存。”

〔五〕千：明、清各本同。宋本作“十”，非。千树，用三国吴丹阳太守李衡事。《三国志·吴志·孙休传》：“遣衡还郡，勿令自疑。”裴松之注引《襄阳记》：“（李）衡每欲治家，妻辄不听，后密遣客十人于武陵龙阳汜洲上作宅，种甘橘千株。临死，敕儿曰：‘汝母恶我治家，故穷如是。然吾州里有千头木奴，不责汝衣食，岁上一匹绢，亦可足用耳。’……吴末，衡甘橘成，岁得绢数千匹，家道殷足。”

〔六〕粤：助词，用于句首。推迁：时间的推移变迁。陶渊明《荣木》序："日月推迁，已复九夏。"

〔七〕三十句：《论语·为政》："三十而立。"何晏集解："有所成也。"孔子以三十即应有所成就。浩然言年已三十，而功名仕进尚无所成，故言未遇。

〔八〕书剑：原作"书枕"。明清各本同。宋本、《全唐诗》作"书剑"。今从宋本。

〔九〕已：原作"空"，明活本、清本同。据宋本、《全唐诗》改。丘园：丘墟与园圃。《易·贲》："贲于丘园。"孔颖达疏："丘谓丘墟，园谓园圃，唯草木所生，是质素之所。"后世多用以指隐居之所。

〔一〇〕自：明、清各本同。宋本作"日"。兴：起来。《诗·卫风·氓》："夙兴夜寐，靡有朝矣。"

〔一一〕冲天句：此系倒装句法，意为羡冲天之鸿鹄。鸿鹄：天鹅。喻志向远大之人。详见《洗然弟竹亭》注〔三〕。

〔一二〕争食句：亦倒装句法。鸡鹜：鸡鸭。喻凡庸之人。《楚辞·卜居》："宁与黄鹄比翼乎？将与鸡鹜争食乎？"

〔一三〕金马门：汉代宫门名，因以代宫殿。详见《自浔阳泛舟经明海》注〔一一〕。这句显示出期望仕进之甚。

〔一四〕劳歌：劳动之歌。《公羊传·宣公十五年》："什一行而颂声作矣。"何休注："饥者歌其食，劳者歌其事。"

〔一五〕乡曲：犹乡里。司马迁《报任少卿书》："仆少负不羁之行，长无乡曲之誉。"

〔一六〕朝端：朝廷上首要的重臣。《宋书·王弘传》："臣弘忝承人乏，位副朝端。"

〔一七〕扬雄：字子云，蜀郡成都人。生于汉宣帝甘露元年，卒于新莽天凤五年。雄少好学，年四十馀，自蜀来游京师，大司马王音召为门下吏，荐雄待诏。侍从成帝祭祀、游猎，奏《甘泉》、《河东》、

《羽猎》、《长杨》四赋，晚年又仿《论语》作《法言》，仿《易经》作《太玄》。

〔一八〕一荐句：《甘泉赋·序》："孝成帝时，客有荐雄文似相如者，上方郊祀甘泉泰畤，汾阴后土，以求继嗣，召雄待诏承明之庭。正月，从上甘泉还，奏《甘泉赋》以风。"以上四句，浩然抱怨朝中缺乏亲朋故旧，因之无人推荐。表明了他追求仕进的心情是十分强烈的。

从张丞相游纪南城猎戏赠裴迪张参军〔一〕

从禽非吾乐〔二〕，不好云梦田〔三〕。岁暮登城望〔四〕，偏令乡思悬〔五〕。公卿有幾幾〔六〕，车骑何翩翩〔七〕。世禄金张贵〔八〕，官曹幕府连〔九〕。顺时行杀气〔一〇〕，飞刃争割鲜〔一一〕。十里届宾馆〔一二〕，徵声匝妓筵〔一三〕。高标回落日〔一四〕，平楚散芳烟〔一五〕。何意狂歌客，从公亦在旃〔一六〕。

〔一〕题目：明活本同。宋本、汲本、《全唐诗》"纪南城"作"南纪城"，非。宋本"迪"作"迴"，形近而误。清本作"从张丞相猎赠裴迪"。张丞相：张九龄，字子寿，曲江人。景龙初，进士及第。开元二十一年（七三三）拜中书侍郎，同中书门下平章事。二十二年迁中书令。后帝任用李林甫、牛仙客，九龄以为不可，帝不悦，二十四年，以尚书右丞相罢政事。后以周子谅事，左迁荆州大都督府长史。卒谥文献。著有《曲江集》。事详新、旧《唐书》本传。纪南城：在今湖北省江陵县北。《清一统志·湖北·荆州府》："纪南城在江陵县北，楚文王以后所都，一名郢城。《水经注》：'江陵西北有纪南城，楚文王自丹阳徙此，班固言楚之郢都也。'《括地志》：'纪南故城在荆州江陵县北五十里。'《名胜志》：'纪南城以在纪山之南而得名。'"裴迪：关中人，生卒年代不详，其在世时间约在唐玄宗开元天宝间。初与王维、崔兴宗居终南山,同唱和,天宝年间曾为蜀州刺史,与杜甫、李颀友善,尝为尚书省郎。张参军:不详。○本诗作于张九龄任荆州长史时期,浩然晚年约当开元二十五年冬。

〔二〕从禽:打猎时追逐禽兽曰从禽。《易·屯》:"象曰,即鹿无虞以从禽也,君子舍之,往吝穷也。"孔颖达疏:"即鹿无虞以从禽者,言即鹿当有虞官,即有鹿也。若无虞官以从逐于禽,亦不可得也。"《三国志·魏志·高堂隆传》:"若逸于游田,晨出昏归,以一日从禽之娱,而忘无垠之衅,愚窃惑之。"

〔三〕云梦:古泽薮名。跨大江南北,当今湖北南部及湖南北部一带地方。《尔雅·释地》:"楚有云梦。"郝懿行义疏:"《汉志》,华容云梦泽在南荆州薮。司马相如《子虚赋》云:'楚有七泽,一曰云梦。云梦者,方九百里。'是云梦实一薮也。经传或分言之,省文从便耳。《左氏昭三年传》:'王以田江南之梦。'杜预注:'楚之云梦,跨江南北。'是则梦亦云也。《定四年传》:'楚子涉睢济江,入于云中。'杜注:'入云梦泽中。'是则云亦梦也。《楚辞·招魂》篇云:'与王趋梦兮课后先。'王逸注:'梦,泽中也,楚人名泽中为梦中。'然则梦中犹云中矣。《淮南·墬形》篇云:'南方曰大梦。'高诱注:'梦,云梦也。'"田:田猎。《易·恒》:"田无禽。"孔颖达疏:"田者,田猎也。"《诗·郑风·叔于田》:"叔于田,巷无居人。"毛传:"叔,大叔段也。田取禽也。"

〔四〕岁暮句:原作"岁晏临城望"。今从宋、明、清各本改。

〔五〕偏令:原作"只令"。据宋、明、清各本改。

〔六〕公卿句:原作"参卿有数子"。据宋本、汲本、清本、《全唐诗》改。公卿:三公九卿,后世泛指高级官吏。《论语·子罕》:"出则事公卿。"幾幾:疑为几几。《诗·豳风·狼跋》:"公孙硕肤,赤舄几几。"

〔七〕车骑：原作“联骑”。据宋本、汲本、清本、《全唐诗》改。车骑，成队的车马。《礼记·曲礼上》：“前有车骑，则载飞鸿。”翩翩：本指鸟飞轻疾之貌，这里借指车马众多。

〔八〕金张：金，金日磾及其后人。张，张汤及其后人。数世高官，因以代权贵。详见《送丁大凤进士举》注〔四〕。

〔九〕连：宋本、明活本、汲本、清本同。《全唐诗》作“贤”。幕府：军旅无固定住所，以帐幕为府署，故称幕府。后地方长官亦有幕府，其中官吏司文书事宜。此指随从甚众。以上四句状田猎队伍之盛。

〔一〇〕顺时：原作“岁时”。宋本、明活本、汲本、清本、《全唐诗》作“顺时”，据改。顺时，顺应时令。《国语·周语下》：“上不象天，而下不仪地，中不和民，而方不顺时不共神祇，而蔑弃五则。”韦昭注：“方，四方也。（不顺时）谓逆四时之令也。”杀气：肃杀之气。《礼记·月令》：“孟秋之月，杀气浸盛，阳气日衰。”全句言顺时行猎。《周礼·夏官·大司马》：“中冬，教大阅，……遂以狩田。”贾公彦疏：“教战讫，入防田猎之事，故云遂以狩田。”《左传·隐公五年》：“故春蒐、夏苗、秋狝、冬狩。”

〔一一〕鲜：新杀的禽兽。《书·益稷》：“暨益奏庶鲜食。”孔安国传：“鸟兽新杀曰鲜。”本诗则指新猎获的禽兽。

〔一二〕届：至。《书·大禹谟》：“惟德动天，无远弗届。”孔颖达疏：“有德能动上天，苟能修德，无有远而不至。”

〔一三〕徵（zhǐ）：明活本、汲本、《全唐诗》同。宋本、清本作“微”。徵，五声之一。《尔雅·释乐》：“徵谓之迭。”郝懿行义疏：“宫、商、角、徵、羽者，五声也。……徵者，祉也，事也。其声抑扬递续，其音如事之续而为迭。”这里泛指悠扬的乐声。

〔一四〕高标：立木为表记，其上端部分曰标。后凡高耸之物如山峰、佛塔之类，皆可称高标。回落日：《楚辞·离骚》：“吾令羲和弭节兮。”王逸注：“羲和，日御也。”洪兴祖补注：“《山海经》：‘东南海外，有羲和之国，有女子名羲和，是生十日，常浴日于甘渊。'……虞世南引《淮南子》云：'爰止羲和，爰息六螭，是谓悬车。'注云：'日乘车驾以六龙，羲和御之，日至此而薄于虞渊。羲和至此而回。'"李白《蜀道难》："上有六龙回日之高标。"

〔一五〕散：原作"压"。宋本、汲本、《全唐诗》作"散"，据改。平楚：楚为丛木，登高远望，见树梢齐平，故曰平楚。《文选·谢朓·郡内登望》："寒城一以眺，平楚正苍然。"李善注："《毛诗》曰：'翘翘错薪，言刈其楚。'《说文》曰：'楚，丛木也。'"以上二句写野外景色。刘辰翁评曰："远景自然。"良是。

〔一六〕旃：赤色曲柄旗，用以招致大夫。《左传·昭公二十年》："昔我先君之田也，旃以招大夫。"孔颖达疏："周礼，孤卿建旃，大夫尊，故麾旃以招之也。"这里则指招致众官吏。

登望楚山最高顶〔一〕

山水观形胜〔二〕，襄阳美会稽〔三〕。最高惟望楚，曾未一攀跻〔四〕。石壁疑削成，众山比全低。晴明试登陟〔五〕，目极无端倪〔六〕。云梦掌中小〔七〕，武陵花处迷〔八〕。暝还归骑下，萝月映深溪〔九〕。

〔一〕题目：宋、明、清各本同。据毛校记元本无"最高顶"三字。根据诗的内容看，以有为是。望楚山：《太平寰宇记·山南东道·襄州》："望楚山在县南三里。鲍至《南雍州记》：'凡三名，一名马鞍山，又名筴山。宋元嘉中，武陵王骏为刺史，屡登陟焉，因其旧名，以望见鄢城，改为望楚山。'"《清一统志·湖北·襄阳府》："楚山在襄阳西南八里，一名马鞍山，一名望楚山。《寰宇记》：'宋元嘉中，武陵王骏为刺史，屡登陟焉，以望见鄢城，改为望楚山。'"

〔二〕形胜：优美的风景，多指河山之壮美。《南史·刘善明传》："高帝召谓曰:‘淮南近畿,国之形胜,非亲贤不居,卿与我卧理之。’”梁栋《凤凰台》:“城郭是非秋雨外,江山形胜暮潮来。”

〔三〕襄阳句:会稽即今浙江绍兴,以风景优美著称。有会稽山、秦望山、镜湖、若耶溪诸名胜。浩然《夜登孔伯昭南楼时沈太清朱升在座》有“山水会稽郡,诗书孔氏门”之句,可参看。言襄阳山水之优美,过于会稽。

〔四〕攀跻:犹攀登。《说文》:“跻,登也。”

〔五〕陟:《尔雅·释诂》:“陟,升也。”《说文》:“陟,登也。”

〔六〕目极:尽力远望。端倪:意犹边际。《庄子·大宗师》:“反覆终始,不知端倪。”郭庆藩疏:“端,绪也。倪,畔也。”

〔七〕云梦:古泽薮名。详《从张丞相游纪南城猎戏赠裴迪张参军》注〔三〕。

〔八〕武陵句:唐武陵即今湖南常德市。晋陶渊明所写的《桃花源记》即假托武陵。该记云:“晋太元中,武陵人捕鱼为业。缘溪行,忘路之远近。忽逢桃花林。夹岸数百步,中无杂树,芳草鲜美,落英缤纷。……太守即遣人随其往,寻向所志,遂迷,不复得路。”本句即用此故实,故言花处迷。按:望楚山虽然高峻,亦不能望见武陵,盖出于诗人想象,藉以夸张山之高峻而已。

〔九〕映:原作“在”。明活本、汲本同。宋本、清本《全唐诗》作“映”。今从宋本。萝月:透过藤萝的月光。

采樵作〔一〕

采樵入深山,山深树重叠〔二〕。桥崩卧查拥〔三〕,路险垂藤接。日落伴将稀,山风拂薜衣〔四〕。长歌负轻策〔五〕,平野望烟归〔六〕。

〔一〕题目:明、清各本同。宋本作“樵采作”,意同。

〔二〕树:原作"水"。宋本、汲本、《全唐诗》作"树",较佳,据改。

〔三〕崩:毁坏,坍塌。《玉篇》:"崩,毁也。"查:《品汇》同。宋、明、清各本作"槎"。意同。水中浮木。见《广韵》。

〔四〕薜衣:薜荔之衣,借为隐士的衣服。《楚辞·九歌·山鬼》:"若有人兮山之阿,被薜荔兮带女萝。"王逸注:"言山鬼仿佛若人,见于山之阿,被薜荔之衣,以菟丝为带也。"

〔五〕策:木细枝。《方言》二:"木细枝谓之杪。燕之北鄙朝鲜洌水之间谓之策。"言浩然入山樵木,日落时背负细柴,唱着歌归来。

〔六〕平野:平旷的原野。梁简文帝《智蒨法师墓志铭》:"郁郁翠微,辽辽平野。"

沈德潜《唐诗别裁》:桥崩十字,写出奇险之状。

贺裳《载酒园诗话·诗归》:孟襄阳《宿业师山房待丁大不至》曰:"夕阳度西岭,群壑倏已暝。松月生夜凉,风泉满清听。樵人归欲尽,烟鸟栖初定。之子期宿来,孤琴候萝径。"钟云:"此尽字不如用稀字妙。"《采樵作》曰:"采樵入深山,山深树重叠。桥崩卧槎拥,路险垂藤接。日落伴将稀,山风拂萝衣。长歌负轻策,平野望烟归。"钟云:"观此稀字,远胜'樵人归欲尽'尽字矣。"余意"日落"与"已暝"亦微有早暮,"日落伴将稀",是樵子渐去,见己亦当归。"樵人归欲尽",是行人已绝,丁犹不至,有"搔首踟蹰"之意,故抱琴候之。自是各写所触,何必同?

早梅〔一〕

园中有早梅,年例犯寒开〔二〕。少妇争攀折〔三〕,将归插镜台〔四〕。犹言看不足,更欲剪刀裁。

〔一〕题目:明、清各本同。此首宋本不载。

〔二〕例:照例。犯寒:与冒寒意近。沈约《之永康江》:“山光浮水至,春色犯寒来。”

〔三〕争:明活本、汲本同。清本、《全唐诗》作“曾”。似以争字为佳,更能表现少妇喜爱之情。

〔四〕将:犹持。《荀子·成相》:“吏谨将之无铍滑”王先谦集解:“将,持也。”

刘辰翁曰:语欲其野,直以意胜,亦有情致。

涧南园即事贻皎上人〔一〕

弊庐在郭外〔二〕,素产唯田园〔三〕。左右林野旷,不闻朝市喧〔四〕。钓竿垂北涧〔五〕,樵唱入南轩〔六〕。书取幽栖事〔七〕,将寻静者论〔八〕。

〔一〕题目:汲本同。宋本、明活本、清本、《全唐诗》脱“园”字。涧南园:浩然祖居,在襄阳城南,以在北涧之南,故称涧南园,孟诗中有时亦称汉南园。即事:意为眼前事物,常用作诗题。皎上人:上人为对僧道之尊称。皎上人生平不详。○疑此诗作于自鹿门山归自家园庐时,盖二十四五岁时。

〔二〕弊庐:浩然园庐。详《田园作》注〔二〕。郭:指襄阳城郭。

〔三〕素产:原作“素业”。宋本、明活本、汲本、清本、《全唐诗》作“素产”。今从宋本。

〔四〕朝市:明、清各本作“城市”。宋本、《全唐诗》作“朝市”。今从宋本。朝市,早晨的集市,《周礼·地官·司市》:“朝市,朝时而市,商贾为主。”

〔五〕北涧:涧南园北面的一条小溪。

〔六〕南轩:疑指南亭,或亦泛指。

〔七〕书:宋本、明活本、清本、《全唐诗》同。汲本作"昼",误。幽栖:犹隐居。《文选·谢灵运·邻里相送方山》:"资此永幽栖,送伊年岁别。"李善注:"郭璞《山海经》注曰:'山居曰栖。'"

〔八〕将:原作"还"。据宋本、明活本、清本、《全唐诗》改。论:宋本、汲本、《全唐诗》同。明活本、清本作"言"。静者:指皎上人。

白云先生王迥见访〔一〕

闲归日无事〔二〕,云卧昼不起〔三〕。有客款柴扉〔四〕,自云巢居子〔五〕。居闲好芝术〔六〕,采药来城市。家在鹿门山〔七〕,常游涧泽水〔八〕。手持白羽扇,脚步青芒履。闻道鹤书征〔九〕,临流还洗耳〔一〇〕。

〔一〕题目:原作"王迥见寻",明活本、清本同。宋本、汲本、《全唐诗》作"白云先生王迥见访"。今从宋本。王迥:行九,号白云先生,为浩然好友。详见《登江中孤屿赠白云先生王迥》注〔一〕。〇此诗可见浩然隐居自家园庐,已不隐鹿门山。

〔二〕闲归:原作"归闲",明活本同。宋本、汲本、《全唐诗》作"闲归"。今从宋本。

〔三〕云卧:杜甫《游龙门奉先寺》:"天阙象纬逼,云卧衣裳冷。"浦起龙云:"云卧正形容宿处之高迥。"本诗中意犹高卧。

〔四〕款:叩。《广雅·释言》:"款,叩也。"《史记·商君传》:"款关请见。"裴骃集解引韦昭曰:"款,叩也。"柴扉:以柴为门,表示贫寒。王维《送别》:"山中相送罢,日暮掩柴扉。"

〔五〕巢居子:盖系王迥别号。

〔六〕芝术:原作"花木",明活本同。宋本、清本、《全唐诗》作"芝术"。芝术为药用植物,详《登鹿门山怀古》注〔一一〕,与下句采药正合。

〔七〕鹿门山:在今襄樊市东南。详见《登鹿门山怀古》注〔一〕。

〔八〕涧泽:指北涧,在浩然家居涧南园之北。

〔九〕鹤书:又名鹤头书,为书体之名。古代征辟贤士的诏书,俱用此体。孔德璋《北山移文》:"及其鸣驺入谷,鹤书赴陇,形驰魂散,志变神动。"

〔一〇〕洗耳:皇甫谧《高士传》卷上:"许由……由是遁耕于中岳颍水之阳,箕山之下,终身无经天下色。尧又召为九州长,由不欲闻之,洗耳于颍水滨。"后世因用以表示隐士不愿做官,甚至不愿听征辟做官的话。

与黄侍御北津泛舟〔一〕

津无蛟龙患〔二〕,日夕常安流〔三〕。本欲避骢马〔四〕,何知同鹢舟〔五〕。岂伊今日幸〔六〕,曾是昔年游。莫奏琴中鹤〔七〕,且随波上鸥〔八〕。堤缘九里郭,山面百城楼。自顾躬耕者〔九〕,才非管乐俦〔一〇〕。闻君荐草泽〔一一〕,从此泛沧洲〔一二〕。

〔一〕题目:宋、明各本及《全唐诗》同。清本作"与黄侍御泛北津"。黄侍御:侍御乃侍御史的省称,司审讯案件、纠弹百官等事。黄侍御其人不详。北津:即北涧,在浩然故居涧南园的北面。

〔二〕蛟龙:蛟为古代传说中一种水生动物。《说文》:"蛟,龙之属也。"所以蛟与龙往往连称。古人迷信,以为蛟龙能发洪水,北津为小溪,故言"津无蛟龙患"。

〔三〕日夕:明、清各本同。宋本作"日久",形近而误。

〔四〕骢马:青白杂毛之马。见《说文》。《后汉书·桓典传》:"是时宦官秉权,典执政无所回避。尝乘骢马,京师畏惮,为之语曰:'行行且止,避骢马御史。'"本诗用骢马以代御史一类的高官,指黄侍御。

〔五〕知：明活本、清本同。宋本、汲本、《全唐诗》作“如”，语气不合。鹢舟：鹢本鸟名，古人往往画鹢鸟于船头，故称船为鹢舟。《汉书·司马相如传》：“浮文鹢。”颜师古注：“鹢，水鸟也，画其象于船头。”《晋书·张协传》：“乘鹢舟兮为水嬉，临芳洲兮拔灵芝。”

〔六〕岂伊：宋、明、清各本同。据毛校记元本作“岂依”。

〔七〕琴中鹤：琴曲有十二操，其第九曰《别鹤操》。

〔八〕鸥：水鸟名。既善于飞翔，亦善于游水。因其翱翔水面，生活悠闲，故常借代隐逸。

〔九〕躬耕者：作者自指。

〔一〇〕管乐：管，管仲，春秋时齐国政治家；乐，乐毅，战国燕之名将。后世常用管乐以指治国安邦的才能之士。高適《奉酬睢阳李太守》：“未能方管乐，翻欲慕巢由。”俦：匹，敌。

〔一一〕草泽：意犹荒野。盖黄侍御荐己，故自称荒野之人。

〔一二〕沧：明活本、清本、《全唐诗》同。宋本、汲本作“芳”，非。根据全诗意义，当以“沧”为是。沧洲，本指滨水之地，借指隐者所居。详见《岁暮海上作》注〔八〕。此系表明心迹，婉谢黄侍御举荐之意。

题长安主人壁〔一〕

久废南山田〔二〕，叨陪东阁贤〔三〕。欲随平子去〔四〕，犹未献《甘泉》〔五〕。枕席琴书满〔六〕，褰帷远岫连〔七〕。我来如昨日，庭树忽鸣蝉。促织惊寒女〔八〕，秋风感长年〔九〕。授衣当九月〔一〇〕，无褐竟谁怜〔一一〕。

〔一〕题目：宋、明、清各本同。长安主人：赴京应举时，在长安借住房子的主人。题壁：壁上题诗，以作纪念。○浩然于开元十六年（七二八)赴京应举,十七年春季考试落第。从诗的内容看,当作于开元十七年九月。

〔二〕南山:盖即岘山,因在襄阳之南,故称。浩然家居涧南园,即在岘山旁。他落第后,曾赋《岁暮归南山》,诗云:“北阙休上书,南山归弊庐。”可见他的“弊庐”即在南山。他的《南山下与老圃期种瓜》诗云:“樵牧南山近,林闾北郭赊。先人留素业,老圃作邻家。”也可以看出他家距离南山很近。而他先人所留下的“素业”,也就是南山田。

〔三〕叨陪:原作“谬陪”。宋、明、清各本俱作“叨陪”,据改。叨,谦词。陈子昂《为副大总管苏将军谢罪表》:“臣妄以庸才,谬叨重任。”东阁:宋本、汲本同。明活本、清本、《全唐诗》作“东阁”。“阁”、“阁”,通。东阁本为宾客出入的小门,因指款待宾客的处所。《汉书·公孙弘传》:“时上方兴功业,娄举贤良。弘……数年至宰相,封侯,开东阁以延贤人,与参谋议。”颜师古注:“阁者,小门也。东向开之。避当庭门而引宾客,以别于掾史官属也。”“东阁贤”当指在长安交游的那些做官人,如张九龄、王维等人。句意谦虚,但也流露出不平之气。

〔四〕平子:张衡字平子,东汉南阳西鄂(今河南南阳市以北)人。长于辞赋,因天下承平日久,自王公以下,莫不逾侈,衡乃拟班固《两都赋》作《二京赋》,以资讽谏。和帝时为侍中,其时宦官专政,衡欲言政事,为宦官所谗蔽,仕不得志,乃作《归田赋》,表明了归隐田园、弹琴读书、追求物外的心志。浩然落第之后,心灰意冷,也有意归隐田园,故曰“欲随平子去”。

〔五〕甘泉:指扬雄所作的《甘泉赋》。扬雄及献《甘泉赋》事详《田园作》注〔一七〕及注〔一八〕。唐代确有献赋求仕的制度。《资治通鉴·唐则天后垂拱二年》:“正月,戊申,太后命铸铜为匦,置之朝堂,以受天下疏铭:其东曰‘延恩’,献赋颂,求仕进者投之;南曰

'招谏',言朝政得失者投之;西曰'伸冤',有冤抑者投之;北曰'通玄',言天象灾变及军机秘计者投之。"专设一匦,以收赋颂,可见献赋,已非个别现象。杜甫即由献《三大礼赋》而授右卫率府胄曹(见元稹《唐故检校工部员外郎杜君墓系铭》)。可见唐代献赋也是一条仕进之路。孟浩然之想献赋可能是确有此心的。

〔六〕枕席:明活本、汲本、清本同。宋本作"枕藉"。《全唐诗》作"枕籍"。应以"枕席"为是,言枕席之上,琴书摆满,从室内景物刻画出作者的儒雅。

〔七〕褰:揭起,掀起。《诗·郑风·褰裳》:"子惠思我,褰裳涉溱。"帷:帐幕。《玉篇》:"帷,帐也,幕也。"岫:山。《尔雅·释山》:"山有穴曰岫。"亦泛指山。本句诗意为:掀起帐幕,可以看到远山相连。写室外远景,表现人物情趣。

〔八〕促织句:促织即蟋蟀。《尔雅·释虫》:"蟋蟀,蛬(gǒng)。"郭璞注:"今促织也。"陆德明释文:"蛬,音拱。"孔颖达疏:"蟋蟀,一名蛬,今促织也。……里语云'趋织(按即促织)鸣,懒妇惊',是也。"孔疏所引里语,是讽刺懒妇不早备寒衣,听到蟋蟀鸣声,知天将寒,因而着急,故惊也。本诗并无讽刺寒女意,不过用以表示促织鸣与天气寒之关系,启下流光如逝之意。

〔九〕感:明、清各本同。宋本作"思"。

〔一〇〕授衣句:明、清各本同。宋本"月"作"日",误。此句直用《诗经》原意。《诗·豳风·七月》:"七月流火,九月授衣。"朱熹注:"九月霜降始寒,而蚕绩之功亦成,故授人以衣,使御寒也。"

〔一一〕无褐句:此句亦袭用《诗经》而加以变化。《诗·豳风·七月》:"无衣无褐,何以卒岁!"陈奂传疏:"笺云:'褐,毛布也。'《孟子·滕文公》:'许子衣褐。'赵注云:'以毳织之,若今之马衣者也。或曰,褐枲衣也。一曰粗布衣也。'"具体讲法,虽有差异,但指最粗鄙的衣料则是共同的。《诗经》原意是指奴隶生活贫苦，既无衣服，又无粗鄙衣料，怎样过冬呵！孟浩然化用此意，言时已九月，又无粗鄙衣料（也包括无衣），表明落第后生活贫苦，无人资助，故曰"竟谁怜"。结出欲求功名而场屋失意的不平之气，以及又想归南山又想再试的矛盾心情。

庭橘〔一〕

明发览群物〔二〕，万木何阴森〔三〕。凝霜渐渐水〔四〕，庭橘似悬金。女伴争攀摘，摘窥碍叶深〔五〕。并生怜共蔕〔六〕，相示感同心。骨刺红罗被〔七〕，香粘翠羽簪〔八〕。擎来玉盘里，全胜在幽林。

〔一〕题目：明、清各本同。此诗宋本不载。

〔二〕明发：黎明。《诗·小雅·小宛》："明发不寐，有怀二人。"朱熹注："明发谓将旦而光明开发也。"群物：犹万物。

〔三〕阴森：幽暗之貌。

〔四〕渐渐（chán chán）：明活本、汲本、《全唐诗》同。清本作"渐□"，并注明"原缺"。渐渐，流下之貌。《楚辞·九叹·远逝》："肠纷纭以缭转兮，涕渐渐其若屑。"王逸注："渐渐，泣流貌也。"洪兴祖补注："渐，侧衔切。"本诗则泛指流下之貌。

〔五〕摘窥：明活本、汲本、《全唐诗》同。清本作"□窥"，并注明"原缺"。叶深：叶茂密。

〔六〕怜：爱。蔕：明活本、清本同。《全唐诗》作"蒂"，同。花果与茎枝相连处。《说文》："蔕，瓜当也。"共蔕，犹并蒂。并蒂花果，往往用以比喻情侣。故下句称"相示感同心"。

〔七〕被：明活本、汲本、《全唐诗》同。清本作"帔"，同。见《集韵》。被，衣名，见《六书故》。骨：指橘树枝及刺。

〔八〕翠羽簪：妇女首饰。

贺裳《载酒园诗话·艳诗》:孟浩然素心士也。其《庭橘》诗云:“并生怜共蒂,相示感同心”,一何婉昵!至若“照水空自爱,折花将遗谁”,真有生香真色之妙,觉老杜“香雾云鬟”、“清挥玉臂”,未免太宫样矣。

孟浩然诗集校注卷第二

七言古诗

夜归鹿门歌〔一〕

山寺鸣钟昼已昏，渔梁渡头争渡喧〔二〕。人随沙路向江村〔三〕，余亦乘舟归鹿门。鹿门月照开烟树〔四〕，忽到庞公栖隐处〔五〕。岩扉松径长寂寥〔六〕，惟有幽人夜来去〔七〕。

〔一〕题目：明活本、汲本、清本、《英灵集》、《诗选》同。宋本作“夜归鹿门寺”。《全唐诗》作“夜归鹿门山歌”。《诗林》作“夜归鹿门寺歌”。鹿门：鹿门山在今襄樊市东南。详《登鹿门山怀古》注〔一〕。○此诗盖作于隐鹿门时期，约在二十岁后。

〔二〕争渡喧：宋、明、清各本同。《英华》作“争喧喧”。渔梁：《水经注·沔水》：“沔水中有鱼梁洲，庞德公所居。士元居汉之阴，在南白沙，世故谓其地为白沙曲矣。司马德操宅洲之阳。”据此则“渔梁”当即鱼梁洲。

〔三〕沙路：原作“沙岸”。《英华》作“沙道”。宋本、汲本、《全唐诗》、《英灵集》、《诗选》作“沙路”，据改。

〔四〕开烟树：宋、明、清各本及《诗林》同。《英灵集》作“烟中树”。

〔五〕忽到：宋、明、清各本及《英灵集》同。《英华》作“忽辨”。庞公：即庞德公。详《登鹿门山怀古》注〔一〇〕。

〔六〕岩扉松径：明、清各本及《英灵集》同。宋本作“樵径非遥”。《英华》作“岩扉草径”。岩扉：岩，石窟。《楚辞·东方朔〈哀命〉》：“处玄舍之幽门兮，穴岩石而窟伏。”王逸注：“岩，穴也。言己修德不用，欲伏岩穴之中以自隐藏也。”岩扉，石窟之门。松径：松林中之路。卢照邻《酬杨比部员外暮宿琴堂》：“桃园迷汉姓，松径有秦官。”岩扉松径泛指隐士所居之处。

〔七〕夜来去：原作“自来去”。宋本、汲本、《全唐诗》及《英灵集》作“夜来去”，据改。幽人：隐逸之士。当系作者自指。

胡仔《苕溪渔隐丛话·后集》卷九：苕溪渔隐曰：“浩然《夜归鹿门歌》云：‘山寺鸣钟昼已昏，渔梁渡头争渡喧。人随沙岸向江村，余亦乘舟归鹿门。’不若岑参《巴南舟中即事》诗：‘渡口欲黄昏，归人争渡喧。’岑诗语简而意尽，优于孟也。”

吴幵《优古堂诗话》：岑参《巴南舟中夜事》诗云：“渡口欲黄昏，归人争渡喧。”盖用孟浩然诗耳。孟浩然有《夜归鹿门寺歌》云：“山寺鸣钟昼已昏，渔梁渡头争渡喧。”

张谦宜《絸斋诗谈》卷五：《夜归鹿门歌》，句句下韵，紧调也，脉却舒徐。

施补华《岘佣说诗》一〇二：孟公边幅太窘，然如《夜归鹿门》一首，清幽绝妙。才力小者，学步此种，参之李东川派，亦可名家。

和卢明府送郑十三还京兼寄之什〔一〕

昔时风景登临地〔二〕，今日衣冠送别筵〔三〕。醉坐自倾彭泽酒〔四〕，思归长望白云天。洞庭一叶惊秋早〔五〕，濩落空嗟滞江岛〔六〕。寄语朝廷当世人，何时重见长安道？

〔一〕题目："之"下原少一"什"字，据宋本、汲本、清本、《全唐诗》补。卢明府：指卢象。《唐才子传》卷二："象字纬卿，汶水人，鸿之侄也。携家来居江东最久。仕为校书郎，左拾遗、膳部员外郎。授安禄山伪官，贬永州司户参军。后为主客员外郎。有诗名，誉充秘阁，雅而不素，有大体，得国士之风。"这个传记，略而不详。既未谈其生卒，亦未言其任县令事。概由其曾做伪官，为人所轻，事迹多湮没欤？《孟集》中有关卢象诗作尚有《陪卢明府泛舟回岘山作》、《卢明府九日岘山宴袁使君张郎中崔员外》、《同卢明府饯张郎中除义王府司马海园作》等篇，可以看出卢象曾为襄阳县令，与张子容、孟浩然时相唱和。郑十三：未详。○按此诗末句云："何时重见长安道？"可见本诗作于长安赴举之后。而浩然于长安归来，不久即有吴越之游。再结合以上有关卢明府诸诗看，则此诗当作于吴越归来之后，当在开元二十一年以后，浩然晚年时期。

〔二〕昔时句：据浩然有关卢象诗作，卢象常在岘山宴集游览，疑"风景登临地"即指岘山。

〔三〕衣冠：古代士大夫服装的泛称，因以指做官人及有地位的人士。

〔四〕醉坐：原作"闲卧"。宋本、汲本、清本、《全唐诗》作"醉坐"，据改。彭泽酒：陶渊明喜饮酒，曾为彭泽令，故称。

〔五〕洞庭句：《淮南子·说山训》："以小明大，见一叶落，而知岁之将暮。"唐佚名诗："山僧不解数甲子，一叶落知天下秋。"

〔六〕濩落：明、清各本同。宋本作"漠落"，非。濩落，零落无聊之意。韦应物《郡斋赠王卿》："濩落人皆笑，幽独逾岁赊。"

送王七尉松滋得阳台云〔一〕

君不见，巫山神女作行云〔二〕，霏红沓翠晓氛氲〔三〕。婵娟流入楚王梦〔四〕，倏忽还随零雨分〔五〕。空中飞去复飞来〔六〕，朝朝暮暮下阳台。愁君此去为仙尉〔七〕，便逐行云去不回。

〔一〕王七：名不详。松滋：唐代松滋属荆州，当今湖北省松滋县北，在长江沿岸。

〔二〕巫山句：据宋玉《高唐赋》序，楚王游高唐，梦巫山神女，自称旦为朝云，暮为行雨。详《湘中旅泊寄阎九司户防》注〔五〕。

〔三〕霏红：明活本、清本、《全唐诗》同。宋本、汲本作"霏虹"。《英华》作"虹霓"。谢朓《咏蔷薇》："发萼初攒紫，馀采尚霏红。"氛氲：盛貌。《文选·谢惠连·雪赋》："其为状也，散漫交错，氛氲萧索。"李善注引王逸《楚辞》注曰："氛氲，盛貌。"

〔四〕楚王：明、清各本及《英华》作"襄王"。宋本、《全唐诗》作"楚王"。《高唐赋》所言为"先王"，当以"楚王"为是，故从宋本。婵娟：色态美好。张衡《西京赋》："嚼清商而却转，增婵娟以此豸。"

〔五〕倏忽：宋本、汲本、清本、《全唐诗》同。明活本作"条忽"，显系"倏忽"之误。《英华》作"觉后"。零雨：细雨，断续不止之雨。《诗·豳风·东山》："我来自东，零雨其濛。"孔颖达疏："道上乃遇零落之雨，其濛濛然。"

〔六〕空中飞去：宋、明、清各本同。《英华》作"空中晓去"。

〔七〕此去：宋、明、清各本同。《英华》作"此处"。仙尉：王七赴松滋为县尉，去巫山不远，故称"仙尉"。诗中全用神女朝云典故耳。

施闰章《蠖斋诗话·诗谶》："有官真似水，无梦不还家"，予寄怀同年侯蓝山句也。侯竟卒于官，友人以为诗谶；然此故(固)未尝言其不还也。浩然《送王七尉松滋》："愁君此去为仙尉，便逐行云去不回。”老杜送郑虔：“便与先生应永诀，九重泉路尽交期。”更不复忌讳，何也？

鹦鹉洲送王九之江左〔一〕

昔登江上黄鹤楼〔二〕，遥爱江中鹦鹉洲〔三〕。洲势逶迤绕碧流〔四〕，鸳鸯鸂鶒满滩头〔五〕。滩头日落沙碛长，金沙耀耀动飚光〔六〕。舟人牵锦缆〔七〕，浣女结罗裳。月明全见芦花白，风起遥闻杜若香〔八〕，君行采采莫相忘〔九〕。

〔一〕题目："之"原作"游"。明活本、汲本、清本同。宋本、《全唐诗》作"之"。今从宋本。王九：即王迥，号白云先生，为浩然好友。详《登江中孤屿赠白云先生王迥》注〔一〕。

〔二〕黄鹤楼：故址在今武汉市。《太平寰宇记·江南西道·鄂州》："黄鹤楼在县（江夏）西二百八十步。昔费祎登仙，每乘黄鹤于此憩驾，故号黄鹤楼。"《清一统志·湖北·武昌府》："黄鹤楼在江夏县西。《元和志》：'江夏城西南角，因矶为楼，名黄鹤楼。'"按：仙人乘鹤事，各书传说不一。

〔三〕鹦鹉洲：在湖北汉阳西南大江中。《太平寰宇记·江南西道·鄂州》："鹦鹉洲在大江东（按当为中），县（江夏）西南二里，西过此洲，从北头七十步，大江中流与汉阳县分界。《后汉书》云：'黄祖为江夏太守，时黄祖长子射，大会宾客，有献鹦鹉于此洲，故为名。'"《清一统志·湖北·武昌府》："鹦鹉洲在江夏县西南二里。《水经注》：'江之右岸，当鹦鹉洲南，有浦口，江水右迤，谓之驿渚。三月之末，水下通樊口水。'《寰宇记》：'鹦鹉洲在大江中，与汉阳县分界。后汉黄祖为江夏太守，祖长子射，大会宾客，有献鹦鹉于此洲，故名。'"

〔四〕绕：明活本、清本、《全唐诗》同。汲本作"环"，与"绕"意同。宋本作“还”，当系“环”之误。逶迤：或作“逶蛇”，曲折宛转，弯曲不断。《淮南子·泰族训》：“河以逶蛇故能远，山以陵迟故能高。”《后汉书·边让传》：“振华袂以逶迤，若游龙之登云。”

〔五〕滩头：原作“沙头”。宋本、清本、《全唐诗》俱作“滩头”，据改。鸂鶒：水鸟名，略大于鸳鸯而色多紫，雌雄偶游，故亦名紫鸳鸯。

〔六〕滩头二句：明活本、汲本、清本同。宋本仅作“滩头沙碛长燿燿”，下缺七字，显系有脱误。汲本“耀耀”之下，毛校记云“宋刻燿燿”，可见毛晋所见宋本二句为“滩头日落沙碛长，金沙燿燿动飚光”，与《全唐诗》同。

〔七〕锦缆：珍贵的船缆。《释名·释采锦》：“锦，金也。作之用功重，其价如金，故其制字从帛与金也。”

〔八〕杜若：香草名，又名杜衡、山姜。《楚辞·九歌·湘君》：“采芳洲兮杜若，将以遗兮下女。”

〔九〕采采：明、清各本同。宋本作“来来”，非。采采，犹言事事。《书·皋陶谟》：“亦言其人有德，乃言曰载采采。”孔安国传：“载，行；采，事也。称其人有德，必言其所行某事某事以为验。”按《史记·夏本纪》云：“皋陶曰：‘然，於！亦行有九德，亦言其有德。’乃言曰：‘始事事。’”可见“采采”即事事之意。

刘辰翁曰：好语。又：古调。

李梦阳曰：伤于轻。

贺裳《载酒园诗话又编·孟浩然》：笔力强弱，实由性生，不复可强，智者善藏其短耳。如孟襄阳写景、叙事、述情，无一不妙，令读者躁心欲平。但瑰奇磊落，实所不足，故不甚作七言，专精五字。如《鹦鹉洲送王九之江左》曰：“月明全见芦花白，风起遥闻杜若香，君行采采莫相忘。”全似《浣溪纱》风调也。

高阳池送朱二〔一〕

当昔襄阳雄盛时〔二〕，山公常醉习家池〔三〕。池边钓女自相随〔四〕，妆成照影竞来窥〔五〕。红波淡淡芙蓉发〔六〕，绿岸毵毵杨柳垂〔七〕。一朝物变人亦非，四面荒凉人径稀〔八〕。意气豪华何处去〔九〕，空馀草露湿征衣〔一〇〕。此地朝来饯行者，翻向此中牧征马。征马分飞日渐斜〔一一〕，见此空为人所嗟。殷勤为访桃源路〔一二〕，予亦归来松子家〔一三〕。

〔一〕题目：明、清各本同。宋本“二”作“一”，恐误。高阳池：《太平寰宇记·山南东道·襄州》：“高阳池在县（襄阳）东南十五里，晋山简字季伦镇襄阳，每临此池，未尝不大醉而归。时人为之歌曰：‘山公出何许，往至高阳池。日夕倒载归，酩酊无所知。时时能骑马，倒着白接䍦。举鞭问葛疆，何如并州儿？’”《寰宇记》的这段记载来自刘义庆《世说新语·任诞》。按：高阳池即习家池。见本诗注〔三〕。朱二：名未详。

〔二〕当：明、清各本同。宋本作“尝”，盖形近而误。雄：宋本、明活本、清本、《全唐诗》同。汲本作“全”。

〔三〕常：明、清各本同。宋本作“恒”。山公：即山简。习家池：《清一统志·湖北·襄阳府》：“习家池在襄阳县南。《水经注》：‘习郁依范蠡养鱼法作大陂，陂长六十步，广四十步，池中起钓台，池北亭郁墓所在也。其水下入沔。’《晋书·山简传》：‘简镇襄阳，诸习氏荆土豪族，有佳园池，简每出游嬉，多之池上，置酒辄醉，名之曰高阳池。’《元和志》：‘习郁池在襄阳南十四里。’《寰宇记》：‘县南有习家鱼池，池中钓台尚在。’”

〔四〕自：宋本、汲本同。明活本作“目”，盖“自”之误。清本、《全唐诗》作“日”。

〔五〕竞:明、清各本同。宋本作"竟",盖同音而误。

〔六〕红:原作"澄",明活本、清本、《全唐诗》同。宋本、汲本作"红"。今从宋本。

〔七〕毵毵:明、清各本同。宋本作"彡彡",盖同音而误。《玉篇》:"毵,毛长貌。"毵毵,本指毛发细长,引申为枝叶细长之貌。

〔八〕人径:原作"人住",明活本同。宋本、汲本作"人径"。今从宋本。

〔九〕去:原作"在"。明活本、清本、《全唐诗》同。宋本、汲本作"去"。今从宋本。意气:犹气概。意气豪华正应首句之"雄盛"。

〔一〇〕征衣:原作"罗衣",明活本、清本、《全唐诗》同。宋本、汲本作"征衣"。今从宋本。

〔一一〕日渐斜:宋、明各本及《全唐诗》同。清本作"渐日斜",非。

〔一二〕桃源路:用陶渊明《桃花源记》典,详《登望楚山最高顶》注〔八〕。

〔一三〕松子:即赤松子,传说中的仙人。晋干宝《搜神记》卷一:"赤松子者,神农时雨师也,服冰玉散,以教神农,能入火不烧。至昆仑山,常入西王母石室中,随风雨上下。炎帝少女追之,亦得仙,俱去。"

李梦阳曰:不是长篇手。

五言排律

西山寻辛谔〔一〕

漾舟寻水便〔二〕,因访故人居〔三〕。落日清川里〔四〕,谁言独羡鱼〔五〕?石潭窥洞彻〔六〕,沙岸历纡馀〔七〕。竹屿见垂钓,茅斋闻读书。款言忘景夕〔八〕,清兴属凉初〔九〕。回也一瓢饮,贤哉常晏如〔一〇〕。

〔一〕西山:盖涧南园以西之小山。见《题明禅师西山兰若》注〔一〕。辛谔:疑即辛大。见《夏日南亭怀辛大》注〔一〕。

〔二〕寻:原作“乘”。宋本、汲本、《全唐诗》、《品汇》作“寻”,据改。寻,犹就。《汉书·郊祀志》:“上始巡幸郡县,寖寻于泰山矣。”颜师古注:“寻,就也。”寻水便,就水之便也。

〔三〕故人:指辛谔。

〔四〕落日句:清江之上,加上落日馀晖,景色十分美丽。

〔五〕羡鱼:《汉书·董仲舒传》:“古人有言曰:‘临渊羡鱼,不如退而结网。’”本诗只取“临渊羡鱼”之意。言不仅羡鱼,还要欣赏美丽景色。

〔六〕石潭句:言石潭之水,清澈见底。

〔七〕馀:宋、明各本及《品汇》同。《全唐诗》作“徐”。纡馀:形容山水地势的曲折延伸。《史记·司马相如传》:“酆鄗潦潏,纡馀委蛇,经营乎其内。”

〔八〕款言:《说文》:“款,意有所欲也。”引申为恳挚、亲切。款言即亲切的交谈。景:《说文》:“景,光也。”这里指日光。

〔九〕清兴:清雅的兴致。属(zhǔ):《说文》:“属,连也。”凉初:时近薄暮,天渐凉爽。

〔一〇〕回也二句:颜回,春秋鲁人,孔子弟子。安贫,见称于孔子。《论语·雍也》:“子曰:‘贤哉回也!一箪食,一瓢饮,在陋巷,人不堪其忧,回也不改其乐,贤哉回也!’”这里借用来称赞辛谔能安贫乐道。

刘辰翁曰:其为诗必实说。又:自言其趣,言颇简淡。

冬至后过吴张二子檀溪别业〔一〕

卜筑因自然〔二〕,檀溪不更穿〔三〕。园庐二友接〔四〕,水竹数家连〔五〕。直取南山对，非关选地偏〔六〕。草堂时偃曝〔七〕，兰枻日周旋〔八〕。外事情都远〔九〕，中流性所便〔一〇〕。闲垂太公钓〔一一〕，兴发子猷船〔一二〕。余亦幽栖者，经过窃慕焉。梅花残腊月〔一三〕，柳色半春天。鸟泊随阳雁〔一四〕，鱼藏缩项鳊〔一五〕。停杯问山简，何似习池边〔一六〕？

〔一〕题目：宋、明、清各本同。《品汇》无"冬至后"三字。吴张二子：二人当系浩然好友，名不详。檀溪：《元和郡县志·山南东道·襄州》："檀溪在县(襄阳)西南。"《太平寰宇记·山南东道·襄州》："檀溪即梁高祖沉竹木于此溪中，先主乘的卢跃过之所也。"别业：犹别墅。《文选·石崇·思归引序》："晚节更乐放逸，笃好林薮，遂肥遁于河阳别业。"

〔二〕因：原作"依"。明活本、汲本、清本、《品汇》同。宋本、《全唐诗》、《英华》作"因"。今从宋本。

〔三〕不更穿：宋本、明活本、清本、《全唐诗》、《英华》、《品汇》同。汲本作"更不穿"。穿，凿通之意。

〔四〕园庐：原作"园林"。明、清本同。宋本、《英华》、《全唐诗》作"园庐"，据改。二友：宋、明、清各本同。《品汇》作"三友"，误。

〔五〕水竹：宋、明各本及《全唐诗》、《英华》、《品汇》同。清本作"水木"。

〔六〕直取二句：直取：《英华》、明活本、清本、《品汇》同。宋本、汲本、《全唐诗》作"直与"。按：《英华》凡与宋本不同者均有校记，注明"集作某"，而"直取"之下无校记，可见校者所见宋本与今见宋蜀刻本不同，亦作"直取"，此其一。再从下句"非关选地偏"看，吴、张二子，修筑别业是经过一番选择的。选择檀溪并非单纯由其僻静，而是取其与南山相对，以"取"字为顺，此其二。南山：盖即岘山。详《题长安主人壁》注〔二〕。又，直取二句之下，原多"卜邻依孟母，共井让王宣。曾是歌三乐，仍闻咏五篇”四句，宋本、汲本、清本、《英华》、《品汇》俱无，据删。

〔七〕偃曝：偃卧曝背。《文选·王僧达·答颜延年》：“寒荣共偃曝，春酝时献斟。”李善注：“《桓子新论》曰：‘余与扬子云奏事，坐白虎殿廊庑下，以寒故，背日曝焉。’”

〔八〕兰枻：明、清各本及《品汇》同。宋本作“兰栧”。“枻”、“栧”同，见《玉篇》。《英华》作“栏棹”，误。兰枻，《楚辞·九歌·湘君》：“桂棹兮兰枻，斫冰兮积雪。”王逸注：“棹，楫也。枻，船旁板也。”洪兴祖补注：“兰，取其香也。楫谓之枻。”总之，枻，或训船板，或训船楫，均为船之一部分，用以代船。周旋：运转之意。《左传·僖公十四年》：“进退不可，周旋不能。”

〔九〕远：宋、明、清各本同。《英华》作“遣”。外事：犹言世事。《西京杂记》二：“司马相如为《上林》、《子虚》赋，意思萧散，不复与外事相关。”

〔一〇〕中流：指河水。便(pián)：安适。《广雅·释诂一》：“便，安也。”

〔一一〕太公钓：“钓”原作“钦”，误。太公即吕尚，本姓姜氏，从其封姓，故曰吕尚。周文王求贤，遇吕尚垂钓于渭水之滨，与语大悦，曰：“吾太公望子久矣。”因号曰太公望。立为师，武王尊为尚父，佐武王灭纣，有天下。

〔一二〕兴：兴致。子猷船：王徽之，字子猷，晋会稽人。《世说新语·任诞》：“王子猷居山阴，夜大雪，眠觉，开室命酌酒，四望皎然，因起彷徨，咏左思《招隐》诗。忽忆戴安道，时戴在剡，即便夜乘小船就之。经宿方至，造门不前而返。人问其故，王曰：‘吾本乘兴而行，兴尽而返，何必见戴？’”

〔一三〕残：宋、明、清各本及《品汇》同。《英华》作“初”。月：原作“日”。明活本同。宋本、汲本、《全唐诗》、《英华》作“月”，据改。

〔一四〕随阳雁:古人称候鸟为随阳鸟,雁为候鸟,故曰随阳雁。《书·禹贡》:"阳鸟攸居。"孔安国传:"随阳之鸟,鸿雁之属。"杜甫《同诸公登慈恩寺塔》:"君看随阳雁,各有稻粱谋。"

〔一五〕缩项鳊:即槎头鳊。详《岘潭作》注〔四〕。

〔一六〕停杯两句:山简字季伦,晋河内怀人。永嘉中,累迁至左仆射,寻为镇南将军,镇襄阳,常游习家池。详《高阳池送朱二》注〔一〕。

李梦阳曰:兴味可掬。

杨慎《升庵诗话》卷十一:孟浩然:"草堂时偃曝,兰枻日周旋。"偃曝,谓偃卧曝背也。用《文选》王僧达"寒荣共偃曝"之句。今刻孟诗不知其出处,改作"掩曝"可笑。而谬者犹曰时刻,必去注释,从容咀嚼,真味自长。此近日强作解事小儿之通弊也。盖颐中有物,乃可言咀嚼而出真味,若空肠作雷鸣,而强为戛齿之状,但垂饥涎耳,真味何由出哉?

陪张丞相自松滋江东泊渚宫〔一〕

放溜下松滋〔二〕,登舟命楫师〔三〕。讵忘经济日〔四〕,不惮冱寒时〔五〕。洗帻岂独古〔六〕,濯缨良在兹〔七〕。政成人自理〔八〕,机息鸟无疑〔九〕。云物吟孤屿〔一〇〕,江山辨四维〔一一〕。晚来风稍急〔一二〕,冬至日行迟。猎响惊云梦〔一三〕,渔歌激楚辞〔一四〕。渚宫何处是〔一五〕,川暝欲安之〔一六〕。

〔一〕题目:明活本、清本、《全唐诗》同。《诗选》"松滋江"后多"入舟"二字。宋本、汲本作"陪张丞相登当阳城楼",与诗内容不合,非。

按:《孟集》另有"陪张丞相登当阳城楼"一诗。盖与此诗题目错乱。张丞相指张九龄,时左迁荆州大都督府长史。详见《从张丞相游纪南城猎戏赠裴迪张参军》注〔一〕。○本诗约作于开元二十五年,浩然晚年时期。

〔二〕放溜:使舟顺流自行。梁元帝《早发龙巢》:"征人喜放溜,晓发晨阳隈。"(见《文苑英华》卷二八九)松滋:荆州属县,在长江南岸。见《送王七尉松滋得阳台云》注〔一〕。

〔三〕楫师:或作"檝师",同。意为船工。左思《吴都赋》:"篙工楫师,选自闽禺。"

〔四〕讵:原作"宁"。明代各本同。宋本、《诗选》、《品汇》、《全唐诗》作"讵",据改。经济:古人对"经邦济世"、"经世济民"称为经济。这里指张九龄为丞相时,管理国政。张九龄《骊山下逍遥公旧居游集》:"虽然经济日,无忘幽栖时。"这里化用其意。

〔五〕沍(hù)寒:天寒结冰,闭塞不流之貌。《左传・昭公四年》:"其藏冰也,深山穷谷,固阴沍寒,于是乎取之。"杜预注:"沍,闭也。"本诗用"沍寒"以喻张之贬谪。

〔六〕帻:包头巾。古代为民间服饰,至西汉末年,上下通行。洗帻,后汉扬州刺史巴祗,帻坏,水洗敷墨。

〔七〕濯缨:洗濯冠缨。《楚辞・渔父》:"渔父莞尔而笑,鼓枻而去。歌曰:'沧浪之水清兮,可以濯吾缨。沧浪之水浊兮,可以濯吾足。'"后世多用以比喻操守高洁。《孟子・离娄》亦引此歌。

〔八〕政成句:《说文》:"成,就也。"理,即"治",因避高宗李治讳,故用"理"。言政治清明,人民安居乐业。

〔九〕机:指捕捉鸟兽的机械。停止使用机,鸟便不再惊恐疑虑。言政治清,就连禽鸟也悠然自得。

〔一〇〕物:宋、明、清各本同。《诗选》作"气"。吟:宋本、明活本、汲本同。清本、《全唐诗》作"凝"。《诗选》作"霾"。云物:犹景物、景色。《图绘宝鉴》:“霍元镇写山水云物,殊有标致。”刘长卿《送崔处士先适越》:“山阴好云物,此去又春风。”

〔一一〕山:宋、明、清各本同。《诗选》作“天”。辨:原作“辩”,明活本同。宋本、汲本、《全唐诗》、清本作“辨”,据改。四维:四角。东南西北为四方,四方之角曰四维。《宋书·武帝纪》:“四维是荷,万邦攸赖。”唐彦谦《中秋夜玩月》:“只留皎月当层汉,并送浮云出四维。”

〔一二〕急:原作“紧”,明活本同。宋本、汲本、《全唐诗》作“急”,据改。

〔一三〕猎:宋、明、清各本同。《全唐诗》作“腊”,非。猎,指冬狩;云梦,即云梦泽。详《从张丞相游纪南城猎戏赠裴迪张参军》注〔三〕及注〔一〇〕。

〔一四〕渔歌:渔父之歌。既是泛指,亦是特指;既是写实,也是想象,回照“沧浪之歌”。刘辰翁评此句云:“激字有生意。”

〔一五〕渚宫:春秋时楚国的别宫,故址在今湖北江陵城内。《左传·文公十年》:“〔子西〕沿汉泝江,将入郢,王在渚宫,下,见之。”

〔一六〕之:明活本、清本、《全唐诗》同。宋本作“抵”。《诗选》、汲本作“坻”。按:“抵”,《切韵》残卷在纸韵,诸氏切,释为“抵掌”。“坻”,亦在纸韵,诸氏切,释为陇坂(见《十韵汇编》)。《广韵》同。无论从声律上看,从意义上看,“抵”、“坻”都是不恰当的。《集韵》“坻”字虽有“止”义,于诗意可通,但又在纸韵,于诗律不合。“坻”亦可读平声,在脂韵,《切韵》残卷佚此字。考《广韵》脂韵有“坻”字,直疑切,但释义为“小渚”,在本诗中难通。“抵”、“坻”俱非。

刘辰翁曰:工处浑然,不似深思者。又:极有雅致,非思索所及。

李梦阳曰:此首不浑成,如“机息鸟无疑”等,伤于细碎。

胡震亨《唐音癸签》卷二十一：孟浩然《陪张始兴泛江》："洗帻岂独古，濯缨良在兹"，帻坏，水洗敷墨，虽良刺史（后汉扬州刺史巴祗）事，然用以唤"濯缨"作对，亦大费纽合矣。孟不善用实，乃尔。

陪卢明府泛舟回作〔一〕

百里行春返〔二〕，清流逸兴多〔三〕。鹢舟随鸟泊〔四〕，江火共星罗〔五〕。已救田家旱，仍医俗化讹〔六〕。文章推后辈，风雅激颓波〔七〕。高岸迷陵谷，新声满棹歌。犹怜不才子〔八〕，白首未登科。

〔一〕题目：原作"陪卢明府泛舟回岘山作"，明活本同。宋本、汲本、《全唐诗》、清本俱无"岘山"二字。今从宋本。据毛校记元本无"作"字。卢明府：即卢象，时为襄阳县令，故称明府，详《和卢明府送郑十三还京兼寄之什》注〔一〕。○本诗约作于开元二十一年以后，浩然晚年时期。

〔二〕行春：汉制，太守于春季巡视所辖州县，以劝农桑，称为行春。《后汉书·郑弘传》："弘少为乡啬夫，太守第五伦行春，见而深奇之，召署督邮，举孝廉。"李贤等注："太守常以春行所属县，劝人农桑。"唐代仍有遗风，卢象为地方官，故有行春之事。

〔三〕逸兴：幽雅的兴致。王勃《滕王阁序》："遥吟俯畅，逸兴遄飞。"

〔四〕鸟泊：原作"雁泊"。清本、《全唐诗》作"雁没"。据毛校记元本亦作"雁没"。宋本、汲本作"鸟泊"，据改。鹢舟：鹢本鸟名，古人常画鹢鸟于船头，故称船为鹢舟。详《与黄侍御北津泛舟》注〔五〕。

〔五〕江火：江中船上灯火，与"渔火"意近。星罗：罗，如星之罗列。写江中晚景如画。刘辰翁评曰："下句（指本句）胜。"但李梦阳却很欣赏上句，他说："他妙在鹢、雁，何云下句胜。"总之，这两句所创造的意境是颇为优美的。

〔六〕医:原作"忧"。明活本、清本同。汲本作"移"。宋本、《全唐诗》作"医"。今从宋本。俗化:明、清各本同。宋本作"里化"。俗化,风俗教化的省文。《汉书·宣帝纪》:"举贤良方正以亲万姓,历载臻兹,然而俗化阙焉。"讹:不正。

〔七〕风雅:本指《诗经》中的国风和大、小雅。古代文人把风雅不仅看成诗歌创作的典范,而更重视它的教化功能。《关雎·诗序》云:"风,风也,教也。风以动之,教以化之。"又云:"上以风化下,下以风刺上,主文而谲谏,言之者无罪,闻之者足戒,故曰风。"又云:"雅者,正也。言王政之所由废兴也。政有小大,故有小雅焉,有大雅焉。"颓波:衰颓的风尚。韦应物《广陵遇孟九云卿》:"高文激颓波,四海靡不传。"

〔八〕不才子:原作"不调者"。宋本、汲本、《全唐诗》、清本作"不才子",据改。不才子,浩然自谓。

陪张丞相祠紫盖山途经玉泉寺〔一〕

望秩宣王命〔二〕,斋心待漏行〔三〕。青襟列胄子〔四〕,从事有参卿〔五〕。五马寻归路〔六〕,双林指化城〔七〕。闻钟度门近〔八〕,照胆玉泉清〔九〕。皂盖依松憩〔一〇〕,缁徒拥锡迎〔一一〕。天宫上兜率〔一二〕,沙界豁迷明〔一三〕。欲就终焉志,先闻智者名〔一四〕。人随逝水没〔一五〕,山逐覆舟倾〔一六〕。想像若在眼,周流空复情。谢公还欲卧,谁与济苍生〔一七〕?

〔一〕题目:"寺"原作"诗",据宋本、汲本、《全唐诗》改。宋本"途"作"述",盖形近而误。清本"祠"作"祀"。《英华》"祠"作"礼","泉"下多"诸"字。张丞相:指张九龄,时迁荆州大都督府长史。详《从张丞相游纪南城猎戏赠裴迪张参军》注〔一〕。紫盖山:在今湖北当阳县南。《清一统志·湖北·荆门州》:“紫盖山在当阳县南五十里。《荆州记》:紫盖山有名金,每云晦日,辄见金牛出食,光照一山,即金之精耳。《唐书·地理志》:当阳有南紫盖山北紫盖山。《寰宇记》:南北紫盖山在县南八十里,南者与覆船山相接,二山顶上,方而四垂,若伞盖状,林石皆绀色,上有丹井,绿水出山下,甘碧异于常派。”玉泉寺:在今湖北当阳县西。今地仍用此名。《清一统志·湖北·荆门州》:“玉泉山在当阳西三十里,本名覆舟山,亦名堆蓝山。唐《李白集》:荆州玉泉寺,近清溪诸山,山洞有乳窟,玉泉交流其中,水边茗草罗生,枝叶如碧玉。《名胜志》:玉泉山,初名覆船山,自智顗居之,始易为玉泉。《县志》:山下有玉泉寺,东有显列山,又里许,有智者洞,洞左有寒亭旧址,亦名翠寒山。山中有兽,状如鹿,上下陵谷如飞,每鸣于涧谷则雨,鸣于冈阜则高轩过。验之不爽。”按:陈贻焮以为张九龄是祭祀紫盖山以后,回当阳途中绕道游玉泉寺的。因为紫盖山在县南五十里,玉泉山在县西三十里,从县城往紫盖山当不经过玉泉。来时是奉王命率“参卿”、“胄子”专程祭祀紫盖山的,不会绕道先游玉泉寺。此说良是。○本诗约作于开元二十五年,浩然晚年时期。

〔二〕望秩:按照封建的等级(如:公侯伯子男)望祭山川名曰望秩。《书·舜典》:“岁二月,东巡守,至于岱宗,柴,望秩于山川。”孔安国传:“东岳诸侯竟内名山大川,如其秩次望祭之。谓五岳牲礼视三公,四渎视诸侯,其馀视伯子男。”

〔三〕斋心:祭祀前的清心寡欲,称曰斋心。《列子·黄帝》:“减厨膳,退而闲居大庭之馆,斋心服形。”张湛注:“心无欲则形自服矣。”待漏:古代以铜壶滴漏计时。早晨准备上朝或准备参加各种仪典,均称待漏。

〔四〕青:明、清各本及《英华》同。宋本作“春”,盖草书形近而误。青襟,亦作“青衿”,《诗·郑风·子衿》:“青青子衿,悠悠我心。”毛传:“青衿,青领也,学子之所服。”后世因称士子为青衿。胄子:宋、明、清各本同。明活本作“冐子”,误。古代帝王贵族的长子可以入国学称曰胄子。《书·舜典》:“帝曰:夔,命汝典乐,教胄子。”孔安国传:“胄,长也。谓元子以下至乡大夫子弟。”陆德明释文:“王云:胄子,国子也。”

〔五〕从事:《后汉书·百官志》:“司隶校尉……并领一州,从事史十二人。本注曰:都官从事,主察举百官犯法者;功曹从事,主州选署及众事;别驾从事,校尉行部则奉引,录众事;簿曹从事,主财谷簿书;其有军事,则置兵曹从事,主兵事。”后世因对地方长官的佐吏,泛称曰从事。参卿:对参军、参谋的敬称。以上两句言随从的人为士子和佐吏。

〔六〕五马:古乐府《日出东南隅》:“使君从南来,五马立踟蹰。”汉太守出则御五马,故后世以五马代太守。这里借指张九龄。

〔七〕双林:佛经中称释迦牟尼佛逝世于拘师那国阿利罗拔提河边娑罗双树间,双树亦称双林。后因以指僧人寂灭之所。化城:佛家称一时幻化的城郭,后世因称佛寺为化城。王维《登辨觉寺》:“竹径从初地,莲峰出化城。”

〔八〕度:宋、明、清各本同。《英华》作“鹿”,误。

〔九〕照胆:清澈之意。王季友《鉴止水赋》:“因见底之清,成照胆之朗。”李白《陶家亭子》:“池开照胆镜,林吐破颜花。”

〔一〇〕松:原作“林”。宋本、汲本、清本、《全唐诗》作“松”,据改。皂盖:黑色的车盖,汉制郡太守乘皂盖车。《后汉书·舆服志》:“中二千石,二千石皆皂盖。”这里借指张九龄。

〔一一〕缁徒:僧人衣缁衣,故称僧众为缁徒。锡:僧人禅杖亦称锡杖,省称曰锡。《文选·王巾·头陀寺碑文》:“宗法师行絜珪璧,拥锡来迎。”

〔一二〕天宫:宋、明、清各本同。《英华》作"天堂",误。上:原作"近"。宋本、汲本、《全唐诗》、《英华》作"上",据改。兜率:佛教用语。欲界六天中的第四天,称曰兜率天。

〔一三〕沙界:即佛家所谓恒河沙数三千大千世界。《文选·王巾·头陀寺碑文》:"演勿照之明,而鉴穷沙界;导亡机之权,而功济尘劫。"李善注:"《金刚般若经》曰:'诸恒河所有沙数佛世界,如是,宁为多不。'"

〔一四〕先闻:原作"恭闻"。明活本、清本、《全唐诗》同。宋本、汲本作"先闻",语气较优,据改。《英华》此句作"虽谋计未成"。

〔一五〕人随句:原作"人随逝水叹",明活本同。宋本、汲本作"人随游水殁"。清本作"人随逝波没"。《全唐诗》、《英华》作"人随逝水没"。"逝"字下无校记,可见校者所见宋本亦作"逝","游"乃误字。"没"、"殁"同,见《玉篇》。人,当指智觊。逝水即玉泉之水。

〔一六〕山逐句:"山"原作"波",明活本、《全唐诗》同。宋本作"止欲覆船倾"。汲本作"止欲覆舟倾"。清本作"山逐覆舟倾"。《英华》作"山逐覆船倾"。"船"下周必大校记云:"一作舟"。今从《英华》及校记,作"山逐覆舟倾"。宋本、汲本之"止",盖"山"之误。覆舟当即覆舟山。

〔一七〕谢公二句:谢公指谢安。谢安字安石,晋阳夏(今河南太康)人。初辟司徒府,除左著作郎,并以疾辞。与王羲之及高阳许询、桑门支遁游处,出则渔弋山水,入则言咏属文,无处世意。尝往临安山中,坐石室,临濬谷,悠然叹曰:"此去伯夷何远!"及其弟万废黜,安始有仕进意。征西大将军桓温请为司马,将发新亭,朝士咸送,中丞高崧曰:"卿累违旨,高卧东山,诸人每相与言,安石不肯出,将如苍生何!"晋孝武帝时,安进中书监,录尚书事。后苻坚南侵,军抵淮淝,京师震动。安运筹帏幄,以镇定处之，取得淝水之战的胜利。这两句即用张九龄以比谢安，看来当时张九龄有退隐意。

腊月八日于剡县石城寺礼佛〔一〕

石壁开金像，香山绕铁围〔二〕。下生弥勒见〔三〕，回向一心归〔四〕。竹柏禅庭古〔五〕，楼台世界稀。夕岚增气色〔六〕，徐照发光辉。讲席邀谈柄〔七〕，泉堂施浴衣〔八〕。愿承功德水〔九〕，从此濯尘机。

〔一〕题目："佛"原作"拜"，明活本、《全唐诗》同。宋本、汲本、清本作"佛"。今从宋本。《英华》"剡"作"郯"，非。宋本"腊"作"腊"，同，见《集韵》。剡(shàn)县：即今浙江嵊县。唐属江南东道越州。《元和郡县志·江南东道·越州》："剡县，汉旧县，故城在今县理西南一十二里。吴贺高为令，移理今所。隋末陷于李子通。武德中，以县为嵊州，六年废州，县依旧。"石城寺：地志不载。剡县有石城山，石城寺当在此山。《太平御览》卷六五五引《洛阳伽蓝记》曰："竺昙猷敦煌人，少苦行习禅定，游江左，止剡之石城山，乞食坐禅，后有神见形，诣猷曰：'师威德既重，来止此山，弟子辄推室以相奉。'"这可能就是石城寺的起源。又陈贻焮据《嘉泰会稽志》："南明山在(新昌)县南五里，一名石城，一名隐岳。初晋僧昙光栖迹于此，自号隐岩。支道林昔葬此山下。……梁天监中建安王始造弥勒石佛像，刘勰撰碑，其文存焉"，认为"新昌县，五代置，唐属剡县，故说'剡县石城寺'"(见《孟浩然事迹考辨》)。此说可参看。○此诗当作于游越期间，约在开元十八年冬。

〔二〕绕：《英华》、明活本同。宋本、汲本、《全唐诗》作"倚"。香山：佛经中有香山，在雪山之北，雪山又称须弥山。铁围：山名。佛经称四洲中心为须弥山，山外别有八山。须弥山下有大海，其边八山，八山外有咸海，围绕此海者即铁围山。此二句用佛经传说写石城山、寺的形势。

〔三〕弥勒：佛名。姓弥勒，名阿义多。见《弥勒下生成佛经》。

〔四〕回向：明活本、清本、《全唐诗》同。宋本、汲本、《英华》作“迴向”，同。回向，佛家语，意谓回转趋向，佛家有“回向佛果”之语，即回转自己所修之功德，趋向佛果之意。

〔五〕竹柏：宋、明、清各本同。《英华》作“松竹”。

〔六〕岚：山中雾气。谢灵运《晚出西射堂》：“晓霜枫叶丹，夕曛岚气阴。”

〔七〕讲席：僧人讲法之所。谈柄：魏晋时清谈，手执麈尾；僧人讲经，或执如意。无论麈尾或如意，均持其柄，因有谈柄之名。

〔八〕泉堂：一般称浴堂，佛寺中多有之，为沐浴之用。

〔九〕愿承：明、清各本及《英华》同。宋本作“愿从”。毛晋在“愿承”之下无校语，可见毛氏所见宋本亦作“愿承”。功德水：佛经中称须弥山下有八功德水，简称功德水。

同独孤使君东斋作〔一〕

郎官旧华省〔二〕，天子命分忧。襄土岁频旱，随车雨再流。云阴自南楚〔三〕，河润及东周〔四〕。廨宇宜新霁〔五〕，田家贺有秋。竹间残照入，池上夕阳浮。寄谢东阳守〔六〕，何如八咏楼〔七〕！

〔一〕独孤使君：指独孤册，为浩然好友。王士源《孟浩然集序》：“丞相范阳张九龄……河南独孤册，率与浩然为忘形之交。”按：明刊本作“策”，误。欧阳棐《集古录目》卷三：“《唐独孤册遗爱颂》，江夏太守李邕撰，兰陵萧诚书。册字伯谋，河南人，尝为襄州刺史。此碑襄人所立也。”因其曾为刺史，故称使君。

〔二〕郎官:《新唐书·宰相世系表》:“册,户部郎中。”由于独孤册曾任户部郎中,故称郎官。

〔三〕南楚:《史记·货殖列传》:“衡山、九江、江南、豫章、长沙,是南楚也。”据此则今湖南东部及江西北部一带地方,古称南楚。本诗泛指楚地。

〔四〕东周:东周都于洛阳,这里泛指河南一带。

〔五〕廨宇:官舍;官署。《南史·蔡凝传》:“及将之郡,更令左右修中书廨宇。”

〔六〕东阳守:东阳郡治所在今金华,南齐时沈约曾为东阳郡太守,有政绩。

〔七〕八咏楼:南齐东阳太守沈约于隆昌元年(四九四)在元畅楼为《八咏诗》,时称绝唱,后人因改元畅楼为八咏楼。《八咏诗》之《登台望秋月》、《会圃临春风》二首,徐陵选入《玉台新咏》。后人喜其文辞优美,又将其馀六首附于卷末。这里盖用沈约比独孤册,用八咏楼以比东斋。

岘山送朱大去非游巴东〔一〕

岘山南郭外〔二〕,送别每登临。沙岸江村近,松门山寺深。一言余有赠,三峡尔将寻〔三〕。祖席宜城酒〔四〕,征途云梦林〔五〕。蹉跎游子意〔六〕,眷恋故人心。去矣勿淹滞,巴东猿夜吟〔七〕。

〔一〕题目:“朱大去非”,《英华》作“朱大”,《品汇》、明活本作“朱去非”,宋本、清本、《全唐诗》作“张去非”。《孟集》中尚有《送朱大入秦》一诗,陶翰有《送朱大出关》一诗,疑“张去非”误。朱大去非:其人不详。明活本、《品汇》无“岘山”二字。

〔二〕岘山:在襄阳南九里,一名岘首山。参看《登鹿门山怀古》注

〔三〕。

〔三〕尔将寻:原作"尔相寻"。宋、明、清各本及《英华》作"尔将寻",据改。汲本作"再将寻"。因去巴东,必经三峡,故言将寻。

〔四〕祖席:古人出行,必先祭祀,称为祖。后引申为饯行之意。祖席即送别的筵席。韩愈《祖席》:"祖席洛桥边,亲交共黯然。"宜城酒:宜城汉代属南郡。《太平寰宇记·山南东道·襄州》:"宜城故城,汉县,在今县(宜城)南,其地出美酒。"《周礼·天官·酒正》:"一曰泛齐。"郑玄注:"泛者成而滓浮,泛泛然如今宜成醪矣。"按:宜成即宜城,在今湖北宜城县境。由郑玄注,可知宜城酒在汉代已经有名。

〔五〕林:原作"材",四部备要本作"村",皆误。宋本、明活本、汲本、清本及《英华》、《品汇》作"林",据改。云梦:即云梦泽。详《从张丞相游纪南城猎戏赠裴迪张参军》注〔三〕。

〔六〕蹉跎:虚度年华。《说文》:"蹉,蹉跎,失时也。"阮籍《咏怀诗八十二首》之五:"娱乐未终极,白日忽蹉跎。"

〔七〕巴东猿夜吟:《水经注·江水》:"每至晴初霜旦,林寒涧肃,常有高猿长啸,属引凄异,空谷传响,哀啭久绝。故渔者歌曰:'巴东三峡巫峡长,猿鸣三声泪沾裳。'"

李梦阳曰:情思宛然慨然。

宴张记室宅〔一〕

甲第金张馆〔二〕,门庭轩骑多〔三〕。家封汉阳郡〔四〕,文会楚材过〔五〕。曲岛浮觞酌〔六〕,前山入咏歌。妓堂花映发〔七〕,书阁柳逶迤〔八〕。玉指调筝柱〔九〕,金泥饰舞罗〔一〇〕。宁知书剑者〔一一〕,岁月独蹉跎〔一二〕。

〔一〕记室:《后汉书·百官志一》:"记室令史主上章表报书记。"后汉时太傅、太尉、司徒等都设有记室令史,掌管章表书记文檄等事宜,历代因之,元后始废,通称记室。张记室,名不详。

〔二〕甲第:古代豪门、贵族、高官的宅第。《史记·孝武纪》:"赐列侯甲第,僮千人。"金张:指汉代的金日磾家和张汤家。金日磾及其后人自武帝至平帝七世为内侍,张汤及其后世自宣帝以来为侍中、中常侍者十馀人。因之后世以金张代世族大家。《文选·应璩·与从弟君苗君胄书》:"且官无金张之援,游无子孟(霍光)之资,而图富贵之荣,望殊异之宠,是陇西之游,越人之射耳。"

〔三〕轩:明活本、汲本、清本、《英华》同。宋本、《全唐诗》作"车"。根据上句"金张馆"看,应以"轩"为恰。轩,古代大夫以上的乘车,曲辕,有藩围。《说文》:"轩,曲輈藩车。"徐锴系传:"载物则直輈。轩,大夫以上车也。"段玉裁注:"曲輈而有藩蔽之车也。"后世泛称贵族所乘之车曰轩。多:宋、明各本同。清本、《英华》作"过"。

〔四〕汉阳郡:《后汉书·郡国志》有汉阳郡,辖十三城,属凉州。地当今甘肃东南部一带。

〔五〕文会:《论语·颜渊》:"君子以文会友。"后世因称文酒之会为文会。萧统《锦带书十二启太簇正月》:"昔时文会,长思风月之交。"楚材:楚国的人才。《左传·襄公二十六年》:"虽有楚材,晋实用之。"过(guō):清本、《英华》作"多"。《广韵》:"过,古禾切,经也。"

〔六〕曲岛句:王羲之《兰亭集序》:"引以为流觞曲水,列坐其次。"本句袭用其意。言在曲水中浮杯饮酒。

〔七〕妓堂:泛指游乐之所。

〔八〕逶迤:从容自得之貌。

〔九〕筝:古弦乐器之一种。庾信《春赋》:"更炙笙簧,还移筝柱。"徐彦伯《芳树》:“晓月怜筝柱,春风忆镜台。”

〔一〇〕金泥:以金为细粉成泥而饰物,使器物或织品金碧辉煌。

〔一一〕宁知:原作“谁知”。宋、明、清各本作“宁知”,据改。书剑者:宋、明各本同。清本作“书剑客”。书剑者,指文武俱全之人,作者自诩。

〔一二〕岁月:原作“年岁”。宋本、《英华》、《全唐诗》作“岁月”,据改。

登龙兴寺阁〔一〕

阁道乘空出〔二〕,披轩远目开〔三〕。逶迤见江势,客至屡缘回。兹郡何填委〔四〕,遥山复几哉。苍苍皆草木,处处尽楼台。骤雨一阳散,行舟四海来。鸟归馀兴远〔五〕,周览更徘徊。

〔一〕龙兴寺:苏颋《陕州龙兴寺碑》云:“因制天下州,尽置大唐龙兴寺。”可见唐代各州大都有龙兴寺。李华有《扬州龙兴寺经律和尚碑》一文,知扬州亦有龙兴寺。根据诗的内容看,疑为扬州龙兴寺。本诗宋本不载。

〔二〕阁道:楼阁之间以木架空的通道。《史记·秦始皇本纪》:“(阿房宫)周驰为阁道,自殿下直抵南山。”

〔三〕轩:本义为大夫以上乘车,其车厢前面的顶较高,引申为楼阁的檐。参看《宴张记室宅》注〔三〕。远目:《全唐诗》、清本同。明活本、汲本作“远日”。

〔四〕填委:纷集。《文选·刘桢·杂诗》:“职事相填委,文墨纷消散。”

〔五〕远:原作“满”。汲本、清本、《全唐诗》作“远”,比较符合诗意,据改。

刘辰翁曰:能赋。

李梦阳曰:能赋信然。(按:此评语乃针对“苍苍皆草木,处处尽楼台。骤雨一阳散,行舟四海来”四句而发。)

登总持寺浮屠〔一〕

半空跻宝塔〔二〕,时望尽京华〔三〕。竹绕渭川遍,山连上苑斜〔四〕。四郊开帝宅〔五〕,千陌逗人家〔六〕。累劫从初地〔七〕,为童忆聚沙〔八〕。一窥功德见〔九〕,弥益道心加〔一〇〕。坐觉诸天近〔一一〕,空香逐落花〔一二〕。

〔一〕总持寺:明活本、汲本、《全唐诗》同。清本无“寺”字。宋本作“总持”。《品汇》作“总持寺”。总,总俗字。总持寺,在长安西南。《清一统志·陕西·西安府》:“庄严寺在长安县西南十二里,俗名木塔寺。《长安志》:永阳坊半以东为大庄严寺。隋初置为禅定寺,建木浮图,高三百尺。唐武德中,改为庄严寺。大中六年,又改为圣寿寺。坊半以西为大总持寺,隋大业三年立。”浮屠:亦作“浮图”,为梵语“佛陀”的译音,本意为佛。《后汉书·楚王英传》:“晚节更喜黄老,学为浮屠斋戒祭祀。”李贤注引袁宏《汉纪》:“浮屠,佛也。西域天竺国有佛道焉。佛者,汉言觉也,将以觉悟群生也。”但后世常将“浮屠”误用作“塔”。本诗即为塔意。○本诗当作于开元十六七年间(疑作于长安应举时期,若然则当在开元十七年)。

〔二〕跻:登。《说文》:“跻,登也。……《商书》曰:予颠跻。”《易·震》:“跻于九陵。”孔颖达疏:“跻,升也。”

〔三〕时:原作“晴”,明活本、清本、《全唐诗》、《品汇》同。宋本、汲本作“时”。今从宋本。京华:意即京师。因京师为政治、文化的中心,人才荟萃,故称京华。这里指长安。《文选·郭璞·游仙诗》:“京华游侠窟,山林隐遁栖。”

〔四〕上苑:供帝王游赏、狩猎的园林曰上苑。庾肩吾《九日侍宴乐游园应令诗》:“献寿重阳节,回銮上苑中。”

〔五〕郊:原作“门”,明活本、清本、《全唐诗》、《品汇》同。宋本、汲本作“郊”。今从宋本。

〔六〕千陌:明、清各本同,宋本作“行陌”,非。千陌也作“阡陌”、“仟佰”。《管子·四时》:“修封疆,正仟佰。”《汉书·召信臣传》:“躬劝耕农,出入阡陌。”逗:原作“俯”,明、清各本同。宋本作“逗”。今从宋本。逗,曲行,见《集韵》。言田间小路弯曲通向人家。

〔七〕初地:佛家语。十地之第一地,即欢喜地。佛家认为地乃生功德之义,其级有十,故称十地。其第一地为初地,即欢喜地。见《华严经·十地品》。王维《登辨觉寺》:“竹径从初地,莲峰出化城。”

〔八〕为童句:袭用佛经意。《法华经·方便品》:“乃至童子戏,聚沙为佛塔。”佛家因称儿童时代为聚沙之年。

〔九〕功德:佛家对诵经、念佛、斋戒、参拜、布施财物、修寺建庙等一切善事,统称为功德。

〔一〇〕道心:悟佛道之心。王建《题东华馆》:“白发道心热,黄衣仙骨轻。”李端《寄庐山真上人》:“月明潭色澄空性,夜静猿声证道心。”按:以上四句,宋本无。《品汇》有“累劫”二句。但无“一窥”二句。未详孰是。

〔一一〕诸天:佛家语。李白《答族侄僧中孚赠玉泉仙人掌茶》:“朝坐有馀兴,长吟播诸天。”王琦注:“佛书言:三界共有三十二天,自四天王天至非有想非无想天,总谓之诸天。”

〔一二〕空香:庾信《道士步虚词》:“灵驾千寻上,空香万里闻。”倪璠注云:“《武帝内传》曰:‘王母与上元夫人同乘而去,人马龙虎道从音乐如初,而时云彩郁勃,尽为香气,极望西南,良久乃绝。’”逐:明、清各本及《品汇》作“送”。宋本作“逐”。今从宋本。

刘辰翁曰:盛丽高旷,佛地幻语无不具。

与崔二十一游镜湖寄包贺二公〔一〕

试览镜湖物〔二〕,中流见底清〔三〕。不知鲈鱼味〔四〕,但识鸥鸟情〔五〕。帆得樵风送〔六〕,春逢谷雨晴。将探夏禹穴〔七〕,稍背越王城〔八〕。府掾有包子〔九〕,文章推贺生。沧浪醉后唱〔一〇〕,因子寄同声〔一一〕。

〔一〕题目:明、清各本同。《英华》"二公"作"二子"。宋本"镜湖"作"镜湘","包贺二公"作"句贺"。"湘"当为"湖"之误;"句"当为"包"之误。崔二十一:名未详。孟诗除本首外,尚有《夏日与崔二十一同集卫明府席》一诗,陶翰有《送崔二十一之上都序》一文,陶翰又有《送孟大(当为六)入蜀序》,则这位崔二十一当为孟陶友好。包贺二公:未详。○本诗当作于游越期间,约在开元十九年前后。

〔二〕物:宋、明各本及《英华》同。清本作"水"。

〔三〕见:明活本、汲本、清本、《英华》同。宋本、《全唐诗》作"到"。

〔四〕鲈鱼:宋、明、清各本同。《英华》作"莼鲈"。鲈鱼,为鱼中美味,其产于松江者尤佳。

〔五〕但识句:但识:宋、明、清各本同。《英华》作"但见"。《列子·黄帝》:"海上之人有好沤鸟者,每旦之海上,从沤鸟游,沤鸟之至者百住而不止。其父曰:'吾闻沤鸟皆从汝游,汝取来吾玩之。'明日之海上,沤鸟舞而不下也。"后世遂借以喻纯朴真诚的相处和超脱尘俗的隐逸生活。

〔六〕樵风:《后汉书·郑弘传》:"郑弘字巨君,会稽山阴人也。"李贤注:"孔灵符《会稽记》曰:'射的山南有白鹤山,此鹤为仙人取箭。汉太尉郑弘尝采薪,得一遗箭,顷有人觅,弘还之。问何所欲,弘识其神人也，曰：常患若邪溪载薪为难，愿旦南风，暮北风。后果然。故若邪溪风至今犹然，呼为郑公风也。'"后世因称顺风曰樵风。

〔七〕将探：明活本、清本、《全唐诗》及《英华》同。宋本、汲本作"特寻"。《英华》"将探"之下无校记，可见校者所见宋本亦作"将探"，与今宋蜀刻本不同。夏禹穴：在今浙江绍兴市会稽山上，传说为夏禹葬地。《史记·太史公自序》："二十而南游江淮上会稽，探禹穴。"裴骃集解："张晏曰：'禹巡狩至会稽而崩，因葬焉，上有孔穴。民间云，禹入此穴。'"张守节正义："《吴越春秋》云：'山中又有一穴，深不见底，谓之禹穴。'史迁云：'上会稽，探禹穴'，即此穴也。"

〔八〕越王城：《清一统志·浙江·绍兴府》："越王城在会稽县东南会稽山上。《左传·哀公元年》：吴入越，越子以甲楯五千保于会稽。《旧志》秦县治此。"

〔九〕府掾：原作"府椽"。宋本作"守椽"，俱误。明、清各本作"府掾"，据改。掾，副官属吏的通称，《玉篇》："掾，公府掾史也。"

〔一〇〕沧浪：指《沧浪歌》，详见《陪张丞相自松滋江东泊渚宫》注〔七〕。后：宋本、明、清各本及《英华》同。但《英华》"后"下校记云"集作从"，可见另一宋本作"从"。

〔一一〕子：明活本、汲本、清本及《英华》同。宋本、《全唐诗》作"此"。子，指崔二十一。同声：《易·乾》："同声相应，同气相求。"孔颖达疏："同声相应者，若弹宫而宫应，弹角而角动是也。"本指音乐上的共鸣，引申为志趣相合，这里指包、贺二公。

本阇黎新亭作〔一〕

八解禅林秀〔二〕，三明给苑才〔三〕。地偏香界远〔四〕，心静水亭开。傍险山查立，寻幽石径回。瑞花长自下，灵药岂须栽〔五〕。碧网交红树,清泉尽绿苔。戏鱼闻法聚,闲鸟诵经来〔六〕。弃象玄应悟〔七〕,忘言理必该〔八〕。静中何所得,吟咏也徒哉。

〔一〕本:明活本同。《全唐诗》、清本、《品汇》作"来"。未详孰是。阇(shé)黎:梵语,亦作"阇梨"、"阿阇梨"、"阿祇梨"、"阿遮梨",僧徒之师。梵语本意为轨范,谓其能纠正弟子的品德,使符佛家的要求。

〔二〕八解:佛家语,内在修养谓之禅定。禅定可以解脱人世间的束缚,共有八种,故称八解。沈约《内典序》:"驾四禅之眇眇,泛八解之悠悠。"庾信《和同泰寺浮图》:"庶闻八解乐,方遣六尘情。"

〔三〕三明:佛家语。佛家称宿命明、天眼明、漏尽明为三明。知自身他身宿世之生死相曰宿命明;知自身他身未来世之生死相曰天眼明;知现在之苦相,断一切烦恼之智曰漏尽明。

〔四〕香界:佛家称佛地有众香国,其间楼阁园囿皆香,香气周流十方无量世界,谓之香界。沈佺期《绍隆寺》:"香界萦北渚,花龛隐南峦。"

〔五〕灵药:明活本、汲本、《全唐诗》、《品汇》同。清本作"灵台",误。

〔六〕戏鱼二句:王僧儒《春日寄乡友》:"戏鱼两相顾,游鸟半藏云。"这里化用其意,言水中之鱼,天空之鸟,也都受到佛法的感召。法聚:佛教徒聚会讲经称曰法聚。

〔七〕弃象句:象为表象之意,玄为玄理之意。言弃去表象而玄理即得到彻悟。

〔八〕忘言:心领神会,无须用语言表达。《庄子·外物》:"筌者所以在鱼,得鱼而忘筌;蹄者所以在兔,得兔而忘蹄;言者所以在意,得意而忘言。"成玄英疏:"此合谕也。意,妙理也,夫得鱼兔,本因筌蹄,而筌蹄实异鱼兔。亦由玄理假于言说,言说实非玄理。鱼兔得而筌蹄忘,玄理明而名言绝。”该:兼备。《广韵》:“该,备也,咸也,兼也。”扬雄《太玄》:“万物该兼。”

长安早春〔一〕

关戍惟东井〔二〕,城池起北辰〔三〕。咸歌太平日,共乐建寅春〔四〕。雪尽青山树〔五〕,冰开黑水滨〔六〕。草迎金埒马〔七〕,花伴玉楼人。鸿渐看无数〔八〕,莺歌听欲频。何当桂枝擢〔九〕,归及柳条新〔一〇〕。

〔一〕题目:宋、明、清各本同。《英华》作张子容诗。《全唐诗》孟、张二集两收。清人王寿昌《小清华园诗话》卷下引此诗亦作张子容诗,究为谁作,存疑。此诗倘为孟作,则当作于开元十七年正月。

〔二〕关戍:宋、明、清各本同。《英华》作“开国”。东井:原作“东漠”。据毛校记元本作“东汉”。宋本、清本、《全唐诗》、《英华》作“东井”,是。东井,星名,即井宿,为二十八宿之一。《诗·小雅·大东》“惟南有箕”,孔颖达疏:“郑(玄)称参旁有玉井,则井星在参东,故称东井。”《汉书·高帝纪》:“元年冬十月,五星聚于东井。”颜师古注:“应劭曰:‘东井,秦之分野,五星所聚,其下当有圣人以义取天下。’”

〔三〕城池:明、清各本及《英华》同。宋本作“西城”,非。北辰:星名,即北极星。《尔雅·释天》:“北极谓之北辰。”以其常在北方,地位不移,故人尊之。《论语·为政》:“譬如北辰,居其所而众星共(拱)之。”以上二句极言长安形势,上应天宿。

〔四〕建寅:我国古代按北斗星斗柄在一年中移动的位置,分为十二辰。建子为十一月,建丑为十二月,建寅为正月。

〔五〕青山树:宋、明、清各本同。汲本作“春山树”。《英华》作“黄山树”。

〔六〕黑水：黑水之名，最早见《禹贡》，说法不一。一说即怒江上游，一说即今澜沧江。今甘肃省亦有黑水，黑龙江亦有黑水之称。这些都与长安距离甚远。故李梦阳对此句亦提出异议，认为"黑水亦远"。则此句当为泛指，言河冰初开，水呈碧色，故言黑水。

〔七〕金埒（liè）：埒，本指马射场四周的围墙，因亦指马射场。《世说新语·汰侈》："王武子（王济）被责，移第北邙下。于时，人多地贵，济好马射，买地作埒，编钱匝地，竟埒，时人号曰金沟。"刘孝标注："沟一作埒。"庾信《谢滕王赉马启》："张敞画眉之暇，直走章台；王济饮酒之欢，马驱金埒。"

〔八〕鸿渐：《易·渐》："鸿渐于干。"孔颖达疏："鸿，水鸟也。干，水涯也。渐进之道，自下升高，故取譬鸿飞自下而上也。初之始进，未得禄位，上无应援，体又穷下，若鸿之进于河之干，不得安宁也。故曰鸿渐于干也。"后世多用为仕进之意，本诗语意双关。

〔九〕桂枝擢：明活本、汲本、清本、《英华》同。宋本、《全唐诗》作"遂荣擢"。桂枝擢，即科举中式。《晋书·郤诜传》："武帝于东堂会送，问诜曰：'卿自以为何如？'诜对曰：'臣举贤良对策，为天下第一，犹桂林之一枝，昆山之片玉。'帝笑。"后世遂以折桂、擢桂称科举及第。

〔一〇〕归：宋、明、清各本同。《英华》作"还"。

秦中苦雨思归赠袁左丞贺侍郎〔一〕

为学三十载〔二〕，闭门江汉阴〔三〕。明扬逢圣代〔四〕，羁旅属秋霖〔五〕。岂直昏垫苦〔六〕，亦为权势沉〔七〕。二毛催白发，百镒罄黄金〔八〕。泪忆岘山堕〔九〕，愁怀襄水深〔一〇〕。谢公积愤懑〔一一〕，庄舄空谣吟〔一二〕。跃马非吾事〔一三〕，狎鸥真我心〔一四〕。寄言当路者，去矣北山岑〔一五〕。

〔一〕题目:明活本、汲本、《全唐诗》同。清本无“贺侍郎”三字。宋本作“答秦中苦雨思归而袁左丞贺侍郎”,“而”字不通,误。《英华》作“答秦中苦雨思归赠袁中丞贺侍御”。袁左丞贺侍郎:未详。○本诗作于居长安应举时期,当开元十七年秋。

〔二〕为:明活本、清本、《英华》同。宋本、汲本、《全唐诗》作“苦”。

〔三〕江汉阴:指襄阳。水南曰阴,襄阳在汉江之南,故称江汉阴。

〔四〕明扬句:明活本、《英华》同。清本“逢”作“遭”。宋本、《全唐诗》作“用贤遭圣日”。汲本作“明贤遭圣日”。《英华》“明扬逢”下校记云:“集作明贤遭”,可见周必大等所见宋本作“明贤遭圣代”。“用”盖形近而误。据孟浩然的情况看,当以“明扬”为恰。明扬:选举、选拔之意。《梁书·庾诜传》:“明扬振滞,为政所先;旌贤求士,梦伫斯急。”

〔五〕属:注。《仪礼·士昏礼》:“酌玄酒,三属于尊。”郑玄注:“属,注也。”这里表示雨大,如水之下注。

〔六〕岂:宋、明、清各本同。《英华》作“匪”。昏垫:迷惘、陷溺。《书·益稷》:“洪水滔天,浩浩怀山襄陵,下民昏垫。”孔安国传:“言天下民昏瞀垫溺,皆困水灾。”此句应题目之“苦雨”。

〔七〕权势:宋本、明活本、汲本、《全唐诗》、《英华》同。据毛校记元本作“豪势”。清本亦作“豪势”。意通。

〔八〕镒:古以二十两或二十四两为镒。《国语·晋语二》:“黄金四十镒。”韦昭注:“二十两为镒。”《孟子·公孙丑下》:“馈七十镒而受。”赵岐注:“古者以一镒为一金,一金为二十四两也。”百镒言钱多,本句言旅居长安日久,金钱用尽。

〔九〕堕:宋、明、清各本同。《英华》作“坠”。岘山:在今湖北襄樊市东南。详《登鹿门山怀古》注〔三〕。句法倒装,意为忆岘山而泪堕。

〔一〇〕襄水:原作“湘水”,宋、明、清各本同。《英华》作“襄水”,“襄”下无校记,可见周必大所据宋本亦作“襄水”。今从《英华》。

"湘水"虽亦可讲通,但究不若"襄水"更符合浩然实际也。

〔一一〕谢公句:谢公,指谢灵运,谢玄之孙。少好学,博览群书,文章之美,江左莫逮。袭封康乐公。宋代晋后,起为散骑常侍,转太子左卫率。自谓才能宜参权要,既不见知,常怀愤懑。

〔一二〕庄舄句:庄舄:明活本、清本、《全唐诗》、《英华》同。宋本、汲本作"履舄"。《英华》"庄舄"之下无校记,可见周必大等所见宋本亦作"庄舄"。庄舄,战国时越人,仕于楚,病中思越而吟越声。《史记·陈轸传》:"陈轸适至秦,惠王曰:'子去寡人之楚,亦思寡人不?'陈轸对曰:'王闻夫越人庄舄乎?'王曰:'不闻。'曰:'越人庄舄仕楚执珪,有顷而病,楚王曰:舄故越之鄙细人也,今仕楚执珪,贵富矣,亦思越不?中谢(索隐:谓侍御之官)对曰:凡人之思故,在其病也,彼思越则越声,不思越则楚声。使人往听之,犹尚越声也。今臣虽弃逐之楚,岂能无秦声哉!'"用此典表示思乡。

〔一三〕跃马:骑马驰骋,常用以比喻富贵得志。《史记·蔡泽列传》:"蔡泽笑谢而去,谓其御者曰:'吾持粱刺齿肥,跃马疾驱,怀黄金之印,结紫绶于要,揖让人主之前,食肉富贵,四十三年足矣。'"本诗即指做官。

〔一四〕真:明活本、清本、《英华》同。宋本、汲本、《全唐诗》作"宜"。查《英华》"真"字下无校记,可见周必大等所见宋本亦作"真"。"真"、"宜"俱通。狎鸥:亲近鸥鸟,此借指隐逸生活,详《与崔二十一游镜湖寄包贺二公》注〔五〕。

〔一五〕北山:宋、明、清各本同。《英华》作"此山",上文并未言山,"此山"无据,非是。北山盖指万山,其《秋登万山寄张五》云:"北山白云里,隐者自怡悦。"

陪张丞相登荆城楼因寄蓟州张使君及浪泊戍主刘家〔一〕

蓟门天北畔〔二〕，铜柱日南端〔三〕。出守声弥远，投荒法未宽〔四〕。侧身聊倚望，携手莫同欢。白璧无瑕玷，青松有岁寒〔五〕。府中丞相阁，江上使君滩〔六〕。兴尽回舟去，方知行路难〔七〕。

〔一〕题目："荆城楼"原作"荆州城楼"，"蓟州"原作"苏台"。明活本同。宋本、汲本"蓟州"作"荆州"，无"及浪泊戍主刘家"七字。清本"荆城楼"亦作"荆州城楼"，无"蓟州"和"及浪泊戍主刘家"等字。今依《全唐诗》。张丞相：指张九龄，详《从张丞相纪南城猎戏赠裴迪张参军》注〔一〕。蓟州：秦汉为渔阳郡，唐开元十八年分幽州之渔阳、三河、玉田三县地置蓟州，治所渔阳，当今河北蓟县。浪泊：地名，唐属岭南道安南都护府。《后汉书·马援传》："拜援伏波将军，以扶乐侯刘隆为副，督楼船将军段志等南击交阯。……十八年春，军至浪泊上，与贼战，破之。"〇本诗约作于开元二十五六年间，浩然晚年时期。

〔二〕蓟门：宋本作"荆州"，误。蓟门，亦称蓟丘，在唐代幽州治所蓟县（即今北京市）城外。这里盖泛指幽州、蓟州一带，因在中国北部，故称"天北畔"，正扣题目之蓟州。

〔三〕铜柱：马援征交趾时所立，约在今越南荣市以南。《后汉书·马援传》："援将楼船大小二千馀艘，战士二万馀人，进击九真贼徵侧馀党都羊等，自无功至居风，斩获五千馀人，峤南悉平。"李贤注引《广州记》曰："援到交阯，立铜柱，为汉之极界也。"因其在唐朝之南界，故称"南端"。此句扣题目之浪泊。

〔四〕投荒：宋本作"收荒"，误。贬谪流放于荒远之地曰投荒。独孤及

《为明州独孤使君祭员郎中文》:“公负谴投荒,予亦左衽异域。”以上二句,上句盖指蓟州张使君,下句盖指戍主刘家。

〔五〕青松句:《论语·子罕》:“岁寒然后知松柏之后凋也。”

〔六〕使君滩:《水经注·江水》:“又东径羊肠虎臂滩。杨亮为益州,至此舟覆,惩其波澜,蜀人至今犹名之为使君滩。”据此则使君滩本在四川,这里借用。

〔七〕行路难:明活本、清本、《全唐诗》同。宋本、汲本作“兹路难”。乐府歌辞有《行路难》。《乐府诗集·杂曲歌辞·行路难》题解:“《乐府解题》曰:‘《行路难》,备言世路艰难及离别悲伤之意。’”这里是借用。

荆门上张丞相〔一〕

共理分荆国〔二〕,招贤愧楚材〔三〕。《召南》风更阐〔四〕,丞相阁还开。觏止欣眉睫〔五〕,沉沦拔草莱〔六〕。坐登徐孺榻〔七〕,频接李膺杯〔八〕。始慰蝉鸣柳〔九〕,俄看雪间梅。四时年籥尽〔一〇〕,千里客程催。日下瞻归翼〔一一〕,沙边厌曝鳃〔一二〕。伫闻宣室召〔一三〕,星象列三台〔一四〕。

〔一〕张丞相:指张九龄。详《从张丞相游纪南城猎戏赠裴迪张参军》注〔一〕。○此诗作于晚年时期,约在开元二十六年。

〔二〕荆国:指荆州。开元二十五年(七三七)四月,张九龄贬为荆州大都督府长史。

〔三〕楚材:宋、明、清各本同。《全唐诗》作“不材”。招贤:《旧唐书·孟浩然传》:“张九龄镇荆州,署为从事。”招贤盖指此事。楚材:楚国的人材。愧:表示自谦。

〔四〕召南:本《诗经》十五国风之一,这里实指《召南·甘棠》。毛传云:“《甘棠》,美召伯也。召伯之教,明于南国。”孔颖达疏:“武王之时，召公为西伯，行政于南土，决讼于小棠之下，其教著明于南国，爱结于民心，故作是诗以美之。”这里借美召伯之诗以美张九龄。

〔五〕觏止：觏，遇见。止，语辞。《诗·召南·草虫》：“亦既觏止，我心则降。”毛传：“止，辞也。觏，遇。”

〔六〕草莱：本指杂草、荒野之田，这里借作未出仕之人。拔：提拔，选拔。

〔七〕徐孺榻：《后汉书·徐稚传》：“徐稚字孺子，豫章南昌人也。家贫，常自耕稼，非其力不食。恭俭义让，所居服其德。屡辟公府，不起。时陈蕃为太守，以礼请署功曹，稚不免之，既谒而退。蕃在郡不接宾客，唯稚来特设一榻，去则县（悬）之。”徐孺即徐孺子，因诗体字数限制，故省。

〔八〕李膺杯：《后汉书·李膺传》：“是时朝庭日乱，纲纪颓陁，膺独持风裁，以声名自高。士有被其容接者，名为登龙门。”接李膺杯，即受李膺容接之意。陈蕃、李膺俱东汉名臣，这里用以比张九龄的礼贤下士，尊重人才。

〔九〕蝉鸣柳：明、清各本同。宋本作“蝉鸣稻”。

〔一〇〕年籥：明活本、清本、《全唐诗》同。宋本、汲本作“云籥”，非。年籥，记时牌，因以表示时间。《说文》：“籥，书僮竹笘也。”段玉裁注：“笘下曰：颍川人名小儿所书写为笘。按笘谓之籥，亦谓之觚，盖以白墡染之可拭去再书者。”犹如我们今天的临时记事牌。年籥，用以记年。

〔一一〕归翼：意犹归鸟。白居易《感秋寄远》：“燕影动归翼，蕙香销故丛。”此时作者已有归乡之意。

〔一二〕曝鳃：《艺文类聚》九六引《三秦记》：“河津，一名龙门，大鱼集龙门下数千，不得上，上者为龙，不上者（下有脱文），故云曝鳃龙门。”因用曝鳃以喻人之困顿。《南史·何敬容传》：“曝鳃之鱼,不念杯酌之水。"

〔一三〕宣室:汉未央宫有宣室殿。《史记·贾生列传》:"后岁馀,贾生征见。孝文帝方受釐,坐宣室,上因感鬼神事,而问鬼神之本。"

〔一四〕列三台:原作"复中台",宋本作"列三台",据改。三台,星名。古人往往用天文以象人事。《晋书·天文志》:"三台六星,两两而居,起文昌,列抵太微。一曰天柱,三公之位也,在人曰三公,在天曰三台,主开德宣符也。西近文昌二星曰上台,为司命,主寿;次二星曰中台,为司中,主宗室;东二星曰下台,为司禄,主兵,所以昭德塞违也。"张九龄《故刑部李尚书挽歌词》之二:"宿昔三台践,荣华驷马归。"以上二句,有祝愿张九龄再度执政之意。

和宋大使北楼新亭〔一〕

返耕意未遂,日夕登城隅。谁谓山林近〔二〕,坐为符竹拘〔三〕。丽谯非改作〔四〕,轩槛是新图〔五〕。远水自嶓冢〔六〕,长云吞具区〔七〕。愿随江燕贺〔八〕,羞逐府寮趋〔九〕。欲识狂歌者〔一〇〕,丘园一竖儒〔一一〕。

〔一〕题目:"大使"原作"太史"。明、清各本同。《英华》作"和宋大使北楼新亭"。宋本"新"下误夺一"亭"字。今从《英华》。大使:唐初特派巡视各地的使节称大使,后节度使有节度大使之称。这里盖指高级地方长官。宋大使,未详。

〔二〕谁谓:宋、明、清各本同。《全唐诗》、《英华》作"谁道"。

〔三〕坐为:明活本、清本、《全唐诗》、《英华》同。宋本、汲本作"半为"。符竹:汉代朝廷对郡守传达命令用符,符多为竹制,因之后世常用符竹以代郡守或刺史。张九龄《巡属县道中》:"短才滥符竹,弱岁起柴荆。"

〔四〕丽谯:《汉书·陈胜传》:“(胜、广)攻陈,陈守令皆不在,独守丞与战谯门中。”颜师古注:“谯门,谓门上为高楼以望者耳。楼一名谯,故谓美丽之楼为丽谯。”这里指北楼新亭。

〔五〕轩槛:楼房前面的栏杆。王粲《登楼赋》:“凭轩槛以遥望兮,向北风而开襟。”

〔六〕嶓冢:山名,在山南西道梁州兴州境,当今陕西宁强县,为汉水之源。《清一统志·陕西·汉中府》:“嶓冢山在宁羌州北。《禹贡》:‘岷嶓既艺。’又‘导嶓冢,至于荆山。’《水经注》:‘《汉中记》曰:嶓冢以东,水皆东流,嶓冢以西,水皆西流,即其地势源流所归,故俗以嶓冢为分水岭。’《魏书·地形志》:‘华阳郡嶓冢县有嶓冢山,汉水出焉。’《元和志》:‘嶓冢山在金牛县东二十八里。’”

〔七〕具区:湖名,即今太湖。《尔雅·释地》:“吴越之间有具区。”郭璞注:“今吴县南太湖。”

〔八〕愿随:明活本、清本、《英华》、《全唐诗》同。宋本、汲本作“愿为”。江燕:宋本、明活本、汲本、《英华》、《全唐诗》同。据毛校记元刻本作“江鹢”。清本盖依元本。储光羲《京口题崇上人山亭》:“嗷嗷海鸿声,轩轩江燕翼。”刘禹锡《望夫山》:“江燕不能传远信,野花空解妒愁颜。”

〔九〕羞逐:宋、明各本及《全唐诗》、《英华》同。清本作“差逐”,非。府寮:宋、明、清各本及《英华》同。《全唐诗》寮作“僚”,通。

〔一〇〕狂歌者:明活本、《全唐诗》、《英华》同。宋本、汲本、清本作“狂歌客”。

〔一一〕丘园:即丘墟与园圃。《易·贲》:“贲于丘园。”孔颖达疏:“丘谓丘墟,园谓园圃。唯草本所生,是质素之处,非华美之所。”后世多用以指隐逸之所。竖儒:竖本义为僮仆,带有鄙贱之意。《史记·留侯世家》:“汉王辍食吐哺,骂曰:‘竖儒,几败而公事!’”此乃自谦之辞。

夜泊宣城界〔一〕

西塞沿江岛，南陵问驿楼〔二〕。湖平津济阔〔三〕，风止客帆收。去去怀前浦〔四〕，茫茫泛夕流。石逢罗刹碍〔五〕，山泊敬亭幽〔六〕。火识梅根冶〔七〕，烟迷杨叶洲。离家复水宿〔八〕，相伴赖沙鸥〔九〕。

〔一〕题目：宋本、明活本、汲本、《全唐诗》、《诗选》同。清本、《品汇》无“夜”字，据毛校记元本亦无“夜”字，则清本、《品汇》盖来自元本。《英华》作“旅行欲泊宣州界”。宣城：《元和郡县志·江南西道·宣州》：“宣城县本汉宛陵县，属丹阳郡。后汉顺帝置，至晋属宣城郡，隋自宛陵移于今理。”即今安徽宣城县。唐代常用宣城以指宣州。

〔二〕南陵：唐南陵县属江南西道宣州，即今安徽南陵县。《元和郡县志·江南西道·宣州》：“南陵县本汉春谷县地，梁于此置南陵县，仍于县理置南陵郡。隋平陈，废郡，县属宣州。”驿楼：驿站上供人歇宿的楼房。杜甫《通泉驿》：“驿楼衰柳侧，县郭轻烟畔。”

〔三〕湖平：原作“潮平”，明活本、汲本同。《英华》、《诗选》、《品汇》、《全唐诗》、清本作“湖平”，据改。宋本作“平湖”，根据下句“风止”看，盖二字倒置。津济：《新唐书·百官志一》：“水部郎中、员外郎各一人，掌津济、船舻、渠梁、堤堰、沟洫、渔捕、运漕、碾硙之事。”则津济与津渡意同。

〔四〕前浦：明、清各本及《英华》、《诗选》、《品汇》同。宋本作“前事”。

〔五〕罗刹：佛经中恶鬼之通称，因以指凶恶可畏。这里指石之状。

〔六〕敬亭：山名，在宣城城外。《元和郡县志·江南西道·宣州》：“敬亭山，州北十二里，即谢朓赋诗之所。”《清一统志·安徽·宁国府》：“敬亭山在宣城县北，一名昭亭山。《隋书·地理志》：‘宣城有敬亭山。'……《旧志》:'一名查山,高数百丈,东临宛句二水,南府城闉,千岩万壑,为近郭名胜。'"

〔七〕火识:原作"火炽",明活本、清本、《英华》、《诗选》、《品汇》同。宋本、汲本、《全唐诗》作"火识",与下句"烟迷"对,改从宋本。梅根治:亦称梅根监,即今安徽梅埂。《元和郡县志·江南西道·宣州》:"梅根监在县(南陵)西一百三十五里。梅根监并宛陵监每岁共铸钱五万贯。"《读史方舆纪要·池州府·贵池县》:"梅根监,府东五十里,亦名梅根冶。自六朝以来,皆鼓铸于此。"

〔八〕离家:宋、明、清各本、《英华》、《诗选》、《品汇》同。惟汲本作"谁家",非。

〔九〕沙鸥:宋、明、清各本及《诗选》、《品汇》同,惟《英华》作"江鸥"。以上二句,极言旅行孤寂。

刘辰翁曰:不必某处、某人,景外语、语外意,平生往往失之。

奉先张明府休沐还乡海亭宴集探得阶字〔一〕

自君理畿甸〔二〕,余亦经江淮〔三〕。万里音书断〔四〕,数年云雨乖〔五〕。归来休浣日〔六〕,始得赏心谐。朱绂恩虽重〔七〕,沧洲趣每怀〔八〕。树低新舞阁〔九〕,山对旧书斋〔一〇〕。何以发秋兴〔一一〕,阴虫鸣夜阶〔一二〕。

〔一〕题目:原无"探得阶字"四字,明活本同。据宋本、汲本、《全唐诗》、《英华》补。清本无"奉先"及"探得阶字",又"海亭宴集"作"宴海亭"。奉先:县名,唐属京畿道京兆府,当今陕西蒲城县。张明府:张子容时为奉先县令,故称明府。参看《晚春卧疾寄张八子容》注〔一〕。休沐:休息沐浴,犹今之休假,古代官吏有休沐之制。○此诗作于吴越归来之后的一二年间,约在开元二十三年前后。

〔二〕畿甸:古称天子所领之地曰畿,王畿外围千里之内曰甸服。后世因泛指国都附近地区曰畿甸。奉先县在长安附近,故称畿甸。

〔三〕江淮:泛指吴越。孟浩然游历吴越之时,曾于永嘉上浦馆与张子容会面,后,在那里住了一段时间。二人离别之后张入京,即为奉先县令。孟即溯江回襄阳,故称"经江淮"。

〔四〕音书:原作"音信",汲本同。宋本、《英华》作"音书"。今从宋本。明活本、清本、《全唐诗》作"书信",意同。

〔五〕云雨:本用以比喻恩泽,这里比喻感情、交往。

〔六〕休浣:意同休沐。

〔七〕朱绂:明、清各本及《全唐诗》同。《英华》作"朱绶"。宋本作"先缓"。《英华》"绶"下校记云:"集作缓",可见周必大等所见宋本作"朱缓"。"先"乃"朱"之误,"缓"乃"绂(绶)"之误。朱绂,系珮玉或印章的丝带。《文选·曹植·求自试表》:"是以上惭玄冕,俯愧朱绂。"李善注:"诸侯佩山玄玉而朱组绶。《苍颉篇》曰:'绂,绶也。'"这里朱绂借指做官。恩:原作"心",宋、明、清各本及《英华》俱作"恩",据改。

〔八〕沧洲:滨水之地曰沧洲,常用以指隐士所居。详《岁暮海上作》注〔八〕。

〔九〕新舞阁:张子容做官以后在故乡所建的舞阁,故称新舞阁,疑即海亭。

〔一〇〕旧书斋:张子容曾隐居襄阳城南之白鹤岩,旧书斋盖指其过去的书房。

〔一一〕秋兴:原作"佳兴"。宋、明、清各本及《英华》俱作"秋兴",据改。

〔一二〕阴虫:蟋蟀。《文选·颜延年·夏夜呈从兄散骑车长沙》:"夜蝉当夏急，阴虫先秋闻。”

同张明府碧溪赠答〔一〕

别业闻新制〔二〕，同声应者多〔三〕。还看碧溪答，不羡绿珠歌〔四〕。自有阳台女〔五〕，朝朝拾翠过〔六〕。绮筵铺锦绣〔七〕，妆牖闭藤萝〔八〕。秋满休闲日〔九〕，春馀景气和〔一〇〕。仙凫能作伴〔一一〕，罗袜共凌波〔一二〕。曲岛寻花药〔一三〕，回潭折芰荷。更怜斜日照，红粉艳青娥〔一四〕。

〔一〕题目：明、清各本同。宋本无“赠”字。据毛校记元刻亦无“赠”字。张明府：即奉先县令张子容。详前诗注〔一〕及《晚春卧疾寄张八子容》注〔一〕。溪：原作“谿”，明代各本同。宋本、清本、《全唐诗》俱作“溪”。今从宋本。○此诗盖作于开元二十三年前后，与前诗同一时期。

〔二〕别业：古称别墅为别业。《文选·石崇·思归引序》：“晚节更乐放逸，笃好林薮，遂肥遁于河阳别业。……寻览乐篇，有《思归引》，倘古人之情，有同于今，故制此曲。此曲有弦无歌，今为作歌辞，以述余怀。”二句正用其事。张子容新建舞阁，经常在这里作乐唱歌。新制：指新制的歌曲。

〔三〕应：原作“和”，汲本、《全唐诗》同。宋本、明活本、清本作“应”。今从宋本。

〔四〕绿珠：晋石崇的歌妓，善吹笛。《世说新语·仇隙》：“孙秀既恨石崇不与绿珠。”刘孝标注：“干宝《晋纪》曰：‘石崇有妓人绿珠，美而工笛。’”

〔五〕阳台女：即巫山神女。详《送王七尉松滋得阳台云》注〔二〕。

〔六〕拾翠：妇女拾取翠鸟羽毛以为首饰。曹植《洛神赋》：“或采明珠，或拾翠羽。”纪少瑜《游建兴苑》：“踟蹰怜拾翠，顾步惜遗簪。”（见

《初学记》卷二四)

〔七〕绮筵:原作"舞庭"。明活本作"舞筵"。宋本、汲本、清本作"绮筵",据改。本句言筵席装饰富丽。

〔八〕藤:明、清各本同。宋本作"滕",非。本句写环境优美。

〔九〕秋满:宋本、明活本、汲本同。清本、《全唐诗》作"秩满"。据毛校记元本亦作"秩满"。两者相较,似以秩满为佳,或系后人所改。

〔一〇〕景气:原作"景色",明活本、清本同。宋本、汲本、《全唐诗》作"景气",据改。

〔一一〕仙凫:传说后汉叶县令王乔每乘双凫入都,故称仙凫。《后汉书·王乔传》:"王乔者,河东人也。显宗世,为叶令。乔有神术,每月朔望,常自县诣台朝。帝怪其来数,而不见车骑,密令太史伺望之。言其临至,辄有双凫从东南飞来。于是候凫至,举罗张之,但得一只舄焉。"因王乔为县令,后世多用于县令。

〔一二〕罗袜句:罗袜,用罗制成之袜。凌波,在水上行走。《文选·曹植·洛神赋》:"体迅飞凫,飘忽若神。凌波微步,罗袜生尘。"李善注:"凌波而袜生尘,言神人异也。"本指洛神之体态、行动、服饰,本诗借指舞妓。

〔一三〕曲岛:原作"别岛"。明活本、清本同。宋本、汲本、《全唐诗》作"曲岛",据改。

〔一四〕青娥:少女。江淹《水上神女赋》:"青娥羞艳,素女惭光。"

赠萧少府〔一〕

上德如流水〔二〕,安仁道若山〔三〕。闻君秉高节〔四〕,而得奉清颜〔五〕。鸿渐升台羽〔六〕,牛刀列下班〔七〕。处腴能不润,居剧体常闲。去诈人无谄〔八〕,除邪吏息奸。欲知清与洁,明月在澄湾〔九〕。

〔一〕少府：县尉之别称。萧少府，其人未详。

〔二〕如流水：宋、明、清各本同。《英华》作"流如水"，非。《道德经》八章："上善若水，水善利万物而不争。"上德：最高的道德。《道德经》三十八章："上德不德，是以有德。"本诗言有最高道德的人就像水一样，虽然滋润了万物，但并不赞许自己的功劳。

〔三〕安仁：《论语·里仁》："仁者安仁，知者利仁。"包曰："惟性仁者自然体之，故谓安仁。"以上两句是对萧少府的称赞。

〔四〕高节：高尚的节操。《庄子·让王》："高节戾行，独乐其志，不事于世。"

〔五〕而得：明活本、汲本、清本、《英华》同。宋本作"为得"。清颜：颜，容颜；清，敬辞。《梁书·孔休源传》："不期忽覩清颜，顿祛鄙吝，观天披雾，验之今日。"

〔六〕鸿渐：《易·渐》："鸿渐于干。"孔颖达疏："鸿，水鸟也；干，水涯也。渐进之道，自下升高，故取譬鸿飞，自下而上也。"后世因用为仕进之喻。台羽：宋、明、清各本及《英华》同。《全唐诗》作"仪羽"。"台"、"仪"音同，可通。《易·渐》："鸿渐于陆，其羽可以为仪。"

〔七〕牛刀：割牛之刀，借喻大材。《论语·阳货》："子之武城，闻弦歌之声，夫子莞尔而笑曰：'割鸡焉用牛刀！'"下班：明、清各本及《英华》同。宋本作"上班"，非。下班，指官职低下。萧某为县尉，故称。

〔八〕诈：宋、明、清各本及《全唐诗》同。《英华》作"许"，误。谄：原作"謟"，宋、明各本同，误。清本、《全唐诗》作"谄"，据改。

〔九〕在：宋、明各本及《英华》同。清本、《全唐诗》作"照"。二字均通，从诗的意境上讲，"照"字较佳，或系后人所改。此句乃比喻之辞，言其至清至洁。

施闰章《蠖斋诗话·诗用而字》："结庐在人境，而无车马喧”,陶公偶然入妙;次之“孰是都不营,而以求自安”,便下一格。……浩然“闻君重高节,而得奉清欢”,稍觉索然。

同王九题就师山房〔一〕

晚憩支公寺〔二〕,故人逢右军〔三〕。轩窗避炎暑〔四〕,翰墨动新文〔五〕。竹闭窗里日〔六〕,雨随阶下云。周游清阴遍〔七〕,吟卧夕阳曛。江静棹歌歇〔八〕,溪深樵语闻。归途未忍去,携手恋清芬〔九〕。

〔一〕王九:王迥,行九,号白云先生,为浩然好友。详《登江中孤屿赠白云先生王迥》注〔一〕。

〔二〕支公:指晋僧支遁。后世“支公”成为对僧人的尊称,这里即用以尊称就师。参看《还山贻湛法师》注〔七〕。寺:明、清各本作“室”。宋本作“房”,于韵律不合。《英华》作“寺”。今从《英华》。

〔三〕右军:王羲之(三〇三—三六一),晋瑯琊临沂人,官右军将军,故习称王右军。工书法,临池学书,池水为之变黑。书法冠古今,世称书圣。能诗善赋,尤工散文。因就师擅书,故以王羲之借喻。

〔四〕轩窗:明活本、清本、《全唐诗》、《英华》同。宋本、汲本作“轩空”。

〔五〕翰墨:笔墨。《文选·张衡·归田赋》:“挥翰墨以奋藻,陈三王之轨模。”新文:明活本、清本、《全唐诗》、《英华》同。宋本、汲本作“斯文”,今从《英华》。新文,新的作品。《南史·谢方明传附惠连传》:“灵运见其新文,每曰:‘张华重生,不能易也。’”此指新的书法作品。

〔六〕竹闭句:宋本、汲本、《英华》同。明活本、清本、《全唐诗》作“竹蔽檐前日”。句下原注“一作竹蔽檐前日”。据周必大等校勘记云:“集作竹蔽檐前日”,可见周必大等所见宋本与蜀刻不同。

〔七〕周游:原作"同游",明活本、汲本、清本同。《全唐诗》、《英华》作"周游"。今从《英华》。宋本作"周旋","旋"盖"游"之误。

〔八〕静:明清各本、《全唐诗》及《英华》同。宋本作"净"。棹歌:宋、明、清各本及《全唐诗》同。《英华》作"榜歌"。

〔九〕清芬:喻品德高洁。《文选·陆机·文赋》:"咏世德之骏烈,诵先人之清芬。"这里用以喻就师之品德。

上张吏部〔一〕

公门世绪昌〔二〕,才子冠裴王〔三〕。出自平津邸〔四〕,还为吏部郎〔五〕。神仙馀气色〔六〕,列宿炳辉光〔七〕。夜直南宫静〔八〕,朝趋北禁长〔九〕。时人窥水镜〔一〇〕,明主赐衣裳。翰苑飞鹦鹉,天池待凤凰〔一一〕。

〔一〕张吏部:当即张均。本诗亦载《卢象集》,题名《赠张均员外》,故应为张均。此诗究为卢象作抑孟浩然作,因证据不足,阙疑。

〔二〕公门:公署之门,泛称公门,犹后世之称衙门。张均为张说长子,初任太子通事舍人,迁主爵郎中,开元十七年任中书舍人。父亡,袭封燕国公。所以说"世绪昌"。

〔三〕裴王:王、谢、裴诸姓为六朝时代望族大姓,出了不少政治家、文学家。

〔四〕出自:原作"自出",据宋本改。平津邸:汉公孙弘为丞相封平津侯,于是起客馆、开东阁以延贤人。因以平津馆或平津邸作为高官纳贤之典故。《文选·陆厥·奉答内兄希叔》:"出入平津邸,一见孟尝尊。"

〔五〕郎:唐代各部尚书之下有侍郎、郎中一类官职。

〔六〕馀:多,饶。《说文》:"馀,饶也。"气色:宋本、明活本、汲本同。清本作"气象"。

〔七〕列宿：犹众星。《史记·天官书》："天则有列宿，地则有州域。"炳：原作"动"，明活本、清本同。宋本、汲本作"炳"，据改。炳，光明，用作动词，意犹发（光）。《说文》："炳，明也。"以上二句，用比喻手法，形容张吏部的仪表风神。刘辰翁评此二语曰："其形容人物语如此，不觉其俗，弥见其高。"

〔八〕夜直句：明、清各本同。宋本作"夜入南宫近"。南宫：本星宿之名，汉用以比拟尚书省。《后汉书·郑弘传》："建初初，为尚书令。……弘前后所陈有补益王政者，皆著之南宫，以为故事。"

〔九〕趋：明、清各本同。宋本作"游"，误。北禁：古人称宫殿为禁，因其坐北向南，故称北禁。宋之问《秋莲赋》："西城秘掖，北禁仙流，见白露之先降，悲红蕖之已秋。"

〔一〇〕水镜：水镜二物，清澈明净，借指清明之人。《晋书·乐广传》："（尚书令卫瓘）命诸子造（乐广）焉，曰：'此人之水镜，见之莹然，若披云雾而睹青天也。'"

〔一一〕天池：寓言中的海。《庄子·逍遥游》："是鸟也，海运则将徙于南冥，南冥者，天池也。"以上两句乃比喻之辞，用鸟以喻人。

和于判官登万山亭因赠洪府都督韩公〔一〕

韩公美襄土〔二〕，日赏城西岑〔三〕。结构意不浅〔四〕，岩潭趣转深〔五〕。皇华一动咏〔六〕，荆国几谣吟〔七〕。旧径兰勿翦，新堤柳欲阴。砌傍馀怪石，沙上有闲禽。自牧豫章郡〔八〕，空瞻枫树林。因声寄流水，善听在知音〔九〕。耆旧眇不接〔一〇〕，崔徐无处寻〔一一〕。物情多贵远，贤俊岂无今〔一二〕。迟尔长江暮，澄清一洗心。

〔一〕于判官：宋本、汲本、清本、《全唐诗》作"张判官"。明活本作"赵判官"。未详孰是。洪府都督韩公：汲本、《全唐诗》同。宋本作

“洪府都曹韩”。明活本、清本作“韩都督”。参看《送韩使君除洪州都督》注〔一〕。万山:在襄阳西北。详《秋登万山寄张五》注〔一〕。○本诗当作于开元二十四五年间,浩然晚年期间。

〔二〕韩公:韩朝宗,京兆长安人,初历左拾遗,累迁荆州长史。开元二十二年,初置十道采访使,朝宗以襄州刺史兼山南东道。坐所任吏擅赋役,贬洪州刺史。天宝初,召为京兆尹。朝宗喜提拔后进,故李白书云:“生不愿封万户侯,但愿一识韩荆州。”人仰慕如此。开元末,海内无事,讹言兵当兴,衣冠潜为避世计,朝宗亦庐终南山,为人所发,玄宗怒,贬吴兴别驾,卒。美襄土:明活本、清本同。宋本、汲本、《全唐诗》作“是襄士”,难解,未从。美,赞美,喜爱。

〔三〕岑:小而高的山叫岑。《说文》:“岑,山小而高。”城西岑,指万山。

〔四〕结构:明活本、清本同。宋本、汲本、《全唐诗》作“结构”,“构”、“构”古常通用。《文选·左思·招隐》:“岩穴无结构,丘中有鸣琴。”李善注:“结构,谓交结构架也。”江总《栖霞寺碑》:“披拂蓁梗,结构茅茨。”徐陵《山斋》:“竹径蒙茏巧,茅斋结构新。”本诗“结构”疑指万山亭。

〔五〕转:宋本、汲本、《全唐诗》同。明活本、清本作“亦”。据毛校记元本亦作“亦”。

〔六〕皇华:《诗·小雅·皇皇者华》序:“皇皇者华,君遣使臣也。送之礼乐,言远而光华也。”后世遂用“皇华”以代遣使,这里借指韩朝宗从京师来为地方官。

〔七〕荆国:山南东道一带古为荆楚之地,故称。几:宋、明各本及《全唐诗》同。清本作“盛”。据毛校记元本亦作“盛”。几,微细。《说文》:“几,微也。”谣:原作“讴”,明活本同。汲本、清本、《全唐诗》作“谣”。宋本作“遥”,盖为“谣”之误。谣,徒歌。《诗·魏风·园有桃》:“心之忧矣,我歌且谣。”毛传:“曲合乐曰歌,徒歌曰谣。”

〔八〕牧:统治。《逸周书·命训》:"古之明王,奉此六者以牧万民,民用而不失。"据上古传说,当时诸侯之长称牧。西汉全国分为十三部(州),每州设刺史一人主持一州之事。后刺史权力增大,遂改置州牧,其位仅次于九卿。魏晋后又改州牧为刺史,但习惯上仍称刺史为牧。本诗用作动词。豫章郡:隋豫章郡,唐改洪州,治豫章,即今江西省南昌市。本句指韩朝宗贬洪州刺史事。

〔九〕因声二句:用俞伯牙抚琴钟子期听琴故事。详《夏日南亭怀辛大》注〔六〕。这里表明二人友情之深。

〔一〇〕耆旧:年老的旧好。《汉书·萧望之传附萧育传》:"上以育耆旧名臣,乃以三公使车,载育入殿中受策。"

〔一一〕崔徐:崔州平、徐庶。《三国志·蜀志·诸葛亮传》:"惟博陵崔州平、颍川徐庶元直与亮友善,谓为信然。"这里"崔徐"以代好友。

〔一二〕无今:原作"遥今"。宋、明、清各本及《全唐诗》俱作"无今",据改。

下瀨石〔一〕

瀨石三百里,沿洄千嶂间。沸声常浩浩〔二〕,洊势亦潺潺〔三〕。跳沫鱼龙沸,垂藤猿狖攀〔四〕。榜人苦奔峭〔五〕,而我忘险艰。放溜情弥惬〔六〕,登舻目自闲。暝帆何处宿〔七〕?遥指落星湾〔八〕。

〔一〕瀨石:明活本、汲本、清本、《全唐诗》均同。宋本作"赣石"。赣江亦称瀨。瀨石指赣江赣县(南康郡治所)至吉安的一段。《陈书·高祖纪》:"南康瀨石,旧有二十四滩,滩多巨石,行旅者以为难。"李肇《国史补》卷下:"蜀之三峡,河之三门,南越之恶溪,南康之瀨石,皆险绝之所。"浩然盖沿赣江而下行也。〇此诗当作于壮年漫游时期。

〔二〕浩浩：宋本、明活本同。汲本、清本、《全唐诗》作“活活”。《书·尧典》：“汤汤洪水方割，荡荡怀山襄陵，浩浩滔天。”言水流盛大。

〔三〕洊：明、清各本同。宋本作“洧”，盖形近而误。洊，水再至。《易·坎》：“水洊至。”

〔四〕狖：猿类。《楚辞·九歌·山鬼》：“雷震震兮雨冥冥，猿啾啾兮狖夜鸣。”洪兴祖补注：“狖，似猿。”

〔五〕榜人：汲本、《全唐诗》同。宋本、明活本、清本作“傍人”，误。榜人，舟子，船工。《文选·司马相如·子虚赋》：“榜人歌，声流喝。”郭璞注：“张揖曰：‘榜，船也。’《月令》曰：‘命榜人。’榜人，船长也，主唱声而歌者也。”本句与下句写出了劳动人民跟地主阶级知识分子不同的思想感情。

〔六〕放溜：使舟顺水自行。梁元帝《早发龙巢》：“征人喜放溜，晓发晨阳隈。”（见《文苑英华》）弥惬：原作“弥远”，汲本同。明活本、清本、《全唐诗》作“弥惬”，据毛校记元本亦作“弥惬”，据改。宋本作“深惬”，据毛校记另一宋本作“没惬”，可见宋本即有异文，未从。

〔七〕暝帆：明、清各本及《全唐诗》同。宋本作“□维”，当有讹误。宿：原作“泊”。明活本、汲本、清本同。宋本、《全唐诗》作“宿”。看来“泊”字系后人所改，改得较好，但仍从宋本。

〔八〕落星湾：在今星子县以东鄱阳湖一带水面。《水经注·庐江水》：“湖（彭蠡）中有落星石，周回百馀步，高五丈，上生竹木。《传》曰：有星坠此，因以名焉。”《明一统志》：“（落星湖）在彭蠡湖西北，陈王僧辩破侯景闲落星湾，宋孟太后过落星寺覆舟，皆此。”《清一统志》：“（鄱阳）湖中有小山，相传为坠星所化。”自赣县至落星湾，约近千里，一日未必能达，不过形容舟行之速而已。王贻上《渔洋诗话》以为落星湾在南康府。浩然此行，乃沿赣江顺水下行，自赣县北行至吉安一段，即赣石十八滩，与诗所写的水流急湍艰险情况，恰相符合。

王贻上《渔洋诗话》卷上九七：孟浩然《下赣石》诗："暝帆何处泊？遥指落星湾。"落星在南康府，去赣亦千馀里。顺流乘风，即非一日可达。古人诗，只取兴会超妙，不似后人章句，但作记里鼓也。

赵执信《谈龙录》一四：阮翁后著《池北偶谈》，内一条云："诗家惟论兴会，道里远近，不必尽合。如孟诗'暝帆何处泊？遥指落星湾'，落星湾在南康"云云，盖潜解前语也。噫！受言实难，夫遥指云者，不必此夕果泊也，岂可为浔阳解乎？

施闰章《蠖斋诗话·诗用而字》："结庐在人境，而无车马喧"，陶公偶然入妙；次之"孰是都不营，而以求自安"，便下一格。刘绘"别离不可再，而我更重之"，孟浩然"榜人苦奔峭，而我忘险艰"，二语差不觉。

行至汉川作〔一〕

异县非吾土〔二〕，连山尽绿篁〔三〕。平田出郭少，盘垅入云长〔四〕。万壑归于汉〔五〕，千峰划彼苍〔六〕。猿声乱楚峡〔七〕，人语带巴乡。石上攒椒树〔八〕，藤间缀蜜房〔九〕。雪馀春未暖，岚解昼初阳〔一〇〕。征马疲登顿〔一一〕，归帆爱渺茫。坐欣沿溜下，信宿见维桑〔一二〕。

〔一〕题目：明活本、《英华》同。宋本、汲本作"行出竹东山望汉川"。清本、《全唐诗》作"行出东山望汉川"。据毛校记元本作"行东山出潇川"，误。宋本之"竹"字，当为衍文。汉川：汉水，襄阳在汉水沿岸，因亦指故乡。○此诗当作于晚年时期。

〔二〕异县非:《英华》、明活本、清本、《全唐诗》同。宋本、汲本作“异日分”,非。《英华》“异县非”下无校语,可见周必大等所见宋本与蜀刻不同。异县,盖指蜀中。孟诗有《入峡寄弟》一首,根据该诗写到三峡、明月峡,他最少到过川东一带。陶翰又有《送孟大(按当为六)入蜀序》一文(见《全唐文》卷三三四),亦证明其曾游蜀中。非吾土:王粲《登楼赋》:“虽信美而非吾土兮。”

〔三〕篁:竹。《说文》:“篁,竹田也。”《楚辞·九歌·山鬼》:“余处幽篁兮,终不见天。”王逸注:“或曰:‘幽篁,竹林也。’”五臣注:“幽,深也。篁,竹丛也。”

〔四〕盘垅:《英华》同。明活本、汲本、清本、《全唐诗》作“盘陇”,通。宋本作“盘坂”。盘垅,弯曲的田埂,指梯田。层层梯田,沿山而上,故称“入云长”。

〔五〕汉:原作“海”,明活本、清本同。宋本、汲本、《全唐诗》、《英华》作“汉”,据改。

〔六〕彼苍:《诗·秦风·黄鸟》:“彼苍者天。”后世因用“彼苍”以代天。

〔七〕楚峡:盖指西陵峡。

〔八〕攒:聚集。《文选·张衡·西京赋》:“攒珍宝之玩好。”薛综注:“攒,聚也。”

〔九〕缀:原作“养”,明活本、《英华》同。宋本、汲本、清本、《全唐诗》作“缀”,据改。缀,系,悬挂。《楚辞·九叹·远游》:“缀鬼谷于北辰。”

〔一〇〕岚:山气、山风。谢灵运《晚出西射堂》:“晓霜枫叶丹,夕曛岚气阴。”李善注:“夏侯湛《山路吟》曰:‘道逶迤兮岚气清。’《埤苍》曰:‘岚,山风也。’”

〔一一〕登顿:上下行止。谢灵运《过始宁墅》:“山行穷登顿,水涉尽洄沿。”

〔一二〕信宿:住宿两夜。《左传·庄公三年》:“凡师一宿为舍,再宿为信,过信为次。”杜预注:“信者,住经再宿,得先信问也。”维桑:宋本、汲本、清本、《全唐诗》同。明活本作“扶桑”,《英华》作“浮桑”,俱误。维桑,借指故乡。《诗·小雅·小弁》:“维桑与梓,必恭敬止。”毛传:“父之所树,己尚不敢不恭敬。”朱熹注:“言桑梓父母所植,尚且必加恭敬,况父母至尊至亲,宜莫不瞻依也。”后世因以桑梓、维桑代故乡。

刘辰翁曰:有朴有工,工处不失其朴。

胡震亨《唐音癸签》卷十一:孟浩然“万壑归于汉,千峰划彼苍”,杜子美“馀力浮于海,端忧问彼苍”,对法正同。

久滞越中赠谢南池会稽贺少府〔一〕

陈平无产业〔二〕,尼父倦东西〔三〕。负郭昔云翳〔四〕,问津今亦迷〔五〕。未能忘魏阙〔六〕,空此滞秦稽〔七〕。两见夏云起〔八〕,再闻春鸟啼。怀仙梅福市〔九〕,访旧若耶溪〔一〇〕。圣主贤为宝,君何隐遁栖〔一一〕!

〔一〕越中:宋本、汲本、《全唐诗》同。明活本、清本作“洛中”,据毛校记元本亦作“洛中”,误。诗中所言地名均在越州,故以“越中”为是。赠:宋、明、清各本及《全唐诗》俱作“贻”,意同。谢南池:明、清各本及《全唐诗》同。宋本作“谢甫池”,盖形近而误。作者尚有《东陂遇雨率尔贻谢南池》一诗,似在越州结识的友人,生平不详。会稽贺少府:明、清各本及《全唐诗》同。宋本误夺“会”字。据毛校记元刻无“贺少府”三字。贺少府,会稽县尉,生平不详。○此诗约作于开元二十年夏游越期间。

〔二〕陈平句:《史记·陈丞相世家》:“陈丞相平者,阳武户牖乡人也。少时家贫,好读书。”以其家贫,故称“无产业”。

〔三〕尼父句:孔子名丘字仲尼,故称尼父。周游列国,不得见用,故称“倦东西”。

〔四〕负郭:背负城郭。《史记·陈丞相世家》:“(张)负随平至其家,家乃负郭穷巷。”司马贞索隐:“高诱注《战国策》云:负背郭居也。”古代城墙之下,多为偏僻穷巷。昔云翳:清本、《全唐诗》同。宋本、汲本作“共云翳”,按此句与下句对偶,以“昔”为是。明活本作“昔云凿”,误。翳,《广韵》:“翳,隐也,蔽也。”《文选·左思·咏史》:“陈平无产业,归来翳负郭。”

〔五〕问津:津,渡口。问津,犹问路。《论语·微子》:“长沮桀溺耦而耕,孔子过之,使子路问津焉。”后世也用之于问讯学问、做官的门径。亦迷:原作“已迷”。明活本同。宋本、汲本、清本、《全唐诗》作“亦迷”。今从宋本。

〔六〕魏阙:宫外门阙,为悬法之所,因以代帝王所居,亦以代皇帝。详见《自浔阳泛舟经明海》注〔一〇〕。

〔七〕秦稽:秦,指秦望山,在杭州西南。《清一统志·浙江·杭州府》:“秦望山在钱塘县西南十二里。陈顾野王《舆地志》,秦始皇东游,登此山瞻望,欲渡会稽,故名。”稽,指会稽山。《元和郡县志·江南东道·越州》:“会稽山在州东南二十里。”用此二山借指越中。

〔八〕两见:宋、明、清各本及《全唐诗》同。明活本作“四见”与下句“再闻”不相适应,误。由这两句,可以看出浩然在越州滞留了两个年头。

〔九〕梅福市:《清一统志·浙江·绍兴府》:“梅市,在山阴县西三十里,相传以梅福得名。”参看《适越留别谯县张主簿申屠少府》注〔五〕。

〔一〇〕若耶溪:越州以南之小河。详《耶溪泛舟》注〔一〕。

〔一一〕君:原作“卿”。汲本、清本同。宋本、明活本、《全唐诗》作

"君"。今从宋本。

送韩使君除洪州都督〔一〕

述职抚荆衡〔二〕,分符袭宠荣〔三〕。往来看拥传〔四〕,前后赖专城〔五〕。勿翦棠犹在〔六〕,波澄水更清〔七〕。重推江汉理〔八〕,旋改豫章行〔九〕。召父多遗爱〔一〇〕,羊公有令名〔一一〕。衣冠列祖道〔一二〕,耆旧拥前程〔一三〕。岘首晨风送〔一四〕,江陵夜火迎〔一五〕。无才惭孺子,千里愧同声〔一六〕。

〔一〕韩使君:汉代称刺史为使君。韩朝宗曾为襄州刺史,故称。参看《和于判官登万山亭因赠洪府都督韩公》注〔二〕。洪州:原作"洪府",宋、明、清各本及《英华》、《全唐诗》俱作"洪州",据改。都督:明活本、《英华》同。宋本、汲本、清本、《全唐诗》作"都曹"。宋本于"都曹"之下多"韩公父尝为襄州使"八字。○此诗作于开元二十四年。

〔二〕述职:明、清各本及《全唐诗》同。宋本、《英华》作"述德",非。述职,本指地方官向天子陈述职守,后又引申为到职。《魏书·崔辩传附崔楷传》:"初楷将之州,人咸劝留家口,单身述职。"抚荆衡:指韩朝宗为襄州刺史、山南东道采访使等职务事。

〔三〕分符:古代皇帝传达命令或调兵遣将所用的凭证曰符。一般以竹或铜制成,上刻文字,分而为二,半存朝廷,半存在外之将帅或地方长官,两半相合,以为验证,故以"分符"称地方长官。杜甫《潭州送韦员外迢牧韶州》:"分符先令望,同舍有光辉。"宠荣:谓受到皇帝的恩宠、荣遇。

〔四〕拥传:簇拥车马。传,以车传递曰传,因以指车。《诗·大雅·江汉》:"经营四方,告成于王。"郑玄笺:"克胜,则使传遽告功于王。"陆德明释文:"以车曰传,以马曰遽。"杜审言《和李大夫嗣真奉使存抚河东》:“拥传咸翘首,称觞竞比肩。”

〔五〕专城:意为掌管一城,多用以代州牧、刺史。《古乐府·罗敷行》:“三十侍中郎,四十专城居。”

〔六〕棠:木名,棠梨。《诗·召南·甘棠》毛序:“《甘棠》美召伯也。召伯之教,明于南国。”孔颖达疏:“武王之时,召公为西伯,行政于南土,决讼于小棠之下,其教著明于南国,爱结于民心,故作是诗以美之。”诗云:“蔽芾甘棠,勿翦勿伐,召伯所茇。蔽芾甘棠,勿翦勿败,召伯所憩。”盖用此典以歌颂韩朝宗受到人们的爱戴。

〔七〕波澄:宋、明、清各本及《全唐诗》同。《英华》作“澄波”。

〔八〕重推:明活本、《全唐诗》、《英华》同。宋本、汲本作“重颁”。按《英华》“重推”之下无校语,足证周必大等人所见宋本亦作“重推”,与蜀刻不同。清本作“重符”,据毛校记元本亦作“重符”。江汉理:明活本、清本、《全唐诗》、《英华》同。宋本、汲本作“江汉治”。按《英华》“理”之后无校语,证明周必大等人所见宋本亦作“理”。按唐代一切文献因避高宗讳,“治”均作“理”,本诗集亦不能例外,故以“理”为是。江汉理,颂其为襄州刺史兼山南东道采访使时,颇有政绩。

〔九〕旋改句:韩朝宗贬洪州刺史,史无明载。据《新唐书·韩朝宗传》:“开元二十二年,初置十道采访使,朝宗以襄州刺史兼山南东道。”由此可知,朝宗原为襄州刺史,开元二十二年二月,又兼山南东道采访使。又据张九龄《贬韩朝宗洪州刺史制》云:“(韩朝宗)私其所亲,请以为邑。未盈三载,已至两迁。”前两句是他遭贬的罪名,后两句是他被贬的时间。自二十二年二月韩朝宗兼山南东道采访使算起,到二十四年十一月张九龄免去宰相,恰好是“未盈三载”。言时间不长即贬洪州都督,故曰旋改。豫章:洪州治所,即今南昌市。

〔一〇〕召父:即召伯。见本诗注〔六〕。

〔一一〕羊公：晋羊祜镇守襄阳，颇有政绩。详《与诸子登岘山》注〔五〕。

〔一二〕衣冠：本指士大夫的穿戴，因指士大夫、官绅。《汉书·陈遵传》："所到衣冠怀之，惟恐在后。"祖道：古人送别祭祀路神曰祖道。《汉书·刘屈氂传》："贰师将军李广利将兵出击匈奴，丞相为祖道，送至渭桥。"这里指饯行时的道路。

〔一三〕耆旧：年高旧好。《晋书·石勒载记》："勒令武乡耆旧赴襄国，既至，勒亲与乡老齿坐欢饮，语及平生。"前程：原作"前旌"。明活本、清本、《全唐诗》同。宋本、汲本、《英华》作"前程"。今从宋本。

〔一四〕岘首：岘山，亦名岘首山，在襄阳南九里。详《与诸子登岘山》注〔一〕。送：明、清各本及《全唐诗》、《英华》同。宋本作"接"。今从《英华》。

〔一五〕江陵：明活本、清本、《全唐诗》、《英华》同。宋本、汲本作"广陵"，误。按广陵为扬州，在长江下游，韩朝宗自襄州去洪州，不可能路经广陵。

〔一六〕无才二句：用《后汉书》徐稚与陈蕃事，详《荆门上张丞相》注〔七〕。韩、孟的关系与陈、徐的情况，颇有相似之处，故用陈蕃以比韩朝宗，用徐孺子以自比，但又不敢自居，故称"无才"。韩朝宗曾荐孟浩然于皇帝，及期，浩然由于饮宴而延误，所以感到惭愧。

卢明府九日岘山宴袁使君张郎中崔员外〔一〕

宇宙谁开辟〔二〕，江山此郁盘〔三〕。登临今古用〔四〕，风俗岁时观。地理荆州分〔五〕，天涯楚塞宽〔六〕。百城今刺史〔七〕，华省旧郎官〔八〕。共美重阳节〔九〕，俱怀落帽欢〔一〇〕。酒邀彭泽载〔一一〕，琴辍武城弹〔一二〕。献寿先浮菊〔一三〕，寻幽或藉兰〔一四〕。烟虹铺藻翰〔一五〕，松竹挂衣冠。叔子神如在〔一六〕，山公兴未阑〔一七〕。尝闻骑马醉，还向习池看〔一八〕。

〔一〕题目：明活本、汲本、《全唐诗》同。宋本无“岘山”二字。清本、《品汇》作“九日岘山宴”，据毛校记元本亦作“九日岘山宴”。卢明府：卢象，时为襄阳县令，故称明府。详《和卢明府送郑十三还京兼寄之什》注〔一〕。岘山：在襄阳南九里。详《与诸子登岘山》注〔一〕。使君：州刺史之代词。袁使君，其人未详。张郎中：即浩然好友张子容，张休沐还乡之后升郎中。详《同卢明府饯张郎中除义王府司马海园作》注〔一〕。崔员外：其人未详。〇此诗约作于开元二十三四年间，浩然晚年时期。

〔二〕宇宙：犹天地。《庄子·让王》：“余立于宇宙之中，冬日衣皮毛，夏日衣葛絺。春耕种，形足以劳动；秋收敛，身足以休息。日出而作，日入而息，逍遥于天地之间。”

〔三〕郁盘：弯曲延伸之貌。《画断》：“王维尝画辋川图，山谷郁盘，云水飞动。”徐悱《古意酬到长史溉登琅琊城》：“此江称豁险，兹山复郁盘。”

〔四〕今古：宋本、汲本、清本、《全唐诗》同。明活本、《品汇》作“千古”。

〔五〕地理：古人称山河土地之形势曰地理。《易·系辞上》：“仰以观于天文，俯以察于地理。”分：界。《淮南子·本经训》：“各守其分。”高诱注：“分犹界也。”

〔六〕楚塞：明、清各本及《全唐诗》、《品汇》同。宋本作“楚客”，非。楚塞，楚地的边界。江淹《望荆山》：“奉义至江汉，始知楚塞长。”

〔七〕百城：古称各地的地方官曰百城。《梁书·乐蔼传》：“（子法才）为招远将军、建康令，不受俸秩。比去任，将至百金，县曹启输台库。高祖嘉其清节，曰：‘居职若斯，可以为百城表矣。’”本诗百城或以指袁使君。

〔八〕华省句：《旧唐书·职官志》："（秘书省）置校书郎八人，正九品上。"唐代文人擢第后，多任此职，然后分发县主簿、县尉等低级官吏。卢象、张子容曾任校书郎，故称华省旧郎官。

〔九〕重阳节：阴历九月九日。详《秋登万山寄张五》注〔一〇〕。

〔一〇〕落帽欢：《晋书·孟嘉传》："（嘉）后为征西桓温参军，温甚重之。九月九日，温燕龙山，僚佐毕集。时佐吏并为戎服，有风至，吹嘉帽堕落，嘉不之觉。温使左右勿言，欲观其举止。嘉良久如厕，温令取还之，命孙盛作文嘲嘉，著嘉坐处，嘉还见，即答之，其文甚美。"后世因称重阳登临之乐曰"落帽欢"。

〔一一〕酒邀句：用陶渊明故实，以言饮酒之多。陶渊明曾为彭泽令，在县公田，悉令种秫，曰："令吾常醉于酒足矣。"后以不愿为五斗米折腰而辞官。江州刺史王弘欲识之，不见。后弘命渊明故人庞通之赍酒于半道候之，便共饮酌。颜延之日造渊明饮酒，每往必酣饮致醉。延之临去留二万钱，渊明悉遣送酒家，稍就取酒。其好酒如此。

〔一二〕武城弹：《论语·阳货》："子之武城，闻弦歌之声，夫子莞尔而笑曰：'割鸡焉用牛刀！'子游对曰：'昔者偃也闻诸夫子曰：君子学道则爱人，小人学道则易使也。'子曰：'二三子，偃之言是也，前言戏之耳。'"孔子主张以礼乐治民，这里用以比喻卢明府遵循孔子之道治襄。后世又多用"弦歌"以代县令或县令的政务。

〔一三〕先：宋、明、清各本及《全唐诗》同。《品汇》作"光"，误。浮菊：据《西京杂记》载，古人以菊花杂黍米酿酒，至次年九月九日始熟，称菊花酒。《荆楚岁时记》："九月九日……佩茱萸，食饵，饮菊花酒，云令人长寿。"

〔一四〕藉兰：明、清各本同。宋本作"坐兰"，通。

〔一五〕藻翰:明活本、清本、《全唐诗》同。《品汇》作"葆翰",葆,讹。宋本、汲本作"藻丽"。要与下句"衣冠"相对,当以"藻翰"为是。藻翰,多采的羽毛。《文选·潘岳·射雉赋》:"摛朱冠之赩赫,敷藻翰之陪鳃。"李善注:"藻翰,翰有华藻也。"

〔一六〕叔子:晋羊祜字。详《与诸子登岘山》注〔五〕。在:宋、明、清各本同。《品汇》作"玉",非。《论语·八佾》:"祭神如神在。"

〔一七〕山公:指山简。参看《高阳池送朱二》注〔三〕。《晋书·山简传》:"永嘉三年,出为征南将军,都督荆湘交广四州诸军事、假节,镇襄阳。……简优游卒岁,唯酒是耽。诸习氏、荆土豪族,有佳园池,简每出嬉游,多之池上,置酒辄醉,名之曰高阳池。时有童儿歌曰:'山公出何许,往至高阳池。'"未阑:明活本、《全唐诗》同。宋本、汲本、《品汇》作"欲阑"。"未阑"似更符合诗意。

〔一八〕尝闻两句:参前注。

宴崔明府宅夜观妓〔一〕

画堂观妙妓〔二〕,长夜正留宾。烛吐莲花艳,妆成桃李春。髻鬟低舞席,衫袖掩歌唇。汗湿偏宜粉,罗轻讵着身。调移筝柱促〔三〕,欢会酒杯频〔四〕。傥使曹王见,应嫌洛浦神〔五〕。

〔一〕题目:明活本、汲本、《全唐诗》同。清本无"夜"字。此诗宋本不载。崔明府:未详。《孟集》中尚有《崔明府宅夜观妓》一首,题目和诗意,与本首基本相同,或系同日作。

〔二〕画堂:《汉书·成帝纪》:"孝成皇帝,元帝太子也。母曰王皇后,元帝在太子宫生甲观画堂,为世嫡皇孙。"应劭曰:"甲观在太子宫甲地,主用乳生也。画堂画九子母。"如淳曰:"甲观,观名。画堂,堂名。《三辅黄图》云:太子宫有甲观。”师古曰:“甲者,甲乙丙丁之次也。《元后传》言见于丙殿,此其例也。……画堂,但画饰耳,岂必九子母乎?霍光止画室中,是则宫殿中通有彩画之堂室。”足见画堂本为汉代宫中殿堂之名,因有画饰,故名画堂。后世泛称彩饰华丽之厅堂。

〔三〕筝:乐器名,形如瑟。《急就篇》三:“竽瑟空侯琴筑筝。”颜师古注:“筝,亦小瑟类也,本十二弦,今则十三。”筝柱,即筝上绕弦之柱,柱弦松紧,可以定音调高低。

〔四〕频:明活本、汲本、《全唐诗》同。清本作“倾”,不合韵,非。

〔五〕傥使二句:曹王:指曹植,曹操之子,封陈王,死后谥思,世称陈思王。这里称曹王,盖用其姓。其所作《洛神赋》云:“睹一丽人……其形也,翩若惊鸿,婉若游龙,荣曜秋菊,华茂春松。仿佛兮若轻云之蔽月,飘飖兮若流风之回雪。远而望之,皎若太阳升朝霞;迫而察之,灼若芙蕖出渌波。秾纤得衷,修短合度,肩若削成,腰如束素,延颈秀项,皓质呈露,芳泽无加,铅华弗御。云髻峨峨,修眉联娟,丹唇外朗,皓齿内鲜,明眸善睐,靥辅承权。环姿艳逸,仪静体闲,柔情绰态,媚于语言。”洛神如此之美,但较之此妓,仍觉逊色,故云:“傥使曹王见,应嫌洛浦神。”

韩大使东斋会岳上人诸学士〔一〕

郡守虚陈榻〔二〕,林间召楚材〔三〕。山川祈雨毕,云物喜晴开〔四〕。抗礼尊缝掖〔五〕,临流揖渡杯〔六〕。徒攀朱仲李〔七〕,更荐和羹梅〔八〕。翰墨缘情制,高深以意裁。沧洲趣不远〔九〕,何必问蓬莱〔一〇〕。

〔一〕韩大使:原作“韩大侯”。宋、明、清各本及《全唐诗》作“韩大使”,据改。韩大使疑为韩朝宗。唐制特派巡视各地使节称大使,其后节度使也称大使。韩朝宗为山南东道采访使,故可借用“大使”之名。岳上人:宋、明、清各本及《全唐诗》同。据毛校记元本无此三字。上人,对僧人之尊称,其人不详。○倘大使为朝宗,则此诗当作于开元二十二三年间,浩然晚年时期。

〔二〕郡守句:东汉陈蕃为豫章太守,在郡不迎接宾客,惟徐稚来特设一榻,稚去则悬之,以示不接待他人。详《送韩使君除洪州都督》注〔一六〕。用此典故借指韩朝宗对自己的礼遇。

〔三〕林间:明、清各本及《全唐诗》同。宋本作“林闲”,形近而误。楚材:浩然襄阳人,故自称楚材。因隐居未仕,故称“林间”。此疑指韩朝宗荐浩然于朝事。

〔四〕云物:《全唐诗》同。宋本、明活本、汲本、清本作“品物”,不恰。云物,云气之色。《周礼·春官·保章氏》:“以五云之物辨吉凶。”郑玄注:“物,色也。视日旁云气之色降下也。”

〔五〕抗礼:明、清各本及《全唐诗》同。宋本作“枕礼”,盖形近而误。抗礼,行对等之礼。《史记·荆轲列传》:“举坐客皆惊,下与抗礼,以为上客。”缝掖:也作“逢掖”。古代儒生的服装,宽袖单衣,因亦作儒生之代称。《后汉书·王符传》:“时人为之语曰:‘徒见二千石,不如一缝掖。’”李贤注:“《礼记·儒行》:‘孔子曰:丘少居鲁,衣逢掖之衣。’郑玄注曰:‘逢犹大也。大掖之衣,大袂单衣也。’”本诗盖用以指“诸学士”。

〔六〕临流:宋本、汲本、《全唐诗》同。明活本、清本作“临池”。据毛校记元本亦作“临池”。渡杯:僧人杯渡,晋宋间人。传言其常乘杯渡河。故常用“渡杯”以指高僧,这里盖指岳上人。苏味道《和武三思于中天寺寻复礼上人之作》:“企躅瞻飞盖,攀游想渡杯。”

〔七〕朱仲李:朱仲栽培的李树。《文选·潘岳·闲居赋》:“周文弱枝之枣,房陵朱仲之李。”李善注:“王逸《荔枝赋》:‘房陵缥李。’”按:《四库提要》、《述异记》下云:“今考李善《闲居赋》注下引《荆州记》曰:'房陵县有朱仲者,家有缥李,代所希有。'"与上引胡刻本不同。

〔八〕更:明清各本作"谁"。宋本作"更"。今从宋本。和羹梅:《书·说命下》:"若作和羹,尔惟盐梅。"孔安国传:"盐咸梅酸,羹须盐醋以和之。"盐醋适当,不咸不酸,故谓和羹。后世多用以比喻君臣和协。

〔九〕沧洲:滨水之地,借指隐士所居、隐逸生活。详《岁暮海上作》注〔八〕。

〔一〇〕蓬莱:亦名蓬壶,传说中的神山名。详《与王昌龄宴王十一》注〔八〕。

初年乐城馆中卧疾怀归〔一〕

异县天隅僻〔二〕,孤帆海畔过。往来乡信断,留滞客情多。腊月闻雷震〔三〕,东风感岁和。蛰虫惊户穴〔四〕,巢鹊眄庭柯〔五〕。徒对芳樽酒,其如伏枕何!归来理舟楫〔六〕,江海正无波。

〔一〕题目:宋本、汲本、《全唐诗》"归"后多一"作"字。明活本"疾"作"病"。清本全题作"卧疾怀归"。乐城:唐乐城县属江南东道温州,在永嘉东北滨海处,即今浙江省乐清县。《清一统志·浙江·温州府》:"乐清县在府(温州府)东北八十里。……汉回浦县地,后汉永宁县地,晋宁康三年析置乐城县,属永嘉郡,宋齐以后因之。隋废,唐武德五年复置乐城县。……五代梁时,吴越改曰乐清。"又"三高亭在乐清县治西塔山之半,俗呼半山亭,以晋王羲之、宋谢灵运、唐孟浩然三人尝游此,故名。"○此诗约作于开元二十年初游越期间。

〔二〕异县句:言其距离故乡甚远,故云。

〔三〕腊:明活本、汲本、《全唐诗》同。宋本、清本作“腊”。二字同,见《集韵》。

〔四〕户:宋本、汲本、清本、《全唐诗》同。明活本作“尸”,误。某些虫类,冬日蛰伏,其蛰居之穴,称曰蛰户。《后汉书·马融传》:“犨终葵,扬关斧,刊重冰,拨蛰户,测潜鳞,踵介旅。”本句言由于雷震及气候温和,蛰虫出穴。

〔五〕眄:明活本、汲本作“盻”。清本作“盼”。“盻”,《说文》:“盻,恨视也。”本句中并无“恨视”意,“盻”字非。清本又由“盻”而误为“盼”。《字汇》:“盻字乃盻恨之盻,今人混作盼睐之盼,非。”今从《全唐诗》。

〔六〕来:宋本、汲本同。明活本作“欤”,清本同。《全唐诗》作“屿”,非。

上巳日涧南园期王山人陈七诸公不至〔一〕

摇艇候明发〔二〕,花源弄晚春。在山怀绮季〔三〕,临汉忆荀陈〔四〕。上巳期三月〔五〕,浮杯兴十旬〔六〕。坐歌空有待,行乐恨无邻〔七〕。日晚兰亭北,烟开曲水滨〔八〕。浴蚕逢姹女〔九〕,采艾值幽人〔一〇〕。石壁堪题序,沙场好解神〔一一〕。群公望不至,虚掷此芳辰〔一二〕。

〔一〕题目:宋本、汲本、清本、《全唐诗》同。明活本作“期王山人陈七不至”。涧南园:浩然祖居。详《涧南园即事贻皎上人》注〔一〕。王山人:指王迥,为浩然好友。详《登江中孤屿赠白云先生王迥》注〔一〕。陈七:孟诗中尚有《送陈七赴西军》一诗,名不详。

〔二〕摇:宋本、汲本、清本、《全唐诗》同。明活本作“接”,非。明发:黎明。《诗·小雅·小宛》:“明发不寐,有怀二人。”毛传:“明发,发夕至明。”孔颖达疏:“夜地而暗,至旦而明,明地开发,故谓之明发也。”

〔三〕绮季：即绮里季，汉代隐士。《史记·留侯世家》：“顾上有不能致者，天下有四人。”司马贞索隐：“四人，四皓也。谓东园公、绮里季、夏黄公、角里先生。”《后汉书·周燮传》：“吾既不能隐处巢穴，追绮季之迹，而犹显然不远父母之国，斯固以滑泥扬波，同其流矣。”李贤注：“绮季、东园公、夏黄公、角（《史记》索隐作角）里先生谓之四皓，隐于商山。”

〔四〕荀陈：明、清各本及《全唐诗》同。宋本作“思陈”，误。《世说新语·品藻》：“正始中，人士比论，以五荀方五陈。荀淑方陈寔，荀靖方陈谌，荀爽方陈纪，荀彧方陈群，荀顗方陈泰。”五荀五陈均魏代知名之士。

〔五〕上巳：阴历三月上旬巳日。《后汉书·礼仪志上》：“是月（三月）上巳，官民皆絜于东流水上，曰洗濯袚除，去宿垢疢（chèn），为大絜。”吴自牧《梦粱录》卷二：“三月三日上巳之辰，曲水流觞故事，起于晋时。唐朝赐宴曲江，倾都禊饮踏青，亦是此意。”据此则知晋代以后，上巳固定为三月三日。又白朴《墙头马上》第一折：“今日乃三月初八日，上巳节令，洛阳王孙士女，倾城玩赏。”据此则又知有的地区仍用三月上旬巳日。三月：明、清各本及《全唐诗》同。宋本作“三日”，根据以上“上巳”各种不同情况看，当以“三月”为恰。

〔六〕浮杯：浮于水上的酒杯，亦称流杯。《荆楚岁时记》：“三月三日，士民并出江渚池沼间，为流杯曲水之饮。”旬：明、清各本同。宋本作“春”。

〔七〕坐歌二句：扣题目的“诸公不至”。

〔八〕日晚二句：北：宋本、汲本、清本、《全唐诗》同。明活本作“客”。烟开：原作“烟花”，明活本、汲本、清本同。宋本、《全唐诗》作“烟开”。据对偶要求看，“烟开”较佳，今从宋本。此二句盖用王羲之《兰亭集序》意,该文云:"岁在癸丑,暮春之初,会于会稽山阴之兰亭,修禊事也。……引以为流觞曲水,列坐其次。"

〔九〕浴蚕:为育蚕选种的一种方法。《癸辛杂识》:"月值大火则浴其种。今人以盐水沃其种,谓之腌蚕,其蚕为上;不浴者为火蚕,次之。"姹女:少女。《后汉书·五行志》:"河间姹女工数钱。"养蚕者一般都是妇女,故云"逢姹女"。

〔一〇〕艾:药草。《尔雅·释草》:"艾,冰台。"《诗·王风·采葛》:"彼采艾兮。"毛传:"艾,所以疗疾。"隐者常采药,故曰"采艾值幽人"。

〔一一〕好:明、清各本及《全唐诗》同。宋本作"妙"。沙场:平沙旷野。《文选·应璩·与满公琰书》:"夫漳渠西有伯阳之馆,北有旷野之望,高树翳朝云,文禽蔽绿水,沙场夷敞,清风肃穆,是京华之乐也。"解神:原作"解绅",明活本、清本、《全唐诗》同。宋本、汲本作"解神"。今从宋本。

〔一二〕辰:原作"晨",汲本、《全唐诗》同。宋本、明活本作"辰"。今从宋本。

送莫氏甥兼诸昆季从韩司马入西军〔一〕

念尔习诗礼〔二〕,未尝违户庭〔三〕。平生早偏露〔四〕,万里更飘零。坐弃三冬业〔五〕,行观八阵形〔六〕。饰装辞故里,谋策赴边庭。壮志吞鸿鹄〔七〕,遥心伴鹡鸰〔八〕。所从文与武〔九〕,不战自应宁〔一〇〕。

〔一〕莫氏甥:汲本同。宋本、《英华》作"莫氏外生"。据毛校记元刻本亦作"莫氏外生"。明活本作"莫氏外甥"。清本、《全唐诗》作"莫甥"。甥,姊妹之子,亦曰外甥。《诗·大雅·韩奕》:"韩侯娶妻,汾王之甥。"毛传:"姊妹之子为甥。"昆季:原作"昆弟"。明活本、汲本同。宋本、《英华》作“昆季”，二者意同，为求古本之真，今从宋本及《英华》。清本作“昆仲弟”，非是。韩司马：明活本、汲本、《全唐诗》、《英华》同。宋本作“马”，清本作“司马”。《英华》“韩司马”下无校记，可见周必大等所见宋本亦作“韩司马”。其人未详。

〔二〕尔：宋、明、清各本及《全唐诗》同。《英华》作“汝”，意同。

〔三〕未尝句：尝：宋、明各本及《英华》同。清本、《全唐诗》作“曾”。“未尝”、“未曾”意同。违：原作“离”，明活本同。宋本、汲本、《全唐诗》、《英华》作“违”，据改。户庭：宋、明、清各本及《全唐诗》同。户庭，犹门庭、家门。全句意为未曾出过远门。《论语·里仁》：“父母在，不远游。游必有方。”邢昺疏：“正义曰：‘方犹常也。’父母既存，或时思欲见己，故不远游，游必有常所，欲使父母呼己得即知其处也。设若告云诣甲则不得更诣乙，恐父母呼己于甲处不见则使父母忧也。”

〔四〕平生句：宋、明、清各本及《全唐诗》同。《英华》作“严君先早路”。偏露：父死曰偏露，亦曰孤露。

〔五〕三冬业：明活本、清本、《英华》同。宋本、汲本、《全唐诗》作“三牲养”。三冬业，指读书学习。《汉书·东方朔传》：“年十三学书，三冬，文史足用。”如淳曰：“贫子冬日乃得学书，言文史之事足可用也。”王先谦补注：“三冬谓三年，犹言三春三秋耳。”

〔六〕八阵：古代战争中所用的八种阵法。至于八阵的名目则说法不一。《太白阴经》则以天、地、风、云为四正门，以龙、虎、鸟、蛇为四奇门。乾、坤、艮、巽为阖门，坎、离、震、兑为开门。诸葛亮则以洞当、中黄、龙腾、鸟飞、折冲、虎翼、握机、连横为八阵。又《文选·班固·封燕然山铭》：“勒以八阵，莅以威神。”李善注引《杂兵书》曰：“八阵者，一曰方阵，二曰圆阵，三曰牝阵，四曰牡阵，五曰冲阵，六曰轮阵，七曰浮沮阵，八曰雁行阵。”这里用“八阵形”

代武事,与上句“三冬业”代文事相对。

〔七〕鸿鹄:鸿鹄即天鹅。能高飞,故以喻志向高远。详《洗然弟竹亭》注〔三〕。

〔八〕鹡鸰:鸟名,用以喻兄弟。详《洗然弟竹亭》注〔四〕。

〔九〕文与武:宋、明、清各本同。《全唐诗》、《英华》作“文且武”。

〔一〇〕不战:宋、明、清各本及《全唐诗》同。《英华》作“无战”。不战,《孙子·谋攻》:“是故百战百胜,非善之善者也;不战而屈人之兵,善之善者也。”

岘山送萧员外之荆州〔一〕

岘山江岸曲〔二〕,郢水郭门前〔三〕。自古登临处,非今独黯然〔四〕。亭楼明落照〔五〕,井邑秀通川〔六〕。涧竹生幽兴,林风入管弦。再飞鹏激水〔七〕,一举鹤冲天。伫立三荆使〔八〕,看君驷马旋〔九〕。

〔一〕题目:此诗宋本不载。明活本、《全唐诗》同。汲本无“岘山”二字。清本“之”作“使”。萧员外:洪迈《容斋随笔》卷八“赏鱼袋”:“衡山有唐开元二十年所建南岳真君碑,衡山司马赵颐贞撰,荆州府兵曹萧诚书。”由此可见萧诚曾在荆州任职。又劳格《郎官石柱题名考》记萧诚曾任司勋员外郎。萧员外疑即萧诚。

〔二〕岘山:在今襄樊市东南汉水之滨。详《登鹿门山怀古》注〔三〕。

〔三〕郢水:当指汉水。

〔四〕黯然:沮丧失意之貌。《文选·江淹·别赋》:“黯然销魂者,惟别而已矣!”

〔五〕落照:原作“落日”。明活本、汲本、清本、《全唐诗》均作“落照”,据改。

〔六〕井邑:《易·井》:“改邑不改井。”高亨注:“改邑不改井者,谓改建其邑而不改造其井也。”后世多用井邑以代城邑。《晋书·地理志》:“后汉马援平定交部,始调立城郭,置井邑。”通川:交通便利之道路。《汉书·晁错传》:“要害之处,通川之道,调立城邑,毋下千家。”或谓通川指汉水,亦通。以上二句写登山远望襄阳景象。

〔七〕鹏激水:《庄子·逍遥游》:“鹏之徙于南冥也,水激三千里,抟扶摇而上者九万里。”这里用鹏激水以喻前程之远大。

〔八〕三荆:南北朝时有北荆州、东荆州、南荆州之称,是为三荆(见《资治通鉴·梁武帝中大通二年》“历三荆”胡注)。这里借指荆州。其所以用“三荆”,主要出于对偶需要。

〔九〕驷马:古时显贵乘四马之车,因亦指显贵。《太平御览》卷七十三引《华阳国志》:“升迁桥在成都县北十里,即司马相如题桥柱曰:‘不乘驷马高车,不过此桥。’”本句用以祝颂萧员外升迁显贵之意。

送王昌龄之岭南〔一〕

洞庭去远近,枫叶早惊秋〔二〕。岘首羊公爱〔三〕,长沙贾谊愁〔四〕。土毛无缟纻〔五〕,乡味有查头〔六〕。已抱沉痾疾〔七〕,更贻魑魅忧〔八〕。数年同笔砚,兹夕间衾裯〔九〕。意气今何在,相思望斗牛〔一〇〕。

〔一〕题目:明活本、清本、《全唐诗》、《英华》同。宋本、汲本作“送昌龄王君之岭南”。据毛校记元刻本作“送王昌龄”。王昌龄:详《与王昌龄宴王十一》注〔一〕。岭南:唐代岭南道大致为今广东、广西及越南北部。○此诗盖作于晚年时期,约在开元二十八年。

〔二〕洞庭二句:惊:明活本、汲本、清本、《全唐诗》、《英华》同。宋本作“经”,据毛校记元刊本亦作“经”,非。浩然《和卢明府送郑十三还京兼寄之什》有句云:“洞庭一叶惊秋早”与此二句意同。《楚辞·九歌·湘夫人》:“袅袅兮秋风,洞庭波兮木叶下。”王昌龄由襄阳去岭南,当沿汉水入长江,然后再经洞庭入湘水。时盖秋日,故云。

〔三〕岘首羊公:岘首,即岘山,详《登鹿门山怀古》注〔三〕。羊公,指羊祜,详《与诸子登岘山》注〔五〕。

〔四〕贾谊:汉洛阳人,有文名,亦有治才。文帝召为博士,超迁至太中大夫。请改正朔,易服色,制法度,兴礼乐。文帝欲任为公卿,遭绛、灌之忌,出为长沙王太傅,渡湘水,为赋吊屈原,盖自况也。寻迁梁怀王太傅,疏陈政事,颇得治体。后梁怀王坠马死,谊自伤为傅无状,岁馀亦死,年仅三十三,世称贾长沙。

〔五〕土毛:原作“土风”。明活本、汲本、《英华》同。宋本、清本、《全唐诗》作“土毛”,据改。土毛,土地上所生长的五谷、桑、麻、草等物。《左传·昭公七年》:“食土之毛,谁非君臣。”缟纻:缟为白绢,纻为苎麻,也指白绢和麻布所制之衣。《战国策·齐策四》:“后宫十妃,皆衣缟纻。”言襄阳本地不生产缟纻。

〔六〕查头:亦作“槎头”,鱼名,产于襄阳。详《岘潭作》注〔四〕。

〔七〕沉痾:亦作“沉痼”,意为重病、经久难医之病。《文选·刘桢·赠五官中郎将》:“余婴沉痼疾,窜身清漳滨。”《文选·沈约·齐故安陆昭王碑文》:“闻凶哀震,感绝移时,因遘沉痾,绵留气序。”

〔八〕魑魅:《文选:张衡·东京赋》:“捎魑魅,斮獝狂。”薛综注:“魑魅,山泽之神。”《文选·孙绰·游天台山赋》:“始经魑魅之涂,卒践无人之境。”李善注:“杜氏《左传》注曰:‘魑,山神;魅,怪物。’”这里比喻人生道路的坎坷。

〔九〕间:原作“异”,汲本同。宋本、明活本、清本、《全唐诗》、《英华》作“间”。今从宋本。衾裯:《诗·召南·小星》:“抱衾与裯,寔命不犹。”毛传:“衾,被;裯,禅被。”这里泛指被。

〔一〇〕斗牛：二十八宿中的斗宿和牛宿。庾信《哀江南赋》："路已分于湘汉，星犹看于斗牛。"本句正袭用此意，表明了对王昌龄的离别相思之情。

李梦阳曰：王孟略相亚，不愧同学。

孟浩然诗集校注卷第三

五言律诗

与诸子登岘山〔一〕

人事有代谢〔二〕，往来成古今。江山留胜迹，我辈复登临。水落鱼梁浅〔三〕，天寒梦泽深〔四〕。羊公碑尚在〔五〕，读罢泪沾襟〔六〕。

〔一〕题目：宋本、汲本、清本、《全唐诗》、《品汇》同。明活本、《诗选》"山"下多一"作"字。岘山：在今襄樊市东南。详《登鹿门山怀古》注〔三〕。

〔二〕代谢：更替变化。《淮南子·兵略训》："轮转而无穷，象日月之运行，若春秋有代谢，若日月有昼夜，终而复始，明而复晦。"

〔三〕鱼梁：《水经注·沔水》："沔水中有鱼梁洲，庞德公所居。"水落沙洲呈露更多，故曰浅。

〔四〕梦泽：即云梦泽。古代泽薮，跨大江南北，当今湖北南部及湖南北部一带地方。详《从张丞相游纪南城猎戏赠裴迪张参军》注〔三〕。天气寒冷，大泽荒凉，一眼望去，杳无边际，故曰深。

〔五〕羊公碑:晋羊祜字叔子,镇襄阳,颇有政绩。死后襄人立碑纪念。《晋书·羊祜传》:"祜乐山水,每风景,必造岘山,置酒言咏,终日不倦。尝慨然叹息,顾谓从事中郎邹湛等曰:'自有宇宙,便有此山,由来贤达胜士,登此远望,如我与卿者多矣!皆湮没无闻,使人悲伤!如百岁后有知,魂魄犹应登此也。'湛曰:'公德冠四海,道嗣前哲,令闻令望,必与此山俱传。至若湛辈乃当如公言耳。'"祜卒后,"襄阳百姓于岘山祜平生游憩之所,建碑立庙,岁时飨祭焉。望其碑者莫不流涕,杜预因名为堕泪碑"。尚在:明活本、汲本、清本、《诗选》、《品汇》同。宋本、《全唐诗》作"字在"。

〔六〕沾:明、清各本及《全唐诗》、《诗选》、《品汇》同。宋本作"霑"。沾通霑。据毛校记另一宋本刻作"凝"。

刘辰翁曰:不必苦思,自然好,苦思复不能及。又:起得高古,略无粉色而情境俱称,悲慨形容,真岘山诗也。复有能言,亦在下风。

胡应麟《诗薮》内编卷五:仄起高古者,"故乡杳无际,日暮且孤征","士有不得志,栖栖吴楚间","人事有代谢,往来成古今","楼头广林近,九月在南徐",苦不多得。盖初盛多用工偶起,中晚卑弱无足观。

张谦宜《絸斋诗谈》卷五:《与诸子登岘山》"人事有代谢,往来成古今。江山留胜迹,我辈复登临",流水对法,一气滚出,遂为最上乘。意到气足,自然浑成,逐句摹不得。

王寿昌《小清华园诗谈》卷下:发端语如"皑如山上雪,皎如云间月"。明远效之而为"直如朱丝绳,清如玉壶冰",神气虽减而风味不减。"生年不满百,长怀千岁忧",太白效之而为"处世若大梦,胡为劳其生",体格虽逊,而功力不逊。他如"渴不饮盗泉水,热不息恶木阴"之排奡……"人事有代谢,往来成古今”之奥衍……皆可法也。

陈仪《竹林答问》:问,渔洋谓炼意,或谓安顿章法,惨淡经营处耳。此语渔洋亦自觉未安,究何如为炼意?渔阳之言,乃炼局之法。炼意则是同一意,或高出一层,或翻进一层,或加以含蓄,或出以委婉,有与人不同处。即如登岘山者,胸中谁不有羊公数语,而孟浩然“人事有代谢”四句,更有人再能着笔否?此可隅反。

沈德潜《唐诗别裁》:清远之作,不烦改苦著力。

望洞庭湖上张丞相〔一〕

八月湖水平〔二〕,涵虚混太清〔三〕。气蒸云梦泽〔四〕,波动岳阳城〔五〕。欲济无舟楫〔六〕,端居耻圣明〔七〕。坐观垂钓者〔八〕,徒有羡鱼情〔九〕。

〔一〕题目:原作“临洞庭”,明、清各本及《品汇》同。宋本作“岳阳楼”。《英华》作“望洞庭湖上张丞相”,《全唐诗》“上”作“赠”。《诗林》、《律髓》作“临洞庭湖”。《四库全书总目》云:“《临洞庭》诗,旧本题下有‘献张相公’四字,见方回《瀛奎律髓》。此本(按指江苏蒋曾莹家藏本)亦无之,显然为明代重刻有所移改。”这个意见基本是正确的。今从《英华》。洞庭湖:洞庭湖在今湖南北部。《元和郡县志·江南道·岳州》:“洞庭湖在县(巴陵)西南一里五十步,周回二百六十里。湖口有一洲,名曹公洲,曹公征荆州还于巴丘,遇疾烧船,叹曰:‘郭奉孝在,不使孤至此。’”张丞相:当指张说。张说字道济,洛阳人。生于乾封二年,卒于开元十八年。永昌中,举贤良方正第一,授太子校书郎,睿宗时拜中书令。朝廷大述作,多出其手。因与姚崇不和,罢为相州刺史,坐累徙岳州,开元九年复为宰相。《方舆胜览》卷二九:“岳阳楼在郡治西南,西面洞庭,左顾君山,不知创始为谁。唐开元四年中书令张说出守是邦,日与才士登临赋咏,自尔名著。”则本诗当作于开元四年左右张说任岳州刺史期间,浩然壮年漫游时期。

〔二〕八月句:八月江汛,长江水涨,湖水满溢,一望弥漫,故称“湖水平”。

〔三〕涵虚句:涵虚:明、清各本及《全唐诗》、《英华》、《品汇》同。宋本、《诗林》、《律髓》作“含虚”,意通。太清:天空。《文选·左思·吴都赋》:“回曜灵于太清。”刘渊林注:“太清谓天也。”言湖水浩淼,水天相接,混而为一。

〔四〕气蒸句:云梦泽:当今湖北南部、湖南北部一带长江沿岸广大地区。详《从张丞相游纪南城猎戏赠裴迪张参军》注〔三〕。言水气蒸发,雾气笼罩整个云梦泽。

〔五〕动:宋本、明活本、《英华》、《诗林》、《律髓》作“动”,敦煌卷子亦作“动”,《皮子文薮·郢州孟亭记》、《英灵集》、《西清诗话》、《唐诗纪事》引此句俱作“动”。可见原作“动”,明以后各本(除明活本外)则作“撼”,盖后人所改。此字改得好,《说文》云:“撼,摇也。”形象生动而有力,但非浩然原文。岳阳城:即今湖南岳阳市,在洞庭湖东岸。

〔六〕舟楫:《书·说命上》:“若济巨川,用汝作舟楫。”殷高宗把贤臣傅说比作渡河之舟。本诗用此句比喻欲出仕而无人援引。

〔七〕端居:犹独处,指隐居。耻:宋、明、清各本及《英华》、《品汇》等同。惟《诗林》作“念”。圣明:古人常用“圣明”称颂皇帝,因以代皇帝。《抱朴子·释滞》:“圣明御世,唯贤是宝。”圣明天子在位,则天下太平,人民安乐,亦可称为圣明的时代。在这时代,无所建树,所以感到羞耻。

〔八〕坐观:宋、明、清各本及《律髓》、《品汇》同。《英华》作“坐怜”。《诗林》作“坐看”。垂钓者:宋、明、清各本及《诗林》、《品汇》等同。《英华》作"垂钓叟"。

〔九〕徒有:明活本、汲本、清本及《英华》、《品汇》等同。宋本、《全唐诗》、《诗林》作"空有",意同。羡鱼情:《汉书·董仲舒传》:"古人有言曰:'临渊羡鱼,不如退而结网。'"《淮南子·说林训》:"临河羡鱼,不如归家织网。"常言作喻,言外之意是希望张丞相援引,不要使自己出仕的愿望落空。仕进的要求,是非常强烈的。故刘辰翁评云:"托兴可伤。"

刘辰翁曰:起得浑浑称题,而气概横绝,朴不可易。"端居"感兴深厚。

曾季狸《艇斋诗话》:老杜有《岳阳楼》诗,浩然亦有。浩然虽不及老杜,然"气蒸云梦泽,波撼岳阳城",亦自雄壮。

陈师道《后山诗话》:黄鲁直谓白乐天云"笙歌归院落,灯火下楼台",不如杜子美云"落花游丝白日静,鸣鸠乳燕青春深"也;孟浩然云"气蒸云梦泽,波撼岳阳城",不如九僧云"云中下蔡邑,林际春申君"也。

杨慎《升庵诗话》卷二:五言律起句最难,六朝人称谢朓工于发端,如"大江流日夜,客心悲未央",雄压千古矣。唐人多以对偶起,虽森严,而乏高古。宋周伯弼选唐三体诗取起句之工者二:"酒渴爱江清,馀酣漱晚汀",又"江天清更愁,风柳入江楼"是也。语诚工,而气衰飒。余爱柳恽"汀洲采白蘋,日落江南春";吴均"咸阳春草芳,秦帝卷衣裳",又"春从何处来,拂水复惊梅";梁元帝"山高巫峡长,垂柳复垂杨";唐苏颋"北风吹早雁,日日渡河飞";张柬之"淮南有小山,嬴女隐其间";王维"风劲角弓鸣,将军猎渭城";杜子美"将军胆气雄,臂悬两角弓";孟浩然"八月湖水平,涵虚混太清"。虽律也而含有古意。皆起句之妙,可以为法,何必效晚唐哉?伯弼之见，诚小儿也。

胡震亨《唐音癸签》卷四引皎然语：诗惟情格并高，可称上品。其虽有事，非用事者，若论其功，合入上格，至有三字物名之句，仗语而成，用功殊少。如孟浩然云："气蒸云梦泽，波撼岳阳城。"自天地二气初分，即有此六字，假孟生之才，加其四字，何功可伐，即欲索入上流耶？彼情格极高，则不可屈若稍下，吾请降之于高等之外，以惩彼滥。又宫阙之句，或壮观可嘉，虽有功而情少，谓无含蓄之意也。宜入直用事中，不入上格，无作用故也。

胡震亨《唐音癸签》卷五引陆放翁语：浩然四十字诗，后四句率觉气索，如《岳阳楼》、《岁暮归南山》之类。

王夫之《姜斋诗话》卷下一六："亲朋无一字，老病有孤舟"自然是岳阳楼诗。尝试设身作杜陵，凭轩远望观，则心目中二语居然出现，此亦情中景也。孟浩然以"舟楫"、"垂钓"钩锁合题，则自全无干涉。

又卷下二〇：《乐记》云："凡音之起，从人心生也。"固当以穆耳协心为音律之准。"一三五不论，二四六分明"之说，不可恃为典要。"昔闻洞庭水"，闻、庭二字俱平，正尔振起。若"今上岳阳楼"易第三字为平声，云"今上巴陵楼"，则语蹇而戾于听矣。"八月湖水平"，月、水二字皆仄，自可；若"涵虚混太清"易作"混虚涵太清"，为泥磬土鼓而已。……足见凡言法者，皆非法也。释氏有言："法尚应舍，何况非法？"艺文家知此，思过半矣。

胡应麟《诗薮》内编卷四："气蒸云梦泽，波撼岳阳城"，浩然壮语也，杜"吴楚东南坼，乾坤日夜浮"，气象过之。

又内编卷五：唐五言律起句之妙者："独有宦游人，偏惊物候新”、“春气满林香,春游不可忘”、“八月湖水平,涵虚混太清”……或古雅,或幽奇,或精工,或典丽,各有所长,不必如七言也。

潘德舆《养一斋诗话》卷七:黄鲁直谓乐天“笙歌归院落,灯火下楼台”,不如子美“落花游丝白日静,鸣鸠乳燕青春深”,诚然。然谓襄阳“气蒸云梦泽,波撼岳阳城”,不如九僧“云间下蔡邑,林际春申君”,则语意茫昧,令人百思不能得也。

王士禛《带经堂诗话·推较类》六:山谷云:“‘气蒸云梦泽,波撼岳阳城’,不如‘云中下蔡邑,林际春申君’;‘疏影横斜水清浅,暗香浮动月黄昏’,不如‘雪后园林才半树,水边篱落忽横枝’。”此论最有神解。《后山诗话别记》云:“鲁直谓‘笙歌归院落,灯火下楼台’,不如‘落花游丝白日静,鸣鸠乳燕青春深’;‘气蒸云梦泽’云云,不如‘光涵太虚室,波动岳阳楼’。”此语大减。上二联雅俗判然,不需秤量。下一联孟句雄浑天成;若“光涵太虚室”,是何等语!必记者之误,非黄论也。

何世璂《然镫记闻》七:为诗须有章法、句法、字法。章法有数首之章法,有一首之章法。总是起结血脉要通;否则痿痹不仁,且近攒凑也。句法杜老最妙。句法要炼,然不可如王觉斯之炼字,反觉俗气可厌。如:“气蒸云梦泽,波撼岳阳城。”“蒸”字、“撼”字,何等响,何等确,何等警拔也!(以上是王士禛口述,由何世璂记录整理。)

沈德潜曰:起法高浑,三四浑阔,足与题称。读此诗知襄阳非甘于隐遁者。语云,临湖羡鱼,不如退而结网。意外望张公之接引也。(《唐诗别裁》卷九)

黄子云《野鸿诗的》九四:襄阳得天真之趣,器识惜局于狭隘，可小知而不可大受。《洞庭》一诗，是其别调。

毛先舒《诗辨坻》卷三，襄阳《洞庭》之篇，皆称绝唱，至欲取压唐律卷。予谓起句平平，三四雄，而"蒸"、"撼"语势太矜，句无馀力；"欲济无舟楫"二语，感怀已尽。更增结语，居然蛇足，无复深味。又上截过壮，下截不称。世目同赏，予不敢谓之然也。

又：襄阳五言律体无他长，只清苍酝藉，遂自名家，佳什亦多。《洞庭》一章，反见索露。古人以此作孟公身价，良不解也。

张谦宜《絸斋诗谈》卷五：《临洞庭》，杨戬夏先生尝使予辨少陵、襄阳二诗高下，猝不能对。先生曰："只念便知，孟自是分两轻。"退而思之，杜诗用力匀，故通身重；孟力尽于前四句，后面趁不起，故一边轻耳。即当句论，"吴楚东南坼，乾坤日夜浮"，包罗亦大。

余成教《石园诗话》卷一：孟襄阳《临洞庭上张丞相》云："八月湖水平，涵虚混太清。"《晚春》云，"二月湖水清，家家春鸟鸣。"同一起法，而前较浑。

王寿昌《小清华园诗谈》卷上：何谓浑然？曰："上山采蘼芜"及"忆梅下西洲"是也。近体则杜员外之"独有宦游人，偏惊物候新。云霞出海曙，梅柳渡江春。淑气催黄鸟，晴光转绿蘋。忽闻歌古调，归思欲沾巾。"（《和晋陵陆丞早春游望》）……孟山人之"八月湖水平，涵虚混太清。气蒸云梦泽，波撼岳阳城。欲济无舟楫，端居耻圣明。坐观垂钓者，徒有羡鱼情。"（《临洞庭上张丞相》）

方回《瀛奎律髓》：予登岳阳楼，此诗（按指《望洞庭湖上张丞相》）大书左序球门壁间，右书杜诗，后人自不敢复题也。

刘长卿有句云:“叠浪浮元气,中流没太阳。”世不甚传,他可知也。

谢榛《四溟诗话》卷二:诗有简而妙者,若刘桢“仰视白日光,皎皎高且悬”,不如傅玄“日月光太清”。……刘猛“可耻垂拱时,老作在家女”,不如浩然“端居耻圣明”。

蔡正孙《诗林广记》引《西清诗话》云:洞庭,天下壮观。骚人墨客,题者众矣。终未若“气蒸云梦泽,波动岳阳城”气象雄张,旷然如在目前。

晚春〔一〕

二月湖水清,家家春鸟鸣。林花扫更落,径草踏还生〔二〕。酒伴来相命,开樽共解酲〔三〕。当杯已入手,歌妓莫停声。

〔一〕题目:宋、明、清各本及《品汇》同。《全唐诗》及《诗选》作“春中喜王九相寻”。

〔二〕踏:明、清各本及《品汇》同。《诗选》作“蹋”,与“踏”同。《说文》:“蹋,践也。”段玉裁注:“俗作踏。”宋本作“蹈”,《说文》:“蹈,践也。”则与“踏”意同。

〔三〕酲:明、清各本及《诗选》、《品汇》同。宋本作“醒”,误。《说文》:“酲,病酒也。”《诗·小雅·节南山》:“忧心如酲。”毛传:“病酒曰酲。”《世说新语·任诞》:“刘伶病酒渴甚,从妇求酒。妇捐酒毁器,涕泣谏曰:‘君饮太过,非摄生之道,必宜断之。’伶曰:‘甚善,我不能自禁,唯当祝鬼神自誓断之耳,便可具酒肉。’妇曰:‘敬闻命。’供酒肉于神前,请伶祝誓。伶跪而祝曰:‘天生刘伶,以酒为名,一饮一斛,五斗解酲。妇人之言,慎不可听。’”根据这些材料,可以证明应为“酲”。

刘辰翁曰：亦自豪宕，结语情属不浅。

王世贞《艺苑卮言》卷四：孟襄阳"欲寻芳草去，惜与故人违"，"林花扫更落，径草踏还生"，韦左司"身多疾病思田里，邑有流亡愧俸钱"，虽格调非正，而语意亦佳。于鳞乃深恶之，未敢从也。

谢榛《四溟诗话》卷四：刘孝绰妹诗"落花扫更合，丛兰摘复生"、孟浩然"林花扫更合（按当为"落"），径草踏还生"，此联岂出自刘软？二作清丽，各有优劣。

张谦宜《绲斋诗谈》卷五：《晚春》"二月湖水清，家家春鸟鸣"，起法从容。

贺裳《载酒园诗话又编·孟浩然》：孟诗有极平熟之句当戒者，如"天涯一望断人肠"，"当杯已入手，歌妓莫停声"，浅人读之，则为以水济水。

余成教《石园诗话》卷一：孟襄阳《临洞庭上张丞相》云："八月湖水平，涵虚混太清。"《晚春》云："二月湖水清，家家春鸟鸣。"同一起法，而前较高浑。

岁暮归南山〔一〕

北阙休上书〔二〕，南山归弊庐〔三〕。不才明主弃，多病故人疏。白发催年老〔四〕，青阳逼岁除〔五〕。永怀愁不寐，松月夜窗虚〔六〕。

〔一〕题目：汲本、清本、《全唐诗》、《英华》、《诗选》、《诗林》同。宋本"暮"作"晚"。《英灵集》作"归故园作"。明活本作"岁暮归终南山"。《律髓》、《品汇》作"归终南山"。浩然于仕进绝望之后，归南山，这个南山，不是终南山，而是浩然的园庐，因在襄阳城南岘山附近，故他常称作南山。从本诗“南山归弊庐”，可证。再从《题长安主人壁》“久废南山田”句，也可以看出“南山田”即指其故园之田。又《南山下与老圃期种瓜》有“樵牧南山近，林间北郭赊。先人留素业，老圃作邻家”之句，亦可证明南山是指作者的故园而非终南山。○本诗当作于开元十七年冬长安应举时期。

〔二〕北阙：《说文》：“阙，门观也。”徐锴《系传》：“为二台于门外，作楼观于上，上员下方。”古代皇帝宫殿大门之外，左右各置一台，上有楼观，称为阙。通称皇帝的居处为北阙，也作皇帝的代称。“北阙休上书”，是他对皇帝不重视人才的愤激之辞。

〔三〕弊庐：破旧的房屋。陶渊明《移居》：“弊庐何必广，取足蔽床席。”

〔四〕年老：宋、明、清各本及《英灵集》、《诗选》、《诗林》、《律髓》、《品汇》同。《英华》作“年去”。

〔五〕青阳：《尔雅·释天》：“春为青阳。”郭璞注：“气清而温阳。”郝懿行义疏：“《说文》云：‘青，东方色也。阳，高明也。’”则青指天的颜色，阳指温和的天气。四时更替，冬去春来，旧岁的除去，似由于新春的逼迫，故言“逼岁除”。

〔六〕窗：明、清各本及唐、宋、明各选本同。宋本作“堂”，《英华》“窗”下无校记，可见周必大所见宋本亦作“窗”。当以“窗”为是。

刘辰翁曰：他人有此起，无此结，每见短气，其亦最得意之诗，最失意之日，故为明主诵之。

王定保《唐摭言》卷一一：襄阳诗人孟浩然，开元中颇为王右丞所知。句有“微云淡河汉，疏雨滴梧桐”者，右丞吟之，常击节不已。维待诏金銮殿，一日，召之商较风雅，忽遇上幸维所，浩然错愕伏床下，维不敢隐，因之奏闻。上欣然曰：“朕素闻其人。”因得诏见。上曰：“卿将得诗来耶？”浩然奏曰：“臣偶不赍所业。”上即命吟。浩然奉诏，拜舞念诗曰：“北阙休上书，南山归卧庐。不才明主弃，多病故人疏。"上闻之怃然曰："朕未尝弃人，自是卿不求进，奈何有此作！"因命放归南山，终身不仕。

计有功《唐诗纪事》卷三十三：明皇以张说之荐召浩然，令诵所作，乃诵"北阙休上书，南山归弊庐。不才明主弃，多病故人疏。白发催年老，青阳逼岁除。永怀愁不寐，松月夜窗虚。"帝曰："卿不求朕，岂朕弃卿？何不言'气蒸云梦泽，波动岳阳城'？"因是故弃。

魏泰《临汉隐居诗话》：孟浩然入翰苑访王维，适明皇驾至，浩然仓皇伏匿，维不敢隐而奏知。明皇曰："吾闻此人久矣。"诏使进所业，浩然诵："北阙休上书，南山归弊庐。不才明主弃，多病故人疏。"明皇曰："我未尝弃卿，卿不求仕，何诬之甚也？"因命放归襄阳。世传如此，而《摭言》诸书，载之犹详。且浩然布衣，阑入宫禁，又犯行在所，而止适放归，明皇宽假之亦至矣，乌在一"弃"字而议罪乎！

葛立方《韵语阳秋》卷十八：开元天宝之际，孟浩然诗名籍甚，一游长安，王维倾盖延誉，然官卒不显，何哉？或谓维见其胜己，不肯荐于天子，故浩然别维诗云："当路谁相假，知音世所希。"史载维私约浩然于苑，而遇明皇，遂伏于床下，明皇见之，使诵其所为诗，至有"不才明主弃"之句，明皇云："卿不求仕，朕未尝弃卿。"因放还。使维诚有荐贤之心，当于此时力荐其美，以解明皇之愠，乃尔嘿嘿。或者之论，盖有自也。厥后虽宠凤林之墓，绘孟亭之像，何所补哉？

瞿佑《归田诗话》卷上：王维携孟浩然在翰林，适驾至，得见，命诵所为诗，有"北阙休上书，南山归故庐。不才明主弃，多病故人疏"之句，怒曰："卿自弃朕，朕何曾弃卿？"即放还山。惟太白召见沉香亭,应制作《清平调》词三首,颇见优宠,然仅得待诏翰林而已。及在禁中与贵妃宴乐,妃衣褪微露乳,以手扪之曰:“软柔新剥鸡头肉。”禄山在傍接对云:“滑腻如凝塞上酥。”帝续之曰:“信是胡儿只识酥。”不怒而反以为笑。谬戾如此,天下安得不乱?

胡震亨《唐音癸签》卷二十五:孟襄阳伴直,从床底出见明皇,有诸乎?果尔,不逮坦率宋五远矣。令人主一见,意顿尽,何待诵诗始决也。

周容《春酒堂诗话》:唐玄宗见青莲“飞燕新妆”诗而能不怒,见襄阳“不才明主弃”句而怒之,此所以为命也夫!

又:襄阳《归南山》诗,全章浅率,不待吟讽;不特诵之帝前,见野人唐突,只就诗论诗,殊违雅致,无足录也。后人翻缘匆遇之故,不忍遗弃,亦襄阳不幸中之幸矣。

张谦宜《絸斋诗谈》卷五:《岁暮归南山》,绝不怒张,浑如铁铸。“北阙休上书”,唤起法。“不才明主弃”,极得意句,却是蹭蹬之由,令人浩叹!详文意,本是谦词,绝非怨望,明皇不收,尚是皮相诗人。“永怀愁不寐,松月夜窗虚”,惟不寐才觉月窗虚,虚者无人相赏也。

何文焕《历代诗话考索》:王右丞私邀孟浩然于苑中,明皇微特不之罪,反使诵诗,千载奇逢。至诗句忤旨,乃其命也。葛常之谓右丞不于此时力解明皇之愠,为忌其胜己,故不肯荐。请问“不才明主弃”句如何解?此等论言,真以小人之心,度君子之腹。

沈德潜曰:此浩然不第归来作也。时帝幸王维寓,浩然见帝,帝命赋平日诗,浩然即诵此篇。帝曰:“卿不求仕,朕何尝弃卿?”遂放还。时不诵《临洞庭》而诵《归终南》,命实为之!

浩然亦有不能自主者耶?

按:以上这些诗话,对本诗评论不多,大都记录浩然遇明皇事。这个传说,是值得怀疑的。

胡震亨《唐音癸签》卷五引陆放翁语:浩然四十字诗,后四句率觉气索,如《岳阳楼》、《岁暮归南山》之类。

王夫之《姜斋诗话》卷下:唯孟浩然"气蒸云梦泽",不知"云土梦作乂",梦本音蒙。"青阳逼岁除",不知"日月其除",除本音住。浩然山人之雄长,时有秀句;而飘逸味短,不得与高、岑、王、储齿。

顾嗣立《寒厅诗话》一一:已苍先生尝诵孟襄阳诗"不才明主弃,多病故人疏"云:一生失意之诗,千古得意之句。

梅道士水亭〔一〕

傲吏非凡吏〔二〕,名流即道流〔三〕。隐居不可见,高论莫能酬〔四〕。水接仙源近,山藏鬼谷幽〔五〕。再来迷处所〔六〕,花下问渔舟。

〔一〕梅道士:《孟集》中尚有《寻梅道士》、《宴梅道士山房》诸诗,当系浩然友好。其人生平不详。

〔二〕傲吏:指庄周。详《与王昌龄宴王十一》注〔三〕。

〔三〕名流:犹名士,著名人士。魏晋以后,常用此语以品评人物。《世说新语·品藻》:"孙兴公、许玄度皆一时名流。"道流:储光羲《题辛道士房》:"全神不言命,所向道家流。"

〔四〕酬:应对,答对。

〔五〕鬼谷:山谷名,传说中高士鬼谷子所居之处。《元和郡县志·河南道》:"鬼谷在县(告城)北五里,即六国时鬼谷先生所居也。"《太平寰宇记·关西道·耀州》:"清谷水,在县(三原)西北云阳县界流入，一名鬼谷，昔苏、张师事鬼谷先生学，即此谷也。”按：唐告城县在今河南登封县东南，清水谷则在陕西三原县西，两说不同。据《史记》，苏秦洛阳人，张仪魏人，二人游学似不应至秦地，疑《元和郡县志》所记近是。本句盖用鬼谷以比喻梅道士居处的幽静。

〔六〕再来句：陶渊明《桃花源记》：“既出，得其船，便扶向路，处处志之。及郡下，诣太守，说如此。太守即遣人随其往，寻向所志，遂迷，不复得路。”这里用桃花源以比梅道士的居处，表明其地之幽静深远，人迹罕至。

闲园怀苏子

林园虽少事，幽独自多违〔一〕。向夕开帘坐，庭阴落影微〔二〕。鸟过烟树宿〔三〕，萤傍水轩飞〔四〕。感念同怀子，京华去不归〔五〕。

〔一〕违：《说文》：“违，离也。”《诗·邶风·谷风》：“行道迟迟，中心有违。”毛传：“违，离也。”

〔二〕落影：原作“叶落”，明活本、汲本同。《品汇》作“落叶”。宋本作“落影”，清本、《全唐诗》作“落景”，同。今从宋本。《周礼·地官·大司徒》：“以土圭之法，测土深，正日景。”陆德明释文：“景本或作影。”梁简文帝《马槊谱序》：“春亭落影，秋皋晚静，严霜尽降，密云初晴。”唐太宗《感旧赋》：“对落影之苍茫，听寒风之萧瑟。”

〔三〕鸟过：原作“乌从”，明活本、汲本、《品汇》同。宋本、《全唐诗》作“鸟过”。今从宋本。

〔四〕轩：殿堂前檐下的平台，或带槛长廊。轩临水，故曰水轩。

〔五〕京华：京师为人才文物荟萃之地，故称曰京华。《文选·郭璞·

游仙诗》:“京华游侠窟,山林隐遁栖。”

刘辰翁曰:一种情绪。

方回《瀛奎律髓》:郊野之作,“钓竿垂北涧,樵唱入南轩”,“先人留素业,老圃作邻家”,“鸟过烟树宿,萤傍水轩飞”皆佳。

贺裳《载酒园诗话又编·贾岛》:阆仙五字诗实为清绝,如“空巢霜叶落,疏牖水萤穿”,即孟襄阳“鸟过烟树宿,萤傍水轩飞”,不能远过。

张谦宜《絸斋诗谈》:《闲园怀苏子》,一二是怀字意,三四正是怀人时节,五六又是怀人景物,一气赶下,末乃点出怀字,句法最妙。

留别王维〔一〕

寂寂竟何待〔二〕,朝朝空自归。欲寻芳草去〔三〕,惜与故人违〔四〕。当路谁相假〔五〕?知音世所稀〔六〕!祇应守索寞〔七〕,还掩故园扉。

〔一〕题目:清本、《品汇》同。宋本、汲本、《英华》作“留别王侍御”。《全唐诗》作“留别王侍御维”。明活本作“留别王侍郎维”。按:王维于开元末年始任殿中侍御史,此诗作于开元十七年长安应举时期,不可能称侍御,则“侍御”二字,当系后人所加。又王维未任侍郎职,故明活本亦误。王维:字摩诘,祖籍太原,后迁居蒲州。开元九年举进士,任大乐丞,因伶人舞黄狮子事,贬济州司仓参军。张九龄执政,擢右拾遗。迁监察御史。开元末年任殿中侍御史。四十岁后开始过着半官半隐的生活。天宝十五载,安禄山兵入长安,王维曾受伪职。肃宗回京,贬为太子中允,累迁太子中庶子、中书舍人，官至尚书右丞，世称王右丞。诗作兼善众体，尤工五律、五绝，与孟浩然齐名，同为盛唐田园山水诗派代表。又为绘画大师，苏轼称其“诗中有画，画中有诗”。

〔二〕何待：宋本、汲本、清本、《全唐诗》、《英华》、《品汇》同。明活本作“何事”。本句言落第后寂寞无聊。

〔三〕芳草：本意为香草，但在诗歌中往往用以比喻高尚的品德、高尚的理想。《离骚》：“何所独无芳草兮，尔何怀乎故宇？”又：“兰芷变而不芳兮，荃蕙化而为茅。何昔日之芳草兮，今直为此萧艾也。”王逸序文：“《离骚》之文，依《诗》取兴，引类譬喻，故善鸟香草以配忠贞。”本诗则用以比喻高尚的理想——隐逸。

〔四〕惜与句：本句表明了浩然对王维的友情。

〔五〕当路：身居要职掌握政权的人。《孟子·公孙丑上》：“夫子当路于齐。”朱熹注：“当路，居要地也。”葛立方谓指王维（见《岁暮归南山》诗后评语），于情理不合，非是。假：借。《仪礼·少牢·馈食礼》：“假尔大筮有常。”郑玄注：“假，借也。”引申为帮助之意。

〔六〕知音：用俞伯牙抚琴，钟子期知音故事，比喻知心朋友。详《夏日南亭怀辛大》注〔六〕。

〔七〕索寞：原作“寂寞”，明活本、汲本、清本同。宋本、《全唐诗》、《英华》作“索寞”。据毛校记元本亦作“索寞”。今从宋本。

刘辰翁曰：个中人，个中语，看着便不同。又：末意更悲。

武陵泛舟〔一〕

武陵川路狭，前棹入花林。莫测幽源里，仙家信几深〔二〕。水回青嶂合〔三〕，云渡绿溪阴。坐听闲猿啸〔四〕，弥清尘外心〔五〕。

〔一〕题目：唐朗州治武陵，即今湖南省常德市。地临沅江，本诗盖溯沅江泛舟游览之作。此诗宋本不载。○此诗当作于壮年漫游时期。

〔二〕武陵四句:幽源:明活本、清本、《全唐诗》、《品汇》同。汲本作"幽景",不恰。四句盖用陶渊明《桃花源记》典。该文云:"晋太元中,武陵人捕鱼为业,缘溪行,忘路之远近。忽逢桃花林。夹岸数百步,中无杂树,芳草鲜美,落英缤纷。渔人甚异之。复前行,欲穷其林。林尽水源,便得一山,山有小口,仿佛若有光。便舍船从口入,初极狭,才通人。复行数十步,豁然开朗,土地平旷,屋舍俨然,有良田美池桑竹之属。"花林,即指桃花林;幽源,即指桃花源。这本是陶渊明虚拟的一个理想世界,故本诗云:"仙家信几深。"

〔三〕青嶂:高险如屏之山曰嶂,青嶂犹青山。

〔四〕闲猿:明活本、清本、《全唐诗》、《品汇》同。汲本作"猿啼"。

〔五〕弥清:明活本、清本、《全唐诗》、《品汇》同。汲本作"弥深"。尘外:犹世外。《文选·张衡·思玄赋》:"游尘外而瞥天兮,据冥翳而哀鸣。"《晋书·谢安传论》:"文靖始居尘外,高谢人间,啸咏山林,浮泛江海。"

同曹三御史泛湖归越〔一〕

秋入诗人意〔二〕,巴歌和者稀〔三〕。泛湖同逸旅〔四〕,吟会是思归〔五〕。白简徒推荐〔六〕,沧洲已拂衣〔七〕。杳冥云海去〔八〕,谁不羡鸿飞。

〔一〕题目:"史"下原多一"行"字。明、清各本及《全唐诗》同。宋本无,今从宋本。曹三御史:未详。○本诗约作于开元十九年游越期间。

〔二〕意:原作"兴",明活本、清本同。宋本、汲本、《全唐诗》作"意"。今从宋本。

〔三〕巴歌：即"下里巴人"。《文选·宋玉·对楚王问》："客有歌于郢中者，其始曰《下里》、《巴人》，国人属而和者数千人；其为《阳阿》、《薤露》，国中属而和者数百人；其为《阳春》、《白雪》，国中属而和者不过数十人；引商刻羽，杂以流徵，国中属而和者，不过数人而已。是其曲弥高，其和弥寡。"浩然襄阳人，为古楚地，故用"巴歌"以代自己所作诗歌。今远离故乡，来至越州，自己心情常不为人所理解，所以说"和者稀"。

〔四〕逸旅：原作"旅泊"，明活本、清本同。宋本、汲本、《全唐诗》作"逸旅"。今从宋本。

〔五〕思归：原作"归思"，明、清各本同。宋本、《全唐诗》作"思归"。今从宋本。

〔六〕白简：御史有所弹劾奏议，用白简（古时书写用竹木简，故称。后世用纸，仍用此名）。《晋书·傅玄传》："每有奏劾，或值日暮，捧白简，整簪带，竦踊不寐，坐而待旦。于是贵游慑伏，台阁生风。"宋之问《和姚给事寓直》："宠就黄扉日，威回白简霜。"刘长卿《哭张员外继》："白简曾连拜，沧洲每共思。"看来这位曹三御史推荐过孟浩然。或以为此语误用。施闰章《蠖斋诗话·白简》："今人言弹劾则曰白简从事。晋傅玄性急，每有奏劾，或值日莫，捧白简，坐以待旦，竦踊不寐，台阁生风。晋本又云，白简，简略状。《南史·任昉传》注。然用作推荐语，便以为误。孟诗《同曹三御史泛湖》有'白简徒推荐，沧江久拂衣'。"

〔七〕沧洲：本为滨水之地，常借指隐士所居。详《岁暮海上作》注〔八〕。本句言有归隐之意。

〔八〕云海：宋本、明活本、清本同。汲本、《全唐诗》作"云外"。

游景空寺兰若〔一〕

龙象经行处〔二〕，山腰度石关。屡迷青嶂合，时爱绿萝闲〔三〕。宴息花林下，高谈竹屿间。寥寥隔尘事，疑是入鸡山〔四〕。

〔一〕题目：明活本、《全唐诗》同。汲本无“寺”字。清本、《品汇》作“游景光寺”，据毛校记元本亦作“游景光寺”。此诗宋本不载。按：张说有《游襄州景空寺题融上人兰若》一诗，则襄州有景空寺，寺的住持为融上人。浩然有关融上人兰若诗计有三首，从这些诗看来，融上人兰若距离浩然居处不远。则当以景空寺为是，该寺当在襄州。兰若：梵文阿兰若的略称。意为寂静处，因指僧人居处曰兰若，也泛指佛寺。

〔二〕龙象：佛家语。水行龙力最大，陆行象力最大，故用龙象以喻佛力之大。《维摩经》：“菩萨势力，譬如龙象。”后世常用龙象以代高僧。李白《赠宣州灵源寺仲濬公》：“此中积龙象，独许濬公殊。”

〔三〕屡迷二句：高峻如屏之山曰嶂。二句言山路回转幽深，使人难识，绿萝生长其间，又使人感到优美。

〔四〕鸡山：神话传说中的山名。这里借指仙山。《山海经·南山经》：“灌湘之山……又东五百里曰鸡山，其上多金，其下多丹雘。”

刘辰翁曰：屡字又好。山行路尽，乃知此语有趣。

陪张丞相登嵩阳楼〔一〕

独步人何在〔二〕，嵩阳有故楼。岁寒问耆旧〔三〕，行县拥诸侯〔四〕。林莽北弥望〔五〕，沮漳东会流〔六〕。客中遇知己，无复越乡忧〔七〕。

〔一〕嵩阳：宋、明、清各本同。陈贻焮先生以为系“当阳”之误，良是。一、嵩阳县为隋代置，属河南郡。唐时改为登封县，属都畿道。张丞相当为张九龄，而张九龄并未在这里做过地方官，他既然没有做过这一带的地方官，何以会到这里“行县”呢？张九龄于开元二十五年四月贬荆州都督府长史，当阳正是荆州属县，巡视当阳，正是他的职责。二、诗中有“沮漳东会流”之句，沮漳二水，正在当阳的东南方会合。则当阳正与诗意合，而嵩阳则无法解释。三、《文选·王粲·登楼赋》：“登兹楼以四望兮，聊暇日以销忧。览斯宇之所处兮，实显敞而寡仇。挟清漳之通浦兮，倚曲沮之长洲。”本诗“林莽”等句，实袭用其意。据李善注引盛弘之《荆州记》云：“当阳县城楼，王仲宣登之而作赋。”根据以上理由，则“嵩阳”实应为“当阳”。○此诗当作于开元二十五年，浩然晚年时期。

〔二〕独步：明、清各本同。据毛校记元本作“独走”，非。曹植《与杨德祖书》：“昔仲宣独步于汉南，孔璋鹰扬于河朔。”仲宣，王粲字。独步人指王粲。

〔三〕问：原作“间”，宋本、明活本、汲本、清本、《全唐诗》作“问”，据改。耆旧：宋本、汲本、清本、《全唐诗》同。明活本作“蓍旧”，误。耆旧，故老。

〔四〕行县：巡视各县。

〔五〕林莽：原作“泱莽”，明活本、清本作“泱莽”。莽俗莽字，见《干禄字书》。宋本、汲本、《全唐诗》作“林莽”。“林莽”正与下句“沮漳”相对。今从宋本。弥望：犹远望。《文选·张衡·西京赋》：“前开唐中，弥望广潒。”薛综注：“弥，远也。”

〔六〕沮漳：二水名，在今湖北境，源于荆山，南流在当阳县东南会合后，再南流，注入长江。《文选·王粲·登楼赋》：“挟清漳之通浦兮，倚曲沮之长洲。”李善注：“《山海经》曰：‘荆山漳水出焉，而东南注入于雎。’《汉书·地理志》曰：‘汉中房陵东山，沮水所出，至郢入江。’雎与沮同。”按汉代汉中郡房陵县，即今湖北省房县。东山当即荆山馀脉。

〔七〕越乡忧：明活本、汲本、清本、《全唐诗》同。宋本作"越乡愁"。张九龄《候使登石头驿楼作》："自守陈蕃榻，尝登王粲楼。徒然骋目处，岂是获心游。向迹虽愚谷，求名异盗丘。息阴芳木所，空复越乡忧。"

刘辰翁曰：句意浑厚，非小丈夫嘴爪比。

与颜钱塘登樟亭望潮作〔一〕

百里闻雷震〔二〕，鸣弦暂辍弹〔三〕。府中连骑出〔四〕，江上待潮观。照日秋云迥〔五〕，浮天渤澥宽〔六〕。鹭涛来似雪〔七〕，一坐凛生寒。

〔一〕樟亭：明活本、清本同。汲本、《全唐诗》作"樟楼"。宋本作"障楼"。应作"樟"。翟灏《湖山便览》引《舆地志》谓，樟亭驿在钱塘旧治南五里，今废。颜钱塘：指钱塘县令颜某，未详其名。唐代常以地名称其行政长官。望潮：钱塘江两岸有龛、赭二山，南北对峙如门。潮汐受二山之束，水流湍急，有如万马奔腾，而八月望日，水势更加汹涌，极为壮观。○此诗盖作于开元十八年秋游越期间。

〔二〕闻雷：原作"雷声"，明活本、清本同。宋本、汲本、《全唐诗》作"闻雷"。今从宋本。《文选·枚乘·七发》："疾雷闻百里。"

〔三〕鸣弦句：《吕氏春秋·察贤》："宓子贱治单父，弹鸣琴，身不下堂，而单父治。巫马期以星出，以星入，日夜不居，以身亲之，而单父亦治。巫马期问其故于宓子。宓子曰：'我之谓任人，子之谓任力，任力者故劳，任人者故逸。'宓子则君子矣。"后世因用"鸣弦"（鸣琴）歌颂地方官的简政而治。此句言颜钱塘县令暂时停止政务。

〔四〕连骑：宋、明各本及《全唐诗》同。清本作"还骑"，句意不合，误。

〔五〕秋云：明、清各本及《全唐诗》同。宋本作“秋空”。

〔六〕浮天：明、清各本及《全唐诗》同。宋本作“浮云”。渤澥：指东海。《初学记》卷六：“按东海之别有渤澥，故东海共称渤海。”

〔七〕鹭涛：原作“惊涛”，明、清各本及《全唐诗》同。宋本作“鹭涛”，今从宋本。《文选·枚乘·七发》：“其始起也，洪淋淋焉，若白鹭之下翔。”骆宾王《夏日游德州赠高四》：“鹭涛开碧海。”

大禹寺义公禅〔一〕

义公习禅处〔二〕，结构依空林〔三〕。户外一峰秀，阶前群壑深〔四〕。夕阳照雨足〔五〕，空翠落庭阴〔六〕。看取莲花净，应知不染心〔七〕。

〔一〕题目：汲本同。明活本“禅”下多“房”字。宋本作“题大禹义公房”。清本、《品汇》作“题义公禅房”。据毛校记元本亦同。《全唐诗》作“题大禹寺义公禅房”。大禹寺：《太平寰宇记·江南东道·越州》：“大禹庙在县南二十里。”《清一统志·浙江·绍兴府》：“大禹庙在山阴县涂山南麓。宋元以来皆祀禹于此，明改祀于会稽山陵。”义公：为大禹寺僧人，生平不详。禅：禅房之略称。○此诗约作于开元十九年游越期间。

〔二〕禅处：原作“禅寂”。明活本、清本、《品汇》同。宋本、汲本、《全唐诗》作“禅处”。从句意及题目看，以“禅处”为佳，今从宋本。

〔三〕结构：原作“结宇”，明活本、清本、《品汇》同。宋本、汲本、《全唐诗》作“结构”。今从宋本。结构，修建房屋，结连构架。《抱朴子·勖学》：“文梓干云而不可名台榭者，未加班输之结构也。”空林：谢灵运《过瞿溪山僧》：“清霄飏浮烟，空林响法鼓。”

〔四〕群壑：原作“众壑”，明活本、清本、《品汇》同。宋本、汲本、《全唐诗》作“群壑”。今从宋本。

〔五〕照：原作“连”，明活本、清本、《全唐诗》、《品汇》同。宋本、汲本作“照”。这里写雨后照射的情景，以照为佳，今从宋本。雨足：犹雨脚。杜甫《茅屋为秋风所破歌》：“床头屋漏无干处，雨脚如麻未断绝。”

〔六〕空翠：雨后山林如洗，那种透明的绿色称为空翠。本句言庭院树阴间，也呈现青翠色。谢灵运《过白岸亭》：“空翠难强名，渔钓易为曲。”

〔七〕看取二句：应知：原作“方知”，明活本、清本、《品汇》同。宋本、汲本、《全唐诗》作“应知”，今从宋本。莲花：具有出淤泥而不染的性格，佛家更把它比作佛眼，所谓菩萨“目如广大青莲花叶”（见《法华妙音品》）。又称佛国为莲界，称佛座为莲座或莲台等等。义公能选择这样幽美的地方修建禅房，可见他的心胸如此清高，如此地一尘不染。

张谦宜《絸斋诗谈》卷五：《题大禹寺义公禅房》“夕阳连雨足，空翠落庭阴”，惟其连雨足，是以空翠欲落，形对待而意侧注。

王寿昌《小清华园诗谈》卷上：何谓秀？曰：如郭景纯（璞）之“翡翠戏兰苕，容色更相鲜。绿萝结高林，蒙茏盖一山。中有冥寂士，静啸抚清弦。放情凌霄外，嚼蕊挹飞泉。赤松临上游，驾鸿乘紫烟。左挹浮丘袂，右拍洪崖肩。借问蜉蝣辈，宁知龟鹤年”（《游仙》）。近体如孟襄阳之“义公习禅寂，结宇依空林。户外一峰秀，阶前众壑深。夕阳连雨足，空翠落庭阴。看取莲花净，方知不染心”（《题义公禅房》）。

寻白鹤岩张子容隐居〔一〕

白鹤青岩半〔二〕，幽人有隐居〔三〕。阶庭空水石，林壑罢樵渔〔四〕。岁月青松老，风霜苦竹疏〔五〕。睹兹怀旧业，回策返吾庐〔六〕。

〔一〕题目：明活本、《全唐诗》同。清本无“白鹤岩”三字。宋本、汲本“隐居”作“颜处士”。据毛校记元本作“寻张子颜隐居”。《英华》作“寻白鹤岩张子膺隐处士”。按张子颜、张子膺显系张子容之误。白鹤岩：《清一统志·湖北·襄阳府》：“白马山在襄阳县南十里，一名白鹤山。”疑即白鹤岩。《唐才子传》谓张子容与孟浩然同隐鹿门山，当系盖然之辞。

〔二〕半：原作“畔”，宋、明、清各本及《全唐诗》、《英华》俱作“半”，据改。

〔三〕隐：宋、明、清各本及《全唐诗》同。《英华》作“旧”。

〔四〕林壑：明、清各本及《全唐诗》、《英华》同。宋本作“井壑”，与“罢樵渔”不合，非是。

〔五〕疏：宋、明、清各本及《全唐诗》同。《英华》作“馀”，当以“疏”为是。以上四句写张子容旧日隐居处的萧瑟景象。

〔六〕回策：原作“携策”，明活本同。宋本、汲本、清本、《全唐诗》俱作“回策”。《英华》作“杖策”。今从宋本。《晋书·王湛传》：“因骑此马。姿容既妙，回策如萦，善骑者无以过之。”

九日得新字〔一〕

初九未成旬〔二〕，重阳即此晨〔三〕。登高闻古事〔四〕，载酒访幽人。落帽恣欢饮〔五〕，授衣同试新〔六〕。茱萸正可佩〔七〕，折取寄情亲。

〔一〕题目：原作“九日”，明代各本同。宋本、清本、《全唐诗》作“九日得新字”。今从宋本。

〔二〕初九：原作“九日”，明、清各本同。宋本、《全唐诗》作“初九”。据毛校记元本亦作“初九”。今从宋本。

〔三〕重阳：阴历九月九日为重阳节。详《秋登万山寄张五》注〔一〇〕。晨：明活本、汲本、《全唐诗》同。宋本、清本作“辰”，通。

〔四〕闻：原作“寻”，明活本同。宋本、汲本、清本、《全唐诗》作“闻”，今从宋本。古：原作“故”。明活本、汲本、清本同。宋本、《全唐诗》作“古”，今从宋本。

〔五〕落帽：重阳登临之乐曰落帽欢。详《卢明府九日岘山宴袁使君张郎中崔员外》注〔一〇〕。

〔六〕授衣：古人九月置备冬衣称授衣。详《题长安主人壁》注〔一〇〕。

〔七〕茱萸：植物名。因有浓烈香气，古人以为佩茱萸可以避邪。《续齐谐记》：“汝南桓景，从费长房游学。长房谓之曰：‘九月九日，汝南当有大灾厄，急令家人缝囊盛茱萸，系臂上，登山饮菊花酒，此祸可消。’景如言，登山，夕还，见鸡犬牛羊一时暴死。长房闻之曰：‘此可代也。’”王维《九日》：“遥知兄弟登高处，遍插茱萸少一人。”

李梦阳曰：亦浅。

除夜乐城逢张少府作〔一〕

云海访瓯闽〔二〕，风涛泊岛滨〔三〕。何知岁除夜〔四〕，得见故乡亲。余是乘桴客〔五〕，君为失路人〔六〕。平生复能几，一别十馀春。

〔一〕题目：原作“除夜乐城张少府宅”，明活本同。宋本作“除夜乐城逢张少府作”。汲本、《全唐诗》少一“作”字。清本作“除夜乐城逢张子容”。以上四本，基本相同。《英华》作“岁除夜来张少府宅”。张子容有《除夜乐城逢孟浩然》当与此诗作于同时，题意亦与宋本合，今从宋本。乐城：唐县名，属温州，即今浙江乐清县。

时张子容为乐城县尉，故称少府。○此诗约作于开元十九年除夕游越期间。

〔二〕访：明活本、《英华》同。宋本、汲本、清本、《全唐诗》作“泛”。瓯闽：瓯指今浙江温州一带地区，汉代为东瓯王辖地，因而得名。闽本为种族名称，因居于福建一带，故称福建为闽。

〔三〕风涛：《英华》同。宋本、明活本、汲本、清本、《全唐诗》作“风潮”。岛：明、清各本及《全唐诗》、《英华》同。宋本作“鸟”，显系误书。

〔四〕何知：原作“如何”，明活本、汲本同。宋本、清本、《全唐诗》、《英华》作“何知”，据改。

〔五〕余：宋、明各本及《全唐诗》、《英华》同。清本作“予”，据毛校记元本作“子”，当为“予”之误。乘桴客：原作“乘槎客”。明、清各本及《全唐诗》同。宋本、《英华》作“乘桴客”。据此可知最早的本子是作“桴”，元明以后才改成“槎”，今从宋本。乘桴，《论语·公冶长》：“子曰：道不行乘桴浮于海。”后世因用“乘桴”表示隐逸、避世。此时浩然科举失败又远走他乡，心灰意冷，无意仕进，故称自己为乘桴客。

〔六〕君：宋、明各本及《全唐诗》、《英华》同。清本作“予”，据毛校记元本亦作“予”，非。失路人：根据浩然当时心情看，张子容进入仕途是一个错误，而且被贬于远方，故称失路人。《唐诗纪事》：“子容乃先天二年进士第，曾为乐城尉，与浩然友善。《贬乐城尉日作》云：‘窜谪边穷海，川原近恶溪。有时闻虎啸，无夜不猿啼。地暖花常发，岩高日易低。故乡可忆处，遥指斗牛西。’”

舟中晚望〔一〕

挂席东南望〔二〕，青山水国遥〔三〕。舳舻争利涉〔四〕，来往接风潮〔五〕。问我今何去〔六〕，天台访石桥〔七〕。坐看霞色晚〔八〕，疑是赤城标〔九〕。

〔一〕题目：宋本、明活本、汲本同。清本、《全唐诗》、《品汇》"晚"作"晓"。〇本诗约作于开元十八年。

〔二〕挂席：犹扬帆。详《彭蠡湖中望庐山》注〔四〕。

〔三〕水国：犹水乡。凡江河纵横之地，常称水国。这里指越州一带。颜延之《登巴陵城楼》："水国周地险，河山信重复。"

〔四〕舳舻：船尾曰舳，船头曰舻。这里泛指船。《汉书·武帝纪》："舳舻千里，薄枞阳而出。"李斐曰："舳，船后持柁处也。舻，船前头刺棹处也。言其船多，前后相衔，千里不绝也。"利涉：渡河。《易·需》："利涉大川，往有功也。"

〔五〕接风潮：原作"任风潮"，明活本、清本、《品汇》同。宋本、汲本、《全唐诗》作"接风潮"。宋严羽《沧浪诗话》引此诗，亦作"接风潮"。今从宋本。

〔六〕去：原作"适"，明活本、清本、《品汇》同。宋本、汲本、《全唐诗》作"去"。今从宋本。

〔七〕天台：即天台山。详《宿天台桐柏观》注〔一〕。石桥：天台山赤城山的一个险要处所。石梁高架于两崖之间，下临深涧。《文选·孙绰·游天台山赋》："践莓苔之滑石，搏壁立之翠屏。"李善注："莓苔，即石桥之苔也。翠屏，石桥之上，石壁之名也。《异苑》曰：'天台山石桥有莓苔之险。'孔灵符《会稽记》曰：'赤城山上有石桥。'"

〔八〕霞色晚：明活本、汲本、《品汇》同。宋本作"烟霞晚"，两句盖化用《游天台山赋》"赤城霞起以建标"句意，应为"霞色"。《沧浪诗话》引此诗即作"霞色晚"，可证。清本、《全唐诗》作"霞色晓"。当以"霞色晚"为是。按：霞乃天空及云层所出现的光彩，既可见于早晨，亦可见于傍晚。是以"晚"、"晓"二字，都合情理，这便是出现异文的根本原因。加以二字同为上声，从格律上看，也都工稳。是以长期以来，各本不同。但宋本作"晚"，题目为"晚望"；

元本则改为“晓”,于是题目也必须改为“晓望”(据毛校记)。而高棅的《唐诗品汇》题目作“晓望”,而诗中却又作“霞色晚”,出现了矛盾现象。高棅生于元至正十年(一三五〇),卒于永乐二十一年(一四二三),《品汇》编成于洪武二十六年(一三九三),本诗题目采用元本,而诗中却又保留了宋本的“晚”字,当然这是一个疏忽,但从中可以看出元人的改动。

〔九〕赤城标:明、清各本同。宋本“标”作“摽”,当系笔误。赤城山衬以霞色,成为特有的表识。这里即指赤城山。《文选·孙绰·游天台山赋》:“赤城霞起而建标。”详《题终南翠微寺空上人房》注〔一二〕。

严羽《沧浪诗话·诗体》:有律诗彻首尾不对者,盛唐诸公有此体,如孟浩然诗:“挂席东南望,青山水国遥。舳舻争利涉,来往接风潮。问我今何适,天台访石桥。坐看霞色晚,疑是赤城标。”

胡应麟《诗薮》内编卷五:结句之妙者:“玉关殊未入,少妇莫长嗟”,“今朝风日好,宜入未央游”,……“坐看霞色起,疑是赤城标”。

冒春荣《葚原诗说》卷一:有两句中字法参差相对者,谓之犄角对。“舳舻争利涉,来往任风潮”,“舳舻”与“风潮”对,“利涉”与“来往”对,是也。

陈仅《竹林答问》:盛唐人古律有两种:其一,纯乎律调而通体不对者,如太白“牛渚西江夜”、孟浩然“挂席东南望”是也。其一,为变律调而通体有对有不对者,如崔国辅“松雨时复滴”、岑参“昨日山有信”是也。

游精思观回王白云在后〔一〕

出谷未停午〔二〕,至家已夕曛〔三〕。回瞻下山路〔四〕,但见牛羊群。樵子暗相失，草虫寒不闻。衡门犹未掩〔五〕，伫立待夫君〔六〕。

〔一〕题目：宋、明、清各本及《全唐诗》同。《英华》无"回"字。《诗选》作"游精思观回王山人在后"。《品汇》作"游精思观回王白云山人在后"。据毛校记元本作"游精观贻王先生"。王白云行九，为浩然好友。《孟集》中有关其诗作颇多。如《登江中孤屿赠白云先生王迥》、《鹦鹉洲送王九之江左》、《同王九题就师山房》、《赠王九》、《上巳日洛中寄王九迥》、《上巳日涧南园期王山人陈七诸公不至》，元本径称王先生，不合浩然习惯。精思观：从诗意看当在襄州境内，距离浩然居处不过半日路程。

〔二〕停午：亦作亭午，即正午。《水经注·江水》："自非停午夜分，不见曦月。"《文选·孙绰·游天台山赋》："尔乃羲和亭午，游气高褰。"

〔三〕至家句：明活本、《诗选》、《品汇》同。《英华》作"到家已夕曛"。宋本、汲本、清本作"至家日已曛"。《全唐诗》作"到家日已曛"。曛：落日馀光曰曛。夕曛，指黄昏。《文选·谢灵运·晚出西射堂》："晓霜枫叶丹，夕曛岚气阴。"李善注："《楚辞》曰：'与曛黄而为期。'王逸曰：'黄昏时也。'"

〔四〕下山路：原作"山下路"，明活本、清本、《品汇》同。宋本、汲本、《英华》作"下山路"。今从宋本。

〔五〕衡门：简陋之门。《诗·陈风·衡门》："衡门之下，可以栖迟。"毛传："衡门，横木为门，言浅陋也。"

〔六〕待：明活本、汲本、清本、《英华》、《诗选》、《品汇》同。宋本、《全唐诗》作"望"。夫君：沈德潜《说诗晬语》卷下："《九歌》'思夫君兮太息'，指云中君也。'思夫君兮未来'，指湘夫人也。孟浩然'衡门犹未掩，伫立望夫君'，指王白云也。夫读同扶音，犹'之子’之称，非妇人目其所天之谓。”

王士禛《带经堂诗话·微喻类·八》：严沧浪以禅喻诗，余深契其说，而五言尤为近之。如王、裴辋川绝句，字字入禅。他如“雨中山果落，灯下草虫鸣”，“明月松间照，清泉石上流”，以及太白“却下水精帘，玲珑望秋月”，常建“松际露微月，清光犹为君”，浩然“樵子暗相失，草虫寒不闻”，刘昚虚“时有落花至，远随流水香”，妙谛微言，与世尊拈花，迦叶微笑，等无差别。通其解者，可语上乘。

与杭州薛司户登樟亭驿〔一〕

水楼一登眺〔二〕，半出青林高。帟幕英僚敞〔三〕，芳筵下客叨〔四〕。山藏伯禹穴〔五〕，城压伍胥涛〔六〕。今日观溟涨〔七〕，垂纶学钓鳌〔八〕。

〔一〕薛司户：唐代各州设司户参军，掌管户籍等事宜。薛司户，其人不详。樟亭驿：明活本作“樟亭驿楼”。汲本、《全唐诗》作“樟亭楼作”。清本作“樟亭楼”。据毛校记元本亦作“樟亭楼”。宋本、《英华》作“梓亭楼作”。据此则知宋代各本是作“梓亭楼”的，元代的本子才改为“樟亭楼”。改动甚恰，因为钱塘附近只有“樟亭”而无“梓亭”，符合地理实际。这同《与颜钱塘登樟亭望潮作》一诗也相合，盖二诗作于同时，约开元十八年秋游越期间。

〔二〕眺：宋本、汲本、《全唐诗》、《英华》同。明活本、清本作“望”。

〔三〕帟（yì）幕：明、清各本及《全唐诗》同。宋本作“弈幕”，《英华》作“奕幕”。按：“弈”本义为围棋，“奕”本义为大，俱非。《广雅》：“帟，帐也。”《释名·释床帐》：“小幕曰帟，张在人上，帟帟然也。”《周礼·天官·幕人》：“幕人掌帷幕幄帟绶之事。”郑玄注：“郑司农云:‘帟,平帐也。’玄谓:帟,王在幕,若幄中坐上承尘。幄、帟,皆以缯为之。”帟幕,泛指帐幕。僚:清本、《全唐诗》同。宋本、明活本、汲本、《英华》作“寮”,通。英僚,对众官的敬称。敞:原作“散”。清本同。宋明各本、《全唐诗》、《英华》作“敞”。今从宋本。

〔四〕下客:浩然自谦之辞。

〔五〕伯禹穴:禹父鲧为崇伯,故禹亦称伯禹。伯禹穴即禹穴,详《与崔二十一游镜湖寄包贺二公》注〔七〕。

〔六〕伍胥涛:《吴越春秋·夫差内传》:“吴王闻子胥之怨恨也,乃使人赐属镂之剑。……子胥把剑,仰天叹曰:‘自我死后,后世必以我为忠,上配夏殷之世,亦得与龙逢、比干为友。’遂伏剑而死。吴王乃取子胥尸,盛以鸱夷之器,投之于江中。言曰:‘胥,汝一死之后,何能有知!’即断其头,置高楼上,谓之曰:‘日月炙汝肉,飘风飘汝眼,炎光烧汝骨,鱼鳖食汝肉。汝骨变形灰,有何所见?’乃弃其躯投之江中。子胥因随流扬波,依潮来往,荡激崩岸。”后世故称钱塘江潮曰“伍胥涛”。

〔七〕溟涨:海。《文选·谢灵运·游赤石进帆海》:“溟涨无端倪,虚舟有超越。”李周翰注:“溟、涨皆海也。”

〔八〕学:原作“欲”,明活本、清本同。宋本、汲本、《全唐诗》、《英华》作“学”,据改。钓鳌:《列子·汤问》:“渤海之东,不知几亿万里,有大壑焉。……其中有五山焉,一曰岱舆,二曰员峤,三曰方壶,四曰瀛洲,五曰蓬莱。……而五山之根,无连著,常随潮波上下往还,不得暂峙焉。仙圣毒之,诉之于帝,帝恐流于西极,失群圣之居,乃命禺强使巨鳌十五举首而戴之。迭为三番,六万岁一交焉,五山始峙。而龙伯之国,有大人,举足不盈数步而暨五山之所,一钓而连六鳌,合负而趣归其国,灼其骨以数焉。于是岱舆、员峤二山,流北极,沉于大海。”后世常用“钓鳌”比喻志向远大或气宇豪迈。

刘辰翁曰：与《洞庭》诗称壮，实过之。

寻天台山〔一〕

吾友太一子〔二〕，餐霞卧赤城〔三〕。欲寻华顶去〔四〕，不惮恶溪名〔五〕。歇马凭云宿〔六〕，扬帆截海行。高高翠微里〔七〕，遥见石梁横〔八〕。

〔一〕题目："山"下原多一"作"字。宋、明、清各本及《全唐诗》、《品汇》均无，据删。天台山：在今浙江天台县北。详《宿天台桐柏观》注〔一〕。○本诗当作于开元十八年游越期间。

〔二〕友：宋本、汲本、《全唐诗》同。明活本、清本、《品汇》作"爱"，据毛校记元本亦作"爱"。太一子：亦作太乙子，天台山道士，生平未详。参看《越中逢天台太一子》注〔一〕。

〔三〕餐：或作"湌"，俗又讹作"飡"。《说文》："餐，湌，或从水。"邵英《群经正字》："《诗·伐檀》'不素餐兮'，足利本作'湌'。餐、湌，一字也，俗更有作'飡'者。"餐霞：道家以为餐霞饮露可以成仙。赤城：赤城山在今浙江天台县北，登天台必经此山。详《宿天台桐柏观》注〔四〕。

〔四〕华顶：天台山最高峰。

〔五〕恶溪：今称好溪，在浙江省。源出缙云县东北，南流经丽水注入大溪。《太平寰宇记·江南东道·处州》："恶溪出丽水县东北大瓮山，西南二百一十五里至括州城下。"《新唐书·地理志》："丽水县东十里有恶溪，多水怪。宣宗时刺史段成式有善政，水怪潜去，民谓之好溪。"言浩然不惮"恶溪"之名，仍然前往。结合下句看，此次游天台，还赴海上游览，正与《宿天台桐柏观》"海行信风帆"相合。

〔六〕凭云：明、清各本及《全唐诗》、《品汇》同。宋本作“凭君”，非。本句言其高峻。

〔七〕翠微：山间带有青翠之色的云气。《尔雅·释山》：“未及上，翠微。”郝懿行义疏：“翠微者，《初学记》引旧注云：‘一说山气青缥色曰翠微。’刘逵《蜀都赋》注：‘翠微，山气之轻缥也。’义本《尔雅》。盖未及山顶，孱颜之间，葱郁葐蒀，望之谸谸青翠，气如微也。”

〔八〕石梁：明活本、清本、《全唐诗》、《品汇》同。宋本、汲本作“石桥”，一地二名。沈德潜《唐诗别裁》：“《一统志》谓石梁广不盈尺，长数十丈，下临绝涧。予游其地，长三丈许，僧与行人，每经行焉。”

李梦阳曰：此首胜樟亭楼诗，刘却不许，不可晓。华顶、恶溪，极有照应。“扬帆截海行”，更雄。

宿立公房〔一〕

支遁初求道〔二〕，深公笑买山〔三〕。何如石岩趣〔四〕，自入户庭间。苔涧春泉满，萝轩夜月闲。能令许玄度〔五〕，吟卧不知还。

〔一〕本诗宋本不载。

〔二〕支遁：晋陈留人（或谓河东林虑人），字道林，本姓关，二十五岁出家。参阅《还山贻湛法师》注〔七〕。

〔三〕深公：《世说新语·排调》：“支道林因人就深公买印山。深公答曰：‘未闻巢由买山而隐。’”刘孝标注：“《逸士传》曰：‘巢父者，尧时隐人，山居不营世利，年老，以树为巢而寝其上，故号巢父。’《高逸沙门传》曰：‘遁得深公之言，惭恧而已。’”

〔四〕何如：汲本、《全唐诗》同。明活本、清本、《品汇》作“如何”。

〔五〕许玄度：许询，字玄度，东晋时人，生卒年不详。幼聪慧，后司徒府召为掾属，不就。曾与王羲之遍游诸郡名山。有才藻，工诗文，与孙绰同为东晋著名玄言诗人，在当时影响甚大。《世说新语·文学》："简文称许掾（按：即许询）云：'玄度五言诗，可谓妙绝时人。'"刘孝标注："《续晋阳秋》曰：'询有才藻，善属文，自司马相如、王褒、扬雄诸贤，世尚赋颂，皆体则诗骚，傍综百家之言。及至建安，而诗章大盛。逮乎西朝之末，潘陆之徒，虽时有质文，而宗归不异也。正始中，王弼、何晏，好庄老玄胜之谈，而世遂贵焉。至过江，佛理尤盛，故郭璞五言，始会合道家之言而韵之。询及太原孙绰，转相祖尚，又加以三世之辞，而诗骚之体尽矣。询、绰并为一时文宗，自此，作者悉体之。'"言其地清幽，能令许询流连忘返。

寻陈逸人故居〔一〕

人事一朝尽，荒芜三径休〔二〕。始闻漳浦卧〔三〕，奄作岱宗游〔四〕。池水犹含墨〔五〕，风云已落秋〔六〕。今宵泉壑里，何处觅藏舟〔七〕？

〔一〕陈逸人：原作"滕逸人"，宋、明、清各本及《全唐诗》俱作"陈逸人"，据改。陈逸人，未详。

〔二〕三径：西汉末，王莽专政，兖州刺史蒋诩辞官归隐，于院中开三径。后多用以代隐士所居。详《田园作》注〔四〕。这里用指陈逸人故居。

〔三〕漳浦：唐江南东道漳州有漳浦县。《新唐书·地理志》："漳州漳浦郡，垂拱二年析福州西南境置，以南有漳水为名，并置漳浦、怀恩二县。初治漳浦，开元四年，徙治李澳川，县三：龙溪、龙岩、漳浦。"

〔四〕岱宗：即泰山。《书·舜典》："岁二月，东巡守，至于岱宗。"陆德明释文:“岱音代,泰山也。”杜甫《望岱》:“岱宗夫如何,齐鲁青未了。”

〔五〕池水句:古代书法家洗砚之处呼曰墨池。传说之古迹甚多,如浙江绍兴、江西临川均有王羲之洗砚之墨池;河南陕州有张芝洗砚的墨池。本句盖用此以表明陈逸人离开这个故居,为时不久,故言“犹含墨”。看来这位逸人,也是喜欢书法的。

〔六〕风云:原作“山云”,明、清各本同。宋本、《全唐诗》作“风云”。今从宋本。

〔七〕今宵两句:“今宵”原作“今朝”,明活本、汲本、清本同。宋本《全唐诗》作“今宵”。此句意出《庄子》,该文为“夜半”,故应从宋本作“今宵”。《庄子·大宗师》:“夫藏舟于壑,藏山于泽,谓之固矣。然而夜半有力者负之而走,昧者不知也。”郭象注:“夫无力之力,莫大于变化者也。故乃揭天地以趋新,负山岳以舍故。故不暂停,忽已涉新,则天地万物,无时而不移也。世皆新矣,而自以为故;舟日易矣,而视之若旧;山日更矣,而视之若前。今交一臂而失之,皆在冥中去矣,故向者之我,非复今我也。我与今俱往,岂常守故哉?而世莫之觉,横谓今之所遇,可系而在,岂不昧哉?”庄子这段话在于说明一切俱在变化中,本诗则以表示人事无常,人已死而物难觅。

姚开府山池〔一〕

主人新邸第〔二〕,相国旧池台〔三〕。馆是招贤辟〔四〕,楼因教舞开。轩车人已散〔五〕,箫管凤初来〔六〕。今日龙门下〔七〕,谁知文举才。

〔一〕开府:开府本开建府署、辟置官吏之意,唐代有开府仪同三司,为文散官之最高级。姚开府,《旧唐书·玄宗纪》:“(开元四年)十二月，兵部尚书兼紫微令梁国公姚崇为开府仪同三司。”据此，则姚开府盖为姚崇。本诗宋本不载。

〔二〕邸第：王侯府第。后亦泛指贵族府第。沈佺期《龙池乐章》：“邸第楼台多气色，君王凫雁有光辉。”

〔三〕相国：汉代有相国之称，地位与丞相等。唐代往往用为丞相之通称，实无此官。姚崇曾为宰相，故称相国。

〔四〕招贤：招求贤者。《战国策·燕策一》：“燕昭王收破燕后，即位，卑身厚币以招贤者。”

〔五〕轩车：古代大夫以上所乘之车，后泛指贵族之车。详《宴张记室宅》注〔三〕。

〔六〕箫管句：箫管指管乐器。《列仙传》：“萧史者，秦穆公时人，善吹箫，能致孔雀、白鹤。穆公女弄玉好之，公妻焉。乃教弄玉作凤台，一旦，夫妻同随凤飞去。”言音乐之美，可引凤来。

〔七〕龙门：汲本、《全唐诗》同。明活本、清本作“龙山”。龙门，即河津，鱼跳过者成龙，以喻人之升腾。参看《荆门上张丞相》注〔一二〕。

过陈大水亭〔一〕

水亭凉气多〔二〕，闲棹晚来过。涧影见藤竹〔三〕，潭香闻芰荷〔四〕。野童扶醉舞，山鸟助酣歌〔五〕。幽赏未云遍〔六〕，烟光奈夕何〔七〕。

〔一〕题目：原作“夏日浮舟过滕逸人别业”，明活本、清本、《品汇》“滕”作“陈”，据毛校记元本亦作“陈”。宋本、汲本作“张”。《国秀集》作“过陈大水亭”，《全唐诗》作“夏日浮舟过陈大水亭”，二者基本相同。今从《国秀集》。陈大：未详。

〔二〕亭：明、清各本及《全唐诗》、《国秀集》、《品汇》同。宋本作“高”，盖形近而误。

〔三〕藤竹：明活本、清本、《国秀集》、《品汇》同。宋本、汲本、《全唐诗》作“松竹”。

〔四〕芰荷：《楚辞·宋玉〈招魂〉》：“芙蓉始发，杂芰荷些。”王逸注：“芰，菱也。言池水之中，有芙蓉始发其华，芰菱杂错罗列而生，俱茂盛也。”张九龄《东湖临泛饯王司马》：“聊乘风日好，来泛芰荷香。”

〔五〕山鸟：明活本、清本、《全唐诗》、《国秀集》、《品汇》同。宋本、汲本作“山妓”。当以“山鸟”为是。助：原作“笑”。宋本、明活本、汲本、《品汇》同。清本、《全唐诗》、《国秀集》作“助”。今从《国秀集》。

〔六〕未：明、清各本及《全唐诗》、《国秀集》、《品汇》同。宋本作“天”，误。

〔七〕烟光：宋、明、清各本及《品汇》同。《国秀集》作“烟花”。奈：明、清各本及《全唐诗》、《国秀集》、《品汇》同。宋本作“郍”。按：“郍”即“那”，见《正字通》。“那”，诺何切，即“奈何”之合音。《左传·宣公二年》：“牛则有皮，犀兕尚多，弃甲则那？”那为奈何之意，再加“何”字，陷于重复，当以“奈”为是。

夏日辨玉法师茅斋

夏日茅斋里，无风坐亦凉。竹林新笋穊〔一〕，藤架引梢长〔二〕。燕觅巢窠处，蜂来造蜜房。物华皆可玩〔三〕，花蘂四时芳〔四〕。

〔一〕新笋：明活本、汲本、清本、《全唐诗》作“深笴”。穊：明活本、汲本、《全唐诗》同。清本作“稚”。穊，稠密。《说文》：“穊，稠也。”《史记·齐悼惠王世家》：“深耕穊种，立苗欲疏。”

〔二〕梢:原作“稍”,汲本、清本同。明活本、《全唐诗》作“梢”,是,据改。

〔三〕物华:美丽的自然景色。《宋书·谢灵运传》:“怨物华之推驿,慨舟壑之递迁。”玩:原作“翫”,汲本同。明活本、清本、《全唐诗》作“玩”。翫通玩。玩,古在换韵,读去声。《文选·张衡·东京赋》:“作洛之制,我则未暇,是以西匠营宫,目翫阿房。”

〔四〕花蘂:明活本、汲本同。清本、《全唐诗》作“花蕊”。蘂同蕊,见《集韵》。花蕊,花。《洛阳伽蓝记》:“景乐寺,太傅清河文献王怿所立也。……堂庑周环,曲房连接,轻条拂户,花蘂被庭。”

与张折冲游耆阇寺〔一〕

释子弥天秀〔二〕,将军武库才〔三〕。横行塞北尽〔四〕,独步汉南来。贝叶传金口〔五〕,山楼作赋开〔六〕。因君振嘉藻,江楚气雄哉。

〔一〕张折冲:唐代各州有折冲府,置折冲都尉。张折冲,未详其人。耆阇寺:未详。查地志载耆阇寺有二:一在陕西凤翔,该寺建于唐乾宁四年,当非是。一在南京,又与本诗“汉南”不合。

〔二〕释子:僧徒出家,舍弃本姓,服从释迦,故称僧徒为释子。弥天:意犹满天,极言其广大。《晋书·习凿齿传》:“时有桑门释道安,……与习凿齿初相见。道安曰:‘弥天释道安。’凿齿曰:‘四海习凿齿。’时人以为佳对。”顾况《寻僧》:“弥天释子本高情,往往山中独自行。”

〔三〕武库才:“才”:宋本、汲本、《全唐诗》同。明活本、清本作“材”。据毛校记元本亦作“材”,通。汉代置武库以储备武器,后亦称人富有才识、干练多能曰武库或武库才。《晋书·裴頠传》:“御史中丞周弼见而叹曰:‘頠若武库,五兵纵横,一时之杰也。’”这里指张折冲。

〔四〕行:明、清各本及《全唐诗》同。宋本作“门”,盖因草书形近而误。从本句可以看出,这位张折冲曾在塞北作战。

〔五〕贝叶:贝多罗树,亦称菩提树,其叶可以书写经文,亦称贝叶书,因成为佛经之泛称。庾信《善圣寺碑》:“溽露低枝,荡真文于贝叶。”金口:喻佛言珍贵如金。《广弘明集》卷二二隋炀帝《宝台经藏愿文》:“前佛后佛,谅同金口。”

〔六〕山楼:原作“山樱”,明活本同。宋本、汲本、清本、《全唐诗》作“山楼”。今从宋本。

与白明府游江〔一〕

故人来自远,邑宰复初临。执手恨为别,同舟无异心。沿洄洲渚趣〔二〕,演漾弦歌音〔三〕。谁为躬耕者〔四〕,年年梁甫吟〔五〕。

〔一〕白明府:唐人称县令曰明府。白明府,其人不详。根据诗的内容、语气似为襄阳县令,则“江”当为汉江。

〔二〕沿洄:顺流而下曰沿,逆流而上曰洄。李白《淮阴书怀寄王宗城》:“沿洄且不定,飘忽怅徂征。”本句写游江。

〔三〕演漾:明活本、汲本、清本、《全唐诗》同。宋本作“衍漾”。此俱为双声联绵词,二者音近意通。水流动荡漾貌,这里借指音乐悠扬。阮籍《咏怀诗》:“泛泛乘轻舟,演漾惟所望。”颜延之《车驾幸京口三月三日侍游曲阿后湖作》:“藐盼觏青崖,衍漾观绿畴。”弦歌:亦作弦歌。《论语·阳货》:“子之武城,闻弦歌之声。”孔颖达疏:“子之武城,子游为武城宰,意欲以礼乐化导于民,故弦歌。”后世常用“弦歌”以代邑宰或代邑宰的从政。本诗中语意双关。

〔四〕为:原作“识”,明活本、清本、《全唐诗》同。宋本、汲本作“为”。

今从宋本。

〔五〕梁甫吟：亦名梁父吟，乐府楚曲调名。《乐府诗集》卷四一"梁甫吟"解题云："按：梁甫，山名，在泰山下。梁甫吟盖言人死葬此山，亦葬歌也。"《三国志·蜀志·诸葛亮传》："亮躬耕陇亩，好为梁父吟。"

游精思题观主山房〔一〕

误入花源里，初怜竹径深。方知仙子宅，未有世人寻〔二〕。舞鹤过闲砌〔三〕，飞猿啸密林。渐通玄妙理〔四〕，深得坐忘心〔五〕。

〔一〕题目：明活本、《全唐诗》同。汲本无"观主"二字。清本无"题观主"三字。《品汇》作"游精思观题山房"。精思：观名，当在襄阳附近。参看《游精思观回王白云在后》注〔一〕。此诗宋本不载。

〔二〕误入四句：借用陶渊明《桃花源记》故实。详《武陵泛舟》注〔二〕。四句极言精思观环境之幽深。

〔三〕过闲砌：明活本、清本、《全唐诗》、《品汇》同。汲本作"闲过砌"。舞鹤二句，极言精思观的幽静。

〔四〕玄妙理：本指幽深微妙的道理。《淮南子·览冥训》："夫物类之相应，玄妙深微，知不能论，辩不能解。"本诗则指道教教义。

〔五〕坐忘心：指道家所追求的物我两忘的精神状态。《庄子·大宗师》："（颜回）曰：'回坐忘矣。'仲尼蹵然曰：'何谓坐忘？'颜回曰：'堕肢体，黜聪明，离形去知，同于大通，此谓坐忘。'"

寻梅道士张逸人〔一〕

彭泽先生柳〔二〕，山阴道士鹅〔三〕。我来从所好〔四〕，停策夏云多〔五〕。重以观鱼乐〔六〕，因之鼓枻歌〔七〕。崔徐迹未朽，千载揖清波〔八〕。

〔一〕题目:原作"寻梅道士",清本、《全唐诗》同。据毛校记元本亦作"寻梅道士"。明活本、《英华》作"寻梅道士张山人"。宋本、汲本作"寻梅道士张逸人"。今从宋本。梅道士、张逸人均不详。

〔二〕彭泽句:晋陶渊明曾为彭泽令,故称彭泽先生。萧统《陶渊明传》:"渊明少有高趣,博学善属文,颖脱不群,任真自得。尝著《五柳先生传》以自况,时人谓之实录。"

〔三〕山阴句:《晋书·王羲之传》:"性喜鹅,……山阴有一道士,养好鹅,羲之往观焉,意甚悦,固求市之。道士云:'为写《道德经》,当举群相赠耳。'羲之欣然写毕,笼鹅而归,甚以为乐。"二句言渊明喜柳,羲之喜鹅,各有所好,以喻梅道士张逸人。

〔四〕所:明活本、清本、《全唐诗》、《英华》同。宋本、汲本作"此"。

〔五〕夏云:汲本、《英华》同。宋本、《全唐诗》作"汉阴"。明活本、清本作"夏阴"。

〔六〕观:明活本、汲本、清本、《全唐诗》、《英华》同。宋本作"窥"。观鱼乐:《庄子·秋水》:"庄子与惠子游于濠梁之上。庄子曰:'鲦鱼出游从容,是鱼之乐也。'惠子曰:'子非鱼,安知鱼之乐?'庄子曰:'子非我,安知我不知鱼之乐?'惠子曰:'我非子,固不知子矣;子固非鱼也,子不知鱼之乐,全矣。'庄子曰:'请循其本。子曰汝安知鱼乐云者,既已知吾知之而问我,我知之濠上也。'"此指逍遥世外,纵情山水。

〔七〕鼓枻:摇动船桨。《楚辞·渔父》:"渔父莞尔而笑,鼓枻而去。"孙登《登楼赋》:"牧竖吟啸于行陌,舟人鼓枻而扬歌。"鼓枻歌,犹言笑傲江湖。

〔八〕崔徐两句:崔徐,崔州平与徐庶。《三国志·蜀志·诸葛亮传》:"(亮)每自比于管仲、乐毅,时人莫之许也。惟博陵崔州平、颍川徐庶元直与亮友善,谓为信然。"揖:宋、明各本及《全唐诗》、《英华》同。清本作“挹”。

杨慎《升庵诗话》卷三：王右丞诗：“畅以沙际鹤，兼之云外山。”孟浩然云：“重以观鱼乐，因之鼓枻歌。”虽用助语辞而无头巾气。宋人黄陈辈效之，如：“且然聊尔耳，得也自知之。”又如：“命也岂终否，时乎不暂留。”岂止学步邯郸，效颦西子，乃是丑妇生疮，雪上再霜也。

陪姚使君题惠上人房〔一〕

带雪梅初暖，含烟柳尚青。来窥童子偈〔二〕，得听法王经〔三〕。会理知无我〔四〕，观空厌有形〔五〕。迷心应觉悟，客思不遑宁〔六〕。

〔一〕题目：原多“得青字”三字。宋、明、清各本及《全唐诗》、《英华》、《律髓》无。据删。据毛校记元本作“题惠上人房”。使君：刺史之通称，上人乃僧人的尊称。姚使君、惠上人均不详。

〔二〕童子：梵语究摩逻，为八岁以上未冠者。又经中称菩萨亦为童子，因菩萨为如来之王子故也。这里当指后者。偈：梵语偈佗，简称曰偈，为佛经中的颂词。

〔三〕法王经：佛教徒尊称释迦牟尼为法王，法王经即佛经之意。《无量寿经》下：“佛为法王，尊超众圣，普为一切天人之师。”

〔四〕会：领悟之意。如《韩非子·解老》：“其智深则其会远。”理：宋、明、清各本及《全唐诗》、《英华》同。《律髓》作“里”，误。理，犹道。《广雅·释诂》：“理，道也。”《淮南子·原道训》：“是故一之理。”高诱注：“理，道也。”这里指佛教之道。知无我：宋、明各本及《全唐诗》、《英华》、《律髓》同。清本作“无知我”，误。无我，佛教的根本思想之一，它否定世界上有物质实在自体，这也是佛教徒追求的最高思想境界。

〔五〕空:佛教重要思想之一,它认为一切事物本身并不具有常住不变的个体,也不是独立存在的实体,故称为空。

〔六〕不:明活本、清本、《英华》同。宋本、汲本、《全唐诗》、《律髓》作“未”。

方回《瀛奎律髓》卷四七:浩然于佛法,亦深有所得。此篇五六语明白无碍。张丞相《经玉泉长韵》云:“闻钟鹿门近,照胆玉泉清。”尤佳。

方回《瀛奎律髓》纪昀评:清妥之篇,别无蕴味,非孟公之极笔。

晚春永上人南亭〔一〕

给园支遁隐〔二〕,虚寂养身和〔三〕。春晚群木秀,关关黄鸟歌〔四〕。林栖居士竹〔五〕,池养右军鹅〔六〕。炎月北窗下〔七〕,清风期再过。

〔一〕题目:“永”原作“远”,明活本、《全唐诗》同。宋本、汲本作“永”。《英华》作“咏”,盖同音而误。今从宋本。据毛校记元本全题作“题远上人窗”。据此可知,“远”乃元人所改。永上人:其人不详。

〔二〕给园:佛家园林给孤独园之略称,为佛说法之地。《金刚般若波罗密经》:“一时佛在舍卫国祇树给孤独园。”支遁:晋高僧。详《还山贻湛法师》注〔七〕及《题荣二山池》注〔三〕。

〔三〕身和:原作“闲和”,明活本、清本同。宋本、汲本、《全唐诗》、《英华》作“身和”。据改。

〔四〕关关:宋、明、清各本及《英华》同。《全唐诗》作“间关”。关关,鸟和鸣声。《诗·周南·关雎》:“关关雎鸠,在河之洲。”毛傅:“关关,和声也。”后人改为“间关”,盖根据诗的格律,因上句为“春晚”,并非叠字。不知浩然为诗,在对偶上并不那样严格,常顺其自然。

〔五〕居士:明活本、清本、《全唐诗》、《英华》同。宋本、汲本作“良士”。居士,梵语“迦罗越”的义译,指奉佛之人。《维摩诘所说经·方便品》:“若在居士,居士中尊,断其贪著。”

〔六〕右军鹅:晋王羲之官至右军将军,故称王右军。平生喜鹅。参看《寻梅道士张逸人》注〔三〕。

〔七〕炎月:原作“花月”,宋本、明活本、汲本、《全唐诗》、《英华》作“炎月”。今从宋本。清本作“炎日”,据毛校记元本亦作“炎日”,可见“炎日”是出自元人的改动,“花月”是出自明人的改动。

人日登南阳驿门亭子怀汉川诸友〔一〕

朝来登陟处〔二〕,不似艳阳时〔三〕。异县殊风物〔四〕,羁怀多所思〔五〕。剪花惊岁早〔六〕,看柳讶春迟。未有南飞雁,裁书欲寄谁〔七〕?

〔一〕题目:明活本、汲本、《全唐诗》同。清本“驿”下无“门”字。据毛校记元本作“登驿门亭怀汉川诸友”。此诗宋本不载。南阳:唐南阳县属邓州,即今南阳市。汉川:本指汉水,襄阳在汉水沿岸,浩然称汉川常借指襄阳故乡。

〔二〕陟:明活本、清本、《全唐诗》同。汲本作“涉”,误。按“陟”与“登”为同义连言,登陟正符合题目及诗意。

〔三〕艳阳:春日阳光明媚。《文选·鲍照·学刘公干体》:“兹辰自为美,当避艳阳年。艳阳桃李节,皎洁不成妍。”

〔四〕风物:陶渊明《游斜川诗序》:“天气澄和,风物闲美。”

〔五〕羁：原作"覉"，明活本、清本作"羇"。汲本、《全唐诗》作"羁"。"覉"、"羇"乃"羁"之俗字，见《篇海》。

〔六〕剪花：《荆楚岁时记》："正月七日为人日，以七种菜为羹。剪彩为人，或镂金箔为人，以贴屏风，亦戴之头鬓。又造华胜以相遗，登高赋诗。"

〔七〕未有二句：书：汲本、《全唐诗》同。明活本、清本作"衣"，非。《汉书·苏武传》："匈奴与汉和亲。汉求武等，匈奴诡言武死。后汉使复至匈奴，常惠请其守者与俱，得夜见汉使，具自陈道。教使者谓单于，言天子射上林中，得雁，足有系帛书，言武等在某泽中。使者大喜，如惠语以让单于。单于视左右而惊，谢汉使曰：'武等实在。'"大雁传书，成为典实。因无南飞雁，所以才说"裁书欲寄谁"，因以表达对汉川诸友的深沉思念。

刘辰翁曰：其（指"剪花"二句）嫩腻如此。

李梦阳曰：剪花二句，终伤气。

游凤林寺西岭〔一〕

共喜年华好〔二〕，来游水石间〔三〕。烟容开远树，春色满幽山。壶酒朋情洽，琴歌野兴闲。莫愁归路暝，招月伴人还。

〔一〕凤林寺：《清一统志·湖北·襄阳府》："凤林寺在襄阳县东南十里。《名胜志》：凤凰山旧有梁武帝寺，宋之问使过襄阳，登凤林山阁，有诗，即此处也。"此诗宋本不载。

〔二〕年华：年岁、时光。庾信《竹枝赋》："潘岳秋兴，嵇生倦游，桓谭不乐，吴质长愁，并皆年华未暮，容貌先秋。"

〔三〕水石：明活本、《全唐诗》同。汲本、清本作"石水"。

施闰章《蠖斋诗话·月诗》：浩然"沿月棹歌还"、"招月伴人还”、“沿月下湘流”、“江清月近人”,并妙于言月。右丞“松际露微月,清光犹为君”,老杜“帘卷还照客,倚杖更随人”,说出性情;“江月去人止数尺”尤趣,不容更着一语。

陪独孤使君同与萧员外证登万山亭〔一〕

万山青嶂曲〔二〕,千骑使君游。神女鸣环佩〔三〕,仙郎接献酬。遍观云梦野〔四〕,自爱江城楼。何必东南守,空传沈隐侯〔五〕。

〔一〕题目:汲本、《全唐诗》同。明活本少一“证”字。此诗宋本、清本俱不载。按此题当有错字。张仲炘总纂《湖北通志》卷九七引《金石存疑考》:“考《孟浩然集》有《陪独孤使君同与萧员外证登万山亭》诗,‘同’字疑‘册’字之讹文,而‘萧员外证’,其即‘诚’欤?”查《容斋随笔》卷八《赏鱼袋》:“衡山有唐开元二十年所建南岳真君碑,荆府兵曹萧诚书。”从这个碑可知萧诚曾为荆州兵曹参军。又查欧阳棐《集古录目》知襄州刺史独孤册离襄州以后,襄人为其立“独孤册遗爱颂碑”亦为萧诚所书,从这里不难看出独孤册与萧诚之间的关系。又据岑仲勉《郎官石柱题名新考订》,萧诚为玄宗朝司勋员外郎,故本诗称萧员外。根据以上材料,则“同”当为“册”之讹,“证”当为“诚”之讹。参看《同独孤使君东斋作》注〔一〕。

〔二〕万山:在襄阳西北十里。详《秋登万山寄张五》注〔一〕。

〔三〕神女句:因襄阳傍汉水,故以郑交甫在汉皋台下,遇二神女解佩相赠事喻。详《万山潭》注〔六〕。

〔四〕云梦:古泽薮名。详《从张丞相游纪南城猎戏赠裴迪张参军》注〔三〕。

〔五〕沈隐侯:沈约字休文,吴兴武康(今浙江德清)人。历仕宋、齐、梁三朝。有文名，与谢朓、王融等人合称“竟陵八友”。入梁，以功封建昌县侯，官至尚书令，卒谥隐。曾在东阳太守任上作《八咏诗》，后人因诗改元畅楼为八咏楼，传为佳话，参《同独孤使君东斋作》注〔七〕。此二句借言家乡山水亭台之美，以示隐逸之志。

赠道士参寥〔一〕

蜀琴久不弄〔二〕，玉匣细尘生〔三〕。丝脆弦将断，金徽色尚荣〔四〕。知音徒自惜〔五〕，聋俗本相轻〔六〕。不遇钟期听〔七〕，谁知鸾凤声。

〔一〕道士参寥："寥"原作"廖"，明活本同。汲本、《全唐诗》作"寥"，据改。参寥，其人不详。李白有《赠参寥子》诗，王琦注："参寥子，当时逸士，其姓名无考，盖取《庄子》之说以为号也。"疑道士参寥即参寥子。若然，则参寥当居襄阳。李白诗云："白鹤飞天书，南荆访高士。五云在岘山，果得参寥子。"

〔二〕蜀琴：据传说蜀地产逻逊檀，其木温润如玉，光耀可鉴，用以制造乐器，声音洪亮优美。鲍照《玩月城西门廨中》："蜀琴抽白雪，郢曲发阳春。"钱振伦注："相如工琴而处蜀，故曰蜀琴。"可备一说。

〔三〕玉匣句：珍贵之琴用玉匣储之，因久不弹，故玉匣生尘。

〔四〕金徽：《正字通》："琴节曰徽。"即弹琴时抚抑之处。珍贵之琴，徽用金、玉、象牙等物，故曰金徽。《玉台新咏》梁元帝《咏秋夜》："金徽调玉轸，兹夜抚离鸿。"

〔五〕知音：了解音律，喻知心好友。详《夏日南亭怀辛大》注〔六〕。

〔六〕聋俗：耳聋则不能欣赏音乐，喻愚昧无知的世俗。《文选·赵至·与嵇茂齐书》："奏韶舞于聋俗，固难以取贵矣。"刘良注："聋俗，耳病之人不贵音也。"

〔七〕钟期：即钟子期。详《夏日南亭怀辛大》注〔六〕。

京还赠张淮〔一〕

拂衣何处去〔二〕,高枕南山南〔三〕。欲徇五斗禄〔四〕,其如七不堪〔五〕!早朝非晚起〔六〕,束带异抽簪〔七〕。因向智者说,游鱼思旧潭〔八〕。

〔一〕张淮:原作"张维"。明活本、清本、《全唐诗》同。宋本、汲本作"张淮"。今从宋本。○此诗作于长安归来之后,约在开元十七八年间。

〔二〕拂衣:《后汉书·杨彪传》:"孔融鲁国男子,明日便当拂衣而去,不复朝矣。"本为提起衣服之意,后亦引申为隐居,谢灵运《述祖德》:"高揖七州外,拂衣五湖里。"何处去:原作"去何处",清本同。明活本作"志何去"。宋本、汲本、《全唐诗》作"何处去"。今从宋本。

〔三〕南山:浩然故居附近之岘山。详《题长安主人壁》注〔二〕。

〔四〕徇:宋本、《全唐诗》同。明活本、汲本、清本作"狥",乃"徇"之俗字,见《字汇》。徇,追求。《一切经音义》卷二十一引《仓颉篇》:"徇,求也。"《史记·伯夷列传》:"贪夫徇财。"五斗禄:萧统《陶渊明传》:"以为彭泽令。……会郡督邮至,县吏请曰:'应束带见之。'渊明叹曰:'我岂能为五斗米折腰,向乡里小儿!'即日解绶去。"

〔五〕七不堪:魏嵇康反对司马氏,山涛推荐嵇康为官,嵇康因致书山涛(即《与山巨源绝交书》),缕述自己才能不堪为官者七条,后世遂以"七不堪"作为才能不堪为官的典故。

〔六〕晚起:原作"晏起",明活本、汲本、清本同。宋本、《全唐诗》作"晚起"。今从宋本。

〔七〕束带:古人束紧衣带、整饰衣冠,表示恭谨,乃做官人觐见上司必有的仪表。《论语·公冶长》:“子曰:赤也,束带立于朝,可使与宾客言也。”抽簪:宋本、汲本、清本、《全唐诗》同。明活本作“抽篸”,篸同簪,见《集韵》。抽簪,古人做官者均用簪以贯串冠发,抽簪,喻弃官。《文选·张协·咏史》:“抽簪解朝衣,散发归海隅。”李善注:“钟会《遗荣赋》曰:‘散发抽簪,永绝一丘。’《仓颉篇》曰:‘簪,笄也,所以持冠也。’”

〔八〕游鱼句:陶渊明《归园田居》:“羁鸟恋旧林,池鱼思故渊。”

题李十四庄兼赠綦毋校书〔一〕

闻君息阴地,东郭柳林间〔二〕。左右瀍涧水〔三〕,门庭缑氏山〔四〕。抱琴来取醉〔五〕,垂钓坐乘闲。归客莫相待,寻源殊未还〔六〕。

〔一〕庄:原作“疰”,宋本同。明活本、清本、《全唐诗》、《英华》作“庄”,疰为庄之俗字,见《唐韵》。李十四:其人未详。綦毋校书:綦毋潜,荆南人。开元十四年(七二六)进士及第,授宜寿县尉,后入朝为集贤院待制,迁右拾遗,又曾为校书郎,终著作郎。后挂官归隐,王维有诗送之。其诗工于描绘幽寂山林景色,多方外之情,为盛唐田园山水诗派作者之一。

〔二〕柳林:宋、明各本及《全唐诗》、《英华》同。清本作“杨柳”。据毛校记元本亦作“杨柳”。

〔三〕瀍:在洛阳之北,源出洛阳北之谷城山。《水经注·瀍水》:“瀍水出河南谷城县北山。东南流注于谷。”按:谷水今称涧水。涧:在洛阳西北。《水经注·涧水》:“涧水出新安县南白石山。孔安国曰:涧水出渑池山,今新安县西北,有一水北出渑池界,东南流,径新安县而东南流入于谷水。”按:新安与渑池为邻县,两处记载,略有出入。

〔四〕缑氏山：在今河南偃师县南。《元和郡县志·河南道·河南府》："缑氏山在县(缑氏)东南二十九里。王子晋得仙处。"

〔五〕抱琴句：李白《山中对酌》："我醉欲眠君且去，明朝有意抱琴来。"

〔六〕寻源：原作"缘源"，明活本同。《英华》作"缘原"。宋本、清本、《全唐诗》作"寻源"。《英华》周必大等校记云："集作寻源。"今从宋本。

寄赵正字〔一〕

正字芸香阁〔二〕，幽人竹素园〔三〕。经过宛如昨〔四〕，归卧寂无喧。高鸟能择木〔五〕，羝羊漫触藩〔六〕。物情今已见，从此欲无言〔七〕。

〔一〕赵正字：明活本、汲本、《全唐诗》同。宋本、《英华》无"赵"字。根据唐人称谓习惯，官名之前，多有姓氏，宋本、《英华》或有遗漏，今暂从明、清各本。正字，官名，掌管校雠典籍，刊正文章，属秘书省，官阶次于校书郎。赵正字，未详其人。

〔二〕芸香阁：秘书省藏书楼。陈子昂《高府君墓志》："其祖钦仁，检校秘书郎，持三寸笔，终入芸香之阁。"

〔三〕竹素：原作"竹叶"，明活本同。宋本、汲本、《全唐诗》、《英华》作"竹素"，据改。竹素，意犹竹帛。《文选·张协·杂诗》："游思竹素园，寄辞翰墨林。"李善注："《风俗通》曰：'刘向为孝成皇帝典校书籍，皆先书竹，为易刊定，可缮写者以上素也。今东观书竹素也。'"本句正用此典。

〔四〕经过句：宋本、《英华》本句在"幽人竹素园"之前。明、清各本及《全唐诗》俱在此后。根据诗的格律，宋本、《英华》当为错简，今从明、清各本。

〔五〕高鸟句：高贵之鸟，择木而栖。喻高士生活道路，自有选择。《庄子·秋水》:“南方有鸟,其名为鹓雏,子知之乎?夫鹓雏发于南海,而飞于北海,非梧桐不止,非练实不食,非醴泉不饮。”本句即用其意。

〔六〕羝羊句:漫:明活本、汲本、《全唐诗》同。宋本作“谩”,同音而误。《英华》作“屡”。《易·大壮》:“羝羊触藩,羸其角。”孔颖达疏:“羝羊,羖羊也。藩,藩篱也。羸,拘累缠绕也。”高亨《周易古经今注》:“累其角,即系其角,作羸借字耳。羝羊触藩,若系其角而縻之,则无藩破之患,凡系羊者多系其角也。”后多用以喻仕途不顺。

〔七〕从此:宋本、汲本、清本、《全唐诗》同。明活本、《英华》作“徒自”。欲无言:原作“愿忘言”,汲本、清本、《全唐诗》同。宋本、明活本、《英华》作“欲无言”。据毛校记元本作“愿无言”。可见宋元时代俱作“无言”,明以后才改为“忘言”。今从宋本。

秋登张明府海亭〔一〕

海亭秋日望,委曲见江山。染翰聊题壁〔二〕,倾壶一破颜〔三〕。歌逢彭泽令〔四〕,归赏故园间〔五〕。余亦将琴史〔六〕,栖迟共取闲〔七〕。

〔一〕题目:宋、明各本及《全唐诗》、《英华》同。清本无“秋”字。据毛校记元本亦无“秋”字。张明府海亭:奉先县令张子容在旧隐处建新舞阁,名曰海亭。详《奉先张明府休沐还乡海亭宴集》有关各注。○此诗约作于开元二十三年,浩然晚年时期。

〔二〕聊题壁:明、清各本及《全唐诗》同。宋本、《英华》“聊”作“卧”,误。

〔三〕破颜:原作“解颜”,明清各本、《全唐诗》同。宋本、《英华》作“破颜”。今从宋本。

〔四〕歌逢:原作“欢逢”,明活本同。宋本、汲本、《全唐诗》、《英华》作

"歌逢"。今从宋本。彭泽令:陶渊明曾为彭泽令。这里借指奉先令张子容。

〔五〕归赏句:张子容曾隐居襄阳白鹤岩,今又重临故地,并在故地新建海亭,故称归赏故园间。

〔六〕琴史:犹琴书。古代知识分子最重琴、书,认为不可须臾或离。

〔七〕栖迟:《诗·陈风·衡门》:"衡门之下,可以栖迟。"毛传:"栖迟,游息也。"孟浩然携带琴书,与张子容共游息于海亭之上。

题融公兰若〔一〕

精舍买金开〔二〕,流泉绕砌回。芰荷薰讲席〔三〕,松柏映香台〔四〕。法雨晴飞去〔五〕,天花昼下来〔六〕。谈玄殊未已〔七〕,归骑夕阳催。

〔一〕融公:宋、明、清各本及《全唐诗》、《律髓》、《品汇》同。《英华》作"容山主"。《孟集》中尚有《过故融公兰若》、《过融上人兰若》二诗,融上人当即融公,故以"融"为是。按:《英灵集》选浩然前诗题作《过景空寺故融公兰若》,也可以证明当为"融"字。同时知融公当为景空寺僧。

〔二〕精舍:寺院。《世说新语·栖逸》:"康僧渊在豫章,去郭数十里立精舍,旁连岭,带长川,芳林列于轩庭,清流激于堂宇。"开:宋、明、清各本、《全唐诗》及《律髓》、《品汇》同。《英华》作"地"。

〔三〕芰荷:芰为菱,荷为莲,以其清香洁净为古人所爱。释家亦尊爱莲花,故佛国称莲界,佛座称莲座。

〔四〕映:明、清各本、《全唐诗》及《律髓》、《品汇》同。宋本作"暎",同映,见《集韵》。《英华》作"绕"。香台:佛殿之别称。卢照邻《游昌化山精舍》:"宝地乘峰出,香台接汉高。"

〔五〕法雨:佛家认为佛法无边,如天雨之降临,普及于世间万物。《广弘明集·谢灵运〈慧远法师诔〉》:“仰弘如来,宣扬法雨。”飞去:明、清各本、《全唐诗》及《英华》、《律髓》、《品汇》同。宋本作“霏去”,非。

〔六〕天花:亦作“天华”。佛教谓佛说法则天花乱坠。《高僧传》:“梁僧法云讲次,天花散坠。”梁简文帝《与广信侯述听讲事书》:“法水晨流,天花夜落。”

〔七〕谈玄句:宋、明、清各本及《全唐诗》、《律髓》、《品汇》同。《英华》作“一乘谈未了”。

方回《瀛奎律髓》纪昀评:语虽平近,尚有初唐意味。

九日于龙沙寄刘大昚虚〔一〕

龙沙豫章北〔二〕,九日挂帆过〔三〕。风俗因时见,湖山发兴多。客中谁送酒〔四〕,棹里自成歌〔五〕。歌竟乘流去〔六〕,滔滔任夕波。

〔一〕题目:此诗题目各本极不统一。原作“九日龙沙寄刘大”。明活本、汲本“寄”上多一“作”字。清本、《全唐诗》“寄”上多一“作”字,“大”下多“昚虚”二字。宋本作“九日于龙沙作寄刘”,显然有漏字。《英华》作“九日龙沙作寄刘丈”,显然有误字。《唐诗纪事》引作“九日于龙沙寄刘大昚虚”。今从《唐诗纪事》。刘大昚虚:嵩山人。开元十一年进士及第,任洛阳尉,迁夏县令。仕途不得意,故《明皇杂录》言其“虽有文章盛名”,而“流落不偶”。其诗多写山水隐居,与孟浩然、王昌龄、高適等友善。龙沙:《水经注·赣水》:“赣水又北径龙沙西,沙甚洁白,高峻而阤有龙形,连亘五里中,旧俗九月九日升高处也。”《太平寰宇记·江南西道·洪州》:“龙沙在州北七里一带,江沙甚白而高峻。左右居人,时见龙迹。按雷次宗《豫章记》云:‘北有龙沙,堆阜逶迤,洁白高峻而似龙形，连亘五六里。旧俗九月九日登高之处。'"○此诗当作于壮年漫游时期。

〔二〕豫章：即今江西南昌市。南朝置豫章郡，隋平陈，罢郡为洪州，炀帝时废州又为豫章郡，唐武德中，又改置洪州，治所在豫章。

〔三〕挂帆：犹挂席、扬帆。详《彭蠡湖中望庐山》注〔四〕。

〔四〕客中句：萧统《陶渊明传》："尝九月九日出宅边菊丛中坐久之，满手把菊。忽值（江州刺史王）弘送酒至，即便就酌，醉而归。"洪州之北，即为江州，盖因地而化用此典，以说明客中冷落。

〔五〕棹里句：张志和《渔父歌》："青草湖中月正圆，巴陵渔父棹歌还。"

〔六〕歌竟句：宋、明、清各本及《唐诗纪事》同。《英华》作"竟自乘流去"。

刘辰翁曰：自要写得似，不似即与别人写得何异？

李梦阳曰：歌字相接是转调法。

洞庭湖寄阎九〔一〕

洞庭秋正阔，余欲泛归船。莫辨荆吴地〔二〕，唯馀水共天。渺弥江树没〔三〕，合沓海湖连〔四〕。迟尔为舟楫，相将济巨川〔五〕。

〔一〕洞庭湖：在今湖南北部，详《望洞庭湖上张丞相》注〔一〕。阎九：即阎防。详《湘中旅泊寄阎九司户防》注〔一〕。○此诗盖作于壮年漫游时期，约在开元四至六年。

〔二〕辨：汲本、清本、《全唐诗》同。明活本作"辩"，非。

〔三〕渺弥：《全唐诗》同。明活本"弥"作"渳"，同。汲本、清本作"渺茫"。渺弥，旷远之貌。《文选·木华·海赋》："沖瀜沆瀁，渺弥泼漫。"李善注："渺弥泼漫，旷远之貌。"江树：谢朓《之宣城郡出新林浦向板桥》："天际识归舟，云中辨江树。"

〔四〕合沓：汲本、清本、《全唐诗》同。明活本"沓"误作"沓"。合沓，重叠纷杂之貌。《文选·谢朓·敬亭山》："兹山亘百里，合沓与云齐。"李善注："贾谊《旱云赋》曰：'遂积聚而合沓，相纷薄而慷慨。'应劭《汉书注》曰：'沓，合也。'"海湖连：明活本、汲本、清本同。《全唐诗》"湖"作"潮"。以上四句极写江湖水涨，天水相连景象，气势亦颇雄伟。

〔五〕迟尔二句：《书·说命上》："若济巨川，用汝（按指傅说）作舟楫。"本喻君臣协和，此处用以表达欲同阎九同泛江湖的思想感情。

和李侍御渡松滋江〔一〕

南纪西江阔〔二〕，皇华御史雄〔三〕。截流宁假楫，挂席自生风〔四〕。寮寀争攀鹢〔五〕，鱼龙亦避骢〔六〕。坐闻白雪唱〔七〕，翻入棹歌中〔八〕。

〔一〕题目：明活本、《英华》同。汲本、清本、《全唐诗》作"秋日陪李侍御渡松滋江"。此诗宋本不载。侍御：侍御史之省称。李侍御，其人不详。松滋江：松滋附近的长江称松滋江。

〔二〕南纪：泛指南方荆楚一带。《诗·小雅·四月》："滔滔江汉，南国之纪。"郑玄笺："江也，汉也，南国之大水，经纪众川，使不壅滞；喻吴楚之君，能长理旁侧之国，使得其所。"后因称南方为南纪。《新唐书·天文志》："自岷山、嶓冢，负地络之阳，东及太华，连商山、熊耳、外方、桐柏，自上洛南逾江汉，携武当、荆山，至于衡阳，乃东循岭徼，达东瓯、闽中，是谓南纪。"

〔三〕皇华：本意为出使，这里有巡视地方之意。详见《和于判官登万山亭因赠洪府都督韩公》注〔六〕。

〔四〕挂席：犹扬帆。详《彭蠡湖中望庐山》注〔四〕。

〔五〕寮寀：官。《尔雅·释诂》："寀、寮，官也。"陆机《晋平西将军孝侯周处碑》："汪洋廷阙之傍，昂藏寮寀之上。"鷁：鷁舟之省称。详《与黄侍御北津泛舟》注〔五〕。

〔六〕骢：骢马，青白杂毛之马。详《与黄侍御北津泛舟》注〔四〕。

〔七〕闻：《英华》同。明、清各本及《全唐诗》俱作"听"。白雪：即阳春白雪。《文选·宋玉·对楚王问》："其为《阳春》、《白雪》，国中属而和者不过数十人。"《文选·陆机·文赋》："缀下里于白雪。"李善注："宋玉《笛赋》曰：'师旷为白雪之曲。'《淮南子》曰：'师旷奏白雪而神禽下降。'白雪，五十弦瑟乐曲名。"

〔八〕翻：明、清各本及《全唐诗》同。《英华》作"飜"，同翻，见《说文·羽部新附》。本诗末尾四句，对李侍御颇多歌颂，是以刘辰翁评曰："颂德语。"

王寿昌《小清华园诗谈》卷下：然亦有虽似无害而实不可援以为例者，如……孟山人"鱼龙亦避骢"，岑嘉州"为官好欲慵"，韦苏州"浦树远含滋"之韵脚；……如此之类，不可枚举，要皆不可为训者尔。

秦中感秋寄远上人〔一〕

一丘常欲卧〔二〕，三径苦无资〔三〕。北土非吾愿〔四〕，东林怀我师〔五〕。黄金燃桂尽〔六〕，壮志逐年衰。日夕凉风至〔七〕，闻蝉但益悲。

〔一〕题目：原无"远"字，明活本同。《品汇》无"感秋"二字。据毛校记元本亦无。宋本、汲本、清本、《全唐诗》、《英华》作"秦中感秋寄远上人"。今从宋本。秦中：《汉书·娄敬传》："秦中新破。"颜师古注："秦中谓关中，故秦地也。"按即今陕西省一带，本诗当指长安。远上人：上人乃对僧人之尊称，详《寻香山湛上人》注〔一〕。

“远”为僧人之名。○此诗盖作于开元十七年秋长安应举时期。

〔二〕一丘：常与“一壑”连用。丘指山，壑指谷，用以代表隐者的居处，也用为隐遁之代称。《太平御览》卷七九：“（黄帝）谓容成子曰：‘吾将钓于一壑，栖于一丘。’”《世说新语·品藻》：“明帝问谢鲲：‘君自谓何如庾亮？’答曰：‘端委庙堂，使百官准则，臣不如亮；一丘一壑，自谓过之。’”

〔三〕三径：《文选·陶渊明·归去来》：“三径就荒，松菊犹存。”李善注：“《三辅决录》曰：‘蒋诩，字元卿。舍中三径，唯羊仲、求仲从之游，皆挫廉逃名不出。’”后世因常用三径以指家园或隐者居处。

〔四〕北土：宋本、清本、《全唐诗》、《品汇》同。明活本、汲本作“北上”；《英华》作“北山”，俱非。北土，指秦中。本句表明了对仕途的绝望。

〔五〕东林：东林寺在庐山麓，晋僧人慧远创建。详《彭蠡湖中望庐山》注〔一三〕。

〔六〕黄金句：《战国策·楚策三》：“（苏秦）对曰：‘楚国之食贵于玉，薪贵于桂，谒者难得见如鬼，王难得见如天帝。今臣食玉炊桂，因鬼见帝。’王曰：‘先生就舍，寡人闻命矣。’”燃桂本指柴，本诗以代生活所需。全句言旅况贫苦。

〔七〕日夕：宋、明、清各本及《全唐诗》、《品汇》同。《英华》作“旦夕”。

刘辰翁曰：吾评孟浩然诗，非不经思，只是吐出。

李梦阳曰：黄金燃桂尽，终伤气。结句好。

爱州李少府见赠〔一〕

养疾衡檐下〔二〕，由来浩气真〔三〕。五行将禁火〔四〕，十步任寻春〔五〕。致敬维桑梓〔六〕，邀欢即主人〔七〕。回看后凋色，青翠有松筠〔八〕。

〔一〕题目:原作“重酬李少府见赠”,明活本、《全唐诗》同。汲本、清本少一“重”字。宋本作“爱州李少府见赠”,今从宋本。爱州:唐爱州属安南都护府,即今越南清化。李少府:唐人对县尉称少府,李少府,未详。

〔二〕衡檐:原作“衡茆”,明活本、清本同。宋本、汲本、《全唐诗》作“衡檐”。今从宋本。

〔三〕浩气:浩然之气,正大刚直之气。《孟子·公孙丑上》:“我善养吾浩然之气。”

〔四〕禁火:周制,仲春禁火。《太平御览》卷三十引《古今艺术图》云:“按《周礼·司烜氏》:‘仲春以木铎修火禁于国中。’注云:‘为季春将出火也。’今寒食准节气是仲春之末,清明是三月之初,然则禁火,盖周之旧制。”

〔五〕任:原作“想”,汲本同。宋本、明活本、清本、《全唐诗》作“任”。今从宋本。以上二句,刘辰翁评曰:似方外语。

〔六〕桑梓:古人多于宅边种植桑树与梓树,因用桑梓以喻故乡。《诗·小雅·小弁》:“惟桑与梓,必恭敬止。”

〔七〕主人:原作“故人”,宋、明、清各本及《全唐诗》俱作“主人”,据改。

〔八〕回看二句:回:原作“还”,明活本、清本同。宋本、汲本作“回”。今从宋本。松:《论语·子罕》:“岁寒然后知松柏之后凋也。”筠:竹。

宿永嘉江寄山阴崔国辅少府〔一〕

我行穷水国,君使入京华〔二〕。相去日千里,孤帆天一涯〔三〕。卧闻海潮至,起视江月斜。借问同舟客,何时到永嘉?

〔一〕永嘉江:即今浙江省的瓯江,流经永嘉入海,故称永嘉江。永嘉县唐初属括州,上元二年(六七五)改置温州,治所在永嘉,即今浙江温州市。崔国辅:生卒年不详,当开元、天宝间在世。《唐才子传》:"国辅,山阴人,开元十四年严迪榜进士。与储光羲、綦毋潜同时举县令,累迁集贤直学士、礼部郎中。天宝间坐是王鉷近亲,贬竟陵司马。有文及诗,婉娈清楚,深宜讽咏。乐府短章,古人有不能过也。"传中未言其为县尉事,但本诗称其少府,王昌龄亦有《同从弟销南斋玩月忆山阴崔少府》,可见其曾任县尉无疑。再据唐制,进士及第,一般都是先授县尉,亦是佐证。故疑《唐才子传》所言"举县令",或是以后的事,或是"尉"误为"令"。谭优学先生这个推测是合理的。山阴:《旧唐书·地理志》:"山阴,垂拱二年(六八六)分会稽县置。"○此诗作于游越赴永嘉途中,约在开元十九年。

〔二〕京华:即京师。详《闲园怀苏子》注〔五〕。

〔三〕相去二句:浩然来永嘉,崔国辅赴长安,二人相去日远。《古诗十九首》:"相去万馀里,各在天一涯。"

刘辰翁:不必思索,皆有。

李梦阳:佳。

上巳日洛中寄王九迥〔一〕

卜洛成周地〔二〕,浮杯上巳筵〔三〕。斗鸡寒食下〔四〕,走马射堂前〔五〕。垂柳金堤合,平沙翠幕连〔六〕。不知王逸少〔七〕,何处会群贤。

〔一〕题目:"九"前原多"十"字。汲本作"上巳日洛中寄王九迥"。宋本"王九迥"作"黄九"。明活本、《全唐诗》、《品汇》"巳"后少一"日"字。清本无"上巳日"三字。据宋、明各本及本诗诗意,以有为佳。《诗选》、《律髓》"王九迥"作"王山人迥"。按:王迥为浩然好友,《孟集》中有关王迥的诗颇多,有的称白云先生,有的称王山人,而称王九者最多,计有《鹦鹉洲送王九之江左》、《同王九题就师山房》、《赠王九》等。故宋本之"黄",显系音近而误。而作"十九",显系衍一"十"字。上巳日:三月上旬巳日,晋以后多以三月三日为上巳。详《上巳日涧南园期王山人陈七诸公不至》注〔五〕。

〔二〕卜洛句:《书·洛诰》:"召公既相宅,周公往营成周,使来告卜,作《洛诰》。"孔安国传:"召公先相宅,卜之,周公自后至,经营作之,遣使以所卜吉兆告成王。"后因以经营都城曰卜洛。这里卜洛成周即指洛阳。

〔三〕浮杯:明清各本、《全唐诗》及《诗选》、《律髓》、《品汇》同。宋本作"浮柸",误。浮杯,浮于水上的酒杯。王羲之于上巳日兰亭宴集,流觞曲水,流觞即浮杯。参看《上巳日涧南园期王山人陈七诸公不至》注〔六〕。

〔四〕斗鸡句:《荆楚岁时记》有"寒食斗鸡为戏"的记载。至于寒食节的日期,则说法不一。《荆楚岁时记》:"去冬节一百五日,即有疾风甚雨,谓之寒食,禁火三日。"注:"据历合在清明前二日,亦有去冬至一百六日者。"(注者传为隋杜公瞻)《乐府诗集》卷六四《斗鸡篇》序云:"《邺都故事》曰:'魏明帝大和中,筑斗鸡台。赵王石虎亦以芥羽漆砂,斗鸡于此。故曹植诗云"斗鸡东郊道,走马长楸间"是也。'"

〔五〕射堂:射箭之所。庾信《春赋》:"拂尘看马埒,分朋入射堂。"

〔六〕翠幕:古人上巳日于水边张幕宴游。潘尼《三月三日洛水作》:"朱轩荫兰皋,翠幕映洛湄。"

〔七〕不知句:王羲之字逸少。此极言洛阳景物之美,游览之盛,可以超过王羲之在山阴的兰亭宴集。同时,又巧妙地借指王九。

李梦阳曰：盛唐人皆如此作。

方回《瀛奎律髓》：浩然作此诗时，其体未甚刻画，但细看亦自用工。第二句下“浮杯”字便着题，“平沙翠幕连”一句，看似未见工，久之乃见，祓禊而游者甚盛也。尾句用逸少事，所寄之人，适又姓王，切矣。

闻裴侍御朏自襄州司户除豫州司户因以投寄〔一〕

故人荆河掾〔二〕，尚有柏台威〔三〕。移职自樊衍〔四〕，芳声闻帝畿〔五〕。昔余卧林巷〔六〕，载酒过柴扉〔七〕。松菊无时赏〔八〕，乡园欲懒归〔九〕。

〔一〕题目：明活本、汲本、《全唐诗》同。清本“裴”下无“侍御”二字，“因”下无“以投”二字。据毛校记元本无“侍御”、“自”、“以投”五字。宋本上卷题作“闻裴朏司户除豫州司户因以投赠”，但诗文与各本全异，亦与题目不合，当系错简。又下卷题作“闻裴侍御朏自襄州司户除豫州以投寄”，当有脱文。裴朏：为浩然好友。王士源《孟浩然集序》：“丞相范阳张九龄、侍御史京兆王维、尚书侍郎河东裴朏……率与浩然为忘形之交。”裴朏曾见于郎官石柱，岑仲勉《郎官石柱题名新考订》一九：“据《会要》七十四，天宝二年初礼中裴朏以考判不当贬官。《北目》开元二十九年《尚书祠部员外郎裴慎志》称，族叔朏撰。”襄州：唐襄州属山南东道，治所襄阳，即今湖北襄樊市。豫州：唐豫州属河南道，治所汝阳，即今河南汝南。司户：唐制，州设司户参军，掌民户事宜。

〔二〕荆河：原作“荆府”，明活本、《全唐诗》同。汲本、清本作“荆河”，宋本作“经河”，显系同音而误。荆河，指豫州。《书·禹贡》：“荆河维豫州。”

〔三〕柏台：御史台之别称。《汉书·朱柏传》：“御史府中列柏树，常有野鸟数千,栖宿其上,晨去暮来。”后因称御史台曰柏台。唐代行政机构,最高称省,其次称寺、监,惟御史台仍称台,与省并称,以示其职权之高。裴朏曾为侍御史,属御史台,故称“柏台威”。

〔四〕樊衍:原作“樊沔”,明活本、清本同。宋本、汲本、《全唐诗》作“樊衍”。今从宋本。樊,指襄樊;衍,平美之地,见《左传·襄公二十五年》“井衍沃”注及疏。樊沔,樊指襄樊,沔指沔水,亦通。

〔五〕帝畿:京城附近地区,亦用以代京师。这里指长安。《文选·班固·西都赋》:“是故横被六合,三成帝畿。”

〔六〕昔余:宋、明、清各本及《全唐诗》同。据毛校记元本作“共子”。

〔七〕过柴扉:原作“访柴扉”,明活本、清本同。汲本作“过荆扉”。宋本、《全唐诗》作“过柴扉”。今从宋本。

〔八〕时:原作“君”,明活本、汲本同。宋本、清本、《全唐诗》作“时”。今从宋本。

〔九〕欲懒归:原作“懒欲归”,明活本、汲本、清本同。宋本、《全唐诗》作“欲懒归”。今从宋本。据毛校记元本作“懒欲飞”,误。

江上寄山阴崔国辅少府〔一〕

春堤杨柳发,忆与故人期〔二〕。草木本无意〔三〕,荣枯自有时〔四〕。山阴定远近,江上日相思。不及兰亭会〔五〕,空吟祓禊诗〔六〕。

〔一〕题目:明活本同。汲本、《全唐诗》“国辅少府”作“少府国辅”。据毛校记元本无“国辅”二字。清本同元本。宋本题作“闻裴朏司户除豫州司户因以投赠”,与内容不合,当为错简。山阴崔国辅:详《宿永嘉江寄山阴崔国辅少府》注〔一〕。

〔二〕期:约会。《说文》:“期,会也。”段玉裁注:“会者合也。期者要约之意,所以为会合也。”《诗·鄘风·桑中》:“期我乎桑中,要我乎上宫。”

〔三〕意:明活本、清本、《全唐诗》同。宋本、汲本作“性”。

〔四〕荣枯:原作“枯荣”,宋、明、清各本及《全唐诗》俱作“荣枯”,据改。

〔五〕兰亭会:宋、明、清各本同。据毛校记元本“会”作“事”。兰亭会,王羲之《兰亭集序》:“永和九年,岁在癸丑,暮春之初,会于会稽山阴之兰亭,修禊事也。”

〔六〕祓禊:古代民俗,三月上巳日到水滨洗濯,洗去宿垢,称祓禊。应劭《风俗通》:“按周礼,女巫掌岁时以祓除疾病。禊者洁也,故于水上盥洁之也。”《韩诗》:“三月桃花水之时,郑国之俗,三月上巳,于溱洧两水之上,执兰招魂续魄,拂除不祥。”(以上见《艺文类聚》卷四《岁时部中·三月三日》)《后汉书·礼仪志上》:“是月(三月)上巳,官民皆絜于东流水上,曰洗濯祓除,去宿垢疢,为大絜。”

送洗然弟进士举〔一〕

献策金门去〔二〕,承欢彩服违〔三〕。以吾一日长,念尔聚星稀。昏定须温席〔四〕,寒多未授衣〔五〕。桂枝如已擢〔六〕,早逐雁南飞。

〔一〕题目:明、清各本及《全唐诗》同。宋本题作“寄弟声”,而总目则为“寄弟馨”。据毛校记元本作“寄弟”。从内容看确是送弟赴举之辞,但所送之弟,则未详孰是,暂依明、清各本。

〔二〕献策句:汉代宫中金马门,省称金门,后世多借指宫门。当时应诏来者都待诏公车,惟才能优异者特命待诏金马门。唐代进士举要考试对策,与应诏相类,故用以喻进士举。

〔三〕承欢句:古代传说中有老莱子者,年七十,着五彩衣,跌仆卧地,为小儿啼,以悦父母。见《初学记》十七《孝子传》。据《说文》:

"违，离也。"以其赴举，故离开父母。

〔四〕昏定句：旧时子女侍奉父母，晚上要为父母安设床被，称为昏定。冬日天寒，故为之温席。《礼记·曲礼上》："凡为人子之礼，冬温而夏清，昏定而晨省。"郑玄注："定，安其床衽也。省，问其安否何如。"陆德明释文："清，冰冷也。"

〔五〕授衣：制备寒衣。详《题长安主人壁》注〔一〇〕。

〔六〕桂枝句：桂枝：《晋书·郤诜传》："臣举贤良对策，为天下第一，犹桂林之一枝，昆山之片玉。"故后世称登科为折桂。已擢：明、清各本及《全唐诗》同。宋本作"可擢"。当以"已擢"为是。擢，选拔，《方言》："自关而东，或曰拔，或曰擢。"引申为考中之意。

夜泊庐江闻故人在东林寺以诗寄之〔一〕

江路经庐阜〔二〕，松门入虎溪〔三〕。闻君寻寂乐，清夜宿招提〔四〕。石镜山精怯〔五〕，禅枝怖鸽栖〔六〕。一灯如悟道，为照客心迷〔七〕。

〔一〕庐江：《水经注·庐江水》："庐江水出三天子都，北过彭泽县西，北入于江。"东林寺：明活本同。宋本、汲本、清本、《全唐诗》作"东寺"。东林寺，在庐山麓，僧人慧远所创建。详《彭蠡湖中望庐山》注〔一三〕。

〔二〕庐阜：亦称匡阜，即庐山。详《彭蠡湖中望庐山》注〔六〕。

〔三〕松门：见本诗注〔五〕。虎溪：在东林寺前，慧远送客不过溪，过溪虎辄鸣。详《疾愈过龙泉寺精舍呈易业二公》注〔一五〕。

〔四〕招提：梵语"拓提"之误。《涅槃经》"招提僧坊"，慧琳《一切经音义》："招提僧坊，此云四方僧坊也。"据此则"招提"为"四方"之意，"招提僧"即四方僧，四方僧住处称"招提僧坊"。《翻译名义集》："后魏太武始光二年，造伽蓝，创立招提之名。"此后"招提"

遂成为寺院之别名。

〔五〕石镜:《水经注·庐江水》:"(庐)山东有石镜,照水之所出。有一圆石,悬崖明净,照见人形,晨光初散,则延曜入石,豪细必察,故名石镜焉。"谢灵运《入彭蠡湖口》:"攀崖照石镜,牵叶入松门。"李善注:"张僧鉴《浔阳记》曰:'石镜山东,有一圆石,悬崖明净,照人见形。'顾野王《舆地志》曰:'自入湖三百三十里,穷于松门,东西四十里,青松遍于两岸。'"山精:古代传说中山间的奇怪动物。详《题明禅师西山兰若》注〔九〕。

〔六〕枝:原作"林",明活本同。宋本、汲本、《全唐诗》作"枝"。今从宋本。怖鸽:据《涅槃经》二十八、《大智度论》十一载,有一鸽为鹰所逐,恐怖殊甚,佛以自己身影遮蔽鸽身,始获安然。梁简文帝《谢赐钱启》:"方使怖鸽获安,穷鱼永乐。"(见《艺文类聚》卷六六)。

〔七〕一灯二句:佛家往往以灯喻法,言佛法如灯,可以照亮众人道路,使脱迷津。

贺贻孙《诗筏》:看盛唐人诗,当从其气格浑老、神韵生动处赏之,字句之奇,特其馀耳。如王维"鹊乳先春草,莺啼过落花",孟浩然"石镜山精怯,禅枝怖鸽栖",……此等语皆晚唐人所极意刻画者。然出王、孟、张、岑手,即是盛唐诗;若出晚唐人手,即是晚唐人诗。盖盛唐人一字一句之奇,皆从全首元气中苞孕而出,全首浑老生动,故虽有奇句,不碍自然。若晚唐气卑格弱,神韵又促,即取盛唐人语入其集中,但见凿痕,无复前人浑老生动之妙矣。

宿桐庐江寄广陵旧游〔一〕

山暝闻猿愁〔二〕,沧江急夜流〔三〕。风鸣两岸叶,月照一孤舟。建德非吾土[四],维扬忆旧游[五]。还将两行泪[六],遥寄海西头[七]。

〔一〕桐庐江:明、清各本及《全唐诗》、《品汇》同。宋本作“庐江”。按:诗言“建德非吾土”,而建德在桐庐江沿岸,可见应为桐庐江,宋本脱一“桐”字。浙江源出歙州,东流至建德与兰溪会,北流经桐庐,称桐庐江,亦称桐江。《元和郡县志·江南道·睦州》:“桐庐江,源出杭州于潜县界天目山,南流至(桐庐)县东一里入浙江。”广陵:唐扬州,治所在江都,汉代属广陵国,故习称广陵。即今江苏省扬州市。○此诗约作于开元十八年秋游越期间。

〔二〕闻:原作“听”,明、清各本同。宋本、《全唐诗》作“闻”。今从宋本。

〔三〕沧江:暗绿之色的江水。杜甫《秋兴八首》之五:“一卧沧江惊岁晚,几回青锁点朝班。”

〔四〕建德:唐睦州州治,地滨桐庐江,当今浙江梅城县。吾土:王粲《登楼赋》:“虽信美而非吾土兮。”

〔五〕维扬:扬州的别称。《尚书·禹贡》:“淮海惟扬州。”惟一作维。《梁溪漫志》:“古今称扬州为惟扬,盖取淮海惟扬州之语,今则易惟作维矣。”

〔六〕两:原作“数”,汲本同。宋本、明活本、清本、《全唐诗》、《品汇》作“两”。今从宋本。

〔七〕海西头:指扬州。古代扬州,地域辽阔,直抵大海。扬州地处大海之西,故称海西头。隋炀帝《泛龙舟》:“借问龙舟在何处,淮南江北海西头。”

刘辰翁曰:“一孤舟”似病,天趣自得。

南还舟中寄袁太祝[一]

沿溯非便习[二],风波厌苦辛。忽闻迁谷鸟,来报武陵春〔三〕。岭北回征棹〔四〕，巴东问故人〔五〕。桃源何处是，游子正迷津〔六〕。

〔一〕袁太祝：《周礼·春官》有太祝，掌祝辞祈祷之事。秦汉设太祝令、丞，历代沿置。袁太祝，其人不详。

〔二〕沿溯：宋本、汲本、清本、《全唐诗》同。明活本“溯”作“沂”，形近而误。《左传·文公十年》：“（楚子西）沿汉溯江。”杜预注：“沿顺流，溯逆流。”便习：犹熟习。《后汉书·孔奋传》：“郡多氐人，便习山谷。”

〔三〕忽闻二句：迁谷鸟：《诗·小雅·伐木》：“出自幽谷，迁于乔木。”毛传：“幽，深；乔，高也。”郑玄笺：“迁，徙也。谓乡时之鸟，出从深谷，今移处高木。”迁谷鸟，即幽谷之鸟，迁于乔木以喻仕途上的升迁。武陵：“武”原作“五”，宋本、汲本、《全唐诗》同。明活本、清本作“武”。据毛校记元本亦作“武”。按：《文选·西都赋》注“五陵”指汉高帝长陵、惠帝安陵、景帝阳陵、武帝茂陵、昭帝平陵。汉代将高官贵人豪富之家迁至陵墓附近居住，故诗文常用以借指豪富聚居之地。此与本诗内容无涉，参下文桃源语，应以“武陵”为是。根据这两句诗意揣测，可能是袁太祝贬谪岭南（唐代官吏获罪，多贬谪岭南），本诗首句“沿溯非便习”，既逆流而上，旋又顺流而下，这是由于先去岭南，听到又改贬武陵，由远恶改为善近，有似仕途的升迁，所以说“忽闻迁谷鸟，来报武陵春”（参看谭优学《唐诗人行年考·孟浩然行止考实》）。当然这是揣测之辞，存参待考。浩然尚有《武陵泛舟》、《宿武陵即事》等诗，或即此次来武陵所作。

〔四〕岭：指南岭，在江南西道南部，为湘水上源。棹：明、清各本同。《全唐诗》作“帆”，附校勘记云“一作棹”，异文两存。宋本作“掉”，显系“棹”之误。可见明、清各本来自宋本。但杨慎以为

"棹"乃后人妄改,以"帆"为是。可备一说。"岭北回征棹",言溯湘水南下,忽闻袁太祝已调任武陵,故自岭北又沿湘水回。

〔五〕巴东:用巴东借指故乡,言还乡途中访问故人。

〔六〕桃源二句:桃源:明活本、清本、《全唐诗》同。宋本、汲本作"花源",桃花源之省称。何处是:宋、明各本及《全唐诗》同。清本作"在何处",据毛校记元本亦作"在何处"。二句用晋陶渊明《桃花源记》事。

东陂遇雨率尔贻谢南池〔一〕

田家春事起,丁壮就东陂〔二〕。殷殷雷声作〔三〕,森森雨足垂〔四〕。海虹晴始见,河柳湿初稀〔五〕。余意在耕凿〔六〕,问君田事宜〔七〕。

〔一〕题目:宋本、汲本、《全唐诗》、《律髓》同。明活本"东陂"作"东归",非。清本无"率尔"二字。据毛校记元本无"东陂"、"率尔"四字。陂:山坡。《说文》:"陂,阪也。"谢南池:《孟集》尚有《久滞越中赠谢南池会稽贺少府》一诗,看来谢乃在越中结识的朋友。生平不详。〇本诗疑作于开元十九年游越期间。

〔二〕田家二句:春事:耕种之事。《书·尧典》:"厥民析,鸟兽孳尾。"孔安国传:"冬寒无事,并入室处;春事既起,丁壮就功。"就:宋、明、清各本及《全唐诗》同。《瀛奎律髓》作"聚",当从宋本。

〔三〕殷殷:明、清各本及《全唐诗》、《律髓》同。宋本作"隐隐",非。《诗·召南·殷其雷》:"殷其雷,在南山之阳。"毛传:"殷,雷声也。"

〔四〕森森:繁密之貌。《文选·张协·杂诗之四》:"翳翳结繁云,森森散雨足。"李善注:"蔡雍《霖赋》曰:'瞻玄云之晻晻,悬长雨之森森。'"

〔五〕湿初稀:原作"润初移",明活本、清本、《全唐诗》、《律髓》同。宋本,汲本作"湿初稀"。今从宋本。"润初移"盖明人所改,改得还不错。

〔六〕耕凿:原作"耕稼",亦通。宋、明、清各本及《全唐诗》、《律髓》俱作"耕凿",今从宋本。耕凿,本义为耕田凿井,语出皇甫谧《帝王世纪》,后世多用以泛指农事。王勃《秋晚入洛于毕公宅别道王宴序》:"散琴樽于北阜,喜耕凿于东陂。"

〔七〕问君句:原作"因君问土宜",明活本、清本、《全唐诗》、《律髓》同。宋本、汲本作"问君田事宜"。今从宋本。

刘辰翁曰:似目前而非目前。

李梦阳曰:"河柳润初移"似晚唐句。

方回《瀛奎律髓》曰:此诗起句、末句(按:指"因君问土宜"),幽雅自然。又有句云"草得风光动,虹因雨气成",亦佳。

方回《瀛奎律髓》纪昀评:通体自然,不但起句、末句。又:五句天象,参以河柳(按:指"河柳润初移")似偏枯,然主意在一润字,正承雨正说下耳。

行至汝坟寄卢征君〔一〕

行乏憩余驾,依然见汝坟。洛川方罢雪,嵩嶂有残云〔二〕。曳曳半空里〔三〕,明明五色分〔四〕。聊题一时兴〔五〕,因寄卢征君。

〔一〕汝坟:隋汝坟县属颍川郡,在襄城之南、叶县之北,地滨澧水。唐代改属汝州,汝坟县废。此诗盖用旧名。卢征君:即卢鸿一,隐于嵩山。因系隐士,故称征君。《旧唐书·卢鸿一传》:"卢鸿一字浩然，本范阳人，徙家洛阳。少有学业，颇善籀篆楷隶，隐于嵩山。开元初，遣备礼再征不至。”○本诗疑作于长安应举归来途中。

〔二〕洛川二句：洛川：即洛水。嵩嶂：宋、明、清各本及《全唐诗》同。《英华》“嶂”作“障”，非。嵩嶂，指嵩山。此诗写于自洛阳南归途中，二句并非直写所见而是写所想。初离洛阳，仍然想及洛阳景色，嵩山在洛阳东南方，特别是卢鸿一隐于嵩山，故尔又想到嵩山。

〔三〕曳曳：长远貌。

〔四〕明明：原作“溶溶”，明活本、汲本、清本同。宋本、《全唐诗》、《英华》作“明明”。今从宋本。

〔五〕时：原作“诗”，宋、明、清各本及《全唐诗》、《英华》俱作“时”。今从宋本。

寄天台道士〔一〕

海上求仙客〔二〕，三山望几时〔三〕。焚香宿华顶〔四〕，裛露采灵芝〔五〕。屡践莓苔滑〔六〕，将寻汗漫期〔七〕。傥因松子去〔八〕，长与世人辞。

〔一〕天台：天台山，在今浙江天台县北，为佛教胜地之一。详《宿天台桐柏观》注〔一〕。○此诗盖作于开元十八年游越期间。

〔二〕求：原作“来”，误。宋、明、清各本及《全唐诗》、《英华》俱作“求”，据改。

〔三〕三山：亦称三壶，传说中海上之三神山。王嘉《拾遗记》：“海上有三山，其形如壶。方丈曰方壶，蓬莱曰蓬壶，瀛洲曰瀛壶。”

〔四〕华顶：天台山最高峰。

〔五〕裛露：宋、明各本及《全唐诗》、《英华》同。清本“裛”作“挹”。《文选·陶渊明·杂诗》：“秋菊有佳色，裛露掇其英。”李善注：

"《文字集略》曰:'裛,坌衣香也。'然露坌花亦谓之裛也。"灵芝:芝本菌类植物,古人视为神草,故称灵芝。详《宿天台桐柏观》注〔七〕。

〔六〕践:明活本、清本、《英华》同。宋本、汲本、《全唐诗》作"蹑"。《英华》"践"下无校记,可见周必大等所见宋本亦作"践"。莓苔:《文选·孙绰·游天台山赋》:"践莓苔之滑石,搏壁立之翠屏。"李善注:"莓苔,即石桥之苔也。《异苑》曰:'天台山石桥,有莓苔之险。'"

〔七〕汗漫期:《淮南子·道应训》:"吾与汗漫期于九垓之外,吾不可以久驻。"高诱注:"汗漫,不可知之也。九垓,九天之外。"后人因将"汗漫期"转化为仙人之别称。

〔八〕松子:即赤松子,古代传说中的仙人。《汉书·张良传》:"愿弃人间事,与赤松子游耳。"颜师古注:"赤松子,仙人号也。神农雨师。"

和张明府登鹿门山〔一〕

忽示登高作,能宽旅寓情。弦歌既多暇〔二〕,山水思弥清〔三〕。草得风先动〔四〕,虹因雨后成〔五〕。谬承巴俚和〔六〕,非敢应同声〔七〕。

〔一〕张明府:即张子容。因为奉先县令,故称张明府。参看《奉先张明府休沐还乡海亭宴集》注〔一〕及《晚春卧疾寄张八子容》注〔一〕。鹿门山:明、清各本及《英华》同。宋本作"六门作","六"当为"鹿"之误。鹿门山,在今襄樊市东南。详《登鹿门山怀古》注〔一〕。○本诗疑作于开元二十三年,浩然晚年期间。

〔二〕弦歌:亦作弦歌。语出《论语·阳货》。本诗用"弦歌"代县令的政务。参看《卢明府九日岘山宴袁使君张郎中崔员外》注

〔一二〕。

〔三〕山水思:犹诗思,指张子容的"登高作"。弥清:明活本、汲本、清本及《英华》同。宋本、《全唐诗》"弥"作"微"。

〔四〕先动:明活本、汲本、清本及《英华》同。宋本、《全唐诗》"先"作"光"。

〔五〕雨后:明活本、汲本、清本及《英华》同。宋本、《全唐诗》"后"作"气"。

〔六〕巴俚:宋、明、清各本及《英华》同。《全唐诗》"俚"作"里",亦通。巴,巴人。巴俚为楚地俗曲,故称巴俚是对自己所作诗的谦称。参看《同曹三御史泛湖归越》注〔三〕。

〔七〕同声:《易·乾》:"同声相应,同气相求。"孔颖达疏:"同声相应者,若弹宫而宫应,弹角而角动是也。"盖即今所谓共鸣。这里比喻自己诗作低俗,不敢和张诗相比。从本诗看来,盖孟浩然外出,先寄诗给张子容,张以《登鹿门山诗》寄孟,而本诗又是对张诗的和诗。

李梦阳曰:"草得风先动"二句,虽细不伤。

和张二自穰县还途中遇雪〔一〕

风吹沙海雪〔二〕,渐作柳园春〔三〕。宛转随香骑〔四〕,轻盈伴玉人。歌疑郢中客〔五〕,态比洛川神〔六〕。今日南归楚,双飞似入秦〔七〕。

〔一〕题目:张二:原作"张三",明活本同。宋本、汲本、清本、《全唐诗》、《英华》俱作"张二",据改。其人不详。据毛校记元本无"自穰县还"四字。清本亦无此四字。穰县:唐属邓州,为邓州州治。即今河南邓县。○本诗疑作于应举归来途中。

〔二〕沙海:旧地名,穰县一带。杨慎《升庵诗话》卷四:"《战国策》'晖台之下，沙海之上’；《九域志》有沙海。孟浩然《和张三自穰县还途中遇雪》诗：‘风吹沙海雪，来作柳园春’正是梁地事。”

〔三〕渐作柳园春：“渐”原作“来”，明活本、清本、《英华》同。《英华》“柳园”作“本团”，非。宋本、汲本、《全唐诗》作“渐作柳园春”。今从宋本。

〔四〕香骑：沈佺期《幸梨园亭观打球应制》：“宛转萦香骑，飘飖拂画球。”

〔五〕郢中客：《文选·宋玉·对楚王问》：“客有歌于郢中者，其始曰《下里》、《巴人》，国人属而和者数千人。”后因称善歌者曰郢中客。

〔六〕洛川神：曹植《洛神赋》曾极状洛神之妍丽。详《宴崔明府宅夜观妓》注〔五〕。

〔七〕双飞：明、清各本及《全唐诗》、《英华》同。宋本“飞”作“花”。《英华》“飞”下无校记，可见周必大所见宋本亦作“飞”。似：明、清各本及《全唐诗》、《英华》同。宋本、汲本作“佀”。佀，似之本字，见《集韵》。

岁除夜会乐城张少府宅〔一〕

畴昔通家好〔二〕，相知无间然。续明催画烛〔三〕，守岁接长筵〔四〕。旧曲梅花唱〔五〕，新正柏酒传〔六〕。客行随处乐，不见度年年。

〔一〕题目：明活本、《全唐诗》同。清本少一“岁”字。汲本与“除夜乐城逢张少府”诗并列，作为一题二诗。此诗宋本不载。○本诗与《除夜乐城逢张少府作》一诗盖作于同日。

〔二〕通家：犹世交。张子容与孟浩然同为襄阳人，过从甚密，盖其先亦有交游，故称通家。《后汉书·孔融传》：“融曰：‘然。先君孔子与君先人李老君同德比义，而相师友，则融与君累世通家。'"

〔三〕画烛：明、清各本及《全唐诗》同。据毛校记元本"画"作"尽"，非。画烛，彩画之蜡。李峤《烛》："兔月清光隐，龙盘画烛新。"

〔四〕守岁：除夕通宵不寐，送旧岁迎新年，谓之守岁。孟元老《东京梦华录·除夕》："是夜（除夕）禁中爆竹山呼，声闻于外。士庶之家，围炉团坐，达旦不寐，谓之守岁。"盖此风由来已久，非自宋代始也。唐太宗有《守岁》诗云："暮景斜芳殿，年华丽绮宫。寒钩去冬雪，暖带入春风。阶馥舒梅素，盘花卷烛红。共欢新故岁，迎送一宵中。"（见《初学记》四"岁除"）

〔五〕梅花：即《梅花落》。《乐府诗集》卷二四《横吹曲辞》有《梅花落》。释云："《梅花落》本笛中曲也。按唐大角曲亦有《大单于》、《小单于》、《大梅花》、《小梅花》等曲，今其声犹有存者。"又收有鲍照、吴均、陈后主及卢照邻、沈佺期、刘方平等人之作。吴均《梅花落》云："终冬十二月，寒风西北吹。独有梅花落，飘荡不依枝。……"

〔六〕柏酒：古代以柏叶浸酒，于元旦共饮，取长寿之意。宗懔《荆楚岁时记》："正月一日，是三元之日也，春秋谓之端月。鸡鸣而起，先于庭前爆竹，以辟山臊恶鬼。……长幼悉正衣冠，以次拜贺，进椒、柏酒，饮桃汤，进屠苏酒。"

刘辰翁曰：正言似反。

自洛之越

遑遑三十载〔一〕，书剑两无成〔二〕。山水寻吴越，风尘厌洛京〔三〕。扁舟泛湖海，长揖谢公卿〔四〕。且乐杯中酒〔五〕，谁论世上名。

〔一〕遑遑：宋、明各本及《英华》同。清本、《全唐诗》作"皇皇"，同。遑遑,急促之貌。《列子·杨朱》:"遑遑尔竞一时之虚誉,规死后之馀荣。"三十:宋、明各本及《全唐诗》、《英华》、《诗选》同。据毛校记元本"三"作"二",清本亦作"二",非。浩然自洛之越乃在其考试落第之后,三十乃从其为学之时算起,约计三十年耳。○本诗约作于开元十八年。

〔二〕书剑:书指读书求仕,剑指仗剑从军。《史记·项羽本纪》:"项籍少时,学书不成,去;学剑又不成,项梁怒之。"书剑是古代士子的两条出路,二者无成,似乎已经前途无望。

〔三〕山水二句:寻:孟诗中的寻,一般为探幽访胜之意。吴越:泛指长江下游及今浙江一带。春秋时吴国在今江苏南部及浙江北部,越国在今浙江。风尘:喻追求仕进。洛京:唐代以长安为京兆府,称西京;而以洛阳为河南府,称东都。

〔四〕公卿:古代三公九卿为最高官吏。《论语·子罕》:"出则事公卿。"后世以公卿泛指高官贵吏。

〔五〕杯中酒:《英华》、《诗选》同。宋、明、清各本"酒"作"物"。

李梦阳曰:何等气魄!

归至郢中〔一〕

远游经海峤〔二〕,返棹归山阿〔三〕。日夕见乔木,乡园在伐柯〔四〕。愁随江路尽,喜入郢门多〔五〕。左右看桑土〔六〕,依然即匪他〔七〕。

〔一〕题目:"中"下原多一"作"字。宋、明、清各本及《全唐诗》、《英华》均无"作"字,据删。郢中:唐郢州,与襄州接境。沿汉水北上,途经郢州,距襄州(治所在襄阳)已经很近。远游来归,至此已有故乡之感。因此,诗中的"郢中"、"郢门"也是故乡代语。○本诗作于吴越之游归来时,约在开元二十年。

〔二〕海峤：即临海峤之省语。临海为台州州治，即今浙江临海县。光而高的山曰峤。详《题终南翠微寺空上人房》注〔一三〕。

〔三〕归山阿：宋、明、清各本及《全唐诗》同。《英华》"归"作"历"，"阿"作"河"，非。山阿，山曲，借指隐士所居之地。《三国志·魏志·常林传》："林乃避地上党，耕种山阿。"孔稚珪《北山移文》："尚生不存，仲氏既往，山阿寂寥，千载谁赏。"

〔四〕乡园：明活本、《英华》同。宋本、汲本、清本、《全唐诗》作"乡关"。在：宋、明、清各本及《全唐诗》同。《英华》作"成"，非。伐柯：《诗·豳风·伐柯》："伐柯如何？匪斧不克。"郑玄笺："克，能也。伐柯之道，唯斧乃能之。"《新论》："路侧之榆，樵人采其条，匠者伐其柯，馀有尺蘖，而为行人所折。"

〔五〕喜入：明、清各本及《全唐诗》、《英华》同。宋本"喜"作"意"，根据对偶，以"喜入"为是。

〔六〕桑土：明、清各本及《全唐诗》、《英华》同。宋本"土"作"上"，误。桑土，宜桑之土。《书·禹贡》："桑土既蚕，是降丘宅土。"孔颖达疏："（桑土，）宜桑之土，既得桑养蚕矣。洪水之时，民居丘土，于是得下丘陵居平土矣。"洪水之时，暂离桑土而赴丘陵；洪水既退，重返桑土，是桑土有故土、家园之意。

〔七〕匪他："他"原作"佗"，明活本、宋本同。清本、《全唐诗》、《英华》作"匪他"，据改。

途中遇晴〔一〕

已失巴陵雨〔二〕，犹逢蜀坂泥〔三〕。天开斜景遍〔四〕，山出晚云低。馀湿犹沾草，残流尚入溪〔五〕。今宵有明月，乡思远凄凄〔六〕。

〔一〕题目：《全唐诗》、《诗选》、《律髓》、《品汇》同。明活本、汲本、清本作“途中晴”。○此诗盖作于晚年游蜀归来,约在开元二十一二年间。

〔二〕巴陵雨:明活本、清本、《全唐诗》、《诗选》、《品汇》同。汲本作“五陵雨”。《律髓》作“五陵道”。巴陵,隋代有巴陵郡,唐改岳州,州治仍为巴陵,即今湖南省岳阳市。但观诗的内容,与蜀坂相连,不似岳州。浩然曾入蜀,有《入峡寄弟》及《除夜》等诗,其《除夜》诗云:“迢递三巴路,羁危万里身。”此诗情绪与《除夜》亦有相近处,疑此诗之“巴陵”系指巴郡。隋巴郡唐改渝州,州治在巴县。

〔三〕犹逢:明、清各本及《全唐诗》、《诗选》、《品汇》同。《律髓》“犹”作“独”,误。

〔四〕斜景遍:明、清各本及《全唐诗》、《诗选》、《品汇》同。《律髓》“遍”作“迥”,误。

〔五〕溪:原作“谿”,明活本同。汲本、清本、《全唐诗》、《诗选》、《律髓》、《品汇》作“溪”,同,见《广韵》。

〔六〕凄凄:悲伤貌。谢灵运《道路忆山中诗》:“凄凄《明月吹》,恻恻《广陵散》。”

刘辰翁曰:不似着意,好语。

李梦阳曰:通透。

方回《瀛奎律髓》:三四壮浪;五六细润,形容雨晴,妙甚。

方回《瀛奎律髓》纪昀评:通体细润,以为壮浪,非是(同上)。

沈德潜《唐诗别裁》:状晚霁如画。

夕次蔡阳馆〔一〕

日暮马行疾,城荒人住稀。听歌知近楚〔二〕,投馆忽如归。

鲁堰田畴广〔三〕,章陵气色微〔四〕。明朝拜嘉庆〔五〕,须着老莱衣〔六〕。

〔一〕题目:原无"夕次"二字,明活本同。清本无"夕"字。宋本、汲本、《全唐诗》、《诗选》作"夕次蔡阳馆"。与诗意正合,今从宋本。蔡阳馆:隋有蔡阳县,属春陵郡,在郡治枣阳之西,襄阳之东,唐代废县。《清一统志·湖北·襄阳府》:"蔡阳故城在枣阳西南。……按:新旧《唐书·地理志》俱无蔡阳,亦不言省自何时,疑唐初省也。"据近人王荣先《枣阳县志》载,蔡阳馆在蔡阳故城,即今蔡阳铺,在县(枣阳)西五十五里。〇本诗作于赴举归来途中,约在开元十七年冬。

〔二〕知:原作"疑",明活本、汲本、清本同。宋本、《全唐诗》、《诗选》作"知"。今从宋本。

〔三〕鲁堰:《广雅·释诂》:"鲁,道也。"《文选·沈约·三月三日率尔成篇》:"东出千金堰。"李善注:"《广雅》曰:'堰,潜堰也。'谓潜筑土以壅水也。"据此则鲁堰泛指道路塘堰。但"鲁"训"道",在古籍中少见用例。又《后汉书·地理志》南阳郡有鲁阳,即春秋时鲁县,为楚邑,后世改为鲁山县。亦可讲通,但与蔡阳距离甚远。未详孰是。

〔四〕章陵:《后汉书·城阳恭王祉传》:"(建武)十三年,封祉嫡子平为蔡阳侯,以奉祉祀。……初建武二年,以皇祖、皇考墓为昌陵,置陵令守视;后改为章陵,因以春陵为章陵县。"按:《后汉书·郡国志》南阳郡有章陵县,故城在今枣阳县南。本诗盖用汉代旧名。

〔五〕拜嘉庆:亦作"拜家庆"。葛立方《韵语阳秋》卷十:"唐人与亲别而复归,谓之'拜家庆'。卢象诗:'上堂家庆毕,顾与亲恩迩。'孟浩然诗云:'明朝拜家庆,须着老莱衣。'"

〔六〕老莱衣:古代传说老莱子彩衣娱亲。详见《送洗然弟进士举》注

〔三〕。

他乡七夕〔一〕

他乡逢七夕，旅馆益羁愁〔二〕。不见穿针妇〔三〕，空怀故国楼。绪风初减热〔四〕，新月始临秋〔五〕。谁忍窥河汉〔六〕，迢迢问斗牛〔七〕。

〔一〕七夕：阴历七月七日之夜，相传牛郎织女二星相会于天河之上。《荆楚岁时记》："七月七日为牵牛织女聚会之夜。是夕，人家妇女结彩缕穿七孔针，或以金银鍮石为针，陈瓜果于庭中以乞巧。"

〔二〕益：原作"亦"，宋本、明活本、汲本、《全唐诗》俱作"益"，据改。羁愁：羁旅之愁。陈子良《入蜀秋夜宿江渚》："故乡千里外，何以慰羁愁。"

〔三〕穿针妇：宋、明各本及《全唐诗》同。清本"针"作"鍼"，同，见《集韵》。

〔四〕绪风：《楚辞・九章・涉江》："乘鄂渚而返顾兮，欸秋冬之绪风。"王逸注："绪，馀也。言已登鄂渚高岸，还望楚国，向秋冬北风愁而长叹，心中忧思也。"五臣云："秋冬之风摇落。"本诗绪风实指秋风。

〔五〕临：原作"登"，明活本同。宋本、汲本、《全唐诗》作"临"。今从宋本。

〔六〕河汉：即银河、天河。《文选・古诗十九首》："皎皎河汉女。"李善注："毛苌曰：'河汉，天河也。'"

〔七〕迢迢句："问"原作"望"，明活本、汲本同。宋本、清本、《全唐诗》作"问"。今从宋本。迢迢：远貌。《文选・古诗十九首》："迢迢牵牛星。"斗牛：斗星和牛星。详《送王昌龄之岭南》注〔一〇〕。

夜泊牛渚趁薛八船不及〔一〕

星罗牛渚夕〔二〕，风退鹢舟迟〔三〕。浦溆常同宿〔四〕，烟波忽间之〔五〕。榜歌空里失，船火望中疑〔六〕。明发泛潮海〔七〕，茫茫何处期。

〔一〕题目：明活本、清本、《全唐诗》同。宋本、汲本"薛八"作"钱八"。据毛校记元本作"洛八"。疑宋本、元本有误，《孟集》尚有《云门寺西六七里闻符公兰若最幽与薛八同往》、《广陵别薛八》等诗，足证薛八为浩然好友，与本诗情绪正合。但其人不详。

〔二〕牛渚夕：明、清各本及《全唐诗》同。宋本"夕"作"宿"。牛渚，即今安徽当涂县之采石。《太平寰宇记·江南西道·宣州》："牛渚山突出江中，谓之牛渚圻，山北谓之采石。对采石渡口，商旅于此取石，至都输造石渚，故名。"

〔三〕退：原作"送"，宋本、明活本、汲本、《全唐诗》俱作"退"，据改。鹢舟：船。详《与黄侍御北津泛舟》注〔五〕。

〔四〕浦溆：水滨。杨炯《青苔赋》："桂舟横兮兰枻触，浦溆邅回兮心断续。"常：宋、明各本同。《全唐诗》作"尝"。

〔五〕间：明、清各本及《全唐诗》同。宋本作"问"，盖形近而误。

〔六〕榜歌二句：榜歌：船工之歌。详《下灨石》注〔五〕。船：明、清各本同。宋本作"舡"。《玉篇》："舡，船也。"又"舡"，船之俗字，见《五音集韵》。二句写趁船不及的情景，真切细腻。李梦阳曰："他人决道不出。"

〔七〕明发：黎明。详《彭蠡湖中望庐山》注〔四〕。潮海：原作"湖海"，明活本同。据毛校记元本作"沧海"，清本亦作"沧海"。宋本、汲本、《全唐诗》作"潮海"。今从宋本。

晓入南山[一]

瘴气晓氛氲[二]，南山复水云[三]。鲲飞今始见[四]，鸟堕旧来闻[五]。地接长沙近，江从泊渚分[六]。贾生曾吊屈[七]，余亦痛斯文。

〔一〕题目：明、清各本同。宋本"晓"作"晚"，与诗意不合，非。据毛校记元本作"入南山"。南山：疑为辰州之南山。《清一统志·湖南·辰州府》："南山，在沅陵县南一里。《名胜志》：'一名客山，周回十馀里，北瞰大江，有石矶高广百尺，名曰南岩，下有箭潭，其深不测。相传马援投矢于潭，故名。'"○本诗疑作于壮年漫游时期。

〔二〕瘴：宋本、明活本、清本、《全唐诗》同。汲本作"漳"，非。氛氲：盛貌。《文选·谢惠连·雪赋》："其为状也，散漫交错，氛氲萧瑟。"李善注："王逸《楚辞》注曰：'氛氲，盛貌。'"

〔三〕复：原作"没"，明活本同。宋本、汲本、《全唐诗》作"复"。今从宋本。

〔四〕鲲飞：《庄子·逍遥游》："北冥有鱼，其名为鲲，鲲之大不知其几千里也。化而为鸟，其名为鹏，鹏之背不知其几千里也。怒而飞，其翼若垂天之云。是鸟也，海运则徙于南冥，南冥者，天池也。"

〔五〕鸟堕：与鸟坠意同。《论衡》中曾有南郡极热之地，其人祝树树即枯，唾鸟鸟即坠的记载。岑参《招北客文》："南方之人兮不敢过，岂止走兽踣兮飞鸟堕。"以上二句皆用典实以借指南方之地。

〔六〕泊渚：宋、明、清各本同。《全唐诗》作"汨渚"。

〔七〕贾生句：贾生指贾谊，曾作《吊屈原赋》。详《晚春卧疾寄张八子容》注〔一四〕。

夜渡湘水〔一〕

客行贪利涉〔二〕，夜里渡湘川〔三〕。露气闻香杜〔四〕，歌声识采莲〔五〕。榜人投岸火〔六〕，渔子宿潭烟。行侣时相问〔七〕，涔阳何处边〔八〕。

〔一〕题目：宋、明、清各本及《全唐诗》、《品汇》同。《英华》"水"作"江"。湘水：亦称湘江，在湖南省，源出广西北部之阳海山，北流注入洞庭湖。《水经注·湘水》："湘水出零陵始安县阳海山。即阳朔山也。应劭曰：'湘出零山。'盖山之殊名也，山在始安县北，县，故零陵之南部也。魏咸熙二年，孙皓之甘露元年，立始安郡。湘、漓同源，分为二水，南为漓水，北则湘川东北流。罗君章《湘中记》曰：'湘水之出于阳朔，则觞为之舟；至洞庭，日月若出入于其中也。'"〇本诗疑作于壮年漫游时期。

〔二〕行：明活本、《英华》、《品汇》同。宋本、汲本、清本、《全唐诗》作"舟"。利涉：顺利渡河。《易·需》："利涉大川，往有功也。"

〔三〕夜：明活本、汲本、清本、《英华》、《品汇》同。宋本、《全唐诗》作"暗"。

〔四〕香杜：明活本、《英华》同。宋本、汲本、清本、《全唐诗》、《品汇》作"芳杜"。杜，指杜若，香草名。因其气味芳香，故称香杜（或芳杜）。《楚辞·九歌·湘君》："采芳洲兮杜若，将以遗兮下女。"

〔五〕采莲：宋、明、清各本及《全唐诗》、《品汇》同。《英华》作"暗莲"，非。《乐府诗集》卷五十引《古今乐录》："梁天监十一年冬，武帝改西曲，制《江南上云乐》十四曲，《江南弄》七曲：一曰《江南弄》，二曰《龙笛曲》，三曰《采莲曲》……。"张协《七命》："榜人奏采莲之歌。"

〔六〕榜人：犹船工。《汉书·司马相如传上》："榜人歌。"颜师古注引张揖曰:“榜,船也。《月令》云:‘命榜人’,榜人,船长也,主倡声而歌者也。”

〔七〕行侣:原作“行旅”,《英华》同。宋本、明活本、汲本、《全唐诗》、《品汇》俱作“行侣”,据改。时:宋、明、清各本及《品汇》同。《英华》作“遥”。

〔八〕涔阳:原作“浔阳”,宋、明、清各本及《品汇》同,误。《英华》作“涔阳”,是。按浔阳在赣江下游鄱阳湖畔,与湘水无涉。陆蓥《问花楼诗话》卷一:“先广文尝言:‘古人诗文字有疑,似不可轻改,坊刻舛累尤多,须得善本校对乃可。’因举……孟襄阳诗‘行侣时向(按:应为相)问,涔阳何处边’,‘涔’讹‘浔’,涔阳近湘水,浔阳更辽隔也。”雷寿荪校勘记云:“‘浔阳则辽隔也。’‘阳’字原脱,今补正。按以上举……孟浩然诗中误字,见赵执信《谈龙录》引阎若璩语,此句作‘浔阳则辽绝矣’。”

刘辰翁:清润自喜。

王寿昌《小清华园诗谈》卷下:佳句自来难得有偶,如谢叔原(混)之“水木湛清华”,康乐之“池塘生春草”……孟襄阳之“渔子宿潭烟”……皆系兴会所至,偶然而得。强欲偶之,虽费尽苦思,终不能敌,是盖有不可力争者。

赴京途中遇雪〔一〕

迢递秦京道〔二〕,苍茫岁暮天〔三〕。穷阴连晦朔〔四〕,积雪满山川〔五〕。落雁迷沙渚〔六〕,饥乌噪野田〔七〕。客愁空伫立,不见有人烟。

〔一〕题目:“京”原作“命”。宋、明各本及《全唐诗》、《诗选》、《律髓》、《品汇》俱作“京”,据改。遇:原作“逢”。宋、明、清各本及《诗选》、《律髓》、《品汇》俱作“遇”。今从宋本。○据《旧唐书·孟浩然传》浩然四十岁进京赴考,此诗作于赴考途中,当在开元十六年冬。

〔二〕迢递:遥远貌。《文选·左思·吴都赋》:“旷瞻迢递。”刘渊林注:“迢递,远貌。”秦京道:通往长安的大道。唐首都长安,属京畿道,古为秦国地。

〔三〕苍茫:旷远迷茫之貌。李白《关山月》:“明月出天山,苍茫云海间。”本诗用以描写天气阴沉、大雪茫茫的景象。

〔四〕穷阴:言天阴之重。《说文》:“穷,极也。”晦朔:阴历每月最后一天叫晦,初一叫朔。《后汉书·律历志下》:“晦朔合离,斗建移辰,谓之月。”穷阴连晦朔,言自初一至月终,天总是阴沉沉的。

〔五〕满:宋、明、清各本及《全唐诗》、《诗选》、《律髓》同。《品汇》作“遍”。

〔六〕落雁句:沙渚:宋、明、清各本及《全唐诗》、《律髓》同。《品汇》作“寒渚”。《文选·谢惠连·泛湖归出楼中玩月》:“哀鸿鸣沙渚,悲猿响山椒。”本句即化用谢诗意。沙渚,水中小沙洲。迷,则极言雪之大,大地万物,为雪所蒙,故雁亦迷失方向。

〔七〕饥乌句:《埤雅·释鸟》云:“乌又为叹词者,雀见虎则鸣,乌见异则噪,故以为乌霍。乌霍,叹所异也。”

刘辰翁曰:决不为小儿语求工者。

李梦阳曰:不得落雁一联,终伤于旷。

方回《瀛奎律髓》:规模好。

宿武陵即事〔一〕

川暗夕阳尽,孤舟泊岸初。岭猿相叫啸,潭嶂似空虚〔二〕。就枕灭明烛〔三〕,扣船闻夜渔〔四〕。鸡鸣问何处,人物是秦馀〔五〕。

〔一〕题目:明活本、清本同。宋本、汲本、《品汇》作“宿武阳川”。《全唐诗》作“宿武阳即事”。按:武阳唐属岭南道融州。当今广西省融水苗族自治县之西。孟浩然似未到这一带地方。《孟集》虽有《题梧州陈司马山斋》诗,但宋本不载,且一作宋之问诗,当非孟作。同时从本诗的内容看,末句“人物是秦馀”,当是用《桃花源记》典故,故以“武陵”为是。○本诗疑作于壮年漫游时期。

〔二〕潭嶂:原作“潭影”,明活本、清本、《品汇》同。宋本、汲本、《全唐诗》作“潭嶂”。今从宋本。

〔三〕灭明烛:明活本、清本、《品汇》、《全唐诗》同。宋本作“减明月”,汲本作“灭明月”,似有误。

〔四〕船:明活本、汲本同。《全唐诗》、《品汇》作“舷”。宋本作“舡”,船俗字。

〔五〕是:宋、明、清各本、《全唐诗》同。《品汇》作“似”。秦馀:陶渊明《桃花源记》:“自云先世避秦时乱,率妻子邑人,来此绝境,不复出焉,遂与外人间隔。”言所见人物是秦人之后。

刘辰翁:随意唱出,自无俗气。

李梦阳:“似”字不佳。

同卢明府饯张郎中除义王府司马海园作〔一〕

上国星河列〔二〕,贤王邸第开〔三〕。故人分职去〔四〕,潘令宠行来〔五〕。冠盖趋梁苑〔六〕,江湘失楚材〔七〕。预愁轩骑动〔八〕,宾客散池台。

〔一〕题目:《全唐诗》、《英华》、《品汇》同。明活本“除”上误衍一“愿”字。宋本“海园”作“就张瓜海”,当有误衍。汲本“海园”作“就张园”，盖沿宋本。清本全题作“饯张郎中除义王府司马”。据毛校记元本作“饯王郎中于司马园”，亦误。卢明府：即卢象。详《和卢明府送郑十三还京兼寄之什》注〔一〕。张郎中：应即张子容，他在奉先县令任内，休沐还乡之后，升任郎中。孟诗《送张郎中迁京》云：“碧溪常共赏，朱邸忽迁荣。预有相思意，闻君琴上声。”首句即指《同张明府碧溪赠答》事，四句即指“别业闻新制，同声应者多”。“朱邸忽迁荣”，即指其除义王府司马事。两相对照，可见张郎中即张明府，亦即张子容。张升任郎中事，虽史无明文，然从孟诗看，是可以肯定的。依据唐制，尚书省置郎中三十人，官阶为从五品，位尊于县令，则其升任郎中，必在休沐还乡之后，也是可以肯定的。义王：始名李漎，后改名李玭，为玄宗第二十四子。开元二十一年封为义王，开元二十三年，改名后重封义王，并开府置官属。张子容除义王府司马，当在此时。《旧唐书·玄宗本纪》：“（开元二十三年）秋七月，丙子，皇太子鸿改名瑛。庆王直已下十四王并改名。又封皇子玭为义王。……其荣王琬已下，并开府置官属。”《资治通鉴·唐玄宗开元二十四年》：“二月庚午，更皇子名：鸿曰瑛，潭曰琮，浚曰玙，洽曰琰，涓曰瑶，滉曰琬，……漎曰玭。”《考异》曰：“《旧纪》、《唐历》：‘二十三年，七月，景（疑为丙之误）子，皇太子、诸王皆改名。’今从《实录》。”据此则《旧唐书》与《通鉴》相差一年。同时可知“荣王琬已下”自然也包括义王玭在内。今依《资治通鉴》，则此诗当作于开元二十四年晚年时期。海园：张子容休沐还乡，新建舞阁，名曰海亭，当即海园。

〔二〕星河列：原作“山河裂”，明活本、清本、《英华》、《品汇》同。《全唐诗》作“山河列”。宋本、汲本作“星河列”。今从宋本。谢偃《明河赋》：“气象万殊，缅星河而尽列；光辉一道，罗银汉之灵长。”

〔三〕邸第:明、清各本及《全唐诗》、《英华》、《品汇》同。宋本作“甲第”。邸第,王侯府第。《史记·荆燕世家》:“臣观诸侯王邸第百馀,皆高祖一切功臣。”邸第开,指义王玭开府置官属事。

〔四〕分:宋、明各本及《全唐诗》、《英华》、《品汇》同。清本作“供”。分职去,指张子容即将赴任。

〔五〕潘令:潘岳曾为河阳令,借指卢象,谓其来任襄阳令。

〔六〕冠盖:礼帽与车盖,为高官贵吏之服饰及车具,遂用以指高官贵吏。梁苑:宋、明、清各本及《全唐诗》、《品汇》同。《英华》作“梁范”,误。梁苑,亦名梁园,在今河南开封市东南,为汉梁孝王园囿。《清一统志·河南开封府二》:“梁园,在祥符县城东南,一名梁苑,亦名兔园,汉梁孝王游赏之所。唐李白有《梁园吟》。”这里借指海园。

〔七〕江湘:明、清各本及《全唐诗》、《英华》、《品汇》同。宋本作“江山”。江湘,长江、湘水一带,泛指山南东道及江南西道。楚材:楚地之材。《左传·襄公二十六年》:“虽楚有材,晋实用之。”这里借指张子容。

〔八〕预:宋本、汲本、《英华》同。明活本、清本、《全唐诗》、《品汇》作“豫”,同“预”,见《玉篇》。

刘辰翁:上句壮,又极典刑,末意更浓。

途次〔一〕

客行愁落日,乡思重相催。况在他山外,天寒夕鸟来。雪深迷郢路〔二〕,云暗失阳台〔三〕。可叹凄遑子〔四〕,高歌谁为媒〔五〕。

〔一〕题目:原作“落日望乡”,明活本同。清本、《全唐诗》作“途次望乡”。宋本、汲本作“途次”。今从宋本。

〔二〕郢路：唐郢州，为襄州邻州，治京山，即今湖北京山县。浩然诗中往往以"郢"代故乡。

〔三〕云暗：宋、明、清各本及《全唐诗》同。据毛校记元本作"雨暗"，非。阳台：隋阳台山，唐改名小别山，属沔州，在今湖北汉川县境。因天阴落雪，故回顾不见阳台山。

〔四〕凄遑：亦作恓惶，匆忙不安之貌。《抱朴子·匡时》："恓恓惶惶，务在匡时。"梁武帝《孝思赋》："践霜露而凄惶。"

〔五〕高歌：原作"劳歌"，汲本同。明活本、清本作"狂歌"。宋本、《全唐诗》作"高歌"。今从宋本。媒：意犹谋。《广雅·释诂四》："媒，谋也。"

永嘉上浦馆逢张八子容〔一〕

逆旅相逢处，江村日暮时。众山遥对酒，孤屿共题诗〔二〕。廨宇邻蛟室〔三〕，人烟接岛夷〔四〕。乡关万馀里〔五〕，失路一相悲〔六〕。

〔一〕题目：《诗选》、《全唐诗》同。宋本"逢"作"送"，与诗意不合，误。明活本"上浦馆"误作"浦上馆"。汲本、清本无"张八"二字。《英华》"张八子容"作"张客卿"。《律髓》、《品汇》题作"永嘉浦逢张子容"。永嘉：即今浙江温州市。详《宿永嘉江寄山阴崔国辅少府》注〔一〕。上浦馆：《清一统志·浙江·温州府》："上浦馆在府（温州）城东七十里。《明一统志》：'唐孟浩然逢张子容赋诗（处）。'"张八子容：浩然好友。详《晚春卧疾寄张八子容》注〔一〕。○本诗作于吴越之游抵永嘉时，约在开元十九年。

〔二〕孤屿：《清一统志·浙江·温州府》："孤屿山，在永嘉县北江中，与城相对，东西两峰，上各有塔。谢灵运诗'孤屿媚中川'谓此。……《旧志》：昔时两峰对峙，江流贯其中，后为沙淤，遂相连。”《浙江通志》:“孤屿山,《江心志》:在郡(按指温州)北江中,因名江心,东西广三百馀丈,南北半之,距城里许。初离为两山,筑二塔于其巅,中贯川流,为龙潭川。中有小山,即孤屿。”又“浩然楼,王叔杲《孤屿记》:孤屿江心寺,林木交荫,殿阁辉敞。独浩然楼峻竦洞达,坐其中沧波可吸,千峰森前。孟襄阳所咏‘众山遥对酒’是也。”

〔三〕廨宇:官舍。《说文》:“廨,公廨也。”蛟室:即鲛人室。鲛人,水居如鱼。详《登江中孤屿赠白云先生王迥》注〔四〕。邻蛟室,意为邻近大海。

〔四〕岛夷:东海岛上居民,古称岛夷。《书·禹贡》:“岛夷卉服。”

〔五〕关:宋本、明活本、汲本、《英华》、《诗选》同。清本、《全唐诗》、《律髓》、《品汇》作“园”。据毛校记元本亦作“园”。

〔六〕失路:《文选·扬雄·解嘲》:“当涂者升青云,失路者委沟壑。”张子容贬乐城尉,浩然应举落第,故称失路相悲。

殷璠《河岳英灵集》:浩然诗文彩丰茸,经纬绵密,半遵雅调,全削凡体。至如“众山遥对酒,孤屿共题诗”,无论兴象,兼复故实。

刘辰翁曰:众山、孤屿,且不犯时景,句句淘洗欲尽。

方回《瀛奎律髓》:永嘉得孤屿中川之名,自谢康乐始。此诗五六俊美。

方回《瀛奎律髓》纪昀评:雍容闲雅,清而不薄,此是盛唐人身分。虚谷但赏五六,是仍以摘句之法求古人。

送张子容进士举〔一〕

夕曛山照灭〔二〕,送客出柴门。惆怅野中别,殷勤醉后言〔三〕。茂林余偃息〔四〕,乔木尔飞翻〔五〕。无使《谷风》

诮〔六〕，须令友道存。

〔一〕题目：原作“送张子容赴举”。宋本、汲本作“送张子容进士举”。今依宋本。明活本无“张”字，“进士”作“赴”。《全唐诗》、《英华》“进士”下多一“赴”字。《品汇》“送”下少一“张”字。○本诗疑作于玄宗先天元年，浩然少年隐居学习期间。张子容乃先天二年（开元元年）进士，赴京当在前一年。

〔二〕夕曛：黄昏时落日馀光。详《游精思观回王白云在后》注〔三〕。

〔三〕殷勤：感情真挚恳切。司马迁《报任少卿书》：“未尝衔杯酒接殷勤之欢。”醉后：明、清各本及《英华》、《品汇》同。宋本作“歧路”。《全唐诗》作“岐路”。

〔四〕茂林：宋本、汲本、《全唐诗》、《英华》、《品汇》同。明活本、清本作“茂陵”。据毛校记元本亦作“茂陵”，误。按：汉武帝陵称茂陵，与此无涉。茂林，借指隐处。偃息：意犹安卧，借指隐遁。

〔五〕乔木句：《诗·小雅·伐木》：“伐木丁丁，鸟鸣嘤嘤。出自幽谷，迁于乔木。”本句则用以祝科举登第。

〔六〕无使句：谷风：《诗·小雅》篇名。毛序云：“《谷风》刺幽王也。天下俗薄，朋友道绝焉。”孔颖达疏：“作《谷风》诗者，刺幽王也。以人虽父生师教，须朋友以成，然则朋友之交，乃是人行之大者。幽王之时，风俗浇薄，穷达相弃，无复恩情，使朋友之道绝焉，言天下无复有朋友之道也。……诗三章皆言朋友相弃之事。”本句即用此意，言勿因地位悬殊，友情断绝。

刘辰翁曰：写得浓尽。

李梦阳曰：惟朴乃古，又是一种。

送张参明经举兼向泾州觐省〔一〕

十五彩衣年〔二〕，承欢慈母前。孝廉因岁贡〔三〕，怀橘向秦川〔四〕。四座推文举〔五〕，中郎许仲宣〔六〕。泛舟江上别，谁不仰神仙。

〔一〕题目："觐省"原作"省觐"。宋、明、清各本俱作"觐省"，据改。明经：唐代科举虽有秀才、明经、进士、俊士诸科，然常科考试主要为明经、进士二科，尤重进士科。两科所考内容，一般说来，明经重帖经、墨义，进士重诗赋。泾州：唐泾州属关内道，州治安定，当今甘肃泾川一带。

〔二〕彩衣：亦作"彩衣"。着彩衣以悦父母。详《送洗然弟进士举》注〔三〕。

〔三〕孝廉：本为汉代选举科目，孝指孝子，廉指廉洁之士。汉武帝元光元年，令各郡国举孝、廉各一人，后合称为孝廉。唐制各地自学有成的，可向州县提出申请，经各州县考试及格，由各州送尚书省参加考试。岁贡：古代诸侯郡国向中央推荐人才曰岁贡。《汉书·食货志上》："诸侯岁贡少学之异者于天子，学于太学，命曰造士。"

〔四〕怀橘：《三国志·吴志·陆绩传》："绩年六岁，于九江见袁术。术出橘，绩怀三枚，去，拜辞堕地。术谓曰：'陆郎作宾客而怀橘乎？'绩跪答曰：'欲归遗母。'术大奇之。"后世遂以怀橘为孝亲之典。这里指张参觐省。秦川：泛指关内，这里指泾州。

〔五〕文举：孔融字文举，东汉鲁国人。《后汉书·孔融传》："(孔融)年十三，丧父，哀悴过毁，扶而后起，州里归孝。""岁馀，复拜太中大夫，性宽容少忌，好士，喜诱益后进。及退闲职，宾客日盈其门。常叹曰：'座上客恒满，尊中酒不空，吾无忧矣。'与蔡邕素善，邕卒后，有虎贲貌类于邕，融每酒酣，引与同坐，曰：'虽无老成人，且有典刑。'融闻人之善，若出诸己，言有可采，必演而成之，面告其短，而退称所长，荐达贤士，多所奖进，知而未言，以为己过，故海内英俊皆信服之。"这里借指张参。

〔六〕中郎：明、清各本同。宋本作"张郎"，误。中郎，蔡邕因官左中郎将，故称中郎。他曾极力赞许王粲，故曰许仲宣。仲宣：王粲字仲宣，东汉山阳高平人。《三国志·魏志·王粲传》："献帝西迁，粲徙长安，左中郎将蔡邕见而奇之。时邕才学显著，贵重朝廷，常车骑填巷，宾客盈坐，闻粲在门，倒屣迎之。粲至，年既幼弱，容状短小，一坐尽惊。邕曰：'此王公孙也，有异才，吾不如也。'"本句亦借指张参。

溯江至武昌〔一〕

家本洞湖上〔二〕，岁时归思催。客心徒欲远，江路苦邅回〔三〕。残冻因风解，新正度腊开〔四〕。行看武昌柳，仿佛映楼台〔五〕。

〔一〕题目："溯"原作"沂"，汲本同，误。宋、明、清各本及《全唐诗》、《英华》作"溯"，据改。《英华》"武昌"作"武昌城"。武昌：唐代武昌属鄂州，即今湖北鄂城县。○此或系壮年漫游、自扬州归来溯江至武昌之作。李白《送孟浩然之广陵》云："故人西辞黄鹤楼，烟花三月下扬州。"时当春季。詹锳《李白诗文系年》此诗系于开元十六年以前。则浩然于入京之前，曾去过扬州一次。此盖从扬州归来，从"残冻因风解，新正度腊开"看，当为冬末春初。

〔二〕洞湖：原作"洞庭"，非。宋本、明活本、清本、《全唐诗》俱作"洞湖"，是。洞湖，地志不载，然《晚春》有"二月湖水清"之句，又《寻张五回夜园作》有"闻说庞公隐，移居近洞湖"之句，可见襄阳附近确有湖泊，名称或有改变欤？

〔三〕江路苦：宋本及明、清各本、《全唐诗》同。《英华》作"世路共"，"共"下校记云："集作苦"。而"世路"下无校记，可见周必大所见宋本与蜀刻不同。邅回：屈曲难行之貌。

〔四〕新正度腊开："正度"原作"梅变"，明活本、汲本同。清本作"梅度"。宋本、《全唐诗》、《英华》作"新正度腊开"。今从宋本。

〔五〕楼：明、清各本及《全唐诗》、《英华》同。宋本作"阳"。

唐城馆中早发寄杨使君〔一〕

犯霜驱晓驾〔二〕，数里见唐城。旅馆归心逼，荒村客思盈。访人留后信，策蹇赴前程〔三〕。欲识离魂断，长空听雁声。

〔一〕唐城：指上马县，因属唐州，故作者称唐城，即今河南唐河县。《清一统志·河南·南阳府》："（唐县）本汉棘阳县地，后魏分置襄阳郡上马县，隋郡废，开元十六年复置上马县，天宝元年改曰泌阳，属唐州。……后废州为唐县，属南阳府。"其地当南阳去襄阳大路。杨使君：未详。○本诗盖作于赴举失败归家途中行抵唐城时，约在开元十七年。

〔二〕驱：原作"駈"，清本同。明活本、汲本、《全唐诗》作"驱"。二字同，见《玉篇》。

〔三〕蹇：《说文》："蹇，跛也。"《楚辞·七谏·谬谏》："驾蹇驴而无策兮，又何路之能极？"后世往往用蹇以代跛驴驽马。

陪柏台友共访聪上人禅居〔一〕

欣逢柏台友〔二〕，共谒聪公禅。石室无人到〔三〕，绳床见虎眠〔四〕。阴崖常抱雪〔五〕，松涧为生泉〔六〕。出处虽云异〔七〕，同欢在法筵〔八〕。

〔一〕题目：原作"陪李侍御谒聪禅上人"，或有错简。宋本、汲本作"陪柏台友共访聪上人禅居"。今从宋本。清本、《全唐诗》"柏台友"作"李侍御"。明活本"柏台友"作"李侍御"，"共访"作"谒"，无

"禅居"二字。柏台:御史台之别称。详《闻裴侍御朏自襄州司户除豫州司户因以投寄》注〔三〕。柏台友盖指李侍御,《孟集》中尚有《和李侍御渡松滋江》诗,当为浩然友好,但其人不详。聪上人:生平不详。

〔二〕友:原作"旧",明活本、汲本同。宋本、《全唐诗》作"友"。今从宋本。

〔三〕石室:泛指神仙所居。《神仙传》:"广成子者,古之仙人也。居崆峒之山,石室之中。"本诗用以代聪上人所居。

〔四〕绳床:僧人吃饭时跪坐的小床。义净《南海寄归内法传·食坐小床》:"西方僧众将食之时,必须人人净洗手足,各各别踞小床,高可七寸,方才一尺,藤绳织内,脚圆且轻。"虎眠:《法苑珠林》载有晋沙门竺昙猷事,言其游赤城山时,有群虎来前,猷为说法,一虎独眠,乃以如意杖打头。本诗盖借指聪上人佛法无边。

〔五〕崖:明、清各本同。宋本作"风"。从诗意和对仗上看,当以"崖"为是。

〔六〕松:宋、明各本同。《全唐诗》作"枯"。

〔七〕出处:意犹进退。《易·系辞上》:"君子之道,或出或处。"本诗则用以指入世与出世。

〔八〕法筵:僧人说法之席。《北齐书·杜弼传》:"四月八日,魏帝集名僧于显阳殿,讲说佛理,弼与杨愔、邢劭、魏收等并侍法筵。"

刘辰翁曰:首首不俗。绳床眠虎,本无此理,苦语欲真。

和张丞相春朝对雪〔一〕

迎气当春立〔二〕,承恩喜雪来。润从河汉下,花逼艳阳开〔三〕。不睹丰年瑞,安知燮理才〔四〕。撒盐如可拟〔五〕,愿糁和羹梅〔六〕。

〔一〕张丞相:指张九龄。详《从张丞相纪南城猎戏赠裴迪张参军》注〔一〕。张有《立春日晨起对积雪》诗,诗云:“忽对林庭雪,瑶华处处开。今年迎气始,昨夜伴春回。玉润窗前竹,花繁院里梅。东郊斋祭所,应见五神来。”(见《全唐诗》卷四八)本诗正是张诗的和诗,约作于开元二十六年春。

〔二〕迎气:《后汉书·祭祀志中》:“迎时气,五郊之兆。……立春之日,迎春于东郊,祭青帝句芒。”本句盖指明时间,刘辰翁云:“谓立春日,起得奇怪。”按:此句正应张诗“今年迎气始”句。立:明、清各本及《诗选》、《律髓》同。宋本、《全唐诗》、《英华》作“至”。《英华》“至”下校记云:“集作立”,可见周必大等所见宋本亦作“立”。

〔三〕润从二句:正应张诗“玉润窗前竹,花繁院里梅”二句。下:宋本、明、清各本及《全唐诗》、《英华》、《诗选》、《律髓》同。《英华》“下”下周必大等校记云:“集作落”,可见宋本有作“落”者。

〔四〕安:明活本、清本、《诗选》、《律髓》同。宋本、汲本、《全唐诗》、《英华》作“焉”。《英华》“焉”下周必大校记云:“集作安”,可见宋本亦有作“安”者。燮理:协调。《书·周官》:“立太师、太傅、太保。兹惟三公,论道经邦,燮理阴阳。”孔安国传:“师,天子所师法;傅,傅相天子;保,保安天子于德义者。惟此三公之任,佐王论道以经纬国事,和理阴阳。”这里用以歌颂张九龄。

〔五〕撒:原作“散”,宋本、明活本、汲本、《英华》、《诗选》同。清本、《全唐诗》、《律髓》作“撒”。撒盐,《世说新语·言语》:“谢太傅寒雪日内集,与儿女讲论文义。俄而雪骤,公欣然曰:‘白雪纷纷何所似?’兄子胡儿曰:‘撒盐空中差可拟。’兄女曰:‘未若柳絮因风起。’公大笑乐。”用撒盐喻落雪。

〔六〕愿:明、清各本及《全唐诗》、《英华》、《诗选》、《律髓》同。宋本作“便”。《英华》“愿”下无校记,可见周必大等所见宋本与蜀刻本不同。和羹梅:《书·说命下》:"若作和羹,尔惟盐梅。"孔安国传:"盐咸梅醋,羹须咸醋以和之。"作羹必须盐梅并用,才能咸酸适度。喻政治上必须配备有能力的人才,君臣协调,才能把政治搞好,意指张九龄为王佐之才。

方回《瀛奎律髓》:此必为张九龄也。善用事者,化死事为活事。"撒盐"本非俊语,却引为宰相"和羹糁梅"之事则新矣。

方回《瀛奎律髓》纪昀评:襄阳诗格清逸,而合观全集,俗浅处实不能免。渔洋深致不满,颇骇俗听,然实确论,世人但见选本流传诸作耳。又云:五六二句太浅俗。

孟浩然诗集校注卷第四

五言律诗

送王宣从军〔一〕

才有幕中士〔二〕，宁无塞上勋〔三〕？隆兵初灭虏〔四〕，王粲始从军〔五〕。旌旆边庭去〔六〕，山川地脉分〔七〕。平生一匕首，感激赠夫君〔八〕。

〔一〕题目：原作"送吴宣从事"，汲本、《全唐诗》同。宋本作"送王宣从军"。据毛校记元本亦作"送王宣从军"。明活本作"送吴宣从军"。清本总目作"送吴宣从事"，诗前又作"送苏六从军"。根据诗的内容看，当为从军之诗，故李梦阳评曰：是从军诗。但所送者究为"吴宣"、"王宣"、"苏六"，则无法肯定。然据用王仲宣一事，似以"王宣"为恰，故题目暂依宋本。

〔二〕士：原作"画"，明活本、清本同。宋本、汲本、《全唐诗》作"士"。今从宋本。幕：幕府之省称。将帅出征，无固定住所，遂以幕为府署，故曰幕府。幕府中置僚属以参赞军机、掌管文书。

〔三〕宁：原作"而"，明活本、清本同。宋本、汲本、《全唐诗》作"宁"。

今从宋本。宁，犹岂。

〔四〕隆兵初：原作“汉兵将”，明活本、清本、《全唐诗》同。宋本、汲本作“隆兵初”。今从宋本。隆兵，盛多之兵。

〔五〕王粲：建安七子之一，字仲宣，少有异才，以博闻多识著称，尤擅长诗赋。《三国志·魏志·王粲传》：“初，粲与人共行，读道边碑，人问曰：‘卿能暗诵乎？’曰：‘能。’因使背而诵之，不失一字。……性善算，作算术，略尽其理。善属文，举笔便成，无所改定，时人常以为宿构；然正复精意覃思，亦不能加也。著诗、赋、论、议垂六十篇。”参看《送张参明经举兼向泾州觐省》注〔六〕。这里借喻王宣有文才。

〔六〕旌旆：《全唐诗》同。旌旆，旗帜之通称，借指军队。庭：原作“亭”，宋、明、清各本俱作“庭”，据改。

〔七〕地脉：脉，亦作脉。地的脉络。《旧唐书·张说传》：“削峦起观，竭流涨海，俯贯地脉，仰出云路，易山川之气，夺农桑之土。”

〔八〕夫君：指王宣。唐人习俗，对男性朋友亦可称夫君。

送张祥之房陵〔一〕

我家南渡头〔二〕，惯习野人舟〔三〕。日夕弄清浅，林湍逆上流〔四〕。山河据形胜〔五〕，天地生豪酋。君意在利往〔六〕，知音期自投〔七〕。

〔一〕张祥：宋本、明活本、清本、《全唐诗》同。汲本作“张翔”。据毛校记元本亦作“张祥”，不知汲本何以改“祥”作“翔”。张祥，其人不详。房陵：唐房陵为房州州治，即今湖北省房县。

〔二〕南渡头：“头”原作“隐”，误。宋、明、清各本及《全唐诗》俱作“头”。浩然家居涧南园，盖地当北涧之南，故称南渡头。

〔三〕惯习句：《论语·先进》：“先进于礼乐，野人也；后进于礼乐，君子也。”刘宝楠正义:“野人者,凡民未有爵禄之称也。”浩然经常往来于涧南园及鹿门山之间,泛舟于北涧及汉水,所以称“惯习”。

〔四〕林湍:原作“林端”,误。明活本、汲本、清本、《全唐诗》作“林湍”,是。宋本作“材端”,形近而误。

〔五〕山河:明活本、汲本、《全唐诗》同。清本作“鄢陵”,据毛校记元本亦作“鄢陵”。按:唐鄢陵属许州,与此无涉,应以“山河”为是。宋本作“上流”。

〔六〕利往:原作“利涉”,明活本、清本同。宋本、汲本、《全唐诗》作“利往”。今从宋本。

〔七〕知音:知心好友。详《夏日南亭怀辛大》注〔六〕。自投:原作“暗投”,宋本、汲本、清本、《全唐诗》作“自投”。据毛校记元本作“溟投”。今从宋本。

送桓子之郢成礼〔一〕

闻君驰彩骑,躞蹀指荆衡〔二〕。为结潘杨好〔三〕,言过鄢郢城〔四〕。摽梅诗有赠〔五〕,羔雁礼将行〔六〕。今夜神仙女,应来感梦情〔七〕。

〔一〕题目:“成”原作“城过”,明活本同。汲本、清本、《全唐诗》题作“送桓子之郢成礼”,宋本“成”作“城”,误。桓子:未详。郢:指郢州,在襄阳之南,州治京山。参看《归至郢中》注〔一〕。

〔二〕躞蹀:亦作蹀躞,小步行貌。卓文君《白头吟》:“躞蹀御沟上,沟水东西流。”荆衡:原作“南荆”,明活本、《全唐诗》同。宋本、汲本、清本作“荆衡”。今从宋本。荆衡,泛指荆州一带。《书·禹贡》:“荆及衡阳惟荆州。”

〔三〕潘杨:晋潘岳之妻为杨氏,后世常用“潘杨”为联姻之代称。《文选·潘岳·杨仲武诔》:“潘杨之穆,有自来矣。”按:潘岳之妻杨氏即仲武之姑。

〔四〕鄢：古代国名，都城在襄阳之南，即今湖北宜城。《字汇补》："《路史·国名纪》：'鄢地有三：楚之鄢都，襄阳之宜城也。'"鄢、郢均在襄阳之南。

〔五〕摽梅：汲本、清本、《全唐诗》同。宋本、明活本"摽"作"标"，误。指《诗·召南·摽有梅》。毛序："《摽有梅》，男女及时也。"意为及时而嫁娶。诗首章云："摽有梅，其实七兮，求我庶士，迨其吉兮。"毛传："摽，落也。盛极则隋(duò)落者梅也，尚在树者七。"郑玄笺："梅实尚馀七未落，喻始衰也。谓女二十春盛而不嫁，至夏则衰。"又云："我，我当嫁者。庶，众。迨，及也。求女之当嫁者之众士，宜及其善时。善时谓年二十，虽夏未大衰。"有：原作"已"，明活本同。宋本、汲本、清本、《全唐诗》作"有"。今从宋本。

〔六〕羔雁：小羊和大雁。《礼记·曲礼下》："凡挚，天子鬯，诸侯圭，卿羔，大夫雁，士雉。"羔雁本为卿大夫会见时所执之礼品，后世则用作男女订婚时所用之礼物。《乐府诗集》卷三十九傅玄《艳歌行有女篇》："媒氏陈束帛，羔雁鸣前堂。"

〔七〕今夜两句：应来感梦情：明、清各本及《全唐诗》同。宋本作"往来梦感情"，当有错简。《文选·宋玉·高唐赋》："玉曰：昔者，先王尝游高唐，怠而昼寝，梦见一妇人，曰：妾巫山之女也。"李善注："《襄阳耆旧传》曰：赤帝女曰姚姬，未行而卒，葬于巫山之阳，故曰巫山之女。楚怀王游于高唐，昼寝，梦见与神遇，自称是巫山之女，王因幸之。遂为置观于巫山之南，号为朝云。"郢为楚地，故用此喻桓子之郢成婚娶之礼。

早春润州送从弟还乡〔一〕

兄弟游吴国〔二〕，庭闱恋楚关〔三〕。已多新岁感〔四〕，更饯白眉还〔五〕。归泛西江水〔六〕，离筵北固山〔七〕。乡园欲有赠，梅柳着先攀〔八〕。

〔一〕题目：“弟”前原无“从”字，汲本同。宋本、明活本、清本、《全唐诗》俱作“早春润州送从弟还乡”。今从宋本。据毛校记元本作“送张祥之房陵”，与诗意不合。润州：即今江苏镇江市，详《宿杨子津寄润州长山刘隐士》注〔一〕。从弟：《孟集》有《送从弟邕下第后寻会稽》诗，疑从弟即邕。此诗疑作于自越还乡途中，约在开元二十年春。

〔二〕吴国：古吴国当今江苏南部、浙江北部一带，润州地古属吴国。

〔三〕庭闱：《文选·束皙·补亡诗》六首之一：“眷恋庭闱，心不遑安。”李善注：“庭闱，亲之所居。”后世因用以指父母。楚关：古楚地，指浩然故乡。

〔四〕感：宋、明、清各本及《全唐诗》同。据毛校记，另种宋本作“改”。

〔五〕白眉：《三国志·蜀志·马良传》：“马良字季常，襄阳宜城人也。兄弟五人，并有才名，乡里为之谚曰：‘马氏五常，白眉最良。’良眉中有白毛，故以称之。”后世因称兄弟行中之杰出者曰白眉。

〔六〕西江水：自润州归襄阳，沿长江西上，故称水为西江水。

〔七〕北固山：在润州城北。《元和郡县志·江南东道·润州》：“北固山，在县（丹徒）北一里，下临长江，其势险固，因以为名。……江今阔一十八里，春秋朔望有奔涛，魏文帝东征孙氏，临江叹曰：‘固天所以限南北也。’”参看《杨子津望京口》注〔二〕。

〔八〕梅柳句：着：汲本同。《全唐诗》作“著”。“着”为“著”之俗字。宋本、明活本、清本作“看”，盖“着”之误。陆凯《赠范晔诗》：“折花逢驿使，寄与陇头人。江南无所有，聊赠一枝春。”《荆州记》：“陆凯与范晔交善，自江南寄梅花一枝，诣长安与晔，兼赠诗。”晔是江南人。后遂用折梅代对亲友、故园的思念。又，梁元帝《折杨柳》:“巫山巫峡长,垂柳复垂杨。同心且同折,故人怀故乡。山似莲花艳,流如明月光。寒夜猿声彻,游子泪沾裳。”故也常用折柳代思乡。这里是表示对家乡的怀念,希望春来时,相赠家乡的梅柳。

送告八从军〔一〕

男儿一片气,何必五车书〔二〕。好勇方过我〔三〕,才多便起余〔四〕。运筹将入幕〔五〕,养拙就闲居〔六〕。正待功名遂,从君继两疏〔七〕。

〔一〕告八:明活本、清本、《全唐诗》同。本诗宋本不载。按:《姓纂》有浩姓而无告姓,《广韵》对于姓氏所列较详,但“告”亦无姓义。疑“告八”有误。

〔二〕五车书:《庄子·天下》:“惠施多方,其书五车。”后世常用“五车”或“五车书”表示读书之多。

〔三〕好勇句:《论语·公冶长》:“子曰:‘由也好勇过我,无所取材。’”本句全用孔子语,但与孔子本意,略有出入。孔子对子路之勇,是略有微辞的,而浩然本句,则无不满意味,对其从军是赞赏的。

〔四〕起余:《论语·八佾》:“子夏问曰:‘巧笑倩兮,美目盼兮,素以为绚兮,何谓也?’子曰:‘绘事后素。’曰:‘礼后乎?’曰:‘起予者商也。始可与言《诗》已矣!’”本诗借用“起余”言告八的气概、才能,能对自己有所启发。

〔五〕运筹:《史记·高祖本纪》:“夫运筹策帷帐之中,决胜于千里之外,吾不如子房。”帷帐,谓军中帐幕;运筹策,亦称运筹,运用谋略。本句赞告八。

〔六〕养拙:指隐居不仕。《文选·潘岳·闲居赋》:“仰众妙而绝思,终优游以养拙。”本句言作者自己。

〔七〕两疏：指汉宣帝时太子太傅疏广及太子少傅疏受。《汉书·疏广传》："在位五岁，皇太子年十二，通《论语》、《孝经》。广谓受曰：'吾闻知足不辱，知止不殆，功遂身退，天之道也。今仕官至二千石，宦成名立，如此不去，惧有后悔，岂如父子（按：受为广兄子，叔侄亦有父子之分。）相随出关，归老故乡，以寿命终，不亦善乎？'受叩头曰：'从大人议。'即日父子俱移病。满三月赐告，广遂称笃，上疏乞骸骨。上以其年笃老，皆许之，加赐黄金二十斤，皇太子赠以五十斤。公卿大夫故人邑子设祖道，供张东都门外，送者车数百两，辞决而去。及道路观者皆曰：'贤哉二大夫！'或叹息为之下泣。""继两疏"用其功成身退之意。

刘辰翁曰：起又雄浑。

送元公之鄂渚寻观主张骖鸾〔一〕

桃花春水涨〔二〕，之子忽乘流。岘下离蛟浦〔三〕，江中问鹤楼〔四〕。赠君青竹杖，送尔白蘋洲〔五〕。应是神仙子〔六〕，相期汗漫游〔七〕。

〔一〕题目：明活本、清本、《全唐诗》同。汲本无"张骖鸾"三字。宋本"元"作"先"，"主"作"生"，盖形近而误。又，无"张骖鸾"三字。元公：未详。鄂渚：地在今湖北武昌境。《太平寰宇记·江南西道·鄂州》："鄂渚，《舆地志》云：云梦之南，是为鄂渚。"《楚辞·九章·涉江》："乘鄂渚而反顾兮，欸秋冬之绪风。"洪兴祖补注："楚子熊渠封中子红于鄂。鄂州，武昌县地是也。隋以鄂渚为名。"张骖鸾：生平不详。

〔二〕桃花水：农历二三月桃花盛开时节，冰化雨积，江河水猛涨，称桃花水或桃花汛。《汉书·沟洫志》："如使不及今冬成，来春桃华水盛，必羡溢，有填淤反壤之害。"颜师古注："盖桃方华时，既有雨水，川谷冰泮，众流猥集，波澜盛长，故谓之桃华水耳。”

〔三〕岘下离：原作“岘首辞”。明活本、《全唐诗》、宋本、汲本作“岘下离”。今从宋本。岘，指岘山，在今襄樊市东南。详《登鹿门山怀古》注〔三〕。

〔四〕中：原作“边”，明活本同。宋本、汲本、清本、《全唐诗》作“中”，据改。问：明、清各本及《全唐诗》同。宋本作“闻”，非。鹤楼：指黄鹤楼，故址在今武汉市黄鹤矶上。详《鹦鹉洲送王九之江左》注〔二〕。

〔五〕白蘋洲：明活本、清本、《全唐诗》同。宋本、汲本“洲”作“羞”，不仅对仗欠工，而且意亦不顺。白蘋，水中的一种浮草。柳恽《江南曲》：“汀洲采白蘋，日暖江南春。”（见《玉台新咏》）

〔六〕子：原作“辈”，明活本、清本同。宋本、汲本、《全唐诗》作“子”。今从宋本。

〔七〕相期句：明、清各本及《全唐诗》同。宋本作“相逢作漫游”。汗漫：漫无边际。《淮南子·俶真训》：“甘瞑于溷澖之域，而徙倚于汗漫之宇。”参见《寄天台道士》注〔七〕。

岘亭饯房琯崔宗之〔一〕

贵贱平生隔〔二〕，轩车是日来〔三〕。青阳一觏止〔四〕，云路豁然开〔五〕。祖道衣冠列〔六〕，分亭驿骑催。方期九日聚〔七〕，还待二星回〔八〕。

〔一〕岘亭：原作“岘山”，明活本、清本、《全唐诗》同。宋本、汲本作“岘亭”。今从宋本。岘亭，亦称岘山亭，在岘山之上，地当今襄樊市东南。参看《登鹿门山怀古》注〔三〕。房琯：明、清各本及《全唐诗》同。宋本作“房璋”，疑误。房琯，唐洛阳人，字次律。少好学，隐居陆浑山中十年，召为卢氏令。后玄宗幸蜀，拜吏部尚书。

崔宗之：宋本、明活本、《全唐诗》同。汲本、清本作“崔兴宗”，未详孰是，暂依宋本。崔宗之，唐灵昌人，袭封齐国公，历左司郎中侍御史。后谪居金陵，与李白诗酒唱和。至于二人何时、何故至襄阳，则不详。

〔二〕贵贱：浩然布衣，房、崔俱为官吏，故言贵贱。平生：明、清各本及《全唐诗》同。宋本作“生年”，难通。

〔三〕轩车：古代大夫以上所乘之车，曲辀有藩围。后世用以泛指高官贵吏所乘之车。

〔四〕青阳：明、清各本及《全唐诗》同。宋本作“清阳”，非。青阳，指春天。详《岁暮归南山》注〔五〕。

〔五〕云路：原作“云雾”，明活本、清本同。宋本、汲本、《全唐诗》作“云路”。今从宋本。云路，犹青云之路。鲍照《侍郎报满辞阁疏》：“金闺云路，从兹自远。”

〔六〕祖道：古人送行时祭祀路神，称曰祖道，因亦指饯行。详《送韩使君除洪州都督》注〔一二〕。衣冠：本指士大夫穿戴，借指高官贵吏。详《送韩使君除洪州都督》注〔一二〕。列：宋本、汲本、清本、《全唐诗》同。明活本作“别”，非。

〔七〕九日：即九月九日登高之会。详《秋登万山寄张五》注〔一〇〕。

〔八〕二星：喻房、崔二人。骆宾王《秋日饯曲录事使西州序》：“五日之趣，未淹兰籍之娱，二星之辉，行照葱河之境。”

送王五昆季省觐〔一〕

公子恋庭闱〔二〕，劳歌涉海沂〔三〕。水乘舟楫去，亲望老莱归〔四〕。斜日催乌鸟〔五〕，清江照彩衣。平生急难意，遥仰鹡鸰飞〔六〕。

〔一〕王五：名未详。昆季：兄弟。《论语·先进》：“人不间于其父母昆弟之言。"孔颖达疏:"昆,兄也。"《说文》:"季,少称也。"省觐:明代各本及《全唐诗》同。清本作"觐省",意同。宋本作"觐",从内容看,当以"省觐"为是。

〔二〕庭闱:原作"庭帏",汲本同。宋本、明活本、清本、《全唐诗》作"庭闱",据改。庭闱,庭户,父母所居,借指父母。

〔三〕劳歌涉:明、清各本及《全唐诗》同。宋本"劳"误作"芳","涉"误作"步"。汲本"劳"、"涉"下俱无校记,可见毛晋所据宋本亦作"劳"、"涉"。劳歌,送别之歌。骆宾王《送吴七游蜀》:"劳歌徒欲奏,赠别竟无言。"海沂:宋、明、清各本同。《全唐诗》作"海涯"。据毛校记元本亦作"海涯"。海沂,犹海滨。

〔四〕老莱:指老莱子。这里借指子。详《送洗然弟进士举》注〔三〕。

〔五〕乌鸟:明、清各本及《全唐诗》同。宋本作"飞鸟"。汲本"乌"下无校记,可见毛晋所据宋本亦作"乌"。乌,《说文》:"乌,孝鸟也。"本句用日暮归巢以喻孝子省觐。

〔六〕平生二句:用《诗·小雅·常棣》典,言兄弟之间,感情融洽,于急难之中能相互支援。详《洗然弟竹亭》注〔四〕。

送崔遏〔一〕

片玉来夸楚〔二〕,治中作主人〔三〕。江山增润色〔四〕,词赋动阳春〔五〕。别馆当虚敞〔六〕,离情任吐伸〔七〕。因声两京旧〔八〕,谁念卧漳滨〔九〕?

〔一〕崔遏:"遏"原作"易",明活本同。宋本、汲本、清本、《全唐诗》作"遏"。据毛校记元本作"逷"。看来宋本作"遏",元人改为"逷",明又误作"易"。崔遏,生平不详。

〔二〕片玉:《晋书·郗诜传》:"诜迁雍州刺史,武帝于东堂会送,问诜曰:'卿自以为何如?'对曰:'臣举贤良对策第一,犹桂林之一枝,昆山之片玉。'”后世因用片玉以指人才。

〔三〕治中:汉代州置治中,掌文书案卷,为州刺史之佐吏。隋、唐改为司马,治中之名始废,本诗盖用旧名。

〔四〕增:宋、明各本及《全唐诗》同。清本作“曾”,误。

〔五〕阳春:即阳春白雪。详《同曹三御史泛湖归越》注〔三〕。这里用以喻词赋之优美。以上四句的排列,明、清各本及《全唐诗》俱同,惟宋本此四句却在“谁念卧漳滨”之后,当系错简。倘依宋本,则“片玉来夸楚,治中作主人”为第三联,“因声两京旧,谁念卧漳滨”为第二联,根据律诗要求,均须对偶,但此两联均不对,足证宋本之误。

〔六〕别馆:意犹客馆。庾信《哀江南赋序》:“三日哭于都亭,三年囚于别馆。”

〔七〕伸:明代各本及《全唐诗》同。宋本、清本作“申”。段玉裁《说文解字注》申字条下云:“古屈伸字作诎申,其作伸者,俗字。”

〔八〕两京:西京长安与东都洛阳。

〔九〕漳滨:建安时代曹氏父子居于邺,地在漳水之滨,一时文学之士聚其周围,文风极盛。庾信《哀江南赋》:“文词高于甲观,楷模盛于漳滨。”刘禹锡《许给事见示哭工部刘尚书因命同作》:“乞身来阙下,赐告卧漳滨。”

送卢少府使入秦〔一〕

楚关望秦国〔二〕,相去千里馀〔三〕。州县勤王事,山河转使车。祖筵江上列〔四〕,离恨别前书〔五〕。愿及芳年赏,娇莺二月初。

〔一〕题目:宋、明各本及《全唐诗》同。清本无“入”字。《英华》“秦”作“京”。卢少府:未详。《孟集》中有关卢明府的诗作数首,知为卢象，盖其任襄阳县令，但不知其任过县尉否。

〔二〕楚关：鲍照《凌烟楼铭》："东临吴甸，西眺楚关。"钱振伦注："《史记·伍子胥传》：'太子建有子名胜，伍胥惧，乃与胜俱奔吴，到昭关。'注：'其关在江西，乃吴楚之境也。'"这里用"楚关"借指楚地。秦国：明、清各本及《全唐诗》、《英华》同。宋本"秦"作"春"，误。汲本"秦"下无校记，足证毛晋所据宋本亦作"秦"。秦国，关中古为秦国地。

〔三〕千里馀：宋、明、清各本及《全唐诗》同。《英华》作"千馀里"。

〔四〕祖筵：犹祖席，送别的筵席。参看《岘山送朱大去非游巴东》注〔四〕。列：明、清各本及《全唐诗》、《英华》同。宋本作"别"，《英华》"列"下无校记，可见周必大等所据宋本亦作"列"。

〔五〕离恨别：原作"离别恨"，明活本同。宋本、汲本、清本、《全唐诗》、《英华》作"离恨别"，据改。

送谢录事之越〔一〕

清旦江天迥〔二〕，凉风西北吹。白云向吴会〔三〕，征帆亦相随。想到耶溪日〔四〕，应探禹穴奇〔五〕。仙书倘相示〔六〕，余在此山陲〔七〕。

〔一〕录事：唐代于各州设录事参军，省称录事，掌州院庶务，纠弹诸曹延误、违失。谢录事，其人不详。

〔二〕迥：宋、明、清各本同。《英华》作"回"，误。

〔三〕吴会：泛指今江浙一带。详《越中逢天台太一子》注〔七〕。

〔四〕想：宋、明、清各本同。《英华》作"相"，误。耶溪：唐越州的一条小河，当今浙江绍兴市以南。详《耶溪泛舟》注〔一〕。

〔五〕禹穴：传说为夏禹葬地，在今浙江绍兴市以南会稽山上。详《与崔二十一游镜湖寄包贺二公》注〔七〕。

〔六〕相:宋、明、清各本及《全唐诗》同。《英华》作“先”,误。

〔七〕此:原作“北”,明、清各本同。宋本、《全唐诗》、《英华》作“此”。今从宋本。

李梦阳曰:“白云向吴会”二句,诗亦似之。

洛下送奚三还扬州〔一〕

水国无边际〔二〕,舟行共使风〔三〕。羡君从此去,朝夕见乡中。余亦离家久,南归恨不同〔四〕。音书若有问,江上会相逢。

〔一〕洛下:宋、明各本同。清本无此二字。《全唐诗》、《英华》作“洛中”。“洛下”、“洛中”意同,均指洛阳。奚三:宋、明、清各本及《全唐诗》同。《英华》作“溪三”,非。奚三,生平不详。○本诗疑作于游越之前。从末二句看,似浩然亦于不久赴扬州。

〔二〕水国:宋、明、清各本及《全唐诗》同。《英华》作“水阁”,非。水国,犹水乡,这里当指扬州一带。

〔三〕共使风:宋、明各本及《全唐诗》同。清本、《英华》作“兴便风”。

〔四〕归:明、清各本及《全唐诗》、《英华》同。宋本作“行”。

李梦阳曰:只似说话,却妙。

张谦宜《絸斋诗谈》卷五:《洛中送奚三还扬州》,一气如话,此之谓老。

送袁十岭南寻弟〔一〕

早闻牛渚咏〔二〕,今日鹡鸰心〔三〕。羽翼嗟零落〔四〕,悲鸣别故林。苍梧白云远〔五〕,烟水洞庭深〔六〕。万里独飞去,南风迟尔音〔七〕。

〔一〕题目:明代各本及《全唐诗》同。清本“十”下多“三”字。宋本题作“送袁十三南寻舍弟”。《品汇》作“送袁十三寻弟”。袁十、袁十三,未详孰是。岭南:唐岭南道包括今广东、广西、云南东南部及越南北部一带地方。

〔二〕牛渚咏:《晋书·袁宏传》:“谢尚时镇牛渚,秋夜乘月,率尔与左右微服泛江。会宏在舫中讽咏,声既清会,辞又藻拔,遂驻听久之,遣问焉。答云:‘是袁临汝郎诵诗。’即其咏史之作也。尚倾率有胜致,即迎升舟,与之谭论,申旦不寐。”这里借指袁十颇有文才。

〔三〕今日:原作“今见”,明活本、《品汇》同。宋本、汲本、清本作“今日”。今从宋本。鹡鸰心:言兄弟互相爱护、互相支持。详《洗然弟竹亭》注〔四〕。

〔四〕羽翼:鸟之羽翼犹人之左右手,这里比喻兄弟。

〔五〕苍梧:唐梧州,州治苍梧,即今广西梧州市。

〔六〕烟水:明代各本及《全唐诗》同。宋本、清本、《品汇》作“空水”。烟水,意犹烟波,水面雾霭苍茫之貌。

〔七〕迟:希望,等待。《后汉书·章帝纪》:“朕思迟直士,侧席异闻。”李贤等注:“迟,犹希望也。”

永嘉别张子容〔一〕

旧国余归楚〔二〕,新年子北征〔三〕。挂帆愁海路〔四〕,分手恋朋情〔五〕。日夕故园意〔六〕,汀洲春草生〔七〕。何时一杯酒,重与李膺倾〔八〕。

〔一〕题目:明代各本及《全唐诗》同。清本无“永嘉”二字。宋本作“送李膺”,误。永嘉:唐温州州治,即今温州市。详《宿永嘉江寄山阴崔国辅少府》注〔一〕。张子容:浩然好友。详《晚春卧疾寄张八子容》注〔一〕。○此诗盖作于开元二十年初游越期间。

〔二〕旧国句:浩然故乡为古楚国地,本句言归故乡。

〔三〕北征:宋、明、清各本及《全唐诗》同。据毛校记元本作“贺征”。言张子容又有长安之行。

〔四〕挂帆:犹挂席,扬帆。详《彭蠡湖中望庐山》注〔四〕。

〔五〕朋:明、清各本及《全唐诗》同。宋本作“明”,当系“朋”之误。汲本“朋”下无校记,足证毛晋所据宋本亦作“朋”。

〔六〕夕:明、清各本作“夜”。宋本、《全唐诗》作“夕”。今从宋本。

〔七〕汀洲:水中小洲。《楚辞·九歌·湘夫人》:“搴汀洲兮杜若。”

〔八〕李膺:宋、明各本同。清本作“季膺”。《全唐诗》作“季鹰”。按:清本是以明凌濛初刻本为底本而重刊的,“季”旁校记云:“一作李”,盖凌刻即作“季”。但史无“季膺”其人,疑《全唐诗》结集时,又改“季膺”为“季鹰”,遂使汉之李膺,成为晋之张翰欤?宋本题作“送李膺”,当系误依本诗末句而来,但也从侧面证明本诗末句确为李膺。李膺,东汉颍川襄城人,字元礼,曾任青州刺史、渔阳太守、河南尹等职,累迁至司隶校尉。膺为人忠正亢直,深为士林所爱戴,士有被其容接者,名为登龙门(《后汉书·李膺传》)。这里用李膺以比张子容,言其为官清正,受人爱戴。

送袁太祝尉豫章〔一〕

何幸遇休明〔二〕,观光来上京。相逢武陵客〔三〕,独送豫章行〔四〕。随牒牵黄绶〔五〕,离群会墨卿。江南佳丽地,山水旧难名。

〔一〕袁太祝:太祝,官名。袁太祝,其人不详。参看《南还舟中寄袁太祝》注〔一〕。豫章:唐洪州州治,即今江西南昌市。○本诗疑作于开元十六七年应举期间。

〔二〕休明：休，美好；明，明盛。《左传·宣公三年》："桀有昏德，鼎迁于商，载祀六百；商纣暴虐，鼎迁于周，德之休明，虽小，重也。"

〔三〕相逢：宋、明各本及《全唐诗》同。清本作"将逢"，不恰。武陵客：宋、明各本及《全唐诗》同。清本"客"作"谷"，非。武陵客，当指袁太祝，因其曾谪居武陵，故称武陵客。参看《南还舟中寄袁太祝》注〔三〕。

〔四〕独送：明、清各本及《全唐诗》同。宋本作"相送"，与上句"相逢"重复。

〔五〕随牒：《汉书·匡衡传》："平原文学匡衡，材智有馀，经学绝伦，但以无阶朝廷，故随牒在远方。"颜师古注："阶谓升次也。随牒谓随选补之恒牒，不被超擢者。"黄绶：黄色的印绶，汉代佐贰之官皆铜印黄绶。《汉书·百官公卿表》："凡吏秩比二千石以上，皆银印青绶。……比二百石以上，皆铜印黄绶。"

都下送辛大之鄂〔一〕

南国辛居士〔二〕，言归旧竹林〔三〕。未逢调鼎用〔四〕，徒有济川心。余亦忘机者〔五〕，田园在汉阴〔六〕。因君故乡去，还寄《式微》吟〔七〕。

〔一〕题目：汲本、清本、《全唐诗》同。明活本"鄂"下多一"归"字，当为衍文。宋本题作"都中送辛大"。据毛校记元本作"送辛大"。辛大：为浩然好友。详《夏日南亭怀辛大》注〔一〕。鄂：唐鄂州，治江夏，即今武汉市（武昌）。○此诗盖作于开元十六七年应举期间。

〔二〕居士：道德高尚、学术优良而未做官者称居士。《礼记·玉藻》："居士锦带，弟子缟带。"郑玄注："居士，道艺处士也。"后世也常借指隐士。

〔三〕言归句：宋本、汲本、清本、《全唐诗》同。明活本作"言旋归旧林"。

〔四〕调鼎：鼎为古人烹饪之器，调鼎，谓调味之鼎。古人调味，用盐与梅。《书·说命下》："若作和羹，尔惟盐梅。"用以喻武丁、傅说君臣的和协。这里用"调鼎"为宰相之代称。《旧唐书·裴度传》："果闻勿药之喜，更俟调鼎之功。"

〔五〕忘机：《庄子·天地》："有机械者，必有机事；有机事者，必有机心。"成玄英疏："有机关之器者，必有机动之务；有机动之务者，必有机变之心。"道家认为一个人如果有机变之心，便陷入奸滑巧诈，不能归真返朴。所谓忘机，即忘去这种机变之心。这里实指隐逸。

〔六〕汉阴：汉水之南，即指浩然故居汉南园。

〔七〕还：原作"遥"，《全唐诗》同。宋本、明活本、汲本、清本作"还"。今从宋本。式微：《诗·邶风·式微》序云："式微，黎侯寓于卫，其臣劝以归也。"黎侯为狄人所逐，离其国而寄居于卫，卫处之以二邑，安于现状而不思归，故其臣赋诗以劝其归。本诗即用此典言归乡之意。

张谦宜《絸斋诗谈》卷五：《都下送辛大之鄂》，无字不妥当，此最难到。

送席大〔一〕

惜尔怀其宝，迷邦倦客游〔二〕。江山历全楚，河洛越成周〔三〕。道路疲千里，乡园老一丘〔四〕。知君命不偶〔五〕，同病亦同忧。

〔一〕席大：不详。本首宋本不载，据毛校记元本亦不载。

〔二〕惜尔二句:《论语·阳货》:“(阳货)谓孔子曰:‘来,予与尔言,曰,怀其宝而迷其邦,可谓仁乎?’”马曰:“言孔子不仕,是怀宝也。知国不治而不为政,是迷邦也。”邢昺疏:“宝喻道德,言孔子不仕,是怀藏其道德也。知国不治而不为政,是使迷乱其国也。仕者当拯弱兴衰,使功被当世。今尔乃怀宝迷邦,可以谓之仁乎?”本诗用“怀其宝”以言席大道德高尚,学识优良。用“迷邦”以言其不仕。

〔三〕河洛:指黄河、洛水。成周:相传成周故址在今河南洛阳东北。《清一统志·河南·河南府》:“洛阳故城在今洛阳县东北三十里,即故成周城也。《书·序》:‘召公既相宅,周公往营成周,作《洛诰》,曰:我又卜瀍水东,亦惟洛食。’即此。”这里即指洛阳一带。参看《上巳日洛中寄王九迥》注〔二〕。

〔四〕一丘:一丘一壑,本指隐士所居,这里指隐士。详《仲夏归汉南园寄京邑旧游》注〔七〕。

〔五〕不偶:亦作“不耦”,不顺利。《汉书·霍去病传》:“诸宿将常留落不耦。”颜师古注:“留谓迟留,落谓坠落,故不谐耦而无功也。”

送贾昪主簿之荆府〔一〕

奉使推能者,勤王不暂闲。观风随按察〔二〕,乘骑度荆关。送别登何处?开筵旧岘山〔三〕。征轩明日远〔四〕,空望郢门间。

〔一〕贾昪:原作“贾昇”,清本同。明活本、汲本、《全唐诗》作贾昪。按:贾昇四见于赵魏《御史台题名》,而劳格《唐御史台精舍题名考》则四处均作贾昪而无贾昇其人,很明显这是劳氏对《御史台题名》的纠正。又《元和姓纂》卷七有水部郎中贾昪,而无贾昇,更足以证明应为贾昪而非贾昇。又陈思《宝刻丛编》卷三著录

《裴观德政碑》,唐贾昇撰,僧湛然分书,开元八年立在岘山。由其撰写碑文看,则贾昇当在襄州任职。又按裴观本襄州刺史,于开元八年八月升任山南道按察使(见《册府元龟》卷一六二)。此诗当作于该年。主簿:《文献通考》云:“古者官府皆有主簿一官,上至三公及御史府,下至九寺三监以至郡县多置之。所职者簿书,盖曹掾之流耳。”据此则知最初主簿乃掌管文书之官。但魏晋以后,将帅重臣亦设主簿,可见其为通用官名。

〔二〕观风:《礼记·王制》:“命太师陈诗以观民风。”孔颖达疏:“太师是掌乐之官,各陈其国风之诗,以观其政令之善恶。”后世因借“观风”指官吏之出巡。按察:按察使之省称。时裴观为山南道按察使,贾昇随按察使出巡。

〔三〕岘山:在襄阳城南。详《登鹿门山怀古》注〔三〕。

〔四〕征轩:远行之车。

送王大校书〔一〕

导漾自嶓冢,东流为汉川〔二〕。维桑君有意〔三〕,解缆我开筵〔四〕。云雨从兹别〔五〕,林端意渺然。尺书能不吝,时望鲤鱼传〔六〕。

〔一〕王大校书:汲本、清本、《全唐诗》同。明活本无“大”字。王大校书,指王昌龄。以其曾任秘书省校书郎,故称校书。详《与王昌龄宴王十一》注〔一〕。

〔二〕导漾二句:汉水上源为漾水,出嶓冢山,在今陕西宁强县境内。《书·禹贡》:“嶓冢导漾,东流为汉。”孔安国传:“泉始出山为漾水,东南流为沔水,至汉中东流为汉水。”

〔三〕维桑:《诗·小雅·小弁》:“维桑与梓,必恭敬止。”后世因用“桑梓”、“维桑”以代故乡。

〔四〕解缆:《玉篇》:“缆,维舟索也。”解缆,即解开系舟绳,意为开船。《文选·谢灵运·邻里相送方山》:“解缆及流潮,怀旧不能发。”李善注:“《吴志》曰:‘更增舸缆。’然缆,维船索也。”

〔五〕云雨:友好。张九龄《赠京师旧寮》:“云雨叹一别,川原劳载驰。”

〔六〕尺书二句:古乐府《饮马长城窟行》:“客从远方来,遗我双鲤鱼。呼儿烹鲤鱼,中有尺素书。”古人写书信,用一尺长的绢帛,故称书信为尺素,或尺书。又因其藏于鲤鱼腹中,故又以鲤鱼为书信之代称。言希望王昌龄时常来信。

游江西上留别富阳裴刘二少府〔一〕

西上游江西〔二〕,临流恨解携〔三〕。千山叠成嶂,万水泻为溪〔四〕。石浅流难溯〔五〕,藤长险易跻〔六〕。谁怜问津客〔七〕,岁晏此中迷〔八〕。

〔一〕题目:原作“浙江西上留别裴刘二少府”,明活本同。宋本、汲本作“游江西上留别富阳裴刘二少府”。今从宋本。《英华》、清本误夺一“上”字。江:指浙江。富阳:滨富春江,即今浙江富阳县。裴刘二少府:少府乃县尉之称,裴刘二人不详。○此诗当作于游越期间,溯浙江抵富阳时,约在开元十八年。

〔二〕游:明、清各本作“浙”。宋本、《全唐诗》、《英华》作“游”。今从宋本。

〔三〕恨:明活本、《全唐诗》、《英华》同。宋本、汲本作“愠”。按《英华》“恨”下无校记,可见周必大等所据宋本亦作“恨”。

〔四〕水泻:原作“壑合”。明活本、汲本、清本、《全唐诗》、《英华》作“水泻”。宋本作“水写”,“写”当为“泻”之误。今从《英华》。

〔五〕石浅:宋、明各本及《全唐诗》、《英华》同。清本作“水浅”。溯:明活本、清本、《全唐诗》、《英华》同。宋本、汲本作“注”。按:《英华》“溯”下无校记，可见周必大等所据宋本亦作“溯”。

〔六〕易：明活本、清本、《全唐诗》、《英华》同。宋本、汲本作“亦”。按：《英华》“易”下无校记，可见周必大等所据宋本亦作“易”。跻：《说文》：“跻，登也。”《诗·秦风·蒹葭》：“溯洄从之，道阻且跻。”毛传：“跻，升也。”易跻即易于攀登。

〔七〕问津客：原作“问津者”，汲本、《全唐诗》同。宋本作“问苦劳”，恐有误。明活本、清本、《英华》作“问津客”。《英华》“客”下无校记，可见周必大等所据宋本亦作“客”，今从《英华》。问津客，问讯渡口之人。详《久滞越中赠谢南池会稽贺少府》注〔五〕。

〔八〕岁晏：《玉篇》：“晏，晚也。”《楚辞·离骚》：“及年岁之未晏兮，时亦犹其未央。”岁晏，即年终岁尾之意。迷：明活本、清本、《全唐诗》、《英华》同。宋本、汲本作“栖”。按：《英华》“迷”下无校记，可见周必大等所据宋本亦作“迷”。

京还留别新丰诸官〔一〕

吾道昧所适〔二〕，驱车还向东。主人开旧馆，留客醉新丰。树绕温泉绿，尘遮晚日红〔三〕。拂衣从此去〔四〕，高步蹑华嵩〔五〕。

〔一〕题目：原作“京还留别新丰诸友”，《品汇》同。据毛校记元本与此同。明活本、《诗选》作“京还留别新丰诸官”。清本作“京还留别新友”。宋本、汲本、《全唐诗》、《英华》作“东京留别诸公”。根据这些情况看，此诗在宋代即有不同的标题，元、明、清各本大都采用《诗选》标题，有的则略有改变，将“官”改“友”，题意是基本相同的。汲本、《全唐诗》则采用了宋本及《英华》的标题。结合诗的内容，暂从《诗选》。新丰：唐新丰县在长安之东，地当长安至洛阳大道上，故址在今陕西新丰镇。可见浩然自京还乡，是取道洛阳南归的。按:从此诗内容看,当为赴举失败之后离京东去途中所作,但据《岁暮归南山》一诗看,作者离长安时为冬季,而本诗有“树绕温泉绿”之句,于时令不合。本诗写作时间阙疑。

〔二〕昧:宋、明、清各本及《全唐诗》、《英华》、《品汇》同。《诗选》作“懵”。以“昧”为妥。《广雅》:“昧,冥也。”《易·屯》:“天造草昧。”孔颖达疏:“草谓草创,昧谓冥昧。”“昧所适”,颇有无所适从的意味,盖在长安落第之后的心情。

〔三〕遮:宋、明、清各本及《全唐诗》、《英华》、《品汇》同。《诗选》作“昏”。

〔四〕拂衣:《文选·谢灵运·述祖德》:“高揖七州外,拂衣五湖里。”刘良注:“言辞七州之官,隐于五湖。”拂衣,意犹振衣,欲起行,先振衣。本诗意与谢诗相通,亦表示归隐之意。参看《京还赠张淮》注〔二〕

〔五〕高步:《文选·左思·咏史诗》:“被褐出阊阖,高步追许由。”李善注:“许由为尧所让,由是退隐遁,耕于中岳下。”蹑:《说文》:“蹑,蹈也。”《方言》:“蹑,登也。”华嵩:华,华山,在华州华阴县(即今陕西华阴县)南,为五岳之西岳。嵩,嵩山,在河南府登封县(即今河南登封县)北,为五岳之中岳。高步蹑华嵩,言归隐之意。

广陵别薛八〔一〕

士有不得志,栖栖吴楚间〔二〕。广陵相遇罢,彭蠡泛舟还〔三〕。樯出江中树〔四〕,波连海上山。风帆明日远,何处更追攀?

〔一〕题目:明活本、《全唐诗》同。汲本、清本作“送友东归”。此诗宋本不载。广陵:唐扬州,战国时属楚,为广陵邑,东汉至晋为广陵郡。隋开皇九年,始改曰扬州,置总管府。大业初,府废,立江都郡。唐武德三年复曰南兖州，九年复曰扬州。故扬州与广陵两个名称，在唐代是经常混用的。薛八：浩然好友，名不详。○此诗盖作于自越返乡途经扬州时，约在开元二十一年。

〔二〕栖栖：原作“凄凄”，明活本同。汲本、清本、《全唐诗》作“栖栖”，是。栖栖，不能安居之貌。《汉书·叙传上》：“是以圣喆之治，栖栖皇皇。”颜师古注：“不安之意也。”

〔三〕彭蠡：彭蠡湖即今江西鄱阳湖。详《彭蠡湖中望庐山》注〔一〕。

〔四〕樯：帆柱，俗呼桅杆。《文选·郭璞·江赋》：“舳舻相属，万里连樯。”李善注：“《埤苍》云：‘樯，帆柱也。’”

刘辰翁曰：起得雄浑。起慨然为叹，句句好，句句别。

胡应麟《诗薮》内编卷五：仄起高古者：“故乡杳无际，日暮且孤征”；“士有不得志，栖栖吴楚间”；“人事有代谢，往来成古今”；“楼头广陵近，九月在南徐”。苦不多得。盖初、盛多用工偶起，中、晚卑弱无足观。

临涣裴明府席遇张十一房六〔一〕

河县柳林边，河桥晚泊船。文叨才子会，官喜故人连〔二〕。笑语同今夕〔三〕，轻肥异往年〔四〕。晨风理归棹〔五〕，吴楚各依然〔六〕。

〔一〕题目：宋本、明活本、汲本、《全唐诗》同。清本作“裴明府席遇张房”，据毛校记元本与此同。《英华》作“临涣裴赞席遇张十六”。临涣：唐临涣县属亳州，在谯县（亳州治）之东，以地滨涣水，故名临涣。故址在今安徽宿县西之临涣集。裴明府：当系临涣县令，据《英华》则或名裴赞。查唐代各种资料中无此人，仅《郎官石柱题名考》中有裴缵，不知是此人否。张十一、房六：或作张十六，未详孰是。据“文明才子会”看，张十一、房六在当时还有点文名。

〔二〕连：宋、明、清各本及《全唐诗》、《英华》同。据毛校记云：“时刻怜。”李梦阳评曰：“何用人怜？结语更索。”也是根据这种本子。当以“连”为是。

〔三〕夕：宋、明各本及《全唐诗》、《英华》同。清本作“席”，非。

〔四〕轻肥：即轻裘肥马，表示豪华。《论语·雍也》：“赤之适齐也，乘肥马，衣轻裘。”

〔五〕归棹：宋、明、清各本及《全唐诗》同。《英华》作“征棹”。

〔六〕依然：宋、明、清各本及《全唐诗》同。《英华》作“悠然”。

卢明府早秋宴张郎中海园即事得秋字〔一〕

邑有弦歌宰〔二〕，翔鸾狎野鸥〔三〕。眷言华省旧〔四〕，暂拂海池游〔五〕。郁岛藏深竹，前溪对舞楼〔六〕。更闻书即事，云物是新秋〔七〕。

〔一〕题目：原无“得秋字”。宋本“早”下夺一“秋”字。明活本、汲本、清本、《全唐诗》、《英华》作“卢明府早秋宴张郎中海园即事得秋字”。今从《英华》。李嘉言《古诗初探·全唐诗校读法》：“《全唐诗》卷六《孟浩然集》有一首《卢明府早秋宴张郎中海园即事得秋字》，下注：‘一作卢象诗。’卢明府即卢象，这首诗原系卢象所作，附在《孟浩然集》内，钞录者误以作者名衔‘卢明府’三字并入题中，遂致误为孟诗。卷四《卢象集》载有此诗，题上正无‘卢明府’三字，是其确证。”此说良是。卢明府：即卢象。详《和卢明府送郑十三还京兼寄之什》注〔一〕。张郎中：即张子容，为浩然好友。详《同卢明府饯张郎中除义王府司马海园作》注〔一〕。海园：张子容休沐还乡所建。

〔二〕弦歌:颂扬县令以礼乐治民。详《卢明府九日岘山宴袁使君张郎中崔员外》注〔一二〕。因张曾任县令,本句乃卢象赞扬张子容。

〔三〕翔鸾句:狎野:明、清各本及《全唐诗》同。宋本、《英华》作"已狎"。周必大等校记云:"又作狎野",可见宋时即有作"狎野"者,较"已狎"意顺。本句用鸾鸥以喻张子容休沐还乡事。

〔四〕眷:宋本、汲本、清本、《全唐诗》、《英华》同。明活本误作"春"字。本句叙与张子容旧谊。

〔五〕拂:原作"滞",汲本、明活本、清本同。宋本、《全唐诗》、《英华》作"拂"。今从宋本。

〔六〕郁岛二句:写海园景色。参看《奉先张明府休沐还乡海亭宴集》。

〔七〕新:宋本、汲本同。明活本作"高"。清本作"深"。《全唐诗》、《英华》作"清"。以"新"为恰,正与题目"早秋"相应。云物:云气之色。《周礼·春官·保章氏》:"以五云之物,辨吉凶。"郑玄注:"物,色也。"

同卢明府早秋夜宴张郎中海亭〔一〕

侧听弦歌宰〔二〕,文书游夏徒〔三〕。故园欣赏竹,为邑幸来苏〔四〕。华省曾联事〔五〕,仙舟复与俱〔六〕。欲知临泛久,荷露渐成珠。

〔一〕题目:汲本同。明活本、清本、《全唐诗》无"夜"字。据毛校记元本无"早秋夜"三字。此诗宋本不载。李嘉言《古诗初探·全唐诗校读法》:"汲古阁《孟浩然集》题注云:宋刻收此篇(按:指《卢明府早秋宴张郎中海园即事得秋字》),元刻收前篇(指《同卢明府早秋夜宴张郎中海亭》),不知《孟集》别有《同卢明府饯张郎中除义王府司马海园作》,即系此二篇唱和之作。宋、元二本皆误。"此说亦是。看二首,前诗开端云:"邑有弦歌宰,翔鸾狎野鸥。"后诗云:“侧听弦歌宰,文书游夏徒。”俱用县令互称,自非浩然口气。前诗三句“眷言华省旧”与后诗五句“华省曾联事”相互配合,言华省共事,亦非浩然口气。疑此诗为张子容作。海亭:即海园。

〔二〕弦歌:见《卢明府九日岘山宴袁使君张郎中崔员外》注〔一二〕。本句疑张子容歌颂卢象。

〔三〕文书:指公文案卷。《汉书·刑法志》:“文书盈于几阁,典者不能遍睹。”游夏:孔子弟子子游、子夏,这里借指县令的得力助手。《论语·先进》:“文学子游子夏。”

〔四〕来苏:《书·仲虺之诰》:“徯予后,后来其苏。”孔安国传:“汤所往之,民皆喜曰:‘待我君来,其可苏息。’”《文选·刘琨·劝进表》:“四海想中兴之美,群生怀来苏之望。”这里用“来苏”以称赞卢象。

〔五〕华省句:正与前首“眷言华省旧”相应。卢象曾任校书郎,这是史有记载的。从这里可以看出张子容也做过校书郎一类的官职。

〔六〕仙舟:李百药《送别》:“明日河梁上,谁与论仙舟。”

崔明府宅夜观妓

白日既云暮,朱颜亦已酡〔一〕。画堂初点烛〔二〕,金幌半垂罗〔三〕。长袖平阳曲〔四〕,新声《子夜歌》〔五〕。从来惯留客,兹夕为谁多。

〔一〕酡:《玉篇》:“酡,饮酒朱颜貌。”《楚辞·招魂》:“美人既醉,朱颜酡些。”王逸注:“朱,赤也。酡,著也。言美女饮啖醉饱,则面著赤色而鲜好也。”洪兴祖补注:“酡,音驮,饮而赭色著面。”

〔二〕画堂:泛称有画饰而建造考究的堂室曰画堂。参《宴崔明府宅夜观妓》注〔二〕。

〔三〕幌:窗帘。谢灵运《燕歌行》:“对君不乐泪沾缨,辟窗开幌弄秦筝。”金幌,用高级质料所制成的窗帘。

〔四〕平阳曲:卫子夫原为平阳主歌女,后得武帝之幸而为皇后。王昌龄《春城曲》:“平阳歌舞新承宠,帘外春寒赐锦袍。”本诗借指优美歌曲。

〔五〕子夜歌:《宋书·乐志一》:“《子夜歌》者,有女子名子夜,造此声。”《乐府诗集》收有晋、宋、齐《子夜歌》四十二首。《乐府解题》曰:“后人更为四时行乐之词,谓之《子夜四时歌》,又有《大子夜歌》、《子夜警歌》、《子夜变歌》,皆曲之变也。”(《乐府诗集》卷四四《子夜歌》解题)

题荣二山池〔一〕

甲第开金穴〔二〕,荣期乐自多。枥嘶支遁马〔三〕,池养右军鹅〔四〕。竹引携琴入〔五〕,花邀载酒过〔六〕。山公来取醉,时唱《接篱歌》〔七〕。

〔一〕题目:原作“宴荣山人池亭”,汲本、清本、《品汇》同。明活本少一“池”字。《国秀集》、《英华》作“题荣二山池”,《全唐诗》“题”作“宴”。今从《国秀集》。本诗宋本不载。荣二:未详。

〔二〕甲第句:原作“甲地金张宅”,疑误。明活本、汲本、清本、《国秀集》、《英华》、《品汇》俱作“甲第开金穴”,据改。甲第:《史记·孝武本纪》:“赐列侯甲第。”裴骃集解:“《汉书音义》曰:有甲乙次第,故曰第。”后世遂用以称高官贵吏的第宅。金穴:《后汉书·光武郭皇后纪》:“况迁大鸿胪。帝数幸其第,会公卿诸侯亲家饮燕,赏赐金钱缣帛,丰盛莫比,京师号况家为金穴。”本句极言其宅第之华贵,家室之富有。

〔三〕枥:各本同。《英华》作“攊”,误。支遁马:晋高僧支遁,字道林,世尊称支公、林公。谢安、王羲之并与结为方外之交。哀帝曾召至洛阳在禁中讲法,倾动一时。时有赠以马者,畜之,曰:“吾爱其神骏耳。”有赠以鹤者,纵之,曰:“冲天之物,岂耳目玩哉!”这里借指良马。

〔四〕右军鹅:晋王羲之性喜鹅,因曾任右军将军,故习称王右军。参看《寻梅道士张逸人》注〔三〕。

〔五〕携:原作“嵇”,汲本同。明活本、清本、《全唐诗》、《国秀集》、《英华》、《品汇》俱作“携”,据改。

〔六〕载酒:原作“戴客”,明、清各本及《全唐诗》、《国秀集》、《英华》、《品汇》俱作“载酒”,据改。

〔七〕山公二句:山公:《全唐诗》、《国秀集》、《英华》同。明活本、汲本、清本、《品汇》作“山翁”,义通。山公,指山简。来取:原作“时取”。明、清各本及唐、宋、明各选本俱作“来取”,据改。时唱:原作“来唱”。明、清各本及唐、宋、明各选本俱作“时唱”,据改。接篱:明活本、《英华》、《品汇》同。汲本、清本、《全唐诗》、《国秀集》作“接䍦”,通。帽名。《晋书·山简传》:“简每出嬉游,多之池上,置酒辄醉,时有童儿歌曰:‘山公出何许,往至高阳池。日夕倒载归,茗艼无所知。时时能骑马,倒着白接䍦。’”《世说新语·任诞》:“山季伦为荆州,时出酣畅。人为之歌曰:‘山公时一醉,径造高阳池。日暮倒载归,茗艼无所知。复能乘骏马,倒着白接篱。举手问葛强,何如并州儿?’高阳池在襄阳,强是其爱将,并州人也。”

赵翼《瓯北诗话》卷十二“诗病”条:孟浩然《宴荣山人池亭》律诗,七句中用八人姓名。

夏日与崔二十一同集卫明府席〔一〕

言避一时暑,池亭五月开〔二〕。喜逢金马客〔三〕,同饮玉人杯。舞鹤乘轩至〔四〕,游鱼拥钓来〔五〕。座中殊未起,箫管莫相催。

〔一〕题目:原作"夏日宴卫明府宅",明活本同。宋本、汲本、清本、《英华》作"夏日与崔二十一同集卫明府席"。《全唐诗》"席"作"宅"。《国秀集》作"夏日宴卫明府宅遇北使"。今从宋本。崔二十一:《孟集》中尚有《与崔二十一游镜湖寄包贺二公》,《全唐文》陶翰有《送崔二十一之上都序》,与此或系一人,但事迹不详。卫明府:其人不详。

〔二〕五月:宋、明、清各本及《全唐诗》、《英华》同。《国秀集》作"五日",误。

〔三〕金马客:汉代应诏来京之才能优异者,特命待诏金马门。唐应进士举者考试对策与此相类,故常用金马客以代应进士举者,这里指崔二十一,正与陶翰《送崔二十一之上都序》相合。

〔四〕舞鹤句:《左传·闵公二年》:"卫懿公好鹤,鹤有乘轩者。"杜预注:"轩,大夫车。"

〔五〕钓:明、清各本及《全唐诗》、《国秀集》同。宋本、《英华》作"剑",非。

清明日宴梅道士房〔一〕

林卧愁春尽〔二〕,开轩览物华〔三〕。忽逢青鸟使〔四〕,邀我赤松家〔五〕。丹灶初开火〔六〕,仙桃正落花〔七〕。童颜若可驻,何惜醉流霞〔八〕。

〔一〕题目:宋、明、清各本及《全唐诗》、《英华》同。《品汇》无"清明日"三字。

〔二〕卧:原作"下",明活本同。宋本、汲本、清本、《全唐诗》、《英华》、《品汇》俱作"卧",据改。

〔三〕开轩:宋本、汲本、《全唐诗》、《英华》同。明活本作"开帷"。清本作"搴帏"。《品汇》作"搴帷"。轩,泛指窗。杜甫《夏夜叹》:"仲夏苦夜短,开轩纳微凉。"物华:卢思道《美女篇》:"京洛多妖艳,馀香爱物华。"

〔四〕青鸟使:《艺文类聚》九一引《汉武故事》:"七月七日,上(按:指汉武帝)于承华殿斋,正中,忽有一青鸟从西方来,集殿前。上问东方朔,朔曰:'此西王母欲来也。'有顷,王母至。有二青鸟如乌,夹侍王母旁。"《山海经·大荒西经》:"西有王母之山,……有三青鸟,赤首黑目。"郭璞注:"皆西母所使也。"后遂称传信的使者为青鸟。薛道衡《御章行》:"愿作王母三青鸟,飞来飞去传消息。"

〔五〕我:宋本、明活本、汲本、《英华》同。清本、《全唐诗》、《品汇》作"人"。据毛校记元本亦作"人"。赤松:中国古代神话传说中的仙人,相传为神农雨师。《汉书·张良传》:"愿弃人间事,从赤松子游耳。"颜师古注:"赤松子,仙人号也,神农时为雨师。"

〔六〕丹灶:明活本、《全唐诗》、《英华》同。宋本、汲本、清本、《品汇》"丹"作"金"。丹灶,道士炼丹的灶。《文选·江淹·别赋》:"守丹灶而不顾,炼金鼎而方坚。"

〔七〕仙桃:古代神话传说西王母曾以玉盘盛仙桃给汉武帝,称"此桃三千年一生实"。见旧题班固《汉武帝内传》。落:原作"发",明、清各本、《品汇》同。宋本、《全唐诗》、《英华》作"落"。今从宋本。

〔八〕流霞:神话传说中的仙酒名。《抱朴子·祛惑》:"河东蒲坂有项曼都者,与一子入山学仙,十年而归家。家人问其故,曼曰:'……仙人但以流霞一杯,与我饮之,辄不饥渴。'"

寒夜张明府宅宴〔一〕

瑞雪初盈尺〔二〕,寒宵始半更〔三〕。列筵邀酒伴,刻烛限诗成〔四〕。香炭金炉暖，娇弦玉指清。醉来方欲卧，不觉晓鸡鸣〔五〕。

〔一〕题目：原作"寒食宴张明府宅"，汲本同。明活本无"寒食"二字。据毛校记元本亦无"寒食"二字。宋本作"寒食张明府宅宴"。《全唐诗》、《英华》作"寒夜张明府宅宴"。《英华》题下无校记，可见周必大等所据宋本同作此题。今据诗意，从《英华》。清本作"寒夜宴张明府宅"，意同。张明府：即张子容，因其为奉先县令，故称明府。详《奉先张明府休沐还乡海亭宴集》注〔一〕。〇此诗当作于张子容休沐还乡之后，约在开元二十三年，浩然晚年时期。

〔二〕瑞雪：张正见《玄都观春雪》："同云遥映岭，瑞雪近浮空。"（见《文苑英华》一五五）

〔三〕寒宵：明、清各本及《全唐诗》同。宋本作"闲霄"。《英华》作"闲宵"。"霄"当为"宵"之误。根据诗意及题目当以"寒宵"为是。

〔四〕刻烛：南朝齐竟陵王萧子良，曾邀集萧文琰、丘令楷、江洪等人，夜集赋诗，刻烛计时，四韵刻烛一寸，以为标准，届时未完成者以失败论。详见《南史·王僧孺传》。借指寒夜宴饮吟诗。

〔五〕醉来二句：原作"厌厌不觉醉，归路晓霞生"。宋、明、清各本及《全唐诗》、《英华》俱作"醉来方欲卧，不觉晓鸡鸣"。今从宋本。

和贾主簿昪九日登岘山〔一〕

楚万重阳日〔二〕，群公赏燕来〔三〕。共乘休沐暇〔四〕，同醉菊花杯〔五〕。逸思高秋发，欢情落景催〔六〕。国人咸寡和〔七〕，遥愧洛阳才〔八〕。

〔一〕贾主簿昪："昪"原作"弁"，明清各本、《全唐诗》同，俱误，详《送贾昪主簿之荆府》注〔一〕。此诗宋本不载。岘山：在襄阳城南。

详《登鹿门山怀古》注〔三〕。○此诗作于贾昇任襄州主簿期间，约在开元八年以前。

〔二〕楚万：楚，指楚山，又名望楚山，在襄阳西南。详《登望楚山最高顶》注〔一〕。万，指万山，在襄阳西北。详《秋登万山寄张五》注〔一〕。重阳日：阴历九月九日为重阳节。古人于是日有登高之习。详《秋登万山寄张五》注〔一○〕。

〔三〕燕：明活本、汲本、清本同。《全唐诗》作"讌"，通。《诗·小雅·鹿鸣》："我有旨酒，嘉宾式燕以敖。"孔颖达疏："我有旨美之酒，与此嘉宾用之燕饮以遨游也。"按：《列女传·母仪·鲁季敬姜》引此诗"燕"作"讌"。

〔四〕休沐：休息沐浴。见《奉先张明府休沐还乡海亭宴集》注〔一〕。

〔五〕菊花杯：古人以菊花杂黍米酿酒，至来年九月九日始熟，称菊花酒。详《卢明府九日岘山宴袁使君张郎中崔员外》注〔一三〕。

〔六〕景：日光。《文选·张载·七哀诗》："朱光驰北陆，浮景忽西沉。"李善注："《说文》曰：'景，日光也。'"

〔七〕寡和：即曲高和寡之意。《文选·宋玉·对楚王问》："是其曲弥高，其和弥寡。"参看《同曹三御史泛湖归越》注〔三〕。这里借指贾主簿原诗的高超。

〔八〕洛阳才：西汉贾谊有"洛阳才子"之称，这里用贾谊以比贾昇。

宴张别驾新斋〔一〕

世业传珪组〔二〕，江城佐股肱〔三〕。高斋征学问，虚薄滥先登〔四〕。讲论陪诸子，文章得旧朋。士元多赏激〔五〕，衰病恨无能。

〔一〕张别驾：唐初州刺史下设别驾，后又改称长史，为州刺史佐贰之官，无固定职事。张别驾，其人不详。本诗宋本不载。

〔二〕世业：世代相传之事业。《汉书·叙传上》："方今雄桀带州城者，皆无七国世业之资。"珪组：珪为古代帝王或诸侯所执的玉版，组为佩印的丝带，"传珪组"，表明这位张别驾是世家出身。

〔三〕江城：疑指襄阳，因其沿汉江也。股肱：常用以喻君主的辅佐。《书·益稷》："帝曰：'臣作朕股肱耳目。'"这里言刺史之佐，指张别驾。

〔四〕薄：明活本、清本、《全唐诗》同。汲本作"簿"。

〔五〕士元：《三国志·蜀志·庞统传》："庞统字士元，襄阳人也。少时朴钝，未有识者。颍川司马徽清雅有知人鉴，统弱冠往见徽，徽采桑于树上，坐统在树下，共语自昼至夜。徽甚异之，称统当为南州士之冠冕，由是渐显。"这里用士元以称誉与宴诸人。末句自称。

李氏园卧疾〔一〕

我爱陶家趣〔二〕，园林无俗情〔三〕。春雷百卉坼〔四〕，寒食四邻清〔五〕。伏枕嗟公干〔六〕，归山羡子平〔七〕。年年白社客〔八〕，空滞洛阳城。

〔一〕题目：宋本、汲本、清本同。明活本、《全唐诗》"园"下多一"林"字。李氏园：《孟集》有《题李十四庄兼赠綦毋校书》一诗，诗云："左右瀍涧水，门庭缑氏山。"则李十四庄当在洛阳一带。本诗则云："年年白社客，空滞洛阳城。"李氏园或即李十四庄欤？〇本诗盖作于壮年漫游时期。

〔二〕陶家趣：宋本、汲本、《全唐诗》同。明活本、清本"家"作"潜"。据毛校记元本亦作"潜"。陶渊明志趣高洁，不慕荣利。以为州祭酒，不堪吏职，自解归。以为彭泽令，郡督邮至，吏白应束带见之，渊明曰："岂能为五斗米折腰向乡里小儿？"赋《归去来》。宋代晋后，周续之入庐山，事释慧远；彭城刘遗民，亦遁迹匡山；渊明又不应征命，谓之浔阳三隐。参看《仲夏归汉南园寄京邑旧游》注〔三〕、〔四〕、〔五〕。

〔三〕园林：原作“林园”，明活本、汲本、清本同。宋本、《全唐诗》作“园林”。今从宋本。

〔四〕春雷句：坼：汲本、《全唐诗》同。宋本、明活本、清本讹作“拆”。《易·解·彖辞》：“天地解而雷雨作，雷雨作而百果草木皆甲坼。”

〔五〕寒食：阴历清明节前一或二日为寒食节。宗懔《荆楚岁时记》：“去冬节一百五日，即有疾风甚雨，谓之寒食，禁火三日，造饧大麦粥。”刘辰翁评曰：“寒食惨澹，更念四邻。”

〔六〕公干：魏刘桢字公干，与王粲、孔融、陈琳、阮瑀、应玚、徐干相友善，时号建安七子。刘桢《赠五官中郎将四首之二》云：“余婴沉痼疾，窜身清漳滨。”

〔七〕山：原作“田”，明、清各本同，盖明人所改。宋本、《全唐诗》作“山”，是。子平：《后汉书·逸民传》：“向长字子平，河内朝歌人也。隐居不仕，性尚中和，好通《老》、《易》。……建武中，男女娶嫁既毕，敕断家事勿相关，当如我死也。于是遂肆意，与同好北海禽庆俱游五岳名山，竟不知所终。”按：李贤注云：“《高士传》‘向’字作‘尚’。”应以“尚”为是。详《彭蠡湖中望庐山》注〔一二〕。

〔八〕白社：地名，在河南洛阳东。《清一统志·河南·河南府》：“白社在洛阳县东，《晋书》，董京至洛阳，常宿白社中。孙楚时为著作郎，数就社中与语。《水经注》，阳渠水径建春门，水南即马市，北则白社故里。”

过故人庄〔一〕

故人具鸡黍〔二〕，邀我至田家。绿树村边合，青山郭外斜〔三〕。开筵面场圃〔四〕，把酒话桑麻〔五〕。待到重阳日〔六〕，还来就菊花〔七〕。

〔一〕故人:《后汉书·严光传》:"帝笑曰:'朕故人严子陵共卧耳。'"这里称农民为故人,表示亲切。

〔二〕具:置办。《说文》:"具,共置也。"《广韵》:"具,备也,办也。"鸡黍:指农家丰盛的饭食。《论语·微子》:"子路从而后,遇丈人,以杖荷蓧。……止子路宿,杀鸡为黍而食之。"刘宝楠正义:"黍,禾属而黏者。"

〔三〕郭:《广韵》:"郭,内城外郭。"后以为城之通称。

〔四〕筵:宋、明、清各本及《全唐诗》、《诗选》、《律髓》同。《品汇》作"轩"。场圃:《诗·豳风·七月》:"九月筑场圃。"毛传:"春夏为圃,秋冬为场。"郑玄笺:"场圃同地。自物生之时,耕治之以种菜茹;至物尽成熟,筑坚以为场。"《后汉书·仲长统传》:"场圃筑前,果园树后。"古时"场"与"圃"是统一的,后世才分开,打谷的地方叫场,种菜的地方叫圃。

〔五〕桑麻:桑以养蚕,麻以织布,借指农事。《史记·货殖列传》:"齐带山海,膏壤千里,宜桑麻。"陶渊明《归园田居》:"相见无杂言,但道桑麻长。"

〔六〕到:宋本、汲本、《全唐诗》及《诗选》、《律髓》、《品汇》同。明活本、清本作"至"。重阳日:阴历九月九日为重阳节。详《秋登万山寄张五》注〔一〇〕。

〔七〕还来句:古人风俗,每于重阳节登高赏菊。"还来"与二句"邀我"相应,开始是被邀,重阳却要自来,表示亲切。

刘辰翁曰:每以自在相凌厉。

李梦阳曰:"就"字好。

方回《瀛奎律髓》:此诗句句自然,无刻画之迹。浩然自有"厨人具鸡黍,稚子摘杨梅",以真对假,见称于世。如郊野之作，"钓竿垂北涧，樵唱入南轩"，"先人留素业，老圃作邻家"，"鸟过烟树宿，萤傍小轩飞"，皆佳。又如"山水会稽郡，诗书孔氏门"，亦佳句。吾州孔氏改"会稽"二字为"新安"，用为桃符累年，晚辈不知为浩然诗也。

杨慎《升庵诗话》卷六：《孟集》有"到得重阳日，还来就菊花"之句，刻本脱一"就"字，有拟补者，或作"醉"，或作"赏"，或作"泛"，或作"对"，皆不同。后得善本，是"就"字，乃知其妙。唐诗亦有之，崔颢"玉壶清酒就君家"；李郢诗"闻说故园春稻熟，片帆归去就鲈鱼"；杜工部诗题有《秋日泛江就黄家亭子》。而古乐府冯子都诗有"就我求清酒，青丝系玉壶。就我求珍肴，金盘脍鲤鱼"，则前人已道破矣。

冒春荣《葚原诗说》卷一：诗以自然为上，工巧次之。工巧之至，始入自然；自然之妙，无须工巧。高廷礼列老杜于大家，不居正宗之目，此其微旨。五言如孟浩然《过故人居》、王维《终南别业》……此皆不事工巧极自然者也。又：写景之句，以工致为妙品，真境为神品，淡远为逸品，如"芳草平仲绿，清夜子规啼"，"明月松间照，清泉石上流"，"雨中山果落，灯下草虫鸣"，"绿树村边合，青山郭外斜"……皆逸品也。

何文焕《历代诗话考索》：好字多出经传。升庵论孟襄阳，"待到重阳日，还来就菊花"，"就"字之妙，历引古诗证其出处，不知"处士就闲晏"，《国语》早先之矣。

方回《瀛奎律髓》纪昀评：王、孟诗大段相近，而体格又自微别：王，清而远；孟，清而切。学王不成，流为空腔；学孟不成，流为浅语。如此诗之自然冲淡，初学遽躐等而效之，不为滑调不止也。又：真假之对，终嫌纤巧。

途中九日怀襄阳〔一〕

去国似如昨〔二〕，倏然经杪秋〔三〕。岘山不可见〔四〕，风景令人愁。谁采篱下菊〔五〕，应闲池上楼〔六〕。宜城多美酒〔七〕，归与葛强游〔八〕。

〔一〕题目：宋本、明活本同。汲本、清本、《全唐诗》、《英灵集》无"途中"二字。《英华》作"重九日怀襄阳"。

〔二〕似：原作"已"，明活本、汲本、清本同。宋本、《全唐诗》、《英灵集》作"似"。《英华》作"倡"，当为"侣"之误。今从宋本。

〔三〕然：宋、明、清各本及《全唐诗》、《英华》同。《英灵集》作"焉"。杪秋：秋末。木末曰杪，故秋末曰杪秋。《楚辞·宋玉〈九辩〉》："靓杪秋之遥夜兮，心缭悷而有哀。"洪兴祖补注："杪，末也。"

〔四〕岘山：在襄阳东南。详《登鹿门山怀古》注〔三〕。不可见：宋、明、清各本及《全唐诗》同。《英灵集》、《英华》作"望不见"。

〔五〕谁采句：陶渊明《饮酒二十首》之六："采菊东篱下，悠然见南山。"

〔六〕池上楼：谢灵运有《登池上楼》诗，李善注："永嘉郡池上楼。"以上二句，作者以陶渊明、谢灵运自比，因自己不在故居，故无人采菊，池上楼闲。

〔七〕宜城：故城在襄州，当今湖北宜城县南。《太平寰宇记·山南东道·襄州》："宜城，汉县，在今县南，其地出美酒。"

〔八〕葛强：晋山简镇襄阳，尝与其爱将葛强游高阳池。详《题荣二山池》注〔七〕。

初出关旅亭夜坐怀王大校书〔一〕

向夕槐烟起〔二〕，葱笼池馆曛〔三〕。客中无偶坐，关外惜离群〔四〕。烛至萤光灭，荷枯雨滴闻。永怀蓬阁友〔五〕，寂寞滞扬云〔六〕。

〔一〕题目:汲本、清本、《全唐诗》同。明活本"旅"讹作"林",盖音近而误。宋本无"旅亭夜坐"。根据诗意,以有为是。据毛校记元本全题作"出关怀王大"。王大校书:即王昌龄。详《与王昌龄宴王十一》注〔一〕。此诗疑作于开元十七年。

〔二〕槐烟:梁简文帝《玄圃园讲颂》:"风生月殿,日照槐烟。"李峤《寒食清明日早赴玉门率成》:"槐烟乘晓散,榆火应春开。"则槐烟泛指烟气。

〔三〕葱笼:草木青翠而繁盛之貌。《文选·郭璞·江赋》:"涯灌芊萰,潜荟葱笼。"李善注:"芊萰、葱笼皆青盛貌也。"池馆:池滨之馆。谢朓《游后园赋》:"惠风湛兮帷殿肃,清阴起兮池馆凉。"

〔四〕关外:潼关之外,盖浩然离开长安出关时所作。

〔五〕蓬阁:宋本、明活本、汲本同。清本、《全唐诗》作"芸阁",亦通。蓬阁,指秘书省。萧华《谢试秘书少监陈情表》:"已蒙殊奖,遽典雄藩,旋沐厚恩,复登蓬阁。"

〔六〕扬云:扬雄字子云。李梦阳曰:"扬云,扬子云也。古人多剪人姓名入诗。"扬雄事迹详《田园作》注〔一七〕。

贺贻孙《诗筏》:前辈有教人炼字之法,谓如老杜"飞星过水白,落月动沙虚",是炼第三字法,"地坼江帆隐,天清木叶闻",是炼第五字法之类。……"天清木叶闻"与孟浩然"荷枯雨滴闻",两"闻"字亦真亦幻,皆以落韵自然为奇,即作者亦不自知,何暇炼乎?

李少府与杨九再来〔一〕

弱岁早登龙〔二〕,今来喜再逢〔三〕。何如春月柳〔四〕,犹忆岁寒松。烟火临寒食〔五〕，笙歌达曙钟〔六〕。喧喧斗鸡道〔七〕，行乐羡朋从〔八〕。

〔一〕题目：原作"李少府与王九再来"，明活本同。宋本、汲本、清本、《全唐诗》"王九"作"杨九"。据毛校记元本无"与杨九"三字。今从宋本。李少府：《孟集》中尚有《爱州李少府见赠》一诗，其人不详。杨九：未详，《孟集》中除本篇外，并无与杨九有关的诗作，明人或据此改为王九，而元人又据诗的内容删去"与杨九"欤？

〔二〕弱岁：少年。《晋书·姚泓载记论》："景国弱岁英奇，见方孙策。"景国乃姚襄字。登龙：科举中式称曰登龙门，省称登龙。封演《封氏闻见记三·贡举》："故当代以进士登科为登龙门，解褐多拜清紧，十数年间，拟迹庙堂。"

〔三〕今来：原作"今朝"，宋、明、清各本俱作"今来"。据改。

〔四〕何如：宋本、汲本同。明活本、清本、《全唐诗》作"如何"。意同。

〔五〕寒食：《荆楚岁时记》："去冬节一百五日，即有疾风甚雨，谓之寒食，禁火三日。"注："据历合在清明前二日，亦有去冬至一百六日者。"

〔六〕达曙："达"原作"咽"，宋、明、清各本及《全唐诗》俱作"达"，是。"曙"，明代各本及《全唐诗》同，惟宋本作"暏"，当为笔误。清本作"晓"，意同。

〔七〕斗鸡道：古代豪富之家，常以斗鸡为戏。曹植有《斗鸡篇》，《乐府诗集》卷六四引《邺都故事》曰："魏明帝大和中，筑斗鸡台。赵王石虎亦以芥羽漆砂，斗鸡于此。故曹植诗云'斗鸡东郊道，走马长楸间'是也。"

〔八〕朋从：明、清各本及《全唐诗》同。宋本"朋"作"明"，误。

寻张五回夜园作〔一〕

闻说庞公隐〔二〕，移居近涧湖〔三〕。兴来林是竹，归卧谷名愚〔四〕。挂席樵风便〔五〕，开轩琴月孤〔六〕。岁寒何用赏，霜落故园芜〔七〕。

〔一〕题目：原作“寻张五”，明活本、汲本、清本及《全唐诗》“五”后多“回夜园作”四字。宋本多“回夜于园作”五字，“于”字当为衍文。张五：未详。参看《秋登万山寄张五》注〔一〕。

〔二〕说：原作“就”，明活本、清本、《全唐诗》同。宋本、汲本作“说”。今从宋本。根据诗意，“就”字较佳，盖后人所改。庞公：庞德公，东汉襄阳隐士。详《登鹿门山怀古》注〔一〇〕。

〔三〕洞湖：明活本、清本、《全唐诗》同。宋本、汲本作“涧湖”，非。《孟集》有《溯江至武昌》，诗云：“家本洞湖上，岁时归思催。”可知襄阳境内有洞湖。洞湖，地志不载，盖在襄阳附近。参看《溯江至武昌》注〔二〕。

〔四〕谷名愚：刘向《说苑·政理》：“齐桓公出猎，逐鹿而走入山谷之中，见一老公而问之曰：‘是为何谷？’对曰：‘为愚公之谷。’”愚公谷，也作“愚谷”。后世往往借指隐居之地。《南史·隐逸传》：“藏景穷岩，蔽名愚谷。”

〔五〕挂席：犹扬帆。详《彭蠡湖中望庐山》注〔四〕。樵风：明、清各本及《全唐诗》同。宋本作“窗风”，误。樵风，顺风。详《与崔二十一游镜湖寄包贺二公》注〔六〕。

〔六〕轩：窗。杜甫《夏夜叹》：“开轩纳微凉。”

〔七〕落：明、清各本及《全唐诗》同。宋本作“露”，盖音近而误。

张七及辛大见访〔一〕

山公能饮酒〔二〕，居士好弹筝〔三〕。世外交初得〔四〕，林中契已并〔五〕。纳凉风飒至，逃暑日将倾〔六〕。便就南亭里〔七〕，馀樽惜解酲〔八〕。

〔一〕题目：汲本、清本同。明活本、《全唐诗》作“张七及辛大见寻南亭醉作”。本首宋本不载。张七：未详。辛大：浩然好友。详《夏日南亭怀辛大》注〔一〕。

〔二〕山公：指晋山简，每游高阳池，饮酒辄醉。详《题荣二山池》注〔七〕。

〔三〕居士：道德高尚、学术优良而未做官者，有时亦借指隐士。详《都下送辛大之鄂》注〔二〕。

〔四〕世外交：“世外”与“世俗”相对，隐士交游，常称为世外之交。《晋书·许迈传》：“永和二年，(迈)移入临安西山……羲之造之，未尝不弥日忘归，相与为世外之交。”

〔五〕林中句：山林之中，借指隐逸，言隐逸之心，已相契合。

〔六〕日：汲本、清本、《全唐诗》同。明活本作“已”，非。

〔七〕南亭：当为浩然隐居处之小亭。参看《夏日南亭怀辛大》注〔一〕。

〔八〕解酲：解除酒病。详《晚春》注〔三〕。

题张逸人园庐〔一〕

与君园庐并〔二〕，微尚颇亦同〔三〕。耕钓方自逸，壶觞趣不空〔四〕。门无俗士驾〔五〕，人有上皇风〔六〕。何必先贤传，唯称庞德公〔七〕。

〔一〕题目：“逸”原作“野”，明活本、清本、《全唐诗》同。据毛校记元本亦作“野”。《英华》作“题张逸人园庐”。宋本、汲本题作“忆张野人”。今从《英华》。

〔二〕君：宋本、汲本、清本、《全唐诗》及《英华》同。明活本作“客”。据毛校记元本亦作“客”。当以“君”为是。

〔三〕微尚：谢灵运《初去郡》：“伊余秉微尚，拙讷谢浮名。”

〔四〕壶：宋、明、清各本及《全唐诗》同。《英华》误作“壸”。

〔五〕俗:宋、明、清各本及《全唐诗》、《英华》同。据毛校记元本作"宿",误。驾:《说文》:"驾,马在轭中。"引申为车乘。俗士驾即俗士之车。

〔六〕上皇:伏羲为三皇之最先者,故称上皇。郑玄《诗谱序》:"诗之兴也,谅不于上皇之世。"孔颖达疏:"上皇谓伏羲,三皇之最先者,故谓之上皇。"古人认为其时道德淳厚,风俗朴实。

〔七〕庞德公:东汉襄阳隐士,详《登鹿门山怀古》注〔一〇〕。末二句言张逸人德行可比庞德公。

过景空寺故融公兰若〔一〕

池上青莲宇〔二〕,林间白马泉〔三〕。故人成异物〔四〕,过憩独潸然〔五〕。既礼新松塔〔六〕,还寻旧石筵〔七〕。平生竹如意〔八〕,犹挂草堂前〔九〕。

〔一〕题目:原无"景空寺"三字,清本同。据宋本、汲本、《全唐诗》、《英灵集》补。明活本作"过潛上人旧房"。《英华》作"悼正弘禅师"。韦庄《又玄集》作"过符公兰若"。按:《孟集》有《云门寺西六七里闻符公兰若最幽与薛八同往》一诗,云门寺在越州,而浩然与符公的关系无如此之深,《又玄集》题目有误。景空寺:在襄州。详《游景空寺兰若》注〔一〕。融公:即融上人。《孟集》中尚有《题融公兰若》、《过融上人兰若》二诗,而《游景空寺兰若》虽未标出融公,但张说有《游襄州景空寺融上人兰若》诗,则可知融上人实为景空寺住持,而游景空寺兰若即游融公兰若也。参看《游景空寺兰若》注〔一〕。〇本诗疑作于晚年时期。

〔二〕青莲宇:青莲,花名,梵语为优钵罗。佛家以青莲花比佛眼,青莲宇系对佛家房舍之尊称。

〔三〕林间:宋、明、清各本及《全唐诗》、《英灵集》、《英华》同。《又玄集》作“人间”,误。白马泉:盖景空寺水名。

〔四〕异物:指死人。《史记·贾生列传》:“化为异物兮,又何足患!”司马贞索隐:“谓死而形化为鬼,是为异物也。”

〔五〕过憩:原作“过客”,明、清各本《全唐诗》同。宋本及《英灵集》、《英华》作“过憩”。今从唐宋古本。《又玄集》作“攀树”,非。潸:宋、明、清各本及《全唐诗》、《英灵集》、《又玄集》或作“潸”、“潸”、“潸”,以“潸”为正,馀俱“潸”之讹体。《英华》作“潜”,误。

〔六〕新松塔:宋、明、清各本及《全唐诗》、《又玄集》、《英华》同。《英灵集》作“新坟塔”,意同。塔即塔屋,寺中安葬僧人遗骨的建筑物。这里指融公遗骨的塔屋。

〔七〕寻:宋、明、清各本及《全唐诗》、《英灵集》、《又玄集》同。《英华》作“瞻”,亦通。

〔八〕如意:僧人讲经时所持的一种器物,长约三尺,一端为柄,一端作心形或云形。

〔九〕前:宋本、汲本、《全唐诗》、《英灵集》、《又玄集》、《英华》同。明活本、清本作“边”。据毛校记元本亦作“边”。

李梦阳曰:无限悲痛,皆在言外。

早寒江上有怀〔一〕

木落雁南度,北风江上寒〔二〕。我家襄水曲〔三〕,遥隔楚云端〔四〕。乡泪客中尽,归帆天际看〔五〕。迷津欲有问〔六〕,平海夕漫漫〔七〕。

〔一〕题目:宋本、汲本、《全唐诗》同。明活本、《品汇》无“江上”二字。清本“有”作“旅”。芮挺章《国秀集》作“江上思归”。今从宋本。

〔二〕木落二句:度:《全唐诗》、《国秀集》同。宋、明、清各本及《品汇》俱作“渡”,二字通,见《玉篇》。树木叶落,北雁南飞,北风呼啸,一片深秋景象。鲍照《登黄鹤矶》："木落江渡塞，雁还风送秋。"

〔三〕襄水曲："襄"原作"湘"，误。明活本、汲本、清本、《国秀集》、《品汇》作"襄水曲"，据改。宋本、《全唐诗》作"襄水上"，亦通。汉水在襄阳一段，有襄水之称。《清一统志·湖北·襄阳府》："汉水……自府城西北三十里白家湾抵城北，稍东而左，会唐、白诸河之水，亦名襄水。"

〔四〕楚云端：襄阳古属楚国，从长江下游遥望襄阳，地势高峻，故称云端。

〔五〕归帆：汲本、《国秀集》同。宋本、明活本、清本、《全唐诗》、《品汇》作"孤帆"，亦通。天际看：宋、明、清各本及《全唐诗》、《品汇》同。《国秀集》作"天外看"，以"际"为是。

〔六〕迷津：津，渡口。迷津即迷失渡口。《论语·微子》："长沮、桀溺耦而耕，孔子过之，使子路问津焉。长沮曰：'夫执舆者为谁？'子路曰：'为孔丘。'曰：'是鲁孔丘与？'曰：'是也。'曰：'是知津矣。'问于桀溺，桀溺曰：'子为谁？'曰：'为仲由。'曰：'是鲁孔丘之徒与？'对曰：'然。'曰：'滔滔者天下皆是也，而谁以易之？且而与其从辟人之士也，岂若从辟世之士哉？'耰而不辍。子路行以告。夫子怃然曰：'鸟兽不可以同群，吾非斯人之徒与而谁与？天下有道，丘不与易也。'"这里长沮桀溺并没有告诉子路问的渡口，只是对孔子的栖栖遑遑、四方奔走、追求用世的态度作了嘲讽，认为不如隐居为好。这首诗里的"迷津"，不能单纯理解为迷路，实际也反映了浩然出仕与归隐两种生活道路的迷惘心情。

〔七〕平海：指长江下游宽广的水面与海相平。看来这是浩然漫游东南时所作。

王士禛《带经堂诗话》卷十五：唐诗佳句，多本六朝，昔人拈出甚多。略摘一二为昔人所未及者，如……孟襄阳"木落雁南度，北风江上寒”，本鲍明远“木落江渡寒，雁还风送秋”。

南山下与老圃期种瓜〔一〕

樵牧南山近〔二〕，林闾北郭赊〔三〕。先人留素业〔四〕，老圃作邻家。不种千株橘〔五〕，唯资五色瓜〔六〕。邵平能就我〔七〕，开径翦蓬麻〔八〕。

〔一〕题目：汲本、清本、《全唐诗》同。明活本无“南山下”三字。据毛校记元本亦无此三字。宋本作“南山与卜老圃种瓜”，当有误。汲本题目之下毛校记只言元本，未言宋本，可见毛晋所据宋本，亦作“南山下与老圃期种瓜”。南山：浩然故园附近之岘山。详《岁暮归南山》注〔一〕。

〔二〕樵牧：原作“樵木”，宋本、明活本、汲本、清本及《全唐诗》均作“樵牧”，据改。

〔三〕林闾：宋、明各本及《全唐诗》同。清本作“林间”，非。林闾，本指村庄的里门，但唐人往往用作郊区住宅之意，如张九龄《南山下旧居闲放》诗，即有“块然屏尘事，幽独坐林闾”之句。北郭赊：浩然家居襄阳之南，故称襄阳为北郭。赊，意为远，盖与南山比较而言。

〔四〕素业：明、清各本及《全唐诗》同。宋本作“旧业”，意同。但毛晋无校记，可见毛氏所据宋本亦作“素业”。

〔五〕千株橘：《三国志·吴志·孙休传》：“遣衡还郡，勿令自疑。”裴松之注：“《襄阳记》曰：（李）衡字叔平，本襄阳卒家子也，汉末入吴为武昌庶民。……又加威远将军，授以棨戟。衡每欲治家，妻辄不听，后密遣客十人于武陵龙阳汜洲上作宅，种甘橘千株。临死，敕儿曰：‘汝母恶我治家，故穷如是。然吾州里有千头木奴，不责汝衣食，岁上一匹绢，亦可足用耳。’衡亡后二十馀日，儿以白母，母曰：‘此当是种甘橘也，汝家失十户客来七八年，必汝父遣为宅。汝父恒称太史公言，江陵千树橘，当封君家。吾答曰：且人患无德义，不患不富，若贵而能贫，方好耳，用此何为！’吴末，衡甘橘成，岁得绢数千匹，家道殷足。晋咸康中，其宅址枯树犹在。”

〔六〕资：明、清各本及《全唐诗》同。宋本作“田”。五色瓜：又称东陵瓜。《史记·萧相国世家》：“召平者，故秦东陵侯。秦破为布衣，贫，种瓜于长安城东。瓜美，故世俗谓之东陵瓜，从召平以为名也。”骆宾王《夏日游德州赠高四》：“一顷南山豆，五色东陵瓜。”

〔七〕邵平：《史记》作“召平”。见前注。

〔八〕翦：或作“剪”。明、清各本及《全唐诗》同。宋本作“有”。

刘辰翁：其凄淡自先人语此。

裴司士见访〔一〕

府寮能枉驾〔二〕，家酝复新开〔三〕。落日池上酌〔四〕，清风松下来。厨人具鸡黍〔五〕，稚子摘杨梅。谁道山公醉〔六〕，犹能骑马回。

〔一〕题目：明活本同。宋本、汲本、清本、《全唐诗》作“裴司士员司户见寻”。《英灵集》作“裴司户员司士见答”。《又玄集》作“喜裴士曾见寻”。《诗选》、《诗林》作“裴司功员司士见寻”。《品汇》作“裴司士见寻”。据毛校记元本亦作“裴司士见寻”。未详孰是，暂依原题。

〔二〕寮：亦作“僚”，见《尔雅》郝懿行义疏。

〔三〕家酝：明、清各本及《全唐诗》、《英灵集》、《诗选》、《品汇》、《诗林》同。《又玄集》作“家酿”，意同。宋本作“喜酝”，非是。《说文》：“酝，酿也。”《玉篇》：“酝，酿酒也。”家酝，家中自酿之酒。

〔四〕落日：宋、明、清各本及唐、宋、明各选本同，惟《诗林》作“落月”，当系误记。

〔五〕鸡黍:丰盛的饭食。详《过故人庄》注〔二〕。

〔六〕山公:宋本、汲本、《全唐诗》、《诗选》同。明活本、清本、《英灵集》、《又玄集》、《诗林》、《品汇》作“山翁”,意同。浩然诗用山简典故者尚有《题荣二山池》、《张七及辛大见访》等诗,俱作“山公”。根据作者习惯,当以“山公”为恰。详《题荣二山池》注〔七〕。

刘辰翁曰:大巧若拙,或谓杨梅假对,谬论。

严羽《沧浪诗话·诗体》:有借对,孟浩然“厨人具鸡黍,稚子摘杨梅”,太白“水舂云母碓,风扫石楠花”,……是也。

俞弁《逸老堂诗话》卷上:《天厨禁脔》,洪觉范著,有琢句法中假借格。如“残春红药在,终日子规啼”,以“红”对“子”。如“住山今十载,明日又迁居”,以“十”对“迁”。朱子儋诗话谓其论诗近于穿凿。余谓孟浩然有“庖人具鸡黍,稚子摘杨梅”,以“鸡”对“杨”。……皆是假借,以寓一时之兴。唐人多有此格,何以穿凿为哉?

冒春荣《葚原诗说》卷一:有借字相对者,谓之假对。如“枸杞因吾有,鸡栖奈尔何”,“厨人具鸡黍,稚子摘杨梅”,一借“枸”为“狗”,一借“杨”为“羊”。

张谦宜《絸斋诗谈》卷五:《裴司士见寻》:“厨人具鸡黍,稚子摘杨梅”,“鸡黍”、“杨梅”是假借对法。

王寿昌《小清华园诗谈》卷下:诗之天然成韵者,如谢康乐之“远岩映兰薄,白日丽江皋”,……孟襄阳之“落日池上酌,清风松下来”,“微云淡河汉,疏雨滴梧桐”……之类是也。

除夜〔一〕

迢递三巴路〔二〕，羁危万里身。乱山残雪夜，孤烛异乡人。渐与骨肉远，转于僮仆亲〔三〕。那堪正漂泊〔四〕，来日岁华新。

〔一〕题目：清本同。明活本、汲本、《全唐诗》作"岁除夜有怀"。此诗宋本不载。毛校记云："《众妙集》刻崔涂，但'孤烛'刻'孤独'。"按：《全唐诗》卷六七九载有此诗，亦作崔涂，题为"巴山道中除夜书怀"。明谢榛《四溟诗话》引此亦作崔涂诗。故此诗当非孟作。再从诗的内容看，"迢递三巴路，羁危万里身"，孟浩然襄阳人，自襄阳至巴蜀，似不应言"万里"；崔涂为江南人，游巴蜀言"万里"，近是。

〔二〕三巴：常璩《华阳国志》一："献帝初平元年，征东中郎将安汉赵颖建议分巴为二郡。颖欲得巴旧名，故白益州牧刘璋以垫江以上为巴郡，江南庞羲为太守，治安汉；以江州至临江为永宁郡；朐忍至鱼复为固陵郡，巴遂分矣。建安六年，……璋乃改永宁为巴郡，以固陵为巴东，徙羲为巴西太守，是为三巴。"永宁当今重庆巴县、忠县一带；固陵当今重庆云阳、奉节一带；巴西当今四川阆中一带。参《湘中旅泊寄阎九司户防》注〔四〕。

〔三〕僮仆：汲本、清本、《全唐诗》同。谢榛《四溟诗话》引此句亦作"僮仆"。明活本作"奴仆"，恐非原文。

〔四〕堪：明代各本及《全唐诗》同。清本作"看"，非。

谢榛《四溟诗话》卷二：诗有简而妙者，若……崔涂"渐与骨肉远，转于僮仆亲"，不如王维"久客亲僮仆"。

施补华《岘佣说诗》六二：《宿郑州》诗"孤客亲僮仆"，说极沉至。后人"渐与骨肉远，转于僮仆亲"，衍作两句，便觉味浅，归愚尚书尝言之。

伤岘山云表观主〔一〕

少小学书剑〔二〕，秦吴多岁年〔三〕。归来一登眺，陵谷尚依然。岂意餐霞客〔四〕，溘随朝露先〔五〕。因之问闾里〔六〕，把臂几人全〔七〕？

〔一〕岘山：明、清各本及《全唐诗》、《英华》同。宋本脱一"山"字。岘山，在襄阳东南。详《登鹿门山怀古》注〔三〕。云表：宋、明、清各本及《全唐诗》同。《英华》误作"云袁"。云表，道观名。观主：原作"上人"。宋、明、清各本及《全唐诗》、《英华》俱作"观主"，据改。○此诗盖作于吴越归来之后，约在开元二十年或二十一年。

〔二〕少小：明、清各本及《全唐诗》、《英华》同。宋本作"少予"，据《英华》周必大等校记云，"小"一作"子"。则"予"当为"子"之误。今从《英华》。书剑：书指读书求仕，剑指仗剑从军，泛指少年学习文武。详《自洛之越》注〔二〕。

〔三〕秦吴句：秦指长安，吴指吴越。浩然除在故乡襄阳外，虽然也到过湘桂等地，但长安应试和吴越之游是他一生的主要经历，故称"多岁年"。

〔四〕餐霞客：餐食朝霞为道家修炼术之一。《汉书·司马相如传大人赋》："呼吸沆瀣兮餐朝霞。"颜师古注引应劭曰："朝霞者，日始欲出赤黄气也。"颜延之《五君咏·嵇中散》："中散不偶世，本自餐霞人。"餐霞客犹餐霞人。

〔五〕溘随：原作"忽随"，明活本同。宋本、汲本、清本、《全唐诗》、《英华》俱作"溘随"，"溘"与"忽"意虽相同，但因与死相连，以"溘"为佳，今从宋本。溘：疾促，忽然。朝露：常用朝露以比喻存在时间的短促。《史记·商君传》："君之危若朝露，尚将欲延年益寿乎?”

〔六〕闾里:《周礼·天官·小宰》:“三曰听闾里以版图。”孔颖达疏:“在六乡则二十五家为闾,在六遂则二十五家为里。”后世乃以闾里作为乡里之泛称。

〔七〕把臂:以手握臂,意为亲切。《文选·刘峻·广绝交论》:“自昔把臂之英,金兰之友。”本诗把臂指亲密之人。

李梦阳曰:好,凄中有健。

赋得盈盈楼上女〔一〕

夫婿久别离〔二〕,青楼空望归〔三〕。妆成卷帘坐,愁思懒缝衣。燕子家家入,杨花处处飞。空床难独守〔四〕,谁为报金徽〔五〕。

〔一〕题目:明、清各本及《全唐诗》、《品汇》同。宋本“楼”作“怀”,误。《古诗十九首》:“盈盈楼上女,皎皎当窗牖。”○本诗盖作于少年学习时期。

〔二〕夫婿:明、清各本及《全唐诗》、《品汇》同。宋本作“夫聓”。按:“聓”字最早见《方言》,云:“东齐间聓谓之倩。”《字汇》:“聓与婿同。”

〔三〕青楼:曹植《美女篇》:“青楼临大路,高门结重关。”后世常称美人所居曰青楼。

〔四〕空床句:《古诗十九首》:“荡子行不归,空床难独守。”

〔五〕报:原作“解”,明活本、汲本、清本、《品汇》同。宋本、《全唐诗》作“报”。今从宋本。金徽:弹琴抚抑之处曰徽,饰以金玉,故曰金徽。详《赠道士参寥》注〔四〕。这里借指琴音。

春怨〔一〕

佳人能画眉〔二〕,妆罢出帘帷〔三〕。照水空自爱,折花将遗谁。春情多艳逸〔四〕,春意倍相思。愁心极杨柳,一种乱如丝〔五〕。

〔一〕题目:明活本、汲本、清本、《才调集》同。宋本、《全唐诗》作"春意"。〇本诗盖作于少年时期。

〔二〕佳人:宋、明、清各本及《全唐诗》同。《才调集》作"闺人"。画:宋、明各本及《全唐诗》、《才调集》同。清本误作"昼"。画眉,以黛描眉,为古代妇女梳妆的重要风习。刘孝威《郄县遇见人织率尔寄妇》:"新妆莫点黛,余还自画眉。"(《玉台新咏》卷八)

〔三〕帷:宋、明、清各本及《全唐诗》同。《才调集》作"帏",意通。

〔四〕艳逸:宋、明、清各本及《全唐诗》同。《才调集》作"逸艳"。

〔五〕种:明活本、清本、《全唐诗》、《才调集》同。宋本、汲本作"动"。

刘辰翁曰:矜丽婉约。

贺裳《载酒园诗话·艳诗》:孟襄阳素心士也。其《庭橘》诗"并生怜共蒂,相示感同心",一何婉昵!至若"照水空自爱,折花将遗谁",真有生香真色之妙,觉老杜"香雾云鬟"、"清辉玉臂",未免太宫样妆矣。

闺情

一别隔炎凉〔一〕,君衣忘短长。裁缝无处等,以意忖情量〔二〕。畏瘦疑伤窄〔三〕,防寒更厚装。半啼封裹了,知欲寄谁将。

〔一〕炎凉:用热冷以代夏冬。〇本诗盖作于少年时期。

〔二〕忖:猜度。《说文》:"忖,度也。"《诗·小雅·巧言》:"他人有心,予忖度之。"忖情,根据情理猜度。

〔三〕疑:原作"宜"。明活本、汲本、《全唐诗》俱作"疑"。因对君衣忘了短长，裁剪是“忖情量”的，故以“疑”为是。此诗宋本不载。

寒夜

闺夕绮窗闭〔一〕，佳人罢缝衣。理琴开宝匣，就枕卧重帏。夜久灯花落，薰笼香气微〔二〕。锦衾重自暖，遮莫晓霜飞〔三〕。

〔一〕绮窗：华丽的窗户。《文选·左思·蜀都赋》：“开高轩以临山，列绮窗而瞰江。”○本诗盖作于少年时期。

〔二〕薰笼：薰衣之器，亦称篝，亦称墙居。《方言》：“篝，陈、楚、宋、魏之间谓之墙居。”郭璞注：“今薰笼也。”《说文》：“篝，笿也，可薰衣。宋、楚谓竹篝，墙以居也。”盖衣挂于壁，以篝置墙下而薰之，使衣有香气。

〔三〕遮莫：唐时俗语，犹文言词中的“尽教”。杜甫《书堂饮既夜复邀李尚书下马月下赋绝句》：“久拚野鹤如双鬓，遮莫邻鸡下五更。”汪师韩《诗学纂闻·时俗语入诗》：“唐人每以唐时语入诗，亦犹先儒注经有‘文莫’、‘相人耦’、‘晓知’、‘一孔’之类也。如‘遮莫’，犹言‘尽教’。”

刘辰翁曰：似词。

李梦阳曰：亦不见好。

美人分香

艳色本倾城〔一〕，分香更有情。髻鬟垂欲解，眉黛拂能轻。舞学平阳态〔二〕，歌翻《子夜》声〔三〕。春风狭斜道〔四〕，含笑待逢迎。

〔一〕倾城：《汉书·外戚传·孝武李夫人》：“延年侍上起舞，歌曰：‘北方有佳人，绝世而独立，一顾倾人城，再顾倾人国。宁不知倾城与倾国，佳人难再得！'"后世因用倾城、倾国以形容女人之美。○本诗盖作于少年时期。

〔二〕学：明、清各本及《全唐诗》、《品汇》同。宋本作"学"。按："学"古籍不用，字书不收，盖系俗字。平阳态：卫子夫原为平阳主歌女，后得武帝之幸而为皇后。参看《崔明府宅夜观妓》注〔四〕。

〔三〕子夜声：指《子夜歌》。详《崔明府宅夜观妓》注〔五〕。

〔四〕狭斜道：狭街小巷，后世常用作娼女歌妓的居处。详《襄阳公宅饮》注〔五〕。

七言律诗

登安阳城楼〔一〕

县城南面汉江流，江嶂开成南雍州〔二〕。才子乘春来骋望〔三〕，群公暇日坐销忧。楼台晚映青山郭，罗绮晴娇绿水洲〔四〕。向夕波摇明月动，更疑神女弄珠游〔五〕。

〔一〕安阳：故址在今陕西城固县东。《清一统志·陕西·汉中府》："安阳故城在城固县东，汉置，属汉中郡，后汉因之，魏晋时徙废。按：《水经》云：'汉水自城固又东过安阳县南。'则汉安阳本在今城固东界。自魏晋时分属西城，又改名安康，乃渐徙而东。今汉阴境有故城，乃晋后之安康，非汉初之安阳也。"沈德潜《唐诗别裁》注云："安阳在汉中府汉阴县。"实为误注。本诗宋本不载。

〔二〕嶂：明、清各本及《品汇》同。《全唐诗》作"涨"。雍州：《书·禹贡》："黑水西河惟雍州。"古雍州地包有今陕西、甘肃一带地方。

〔三〕骋望：极目远望。《楚辞·九歌·湘夫人》："白薠兮骋望，与佳期兮夕张。”

〔四〕罗绮：指华贵的衣着，针对上句才子、群公而言。《三国志·魏志·夏侯玄传》：“今科制自公、列侯以下，位从大将军以上，皆得服绫锦、罗绮、纨素、金银饰镂之物。自是以下，杂彩之服，通于贱人，虽上下等级，各示有差，然朝臣之制，已得侔至尊矣，玄黄之采，已得通于下矣。”

〔五〕神女：传说中的汉水女神。《初学记》卷七引《韩诗》曰：“郑交甫过汉皋，遇二女，妖服珮两珠。交甫与之言曰：‘愿请子之珮。’二女解珮与交甫而怀之。去十步，探之则亡矣。回顾二女亦不见。”《汉书·扬雄传上》：“汉女水潜。”应劭曰：“汉女，郑交甫所逢二女，弄大珠，大如荆鸡子。”张衡《南都赋》：“游女弄珠于汉皋之曲。”明月如水，波光闪动，恰似神女弄珠。

刘辰翁曰：老成素净，但江嶂山水，晚夕珠绮，各不免叠意。

李梦阳曰：叠亦不妨。

除夜有怀〔一〕

五更钟漏欲相催〔二〕，四气推迁往复回〔三〕。帐里残灯才去焰〔四〕，炉中香气尽成灰。渐看春逼芙蓉枕，顿觉寒消竹叶杯〔五〕。守岁家家应未卧〔六〕，相思那得梦魂来〔七〕。

〔一〕题目：原作“岁除夜有怀”。宋、明、清各本及《全唐诗》、《英华》俱无“岁”字，据删。

〔二〕钟漏：宋、明、清各本及《全唐诗》同。《英华》作“钟鼓”。以“钟漏”为恰。钟，指佛寺钟声；漏，古人用铜壶滴漏以计时，正与“五更”相应。徐陵《答李颙之书》：“残光炯炯，虑在昏明，馀息绵绵，待尽钟漏。”

〔三〕四气:春、夏、秋、冬四时之气。《礼记·乐记》:“动四气之和,以著万物之理。”孔颖达疏:“动四气之和者,谓感动四时之气序之和平,使阴阳顺序也。”

〔四〕去焰:原作“有焰”,明活本、《英华》同。宋本、汲本、清本及《全唐诗》作“去焰”。今从宋本。

〔五〕竹叶:酒名。《文选·张协·七命》:“乃有荆南乌程,豫北竹叶。”李善注:“《吴地理志》曰:‘吴兴乌程县酒有名。’张华《轻薄篇》曰:‘苍梧竹叶清,宜城九酝酒。’”按:今日之名酒仍有名竹叶青者。

〔六〕未卧:宋、明、清各本及《全唐诗》同。《英华》作“不卧”。

〔七〕那:明、清各本及《全唐诗》、《英华》同。宋本作“郍”。按:《说文》:“{冄阝},西夷国,从邑冉声。安定有朝{冄阝}县。(诺何切)”《玉篇》:“那,奴多切,安定有朝那县。又何也,多也。”《说文》有“{冄阝}”而无“那”,《玉篇》有“那”而无“{冄阝}”,音、义俱同,而义又有所发展。宋本之“郍”,盖“{冄阝}”之误。

贺裳《载酒园诗话又编·孟浩然》:《除夜咏怀》曰:“渐看春逼芙蓉枕,顿觉寒消竹叶杯。守岁家家应未卧,相思那得梦魂来。”虽凄惋入情,却竟是中晚唐态度矣。

登万岁楼

万岁楼头望故乡〔一〕,独令乡思更茫茫〔二〕。天寒雁度堪垂泪,月落乌啼欲断肠〔三〕。曲引古堤临冻浦,斜分远岸近枯杨。今朝偶见同袍友〔四〕,却喜家书寄八行〔五〕。

〔一〕万岁楼:楼在润州(今江苏镇江市)。《元和郡县志·江南道·润州》："晋王恭为刺史，改创西南楼名万岁楼，西北楼名芙蓉楼。"

〔二〕独令：明、清各本及《全唐诗》、《品汇》同。惟《英华》作"独怜"。

〔三〕月落：明活本、汲本、《英华》、《品汇》同。清本、《全唐诗》作"日落"，今从《英华》。乌啼：原作"猿啼"，明、清各本及《全唐诗》同。《英华》作"乌啼"，似更符合实际，今从《英华》。

〔四〕同袍：《诗·秦风·无衣》："岂曰无衣，与子同袍。"毛传："上与百姓同欲，则百姓乐致其死。"意为甘苦与共。

〔五〕八行：明、清各本及《全唐诗》、《品汇》同。《英华》作"一行"，非。按：八行以代书信，其源甚早，以"八行"为是。《后汉书·窦章传》："与马融、崔瑗同好，更相推荐。"李贤注："《融集·与窦伯向书》曰：'孟陵奴来，赐书，见手迹，欢喜何量！见于面也。书虽两纸，纸八行，行七字。'"

胡应麟《诗薮》内编卷五：王昌龄、孟浩然俱有《题万岁楼》作，而皆拙弱可笑，则以二君非七言律手也。

春情

青楼晓日珠帘映〔一〕，红粉春妆宝镜催〔二〕。已厌交欢怜枕席，相将游戏绕池台〔三〕。坐时衣带萦纤草，行即裙裾扫落梅。更道明朝不当作〔四〕，相期共斗管弦来。

〔一〕青楼：泛指美人所居之楼。详《赋得盈盈楼上女》注〔三〕。晓日：汲本、《全唐诗》同。明活本、清本作"晓色"。此诗宋本不载。珠帘：用线穿珍珠以为帘。刘歆《西京杂记》："昭阳织珠为帘，风至则鸣，如珩珮之声。"谢朓《玉阶怨》："夕殿下珠帘，流萤飞复见。"可见珠帘最早本为宫殿所用，后世则泛称讲究的帘子。

〔二〕红粉：红指胭脂，粉指白粉，均女子的化妆用品，用以指化妆，有时又用以代美女。《古诗十九首》："娥娥红粉妆，纤纤出素手。"

〔三〕相将:共同伴随。王符《潜夫论·救边》:“相将诣阙,谐辞礼谢。”

〔四〕不当作:唐时俗语。袁枚《随园诗话》卷十三:“唐人诗中,往往用方言。孟浩然诗:‘更道明朝不当作,相期共斗管弦来。’‘不当作’犹言先道个不该也。”汪师韩《诗学纂闻·时俗语入诗》:“唐人每以唐时语入诗,亦犹先儒注经有‘文莫’、‘相人耦’、‘晓知’、‘一孔’之类也。如……‘不当作’,犹云先道个不该也。”

五言绝句

宿建德江〔一〕

移舟泊烟渚〔二〕,日暮客愁新。野旷天低树〔三〕,江清月近人。

〔一〕题目:明活本、清本、《全唐诗》、《诗选》同。据毛校记元本亦同。宋本、汲本、《英华》作“建德江宿”。建德江:浙江在建德县一段,称建德江。唐建德县即今梅城县。《元和郡县志·江南道·睦州》:“建德县本汉富春地,吴黄武四年,分置建德县,隋大业末改为镇,武德四年,改为建德县。”按:唐建德今改梅城,地当新安江与兰江会流处。旧建德移至白沙,仍称建德。○本诗作于游越期间,溯浙江西上行抵建德时,约在开元十八年。

〔二〕烟渚:宋本、汲本、《全唐诗》、《品汇》同。明活本、清本、《诗选》作“沧渚”。据毛校记元本亦作“沧渚”。《英华》作“幽渚”。烟渚,晚烟笼照的小洲。《尔雅·释水》:“小洲曰陼”郝懿行义疏:“陼当为渚。《说文》引作‘小洲曰渚’……按《广雅》云:‘渚,处也。’是渚亦可居处。故韦昭《齐语》注:‘水中可居者曰渚。’”

〔三〕野旷句:《广雅》:“旷,远也。”无际的原野,一眼望去,天与地接,地与树平,故曰天低树。

胡应麟《诗薮》内编卷六:帛道猷"连峰数千里,修林带平津。茅茨隐不见,鸡鸣知有人",可谓五言绝神品,而中错他语;孟浩然"移舟泊烟渚,日暮客愁新。野旷天低树,江清月近人",可谓五言律神品,而不睹全篇,皆大可恨事。然帛诗删之即妙,孟诗续之则难。孟诗今作绝句,非体也。

张谦宜《絸斋诗谈》卷五:《宿建德江》:"野旷天低树,江清月近人。""低"字、"近"字,宋人所谓诗眼,却无造痕,此唐诗之妙也。

潘德舆《养一斋诗话》卷一:《唐人万首绝句》,其原本不为不富,渔洋选之,每遗佳作。随意简出,如右丞"相送临高台"……襄阳"移舟泊烟渚"……皆天下之奇作,而悉屏而不登,何也?

施补华《岘佣说诗》一七八:五言绝句截五言律诗之半也。有截前四句者,如"移舟泊烟渚,日暮客愁新。野旷天低树,江清月近人"是也;有截后四句者,如"功盖三分国,名成八阵图。江流石不转,遗恨失吞吴"是也;有截中四句者,如"白日依山尽,黄河入海流。欲穷千里目,更上一层楼"是也;有截前后四句者,如"山中相送罢,日暮掩柴扉。春草年年绿,王孙归不归"是也。七绝亦然。

施闰章《蠖斋诗话·月诗》:浩然"沿月棹歌还"、"招月伴人还"、"沿月下湘流"、"江清月近人",并妙于言月。

春晓〔一〕

春眠不觉晓,处处闻啼鸟。夜来风雨声〔二〕,花落知多少[三]。

〔一〕题目:明、清各本及《全唐诗》、《英华》、《品汇》同。宋本作“春晚绝句”,今从《英华》。

〔二〕夜来句:宋、明、清各本及《全唐诗》、《品汇》同。《英华》作“欲知昨夜风”。

〔三〕花落句:宋、明、清各本及《全唐诗》、《英华》、《品汇》同。《英华》“知”下周必大校记云:“一作无。”

刘辰翁曰:风流闲美,正不在多。

送朱大入秦[一]

游人五陵去[二],宝剑直千金[三]。分手脱相赠[四],平生一片心。

〔一〕题目:明、清各本及《全唐诗》、《品汇》同。宋本无“大”字。按:唐代对人称谓,或直用名,或称其官,或称行第,无单用姓者。《孟集》尚有《岘山送朱大去非游巴东》,陶翰有《送朱大出关》诗,据此则知朱大为浩然友好。宋本误夺一“大”字。

〔二〕五陵:宋、明各本及《品汇》同。清本、《全唐诗》作“武陵”,与题意不合,误。五陵,西汉高帝的长陵、惠帝的安陵、景帝的阳陵、武帝的茂陵、昭帝的平陵,均在长安之北,所以班固《西都赋》说“北眺五陵”。汉代制度高官贵人如丞相、御史大夫等人都要徙居陵墓附近,所以后世常用以代高官贵人所居之处。本诗则借指长安。

〔三〕直:通值。曹植《名都篇》:“宝剑直千金,被服丽且鲜。”

〔四〕脱:《广雅》:“脱,离也。”这里指把宝剑从身上解下。相赠:古人对宝剑极为珍视,用以赠人,则代表着深厚情意。《史记·吴太伯世家》:“季札之初使,北过徐君。徐君好季札剑,口弗敢言。

季札心知之,为使上国,未献。还至徐,徐君已死,于是乃解其宝剑,系之徐君冢树而去。从者曰:'徐君已死,尚谁予乎?'季子曰:'不然。始吾心已许之,岂以死倍吾心哉!'"

送友人之京〔一〕

君登青云去〔二〕,余望青山归。云山从此别〔三〕,泪湿薜萝衣〔四〕。

〔一〕题目:宋本、汲本、《全唐诗》同。明活本、清本、《品汇》少一"人"字。

〔二〕青云:天空之云,因其高,古人常用以比喻飞黄腾达或科举中式。《史记·范雎列传》:"须贾顿首言死罪,曰:'贾不意君能自致于青云之上,贾不敢复读天下之书,不敢复与天下之事。'"

〔三〕云山:沈佺期《临高台》:"回首思旧乡,云山乱心曲。"从此:明、清各本及《全唐诗》同。宋本作"欲此",非是。

〔四〕薜萝衣:薜指薜荔,萝指女萝。《楚辞·九歌·山鬼》:"若有人兮山之阿,被薜荔兮带女萝。"王逸注:"女萝,兔丝也。言山鬼仿佛若人,见于山之阿,被薜荔之衣,以兔丝为带也。"后世常用薜荔衣称隐士之衣。

刘辰翁曰:甚不多语,神情悄然,比之苏州,特怨甚。

初下浙江舟中口号〔一〕

八月观潮罢〔二〕,三江越海浔〔三〕。回瞻魏阙路〔四〕,空复子牟心〔五〕。

〔一〕题目:明活本、《全唐诗》同。清本作"下淛江",浙江古名淛水,亦称淛江。汲本作"下浙汀","汀"疑为"江"之误。本诗宋本不载。

口号:犹“口占”,表示随口吟成。诗题用此,盖起于南北朝。梁简文帝有《仰和卫尉新渝侯巡城口号》。〇本诗作于钱塘观潮之后,约在开元十八年秋。

〔二〕观潮:汲本、《全唐诗》同。明活本、清本作“观涛”,意同。《文选·枚乘·七发》有“观涛”一段。《孟集·与颜钱塘登樟亭望潮作》有“江上待潮观”之句。

〔三〕三江:全国各地称三江之地极多,此盖指钱塘江口南岸之三江。此地在明初始正式建三江城,置三江所,唐时仅为小地名。浩然在钱塘观潮之后,经三江溯浙江西上。海浔:原作“海寻”。明活本、汲本、《全唐诗》作“海浔”,据改。

〔四〕魏阙:本为宫门悬法之所,借指帝王所居。详《自浔阳泛舟经明海作》注〔一〇〕。

〔五〕空复:原作“无复”,汲本同。明活本、清本、《全唐诗》作“空复”,与“魏阙心恒在,金门诏不忘”意合,正符合孟浩然的实际情况。子牟:《庄子·让王》:“中山公子牟,谓瞻子曰:‘身在江海之上,心居乎魏阙之下,奈何?’瞻子曰:‘重生,重生则利轻。’中山公子牟曰:‘虽知之未能自胜也。’”谢灵运《游赤石进帆海》:“仲连轻齐组,子牟眷魏阙。”

醉后赠马四〔一〕

四海重然诺〔二〕,吾尝闻白眉〔三〕。秦城游侠客〔四〕,相得半酣时〔五〕。

〔一〕马四:宋本、汲本、《全唐诗》同。明活本、清本、《品汇》作“高四”。从“吾尝闻白眉”句看来,当以“马四”为是。

〔二〕四海:《书·大禹谟》:“文命敷于四海。”古人认为中国四面有海,故用以指中国或天下。然诺:犹许诺。《史记·张耳陈馀列传》:

"上贤贯高,为人能立然诺。"

〔三〕尝:原作"常"。宋本、明活本、《全唐诗》、《品汇》作"尝",是。闻:《品汇》作"间",恐非是。白眉:《三国志·蜀志·马良传》:"马良字季常,襄阳宜城人也。兄弟五人,并有才名,乡里为之谚曰:'马氏五常,白眉最良。'良眉中有白毛,故以称之。"后世因称兄弟行中才华俊出者曰白眉。

〔四〕游侠客:明、清各本及《全唐诗》、《品汇》同。宋本作"游侠窟"。《文选·班固·西都赋》:"乡曲豪举,游侠之雄。"吕延济注:"游侠谓轻死重义之人。"《乐府诗集》卷六七《游侠篇》解题云:"《汉书·游侠传》曰:'战国时列国公子魏有信陵,赵有平原,齐有孟尝,楚有春申,皆藉王公之势,竞为游侠以取重诸侯,显名天下,故后世称游侠者,以四豪为首焉。汉兴有鲁人朱家及剧孟、郭解之徒,驰骛于闾里,皆以侠闻。其后长安炽盛,街闾各有豪侠,时万章在城西柳市,号曰城西万章。酒市有赵君都、贾子光,皆长安名豪,报仇怨,养刺客者也。'《魏志》曰:'杨阿若后名丰,字伯阳,少游侠,常以报仇解怨为事。故时人为之号曰:东市相斫杨阿若,西市相斫杨阿若。'后世遂有《游侠曲》。"

〔五〕相得:原作"想得",误。宋本、汲本、《全唐诗》作"相得",据改。明活本、清本、《品汇》作"相待"。

檀溪寻故人〔一〕

花伴成龙竹〔二〕,池分跃马溪〔三〕。田园人不见,疑向洞中栖〔四〕。

〔一〕题目:"故"原作"古",无"人"字,明活本同。宋本、汲本、《全唐诗》作"檀溪寻故人",更合诗意,据改。檀溪:在襄阳县西南。详《冬至后过吴张二子檀溪别业》注〔一〕。

〔二〕花伴:原作"花半",明活本同。宋本、汲本、《全唐诗》作"花伴"。今从宋本。成龙竹:《太平广记》引《神仙传》:"(壶)公乃叹谢遣之曰:'子(按指费长房)不得仙道也,赐子为地上主者,可得寿数百岁。'为传封符一卷付之,曰:'带此可主诸鬼神,常称使者,可以治病消灾。'房忧不得到家,公以一竹杖与之曰:'但骑此得到家耳。'房骑竹杖辞去,忽如睡觉。已到家,家人谓是鬼,具述前事,乃发棺视之,惟一竹杖。方信之。房所骑竹杖,弃葛陂中,视之乃青龙耳。"

〔三〕跃马溪:"跃"原作"濯",汲本同。宋本、明活本、《全唐诗》俱作"跃马溪",据改。《太平寰宇记·山南东道·襄州》:"檀溪……先主乘的卢跃过之所也。"

〔四〕洞中栖:原作"武陵迷",明活本同。宋本、汲本、《全唐诗》作"洞中栖"。今从宋本。

同张将蓟门看灯〔一〕

异俗非乡俗,新年改故年。蓟门看火树〔二〕,疑是烛龙然〔三〕。

〔一〕题目:明活本、清本同。《全唐诗》"看"作"观"。《四库全书总目提要·孟浩然集》:"《同张将蓟门看灯》一首,亦非浩然游迹之所及,则后人窜入者多矣。"此诗宋、元刻本俱不载,盖明人补入者。且此诗风格与孟诗亦不甚相类,是值得怀疑的。谭优学先生《唐诗人行年考·孟浩然行止考实》据《旧唐书·张说传》:"迁右羽林将军兼检校幽州都督,开元七年,检校并州大都督府长史兼天兵军大使。"疑此系孟浩然于开元七至十一年间客张说幕中"同"张咏之作。但玩诗意,非同张作而遥寄之。因张总戎临边,固浩然可称他为"张将",或"将"后脱一"军"字。这也可备一说。蓟门:唐蓟县为幽州州治,约在今北京市附近。

〔二〕火树:形容灯火之辉煌,多用于元夜。《南齐书·礼志上》引傅玄《朝会赋》:"华灯若乎火树,炽百枝之煌煌。"苏味道《正月十五夜》:"火树银花合,星桥铁锁开。"

〔三〕烛龙:神话传说有烛龙之神,闭眼为夜,睁眼为昼,能照明幽阴之处。《山海经·大荒北经》:"西北海之外,赤水之北,有章尾山,有神,人面蛇身而赤,直目正乘,其瞑乃晦,其视乃明,不食、不寝、不息,风雨是谒,是烛九阴,是谓烛龙。"

岘山亭寄晋陵张少府〔一〕

岘首风湍急〔二〕,云帆若鸟飞〔三〕。凭轩试一问,张翰欲来归〔四〕?

〔一〕题目:明活本同。宋本"岘"前多一"登"字,"岘"后少一"山"字。汲本、《全唐诗》"岘"前多一"登"字。各本题意基本相同。岘山亭:《清一统志·湖北·襄阳府》:"岘山亭在襄阳南岘山上。"晋陵张少府:疑为张子容。看诗末尾二句有盼其还乡之意,张子容为浩然同乡好友,盼其还乡,亦人情之常。若然,则张子容曾为晋陵尉。唐晋陵属常州,即今江苏武进。

〔二〕岘首:岘山一名岘首山,在襄阳东南。详《登鹿门山怀古》注〔三〕。湍急:原作"端急",明活本同,非。宋本、汲本、《全唐诗》作"湍急",据改。湍急,本指水,诗中借指风。

〔三〕云帆:即船帆。《后汉书·马融传》:"方馀皇,连舼舟,张云帆,施蜺帱。"

〔四〕张翰句:张翰字季鹰,晋吴郡人,性至孝,纵任不拘,善属文。齐王司马冏召为大司马东曹掾。时政局混乱,张翰为避祸计,托辞秋风起思念故乡菰菜、莼菜、鲈鱼脍,辞官归吴。本诗借指张子容,问其是否有辞官还乡之意。

赠王九〔一〕

日暮田家远，山中勿久淹〔二〕。归人须早去，稚子望陶潜〔三〕。

〔一〕题目："赠"前原有"口号"二字，明活本同。宋本、汲本、《全唐诗》俱作"赠王九"。今从宋本。王九：王迥行九，号白云先生，为浩然好友。详《登江中孤屿赠白云先生王迥》注〔一〕。

〔二〕勿久淹：明、清各本及《全唐诗》同。宋本"勿"作"忽"，于诗意不合。

〔三〕稚子：明、清各本及《全唐诗》同。宋本作"樵子"。按：陶潜《归去来辞》有"僮仆欢迎，稚子候门"之句，当以"稚子"为是。陶潜：字渊明，为晋代著名隐逸、田园诗人。

同储十二洛阳道中作〔一〕

珠弹繁华子〔二〕，金羁游侠人〔三〕。酒酣白日暮，走马入红尘。

〔一〕题目：《全唐诗》、《品汇》同。明活本、汲本、清本少一"作"字。宋本少"中作"二字。诸本题意基本相同。储十二：即储光羲。《唐才子传》卷一："光羲，兖州人。开元十四年严迪榜进士，有诏中书试文章。尝为监察御史，值安禄山陷长安，辄受伪署。贼平后自归，贬死岭南。工诗，格高调逸，趣远情深，削尽常言。挟风雅之道，养浩然之气，览者犹听韶濩音，先洗桑濮耳，庶几乎赏音也。"○本诗疑作于壮年时期。

〔二〕繁华子：花盛开，喻盛年貌美之人。《文选·阮籍·咏怀诗》："昔日繁华子，安陵与龙阳。"

〔三〕游侠人:与游侠客意同。详《醉后赠马四》注〔四〕。

寻菊花潭主人不遇

行至菊花潭〔一〕,村西日已斜。主人登高去,鸡犬空在家〔二〕。

〔一〕菊花潭:地名,未详所在。

〔二〕主人二句:用《续齐谐记》所载传说。费长房谓桓景曰,九月九日当有大灾厄,登高可免此祸,桓景如言。及夕还家,鸡犬一时暴死。详《秋登万山寄张五》注〔三〕。

张谦宜《絸斋诗谈》卷五:《寻菊花潭主人不遇》:"行至菊花潭,村西日已斜。主人登高去,鸡犬空在家。"若无好处,只是空淡入妙。

张郎中梅园作〔一〕

绮席铺兰杜〔二〕,珠盘忻芰荷〔三〕。故园留不住,应是恋弦歌〔四〕。

〔一〕题目:明、清各本同。宋本不载。《全唐诗》"作"作"中"。张郎中:即张子容,在奉先县令之后,升任郎中。详《同卢明府饯张郎中除义王府司马海园作》注〔一〕。梅园:张子容休沐还乡曾在旧居新建别墅,名海园,《孟集》中有《同卢明府饯张郎中除义王府司马海园作》、《卢明府早秋宴张郎中海园即事》。海园亦可称"海亭",《孟集》中尚有《同卢明府早秋夜宴张郎中海亭》、《奉先张明府休沐还乡海亭宴集》。从诗的内容看,当为一地,疑"梅园"为"海园"之误。○此诗约作于开元二十三年,浩然晚年时期。

〔二〕兰杜：兰草与杜若，均香草之名。宋之问《寒食江州满塘驿》："吴洲春草兰杜芳，感物思归怀故乡。"

〔三〕忻：汲本、清本同。明活本、《全唐诗》作"折"。

〔四〕弦歌：邑宰之代称，语出《论语·阳货》，详《和张明府登鹿门山》注〔二〕。疑喻除义王府司马将行事。

问舟子〔一〕

向夕问舟子〔二〕，前程复几多〔三〕？湾头正好泊〔四〕，淮里足风波〔五〕。

〔一〕本诗盖作于游越时期，开元十八年。

〔二〕向夕：犹傍晚。陶渊明《岁暮和张常侍》："向夕长风起，寒云没西山。"

〔三〕复：明活本、清本、《全唐诗》、《英华》同。宋本、汲本作"无"。据毛校记元本作"没"。此系问话口气，以"复"为妥。

〔四〕好：宋本、汲本、《英华》同。明活本、清本、《全唐诗》作"堪"。据毛校记元本亦作"堪"。

〔五〕淮：淮水。浩然自洛之越沿汴水至泗州入淮。

杨子津望京口〔一〕

北固临京口〔二〕，夷山近海滨〔三〕。江风白浪起，愁杀渡头人。

〔一〕杨子津："杨"亦作"扬"，杨子津在长江北岸漕渠与长江会合处，自来为重要渡口。详《宿杨子津寄润州长山刘隐士》注〔一〕。○浩然自洛之越行抵杨子津时作，约在开元十八年秋。

〔二〕北固：山名，在今江苏镇江市之北。《世说新语·言语》："荀中郎在京口登北固望海。"刘孝标注引《南徐记》曰："城（按指京口）西北有别岭入江，三面临水，高数十丈，号曰北固。"《元和郡县志·江南道·润州》："北固山在县（丹徒）北一里，下临长江，其势险固，因以为名。蔡谟、谢安作镇，并于山上作府库，储军实。宋高祖云：'作镇作固，诚有其绪，然北望海口，实为壮观。以理而推，固宜为顾。'江今阔十八里，春秋朔望有奔涛。魏文帝东征孙氏，临江叹曰：'固天所以限南北也。'"京口：明、清各本及《全唐诗》、《品汇》同。宋本、汲本作"鱼口"，非。《元和郡县志·江南道·润州》："本春秋吴之朱方邑，始皇改为丹徒。汉初为荆国刘贾所封，后汉献帝建安十四年孙权自吴理丹徒，号曰京城，今州是也。十六年迁都建业，于此为京口镇。"

〔三〕夷山：焦山馀脉。《丹徒县志》："焦山在城东北大江中，……山之馀支东出为二小峰曰松山、寥山，唐时称松寥、夷山。李白有《望松寥山诗》、孟浩然'夷山近海滨'，指此。"近：明、清各本及《全唐诗》、《品汇》同。宋本、汲本作"对"。

北涧浮舟〔一〕

北涧流常满〔二〕，浮舟触处通。沿洄自有趣〔三〕，何必五湖中〔四〕！

〔一〕题目：原作"北涧泛舟"，《全唐诗》同。宋本、明活本、汲本"泛"作"浮"。今从宋本。

〔二〕北涧：浩然住所曰涧南园，其北有小溪曰北涧。常：原作"恒"，明活本、清本、《全唐诗》同。宋本、汲本作"常"。今从宋本。

〔三〕沿洄：《说文》："沿，缘水而下也。"《尔雅·释水》："逆流而上曰溯洄。"亦可省称洄。李白《淮阴书怀寄王宗城》："沿洄且不定，飘忽怅徂征。"

〔四〕五湖：说法不一，有以太湖为五湖者，有以太湖及其附近之四湖为五湖者，有以太湖、洮滆、彭蠡、青草、洞庭为五湖者。《吴越春秋》卷十载，越灭吴后，范蠡为远祸，“乃乘舟出三江，入五湖，人莫知其所适”。后世遂以扁舟五湖喻归隐。

洛中访袁拾遗不遇〔一〕

洛阳访才子〔二〕，江岭作流人〔三〕。闻说梅花早〔四〕，何如北地春〔五〕。

〔一〕洛中：明、清各本同。《品汇》作“洛阳”。此诗宋本不载。袁拾遗：拾遗，官名，专司供奉讽谏之事。袁拾遗，其人不详。〇此诗盖作于壮年时期。

〔二〕洛阳句：潘岳《西征赋》：“贾生洛阳之才子。”这里以袁拾遗暗比贾谊。

〔三〕江岭：指江南道与岭南道交界处的大庾岭。流人：因罪流放之人。

〔四〕梅花早：大庾岭上，古时多梅，且由于气候温暖，梅花早开。《清一统志·江西·南安府》：“大庾岭在大庾县南，与广东南雄州分界，一名台岭，一名梅岭。……《旧志》：初，岭路峻阻，开元四年，张九龄开凿新径，两壁峭立，中途坦夷，上多植梅，因又名梅岭。”

〔五〕北地：明活本、《全唐诗》同。汲本、清本、《品汇》作“此地”。

刘辰翁曰：便不着字，亦自深怨。

送张郎中迁京〔一〕

碧溪常共赏〔二〕，朱邸忽迁荣〔三〕。预有相思意，闻君琴上声。

〔一〕张郎中：即张子容。详《同卢明府饯张郎中除义王府司马海园作》注〔一〕。本诗宋本、明活本俱不载。〇本诗约作于开元二十四年,浩然晚年时期。

〔二〕碧溪句:常:汲本、《全唐诗》同。清本作“尝”。浩然有《同张明府碧溪赠答》诗,本句指此。

〔三〕朱邸句:朱邸,汉制诸侯王以朱红漆门,故诸侯王府第称为朱邸。这里指张子容除义王府司马事。

戏题〔一〕

客醉眠未起〔二〕,主人呼解酲〔三〕。已言鸡黍熟〔四〕,复道瓮头清〔五〕。

〔一〕题目:原作“戏赠主人”,明活本同。据毛校记元本作“戏主人”。宋本、汲本、《全唐诗》作“戏题”。今从宋本。

〔二〕眠:明、清各本同。宋本作“眼”,当系刊刻之误。

〔三〕酲:酒后不适,亦称酒病。详《晚春》注〔三〕。

〔四〕熟:宋本、汲本、清本、《全唐诗》同。明活本作“孰”,同。《韵会》:“熟本作孰,后人加火,而孰但为谁孰字矣。”

〔五〕复道句:明活本、清本、《全唐诗》同。宋本作“复说瓮头声”。汲本作“复道瓮头春”。“道”、“说”二字意同,但“说”字音不协而调不响,故毛晋亦未取宋刻而仍用“道”字。“清”、“声”同属清韵,而“春”字则属谆韵,“声”字韵协而意难通,“春”字则意通而韵不协,当以“清”为是。

张谦宜《絸斋诗谈》卷五:《戏赠主人》:“客醉眠未起,主人呼解酲。已言鸡黍熟,复道瓮头清。”“瓮头清”本俗语,唐人用之,不碍高雅。

七言绝句

过融上人兰若〔一〕

山头禅室挂僧衣，窗外无人溪鸟飞〔二〕。黄昏半在下山路，却听松声恋翠微〔三〕。

〔一〕题目：宋、明、清各本及《全唐诗》同。《英灵集》无“融”字。融上人：为襄州景空寺住持，详《过景空寺故融公兰若》注〔一〕。兰若：僧人居处，也泛指佛寺。详《游景空寺兰若》注〔一〕。

〔二〕溪鸟：宋本、明活本同。汲本、清本、《全唐诗》作“水鸟”。《英灵集》作“越鸟”。

〔三〕松声：原作“泉声”，明活本、清本、《全唐诗》同。宋本、汲本、《英灵集》作“松声”。今从宋本。恋：宋、明、清各本同。《英灵集》作“联”，非。翠微：本指青翠的山色，因亦指青山。庾信《和宇文内史春日游山》：“游客值春辉，金鞍上翠微。”

凉州词二首〔一〕

浑成紫檀金屑文〔二〕，作得琵琶声入云。胡地迢迢三万里，那堪马上送明君〔三〕。

异方之乐令人悲，羌笛胡笳不用吹〔四〕。坐看今夜关山月，思杀边城游侠儿〔五〕。

〔一〕凉州词：乐曲名，又名凉州歌或凉州曲。《乐府诗集》卷七九引《乐苑》：“凉州，宫调曲。开元中西凉府都督郭知运进。”又引《乐府杂录》云：“梁州曲本在正宫调，中有大遍、小遍。至贞元初，康昆仑翻入琵琶玉宸宫调,初进曲在玉宸殿,故有此名。合诸乐即黄钟宫调也。”

〔二〕紫檀:木名。色红紫,木质坚硬,用以制各种器物,颇为珍贵,这里指用紫檀制成琵琶。金屑文:花文敷以金屑,极言琵琶讲究。

〔三〕明君:即王昭君。《文选·石崇·王明君词》:“王明君者,本是王昭君,以触文帝讳改焉。匈奴盛,请婚于汉,元帝以后宫良家子昭君配焉。昔公主嫁乌孙,令琵琶马上作乐,以慰其道路之思。其送明君,亦必尔也。”

〔四〕羌笛:“羌”亦作“羗”。羌笛,管乐器,盖原出于羌,故名羌笛。《风俗通义·声音·笛》:“谨按:《乐记》:‘武帝时丘仲之所作也。笛者涤也,所以荡涤邪秽,纳之于雅正也。’长二尺四寸,七孔。其后又有羌笛。马融《笛赋》曰:‘近世双笛从羌起,羌人伐竹未及已。龙鸣水中不见己,截竹吹之音相似。……’”胡笳:管乐器,原出于我国北方少数民族地区,故称胡笳。《文献通考》卷一三八乐一一:“胡笳似觱篥而无孔,后世卤簿用之,晋有大箛、小箛,盖其遗制也。”这种乐器或谓李伯阳入西戎时所造,或谓张骞入西域时所得,《文献通考》并非之。今所传者,木管三孔,末翘而哆,长二尺四寸。《清会典》载蒙古之乐有此器。

〔五〕游侠儿:本指见义勇为之人,这里指戍边战士。参看《醉后赠马四》注〔四〕。

葛立方《韵语阳秋》卷十五:《文选》载石季伦《明君词》云:“昔公主嫁乌孙,令琵琶马上作乐,以慰其道路之思。明君亦然。”则马上弹琵琶,非昭君自弹也。故孟浩然《凉州词》云:“故(按:应作胡)地迢迢三万里,那堪马上送明君。”而东坡《古缠头曲》乃云:“翠鬟女子年十七,指法已似呼韩妇。”梅圣俞《明妃曲》亦云:“月下琵琶旋制声,手弹心苦谁知得!”则皆以为昭君自弹琵琶，岂别有所据邪？

《王直方诗话》：山谷尝谓余云："作诗使《史》、《汉》间全语为有气骨。"后因读浩然诗见"以吾一日长"、"异方之乐令人悲"及"吾亦从此逝"，方悟山谷之言。（《苕溪渔隐丛话前集》卷十五引）

越中送张少府归秦中〔一〕

试登秦岭望秦川〔二〕，遥忆青门春可怜〔三〕。仲月送君从此去〔四〕，瓜时须及邵平田〔五〕。

〔一〕题目：宋本、汲本、《全唐诗》作"送新安张少府归秦中"。明活本、清本、《品汇》作"送张少府归秦"。据毛校记元本亦作"送张少府归秦"。各本俱不同。按：浩然友好中，张姓而又曾为县尉者，只张子容一人。《孟集》中有关张少府的诗有《除夜乐城逢张少府作》、《岁除夜会乐城张少府宅》、《岘山亭寄晋陵张少府》等三首，均为张子容，本诗"张少府"亦疑为张子容，此其一。浩然在越中曾会晤时为乐城县尉的张子容，二人分手之后，张子容赴秦中，后为奉先县令；浩然却返归故乡，这便是"自君理畿甸，余亦经江淮。万里音书断，数年云雨乖"（见《奉先张明府休沐还乡海亭宴集》）几句的来由。特别是"旧国余归楚，新年子北征。挂帆愁海路，分手恋朋情"（见《永嘉别张子容》）数句，更清楚地描绘了他们在越中会晤与离别的情况。二人分别时，张仍为县尉，故称少府，俟后升任奉先县令，则改称明府。本诗恰是在越中送别张少府，故疑这个张少府即为张子容，此其二。据此，暂从原题。○此诗约作于开元二十年游越期间。

〔二〕秦岭：指越州秦望山。详《游云门寺寄越府包户曹徐起居》注〔八〕。

〔三〕青门：明、清各本及《全唐诗》、《品汇》同。宋本作"清明"，非。青门,古长安城门名。《三辅黄图》一“都城十二门”:“长安城东出南头第一门曰霸城门,民见门色青,名曰青城门,或曰青门。门外旧出佳瓜,广陵人邵平为秦东陵侯,秦破,为布衣,种瓜青门外,瓜美,故时人谓之东陵瓜。”春可怜:“春”原作“更”,汲本同。宋本、明活本、清本、《全唐诗》、《品汇》作“春可怜”。今从宋本。

〔四〕仲月:宋本、汲本、清本、《全唐诗》、《品汇》同。明活本作“仲春”。

〔五〕瓜时:宋本、汲本、清本、《全唐诗》同。明活本、《品汇》作“他时”。据毛校记元本亦作“他时”。

济江问舟人〔一〕

潮落江平未有风〔二〕,扁舟共济与君同〔三〕。时时引领望天末〔四〕,何处青山是越中?

〔一〕题目:原作“济江问同舟人”,明活本同。宋本、汲本、《英华》无“同”字,据删。清本、《品汇》作“济江问舟子”,与宋本意同。《全唐诗》作“渡浙江问舟中人”。《国秀集》作“渡浙江”。《全唐诗》题下校记云:“一作崔国辅诗。”按:《全唐诗》崔国辅集并无此诗。且崔国辅据《唐才子传》为山阴人,越州州治为会稽,唐代复置山阴县,县治亦设会稽,据此则越州为其本乡,自应相当熟悉,不应有“时时引领望天末,何处青山是越中”的问语。浩然襄阳人,远道来此,地域生疏,语气正合。疑此诗非崔作。○此诗约作于开元十八年末游越期间。

〔二〕潮落:浙江入海处,潮水汹涌奔腾,蔚为奇观。浩然行抵杭州时,曾有《与颜钱塘登樟亭望潮作》、《与杭州薛司户登樟亭驿》诸诗,俱观潮之作。而渡浙江赴越州时,却风平浪静,故有此语。

〔三〕扁舟:原作“轻舟”,汲本、《品汇》同。宋本、明活本、《全唐诗》、《英华》作“扁舟”。清本作“轻舠”。据毛校记元本亦作“轻舠”。

《国秀集》作“归舟”，似与诗意不合。今从宋本。

〔四〕引领：引，延伸；领，颈项。人远望时往往引领。《左传·成公十三年》：“我君景公引领西望曰：‘庶抚我乎？’”

送杜十四〔一〕

荆吴相接水为乡〔二〕，君去春江正渺茫〔三〕。日暮征帆泊何处〔四〕，天涯一望断人肠。

〔一〕题目：宋本、汲本、《英华》同。明活本、清本、《全唐诗》、《才调集》、《品汇》“四”下多“之江南”三字。杜十四：《全唐诗》题下校记云：“一题作送杜晃进士之东吴。”则杜十四当即杜晃。

〔二〕荆：周代楚国，初建于荆山一带，故别称荆，后人往往称长江中游湖北一带曰荆、楚。吴：周代吴国在今江苏南部，后世往往称长江下游苏南、浙北一带曰吴。相接：明、清各本及《全唐诗》、《才调集》、《英华》、《品汇》同。宋本作“日接”，非。水为乡：明、清各本及《全唐诗》、《才调集》、《品汇》同。宋本作“水鸟乡”，非。《英华》作“水连乡”。“连”下周必大等校记云：“《绝句诗选》作‘为’。”却未言“集作某”，可见周氏所见宋本亦作“连”。汲本“为”下无校记，可见毛氏所见宋本亦作“为”。

〔三〕春江：宋、明、清各本及《全唐诗》、《才调集》、《英华》、《品汇》同。《英华》“江”下校记云：“一作江村”，未知何本。渺茫：除汲本外，其他各本及各选本俱作“淼茫”，盖双声联绵词的不同写法。

〔四〕泊何处：宋本、汲本、《全唐诗》、《才调集》、《英华》同。明活本、清本、《品汇》作“何处泊”。

贺裳《载酒园诗话·又编·孟浩然》：“孟诗有极平熟之句当戒者，如‘天涯一望断人肠’，‘当杯已入手，歌妓莫停声’，浅人读之，则为以水济水。”

补遗

长乐宫〔一〕

秦城旧来称窈窕，汉家更衣应不少。红粉邀君在何处？青楼苦夜长难晓。长乐宫中钟暗来，可怜歌舞惯相催。欢娱此事今寂寞，唯有年年陵树哀。

〔一〕录自芮挺章《国秀集》。

渡杨子江〔一〕

桂楫中流望，京江两畔明。林开杨子驿，山出润州城。海尽边阴静，江寒朔吹生。更闻枫叶下，淅沥度秋声。

〔一〕录自芮挺章《国秀集》。

送张舍人往江东〔一〕

张翰江东去，正在秋风时。天晴一雁远，海阔孤帆迟。白日行欲暮，沧波杳难期。吴洲如见月，千里幸相思。

〔一〕录自韦庄《又玄集》。又见于《李太白全集》，题作《送张舍人之江东》。未详孰是。

题梧州陈司马山斋〔一〕

南国无霜霰，连年对物华。青林暗换叶，红蕊亦开花。春去无山鸟，秋来见海槎。流芳虽可悦，会自泣长沙。

〔一〕录自《文苑英华》卷三一七。又《全唐诗》卷一六〇孟浩然集收此诗。《全唐诗》卷五二宋之问集亦收此诗，题曰《经梧州》。此诗疑非孟作。

初秋〔一〕

不觉初秋夜渐长，清风习习重凄凉。炎炎暑退茅斋明活字本误作齐静，阶下丛莎有露光。

〔一〕录自明活字本《孟浩然集》卷三。

玉霄峰〔一〕

上尽峥嵘万仞巅，四山围绕洞中天。秋风吹月琼台晓，试问人间过几年。

〔一〕原出《天台山全志》。转引自丁锡贤《孟浩然游天台山考》，载《黄岩史志》第三辑，一九八九年一月出版。

清明即事〔一〕

帝里重清明，人心自愁思。车声上路合，柳色东城翠。花落草齐生，莺飞蝶双戏。空堂坐相忆，酌茗聊代醉。

〔一〕录自《全唐诗》卷一五九孟浩然集。

咏青〔一〕

雾辟天光远,春回日道临。草浓河畔色,槐结路旁阴。欲映君王史,先标胄子襟;经明如可拾,自有致云心。

〔一〕原出伯二五六七号卷子。转引自王重民《补全唐诗》。

寻裴处士〔一〕

涉水更登陆,所向皆清贞。寒草不藏径,灵峰知有人。悠哉炼金客,独与烟霞亲。曾是欲轻举,谁言空隐沦。远心寄白月,原注:一作日。华发回青春。对此钦胜事,胡为劳我身。

〔一〕原出《永乐大典》卷一三四五〇。转引自孙望《全唐诗补逸》卷五〇。

独宿岘山忆长安故人〔一〕

月回无隐物,况复大江秋。江城与沙城,人语风飕飗。岘亭当此时,故人不同游。故人在长安,亦可将梦求。

〔一〕原出吴道迩纂修(万历)《襄阳府志》卷四五《五言古诗》。转引自刘文刚《孟浩然佚诗新辑》,载《四川大学学报》(哲学社会科学版),一九八七年第四期。

句〔一〕

微云淡河汉,疏雨滴梧桐。

〔一〕录自《孟浩然诗集》王士源序。

句〔一〕

逐逐怀良驭，萧萧顾乐鸣。

〔一〕原出省试《骐骥长鸣诗》，见《丹阳集》。转引自《全唐诗》卷一六〇孟浩然集。

附录

历代评论

王士源《孟浩然集序》 学不为儒，务掇菁藻；文不按古，匠心独妙。五言诗天下称其尽美矣。间游秘省，秋月新霁，诸英华赋诗作会。浩然句曰："微云淡河汉，疏雨滴梧桐。"举坐嗟其清绝，咸阁笔不复为继。

陶翰《送孟大（按：当为六）入蜀序》 襄阳孟浩然，精朗奇素，幼高为文。天宝（按：当为开元）年，始游西秦。京师词人，皆叹其旷绝也。观其匠思幽妙，振言孤杰，信诗伯矣。不然者，何以有声于江楚间？（《文苑英华》卷七二〇）

李白《赠孟浩然》 吾爱孟夫子，风流天下闻。红颜弃轩冕，白首卧松云。醉月频中圣，迷花不事君。高山安可仰，徒此揖清芬。（《李太白全集》卷九）

杜甫《遣兴五首》之五 吾怜孟浩然，短褐即长夜。赋诗何必多，往往凌鲍谢。清江空旧鱼，春雨馀甘蔗。每望东南云，令人几悲吒。（《钱注杜诗》卷三）

杜甫《解闷十二首》之六 复忆襄阳孟浩然，清诗句句尽

堪传。即今耆旧无新语，漫钓沙头缩颈鳊。(《钱注杜诗》卷十五)

皮日休《郢州孟亭记》 明皇世，章句之风，大得建安体，论者推李翰林、杜工部为之尤，介其间能不愧者，唯吾乡之孟先生也。先生之作，遇景入咏，不拘奇抉异，令龌龊束人口者，涵涵然有干霄之兴，若公输氏当巧而不巧者也。北齐美萧慤"芙蓉露下落，杨柳月中疏"，先生则有"微云淡河汉，疏雨滴梧桐"。乐府美王融"日霁沙屿明，风动甘泉浊"，先生则有"气蒸云梦泽，波动岳阳城"。谢朓之诗句，精者有"露湿寒塘草，月映清淮流"，先生则有"荷风送香气，竹露滴清响"。此与古人争胜于毫釐也。(《皮子文薮》卷七)

殷璠《河岳英灵集》卷中 余尝谓祢衡不遇，赵壹无禄，其过在人也。及观襄阳孟浩然，罄(何义门校本作"声")折谦退，才名日高，天下籍台(应作"甚")，竟沦落明代，终于布衣，悲夫！浩然诗文彩革茸，经纬绵密，半遵雅调，全削凡体。至如"众山遥对酒，孤屿共题诗"，无论兴象，兼复故实。又"气蒸云梦泽，波动岳阳城"，亦为高唱。(按：何义门校本于"高唱"之后尚有："《建德江宿》云，移舟泊烟渚，日暮客愁新。野旷天低树，江清月近人。")

胡震亨《唐音癸签》卷五引《吟谱》 孟浩然诗祖建安，宗渊明，冲澹中有壮逸之气。

严羽《沧浪诗话·诗辨》 大抵禅道惟在妙悟，诗道亦在妙悟。且孟襄阳学力下韩退之远甚，而其诗独出退之之上者，一味妙悟而已。

严羽《沧浪诗话·诗评》 孟浩然之诗，讽咏之久，有金石宫商之声。

陈师道《后山诗话》 子瞻谓孟浩然之诗，韵高而才短，如造内法酒手，而无材料耳。

许觊《彦周诗话》 孟浩然、王摩诘诗，自李、杜以下，当为第一。老杜诗云“不见高人王右丞”，又云“吾怜孟浩然”，皆公论也。

刘辰翁《孟浩然集》跋 生成语难得，浩然诗高处，不刻画，衹似乘兴，苏州远在其后，而澹复过之。

又 韦应物居官，自愧闵闵，有恤人之心。其诗如深山采药，饮泉坐石，日宴忘归。孟浩然如访梅问柳，遍入幽寺。二人趣意相似，然入处不同。韦诗润者如石；孟诗如雪，虽澹无彩色，不免有轻盈之意。

胡仔《苕溪渔隐丛话后集》卷九 山谷题浩然画像诗，平生出处事迹，悉能道尽，乃诗中传也。其诗云：“先生少也隐鹿门，爽气洗尽尘埃昏。赋诗真可凌鲍谢，短褐岂愧公卿尊。故人私邀伴禁直，诵诗不顾龙鳞逆。风云感会虽有时，顾此定知毋枉尺。襄江渺渺泛清流，梅残腊月年年愁。先生一往今几秋，后来谁复钓槎头。”

又 苕溪渔隐曰：诗句以一字为工，自然颖异不凡，如灵丹一粒，点石成金也。浩然云：“微云澹河汉，疏雨滴梧桐。”上句之工在一澹字，下句之工在一滴字，若非此二字，亦乌得而为佳句哉！

高棅《唐诗品汇》总序 开元天宝间，则有李翰林之飘逸，杜工部之沉郁，孟襄阳之清雅，王右丞之精致，储光羲之真率，王昌龄之声俊，高適、岑参之悲壮，李颀、常建之超凡，此盛唐之盛者也。

《唐诗品汇》五言律诗叙目 唐盛律句之妙者，李翰林气象雄逸，孟襄阳兴致清远，王右丞词意雅秀，岑嘉州造语奇峻，高常侍骨格浑厚，皆开元天宝以来名家。

《唐诗品汇》五言排律叙目 开元后作者之盛，声律之备，独王右丞、李翰林为多，得非王李为独得，而孟襄阳、高渤海辈实相与并鸣。

胡震亨《唐音癸签》卷五引徐献忠曰 襄阳气象清远，心悰孤寂，故其出语洒落，洗脱凡近，读之浑然省净，真彩自复内映。虽藻思不及李翰林，秀调不及王右丞，而闲澹疏豁，翛翛自得之趣，亦有独长。

胡应麟《诗薮·内编》卷四 五言律体，极盛于唐。要其大端，亦有二格：陈、杜、沈、宋，典丽精工；王、孟、储、韦，清空闲远，此其大概也。

又 曲江之清远，浩然之简淡，苏州之闲婉，阆仙之幽奇，虽初、盛、中、晚，调迥不同，然皆五言独造。至七言，俱疲苶不振矣。

又 李季兰"远水浮仙棹"二语，幽闲和适，孟浩然莫能过。

又 子昂"野戍荒烟断，深山古木平"、"城分苍野外，树断白云隈"等句，平淡简远，王、孟二家之祖。

又 孟诗淡而不幽，时杂流丽；闲而匪远，颇觉轻扬。可取者一味自然。常建"清晨入古寺"、"松际露微月"，幽矣；王维"清川带长薄"、"中岁颇好道"，远矣。

又 嘉州格调整严，音节宏亮，而集中排律甚稀。襄阳时得大篇，清空雅淡，逸趣翩翩。然自是孟一家，学之必无精彩。

《诗薮·内编》卷五　唐古诗，如子昂之超，浩然之淡，如常建、储光羲之幽，如韦应物之旷，即卓然名家；近体尤胜。至七言律，遂无复佳者，由其材不逮也。

又　初唐王、杨、卢、骆，盛唐王、孟、高、岑，虽品格差肩，亦微有上下。

《诗薮·内编》卷六　唐五言绝，太白、右丞为最，崔国辅、孟浩然、储光羲、王昌龄、裴迪、崔颢次之。中唐则刘长卿、韦应物、钱起、韩翃、皇甫冉、司空曙、李端、李益、张仲素、令狐楚、刘禹锡、柳宗元。

《诗薮·外编》卷四　诗最可贵者清。然有格清，有调清，有思清，有才清。才清者，王、孟、储、韦之类是也。

又　靖节清而远，康乐清而丽，曲江清而澹，浩然清而旷。

又　王、杨、卢、骆以词胜，沈、宋、陈、杜以格胜，高、岑、王、孟以韵胜。词胜而后有格，格胜而后有韵，自然之理也。

又　唐初王、杨、卢、骆、李百药、虞世南、陈子昂、宋之问、苏颋、二张辈，俱诗文并鸣，不以一长见也。开元李、杜勃兴，诗道大盛，孟浩然、沈千运等，遂独以诗称，而文不概见。王维、贾至，其文间有存者，亦诗之附庸耳。元和韩、柳崛起，文体复古，李习之、皇甫湜辈，遂独以文显，而诗不概见。李观、欧阳，其诗间有存者，亦文之骈拇耳。

又　薛君采云："王右丞、孟浩然、韦苏州诗，读之有萧散之趣，在唐人可谓绝伦。太白五言律多类浩然，子美虽有气骨，不足贵也。"此论不为无谓。才质近者，循之亦足名家，然是二乘人说法,于广大神通,未能透入。

杨慎《升庵诗话》卷八 定陶孙器之评诗曰:"魏武帝如幽燕老将,气韵沉雄。曹子建如三河少年,风流自赏。鲍明远如饥鹰独出,奇矫无前。谢康乐如东海扬帆,风日流丽。陶彭泽如绛云在霄,舒卷自如。王右丞如秋水芙蓉,倚风自笑。韦苏州如园客独茧,暗合音徽。孟浩然如洞庭始波,木叶微落。……"

《升庵诗话》卷十一 (叶)晦叔云:"七言律大抵多引韵起,若以侧句入,尤峻健。如老杜'幽栖地僻'是也,然犹是对偶。若以散句起,又佳,如'苦忆荆州醉司马'是也。"洪容斋《送晦叔》诗:"此地相从惊岁晚,登临况是客归时。却将襟抱向谁可,正尔艰难惟子知。情到中年工作恶,别于生世易为悲。梅花尽醉沾江上,黯淡西风冻雨垂。"正用此体。予谓绝句如刘长卿"天书远召沧浪客"一诗,尤奇。七言律,自初唐至开元,名家如太白、浩然、韦、储集中,不过数首,惟少陵独多至二百首。其雄壮铿锵,过于一时,而古意亦少衰矣。譬之后世举业,时文盛而古文衰废,自然之理。

王世贞《艺苑卮言》卷四 摩诘才胜孟襄阳,由工入微,不犯痕迹,所以为佳。间有失点检者,如五言律中"青门"、"白社"、"青菰""白鸟"一首互用;七言律中"暮云空碛时驱马"、"玉靶角弓珠勒马",两"马"字覆压;"独坐悲双鬓",又云"白发终难变"。他诗往往有之,虽不妨白璧,能无少损连城?观者须略玄黄,取其神检。孟造思极苦,既成乃得超然之致。皮生擿其佳句,真足配古人。第其句不能出五字外,篇不能出四十字外,此其所短也。

谢榛《四溟诗话》卷二　李空同评孟浩然《送朱二》诗曰："不是长篇手段。"浩然五言古诗近体，清新高妙，不下李杜；但七言长篇，语平气缓，若曲涧流泉而无风卷江河之势，空同之评是矣。

又　律诗虽宜颜色，两联贵乎一浓一淡。若两联浓，前后四句淡，则可；若前后四句浓，中间两联淡则不可。亦有八句皆浓者，唐四杰有之；八句皆淡者，孟浩然、韦应物有之。非笔力纯粹，必有偏枯之病。

《四溟诗话》卷三　予客京时，李于鳞、王元美、徐子与、梁公实、宗子相诸君，招予结社赋诗。一日，因谈初唐盛唐十二家诗集，并李杜二家，孰可专为楷范？或云沈、宋，或云李、杜，或云王、孟。予默然久之，曰："历观十四家所作，咸可为法。当选其诸集中之最佳者，录成一帙，熟读之以夺神气，歌咏之以求声调，玩味之以裒精华。得此三要，则造乎浑沦，不必塑谪仙而画少陵也。夫万物一我也，千古一心也，易驳而为纯，去浊而归清，使李杜诸公复起，孰以予为可教也。"诸君笑而然之。

《四溟诗话》卷四　孔文谷曰："王摩诘、孟浩然、韦应物，典雅冲穆，入妙通玄，观宝玉于东序，听广乐于钧天，三家其选也。"

顾起纶《国雅品》　殊不知律者，以古雅沉郁为难，而七言尤不易。往有诵先辈七言律句，各减去二字，亦成章，举座大笑，故在句句字字不可断为工。又以句句字字直属为病，在气贯节续，如脉络然。所谓圆如贯珠者，即衲子数珠，若减截一二子，便不成串矣。虽盛唐诸公，惟王维、李颀二三家臻妙,太白、浩然便不谙矣。

李东阳《麓堂诗话》 唐诗李杜之外,王摩诘、孟浩然足称大家。王诗丰缛而不华靡,孟却专心古澹,而悠远深厚,自无寒俭枯瘠之病。由此言之,则孟为尤胜。储光羲有孟之古而深远不及,岑参有王之缛而又以华靡掩之。故杜子美称"吾怜孟浩然",称"高人王右丞",而不及储、岑,有以也夫。

又 《李太白集》七言律止二三首,《孟浩然集》止二首,《孟东野集》无一首,皆足以名天下传后世,奚必以律为哉?

陆时雍《诗镜总论》 孟浩然材虽浅窘,然语气清亮,诵之有泉流石上,风来松下之音。常建音韵已卑,恐非律之所贵。凡骨峭者音清,骨劲者音越,骨弱者音庳,骨微者音细,骨粗者音豪,骨秀者音冽,声音出于风格间矣。

王世懋《艺圃撷馀》 诗有必不能废者,虽众体未备,而独擅一家之长。如孟浩然洮洮易尽,止以五言隽永,千载并称王孟。

朱承爵《存馀堂诗话》 诗非苦吟不工,信乎?古人如孟浩然眉毛尽落,裴祐袖手衣袖至穿,王维走入醋瓮,皆苦吟之验也。

叶燮《原诗·内篇上》二 盖自有天地以来,古今世运气数,递变迁以相禅。古云:"天道十年而一变。"此理也,亦势也,无事无物不然;宁独诗之一道胶固而不变乎?……小变于沈、宋、云、龙之间,而大变于开元、天宝高、岑、王、孟、李。此数人者,虽各有所因,而实一一能为创。

叶燮《原诗·外篇下》九 盛唐大家,称高、岑、王、孟。高、岑相似,而高为稍优,孟则大不如王矣。……王维五律最出色，七古最无味。孟浩然诸体，似乎澹远，然无缥渺幽深思致；如画家写意，墨色都无。苏轼谓“浩然韵高而才短，如造内法酒手而无材料”，诚为知言。后人胸无才思，易于冲口而出，孟开其端也。

王士禛《渔洋诗话·卷上》五二　汪纯翁问余：“王、孟齐名，何以孟不及王？”答曰：“孟诗味之，未能免俗耳。”

郎廷槐《师友诗传录》五　郎廷槐问：“李沧溟先生尝称唐人无古诗，盖言唐人之五古，与汉、魏、六朝自别也。唐人七言古诗，诚掩前绝后，奇妙难踪；若五古似不能相颉颃。沧溟之言，果为定论欤？”萧亭答：“五言之兴，源于汉，注于魏，汪洋乎两晋，混浊乎梁陈，风斯下矣。唐兴而文运丕振，虞、魏诸公已离旧习，王、杨四子因加美丽，陈子昂古风雅正，李巨川文章宿老，沈、宋之新声，苏、张之手笔，此初唐之杰也。开元、天宝间，则有李翰林之飘逸，杜工部之沉郁，孟襄阳之清雅，王右丞之精致，储光羲之真率，王昌龄之声俊，高適、岑参之悲壮，李颀、常建之超凡。大历、贞元则有韦苏州之雅澹，刘随州之闲旷，钱、郎之清赡，皇甫之冲秀。下及元和，虽晚唐之变，犹有柳愚溪之超然复古，韩昌黎之博大其词。皆名家擅场，驰骋当世，诗人冠冕，海内文宗。安得谓唐无古诗？”

刘大勤《师友诗传续录》一五　（刘大勤）问：“王孟假天籁为宫商，寄至味于平淡，格调谐畅，意兴自然，真有无迹可寻之妙，二家亦有互异处否？”（王士禛阮亭）答：“譬之释氏，王氏佛语，孟氏菩萨语。孟诗有寒俭之态，不及王氏天然而工。惟五古不可优劣。”

《师友诗传续录》二八　(刘大勤)问:“孟襄阳诗,昔人称其格韵双绝。敢问格与韵之别。”王士禛阮亭答:“格谓品格,韵谓风神。”

王士禛《带经堂诗话·品藻类》　古人山水之作,莫如康乐、宣城,盛唐王、孟、李、杜及王昌龄、刘昚虚、常建、卢象、陶翰、韦应物诸公,搜抉灵奥,可谓至矣。然总不如曹操“水何澹澹,山岛竦峙”二语,此老殆不易及。

又　汪纯翁(琬)尝问予:“王、孟齐名,何以孟不及王?”予曰:“正以襄阳未能脱俗耳。”汪深然之。且曰:“他人从来见不到此。”

《带经堂诗话·要旨类》　予题华子潜《岩居稿》曰:“向尝与学子论诗云:工于五言,不必工于七言;工于古体,不必工于近体。观鸿山及唐《孟襄阳集》可悟。今人自古乐府、《古诗十九首》已下,无不拟者,乃妄人也。”

施闰章《蠖斋诗话·诗用故典》　古人诗入三昧,更无从堆垛学问,正如眼中着不得金屑。坡公谓浩然诗韵高才短,嫌其少料。评孟良是,然坡诗正患多料耳。坡胸中万卷书,下笔无半点尘,为诗何独不然?

《蠖斋诗话·孟诗》　襄阳五言律、绝句,清空自在,淡然有馀;衍作五言排律,转觉易尽,大逊右丞。盖长篇中需警策语耐看,不得专以气体取胜也。故必推老杜擅场。

李空同看孟诗,不甚许可,每嫌调杂。似谓“《选》体”与“唐调”杂也?余谓襄阳不近“《选》体”;唐人佳句,亦有偶带“《选》体”者,李杜诸公诗,何尝不兼有汉、魏、六朝语乎?空同自分其五言古作“《选》古”、“唐古”二种,正其所见不广处。《国风》、《雅》、《颂》，就其一体中，不相类者颇多也。

宋荦《漫堂说诗》七　律诗盛于唐，而五言律为尤盛。神龙以后，陈（子昂）、杜（审言）、沈、宋开其先，李、杜、高、岑、王、孟诸家继起，卓然名家；子美变化尤高，在牝牡骊黄之外。

查为仁《莲坡诗话》一四三　（王）西樵题孟襄阳诗曰："鱼鸟云沙见楚天，清诗句句果堪传。一从时世惊高唱，谁识襄阳孟浩然？"其瓣香微旨所寄可知。

沈德潜《说诗晬语》卷上七八　陶诗胸次浩然，其中有一段渊深朴茂不可到处。唐人祖述者，王右丞有其清腴，孟山人有其闲远，储太祝有其朴实，韦左司有其冲和，柳仪曹有其峻洁，皆学焉而得其性之所近。

《说诗晬语》卷上一〇一　五言律，阴铿、何逊、庾信、徐陵已开其体；唐初人研揣声音，稳顺体势，其制乃备。神龙之世，陈、杜、沈、宋浑金璞玉，不须追琢，自然名贵。开宝以来，李太白之明丽，王摩诘、孟浩然之自得，分道扬镳，并推极盛。杜子美独辟畦径，寓纵横排奡于整密中，故应包涵一切。终唐之世，变态虽多，无有越诸家之范围者矣。以此求之，有馀师焉。

吴骞《拜经楼诗话》卷一　明侯官曾弗人先生（异撰）所著《纺授堂集》诗，立意求新，未免稍流于诡。其《与赵十五论诗书》云："弟尝谓古诗难于律诗，五言律难于七言律。杜诗七律，罕不奇妙者，至五言，平率高古，遂已参半。惟王、孟五律妙于七言，殆有天授。……且作诗者从古体入手，虽律诗亦有空旷之妙，王、孟之五言，杜之七言，皆以古诗为律诗者也。少陵五律，王、孟七律，则以律诗为律诗矣。……"弗人之论，多中时病，盖亦未尝无心得者。

黄子云《野鸿诗的》六 孔子兼尧、舜、禹、汤、文、武、周公而成圣者也。杜陵兼《风》、《骚》、汉、魏、六朝而成诗圣者也。外此若沈、宋、高、岑、王、孟、元、白、韦、柳、温、李、太白、次山、昌黎、昌谷辈，犹圣门之四科，要皆具体而微。

《野鸿诗的》一一 大抵近代能自好者，五律则冠冕王、孟，五古则皮毛《文选》；然不过游览宴赏数韵而已，若夫大章大法，窃恐有待。至于乐府歌行，七言律绝，其所师承，则我不知。

施补华《岘佣说诗》二八 陶公诗一往真气，自胸中流出，字字雅淡，字字沉痛。盖系心君国，不异《离骚》，特变其面目耳。……语云："听曲识其真。"读诗亦须识其真处。后来王、孟、韦、柳，皆得陶公之雅淡，然其沉痛处，率不能至也。境遇使然，故曰："是以论其世也。"

《岘佣说诗》五一 入蜀诸诗，作游览诗者，必须仿效。盖平远山水，可以王、孟派写之；奇峭山水，须用镵刻之笔。

《岘佣说诗》五八 摩诘五言古，雅淡之中别饶华气，故其人清贵；盖山泽间仪态，非山泽间性情也。若孟公真山泽间癯矣。

《岘佣说诗》六三 孟浩然、王昌龄、常建，五言清逸，风格均与摩诘相近，而篇幅较窘。学问为之，才力为之也。

秦朝釪《消寒诗话》三三 昔王阮亭与汪苕文论诗，汪问王摩诘、孟襄阳同一时，何以人称王、孟，岂有低昂耶？阮亭曰："孟诗细味之，似不免俗。"比论亦微矣。

毛先舒《诗辩坻》卷三 襄阳歌行，便已下右丞一格，无论高、岑、崔、李也。盖全用姿胜,不复见气,但未及隽语,为能立足耳。

又　王、孟五言绝,笔韵超远,不减李拾遗。但李近浏亮,王近清疏,特差异耳。孟他体较王格小减,五言绝句,气更似胜之。

贺贻孙《诗筏》　储、王、孟、刘、柳、韦五言古诗,淡隽处皆从《十九首》中出,然其不及《十九首》,政在于此。盖有淡有隽,则有迹可寻,彼《十九首》何处寻迹?

又　唐人近陶者,如储、王、孟、韦、柳诸人,其雅懿之度,朴茂之色,闲远之神,澹宕之气,隽永之味,各有一二,足以名家,独其一段真率处,终不及陶。

又　论者谓五言诗平远一派,自苏、李、《十九首》后,当推陶彭泽为传灯之祖,而以储光羲、王维、刘昚虚、孟浩然、韦应物、柳宗元诸家为法嗣。但吾观彭泽诗自有妙悟,非得法于苏、李、《十九首》也。其诗似《十九首》者,政以其气韵相近耳。

又　诗中之洁,独推摩诘。即如孟襄阳之淡,柳柳州之峻,韦苏州之警,刘文房之隽,皆得洁中一种,而非其全。盖摩诘之洁,本之天然,虽作丽语,愈见其洁。

又　诗中有画,不独摩诘也。浩然情景悠然,尤能写生,其便娟之姿,逸宕之气,似欲超王而上,然终不能出王范围内者,王厚于孟故也。吾尝譬之:王如一轮秋月,碧天似洗;而孟则江月一色,荡漾空明。虽同此月,而孟所得者,特其光与影耳。

贺裳《载酒园诗话又编·孟浩然》　诗忌闹,孟独静;诗忌板，孟最圆。然律诗有一篇如一句者，又有上句即有下句者，往往稍涉于轻，乃知有所避乃有所犯。

又　诗格之迁，孟襄阳实其始降。（黄白山评："盛唐诸名家诗，有偏至而非通才者，如孟浩然、王昌龄皆不善七言律。王之'江上巍巍万岁楼'一首，其格更卑。诗道之升降，当就大势论，岂可以一人一时相诟病耶！"）

又　孟诗佳处只一"真"字，初读无奇，寻绎则齿颊间有馀味。若温飞卿所作歌谣，常有乍看心骇目眩，思得其旨，反索然者。此子阳修饰边幅，不及文叔之自然耳。

田雯《古欢堂集杂著》卷二　王维、孟浩然清淑散朗，窈窕悠闲，取神于陶、谢之间，而安顿在行墨之外，资制相侔，神理各足。储光羲似少逊之。元结别有风调。

又　襄阳佳处，亦整亦暇，结构别有生趣。辋川、太白，殆能兼之。

吴乔《围炉诗话》卷二　王右丞五古，尽善尽美矣，《观别者》篇可入《三百》。孟浩然五古，可敌右丞。

又　孟浩然诗宛然高士，然是一家之作。

庞垲《诗义固说》下　至唐变为近体，沈、宋、王、孟、高、岑诸公，昌明博大，自是盛世之音，未免文胜于质，故当以子美为宗子也。

方世举《兰丛诗话》　徐文长有云："高、岑、王、孟，固布帛菽粟；韩愈、孟郊、卢仝、李贺却是龙肝凤髓，能舍之耶？"此言当王、李盛行之时，真如清夜闻晨钟矣。

张谦宜《絸斋诗谈》卷三　元次山高古浑穆，有三代之遗风；韦苏州冲融朴茂，得陈子昂之精神。此二子者，并驾互参,非太白、浩然拘于清态逸韵所能颉颃也。

牟顾相《小澥草堂杂论诗》 孟襄阳诗如过雨石泉,清见鱼影。

又 唐人学陶者,储光羲、王昌龄、王维、孟浩然、韦应物、柳宗元。然昌龄气傲,宗元气惨,浩然清词丽句,有小谢之意。

乔亿《剑溪说诗》卷上 王、孟齐名,李西涯谓王不及孟,竟陵及新城先生谓孟不及王。愚谓以疏古论孟为胜,以澄汰论王为胜,二家未易轩轾。

又 右丞诗精工,襄阳诗有乱头粗服处,故说者多谓胜王。不知此乃迹耳,境地高下不在此。

又 东坡言:"孟浩然之诗,韵高而才短,如造内法酒手而无材料尔。"顾老杜诗曰:"复忆襄阳孟浩然,清诗句句尽堪传。"又曰:"赋诗何必多,往往凌鲍谢。"孟诗在子美意中,居何等也?

又 古人诗境不同,譬诸山川,杜诗如河岳,李诗如海上十洲,孟(襄阳)诗如匡卢,王(右丞)诗如会稽诸山,……此类不可悉数,惟览者自得之耳。

《剑溪说诗》卷下 陈、杜、沈、宋、二张(燕公、曲江)、王、孟、高、岑、李、杜及刘、韦、钱、郎诸家五律,虽气有厚薄,骨有重轻,并入高品,后来惟张文昌稍步趋大历。

《剑溪说诗又编》 王、孟,金石之音也。钱、刘,丝竹之音也。韦如古雅琴,其音澹泊。高、岑则革木之音。兼之者,其惟李、杜乎?

翁方纲《石洲诗话》卷一 读孟公诗,且毋论怀抱,毋论格调，只其清空幽冷，如月中闻磬，石上听泉，举唐初以来诸人笔虚笔实，一洗而空之，真一快也。

管世铭《读雪山房唐诗序例·五古凡例》 以禅喻诗，昔人所诋。然诗境究贵在悟，五言尤然。王维、孟浩然逸才妙悟，笙磬同音。并时刘昚虚、常建、李颀、王昌龄、丘为、綦毋潜、储光羲之徒，遥相应和，共一宗风，正始之音，于兹为盛。

又 五言肇兴至唐，将及千载，故其境象尤博。即以有唐一代论之：陈、张为先声，王、孟为正响。……其他一吟一咏，各自成家，不可枚举。於戏，其极天下之大观乎！

《读雪山房唐诗序例·五律凡例》 孟浩然、刘昚虚、常建三君子，臭味同源，并清庙之遗音，《广陵》之绝调也。襄阳名篇较广，遂与摩诘齐名。刘、常二君，零圭断璧，倍为可贵。

又 孟襄阳伫兴而就，摩诘、太白亦多得于自然，嘉州间出奇峭，究非倚以全力。

《读雪山房唐诗序例·论文杂言》 王、孟诗品清超，终是唐调，惟韦苏州纯乎陶、谢气息。

阙名《静居绪言》 恶乎人之以轻浮浅率之辞谓本王、孟，其亦瞽之持镜以为覆瓿器而已，乌知物色王、孟！夫诗有徐、庾，有王、孟。王、孟之诗不必谓宗法柴桑，要皆自能伐毛洗髓，固质存真，故其趣洁，其味旨，而难以工力计较。今人朝购类书，夕已狂叫吾文凌孝穆，抗兰成矣，毋怪其以轻浮浅率视王、孟也。此种病根，如能将王、孟诗复读深思之，亦不待三年之艾而可疗。

又 人以王、孟、韦、柳而连称之者，以其诗皆不事雕绘也。然其间位置自别，风趣不同。

潘德舆《养一斋诗话》卷一　钟伯敬云:“孟襄阳诗易为浅薄者藏拙。”此语令人悚然。其实浅薄者,万万不能为孟襄阳诗也。为人所欺,仍观者之浅薄耳。东坡谓襄阳诗“韵高而才短”,非东坡不敢开此口。然东坡诗病,亦只一句,盖才高而韵短,与襄阳恰相反也。

又　王、孟、储、韦、柳五家相似。予尝抄陶诗,而以五家五言古诗附之,类聚之义也。然五家亦自有高下,盖王实体兼众妙,孟、韦七古歌行,似未留意耳。若孟、韦并衡,断难轩轾。储诗朴而未厚,柳诗淡而未腴,当出孟、韦下。

陆蓥《问花楼诗话》卷一　三唐作者,无论李、杜,如王、孟之冲澹,高、岑之劲拔,韩、孟之奇奥,元、白之晓畅,皆足上薄汉、魏,下掩宋、元,故曰诗至唐而极盛。

朱庭珍《筱园诗话》卷一　纪文达公曰:“王、孟诗大段相近,而微不同。王清而远,体格高浑。孟清而切,体格俊逸。王能厚,而孟则未免浅俗,所以不及王也。渔洋于孟颇致不满,世人讶之,由但见选本诸作,未合观二集耳。学王不成,流为空腔;学孟不成,流为浅语。学者须从雄厚切实处入手,斯得之矣。”……此论极确,见解绝高,而以根柢为重,与予意合,故畅衍其说而全录之。

刘熙载《艺概》卷二　钱仲文、郎君胄大率衍王、孟之绪,但王、孟之浑成,却非钱、郎所及。

薛雪《一瓢诗话》五八　前辈论诗,往往有作践古人处。如以“高达夫、岑嘉州五七律相似,遂为后人应酬活套”。……又谓:“孟浩然似乎澹远,无缥渺幽深思致。东坡谓:‘浩然韵高而才短,如造内法酒手而无才料’,诚为知言。

后人胸无才思,易于冲口而出,孟开其端也。”此是过信眉山之说,作践襄阳语也。假如“气蒸云梦泽,波撼岳阳城”,亦冲口而出者所能道哉?

沈德潜《唐诗别裁》 孟诗胜人处,每无意求工,而清超越俗,正复出人意表。

又 清浅语,诵之自有泉流石上,风来松下之音。

又 开宝以来李太白之秾丽,王摩诘、孟浩然之自得,分道扬镳,并推极盛。(凡例)

又 过江以后,渊明诗胸次浩然,天真绝俗,当于言语意象外求之。唐人祖述者,王右丞得其清腴,孟山人得其闲逸,储太祝得其真朴,韦苏州得其冲和,柳柳州得其峻洁,气体风神,修然埃壒之外。(凡例)

传记

旧唐书孟浩然传

孟浩然,隐鹿门山,以诗自适。年四十,来游京师,应进士不第,还襄阳。张九龄镇荆州,署为从事,与之唱和,不达而卒。

新唐书孟浩然传

孟浩然字浩然,襄州襄阳人。少好节义,喜振人患难,隐鹿门山。年四十,乃游京师。尝于太学赋诗,一座嗟伏,无敢抗。张九龄、王维雅称道之。维私邀入内署,俄而玄宗至,浩然匿床下,维以实对,帝喜曰:“朕闻其人而未见也,何惧而匿?”诏浩然出。帝问其诗,浩然再拜,自诵所为,至“不才明主弃”之句,帝曰:“卿不求仕,而朕未尝弃卿,奈何诬我?”因放还。采访使韩朝宗约浩然偕至京师,欲荐诸朝。会故人至,剧饮欢甚,或曰:“君与韩公有期。”浩然叱曰:“业已饮,遑恤他!”卒不赴。朝宗怒,辞行,浩然不悔也。张九龄为荆州,辟置于府,府罢。开元末,病疽背卒。

后樊泽为节度使,时浩然墓庳坏,符载以笺叩泽曰:“故处士孟浩然,文质杰美,殒落岁久,门裔陵迟,丘陇颓没,永怀若人,行路慨然。前公欲更筑大墓,阖州搢绅,闻风竦动。而今外迫军旅,内劳宾客,牵耗岁时,或有未遑。诚令好事者乘而有之,负公夙志矣。”泽乃更为刻碑凤林山南,封宠其墓。

初,王维过郢州,画浩然像于刺史亭,因曰浩然亭。咸通中,刺史郑諴谓贤者名不可斥,更署曰孟亭。

开元、天宝间,同知名者王昌龄、崔颢,皆位不显。

唐才子传孟浩然传

浩然,襄阳人。少好节义,诗工五言。隐鹿门山,即汉庞公栖隐处也。四十游京师,诸名士间尝集秘省联句。浩然曰:“微云淡河汉,疏雨滴梧桐。”众钦服。张九龄、王维极称道之。维待诏金銮,一旦私邀入,商较风雅,俄报玄宗临幸,浩然错愕,伏匿床下,维不敢隐,因奏闻,帝喜曰:“朕素闻其人，而未见也。”诏出，再拜，帝问曰：“卿将诗来耶？”对曰：“偶不赍。”即命吟近作，诵至“不才明主弃，多病故人疏”之句，帝慨然曰：“卿不求仕，朕何尝弃卿，奈何诬我？”因命放还南山。后张九龄署为从事。开元末，王昌龄游襄阳，时新病起，相见甚欢，浪情宴谑，食鲜勤疾而终。

古称祢衡不遇，赵壹无禄。观浩然磬折谦退，才名日高，竟沦明代，终身白衣，良可悲夫！其诗文采丰茸，经纬绵密，半遵雅调，全削凡近。所著三卷，今传。王维画浩然像于郢州，为浩然亭。咸通中，郑諴谓贤者名不可斥，更名曰“孟亭”，今存焉。

序

孟浩然集序〔一〕　　唐宜城王士源

孟浩然字浩然，襄阳人也。骨貌淑清，风神散朗，救患释纷，以立义表；灌蔬艺竹，以全高尚。交游之中，通脱倾盖，机警无匿，学不为儒，务掇菁藻；文不按古，匠心独妙。五言诗天下称其尽美矣。间游秘省，秋月新霁，诸英华赋诗作会，浩然句曰：“微云淡河汉，疏雨滴梧桐。”举坐嗟其清绝，咸阁笔不复为继。丞相范阳张九龄、侍御史京兆王维、尚书侍郎河东裴朏、范阳卢僎、大理评事河东裴总、华阴太守郑倩之〔二〕、守河南独孤策〔三〕，率与浩然为忘形之交。山南采访使本郡守昌黎韩朝宗，谓浩然间代清律，置诸周行，必咏穆如之颂，因入秦，与偕行，先扬于朝，与期，约日引谒。及期〔四〕，浩然会寮友，文酒讲好甚适。或曰：“子与韩公预诺而怠之，无乃不可乎！”浩然叱曰：“仆已饮矣〔五〕，身行乐耳，遑恤其佗！”遂毕席不赴。由是间罢，既而浩然亦不之悔也，其好乐忘名如此！

士源佗时尝笔赞之，曰：“导漾挺灵，寔生楚英，浩然清发，亦其自名！”开元二十八年，王昌龄游襄阳，时浩然疾疹发背，且愈，相得欢甚，浪情宴谑，食鲜疾动，终于冶城南园〔六〕，年五十有二，子曰仪甫〔七〕。

浩然文不为仕，伫兴而作，故或迟；行不为饰，动以求真，故似诞；游不为利，期以放性，故常贫。名不继于选部〔八〕，聚不盈于担石，虽屡空不给，而自若也。

士源幼好名山，行年十八，首事陵山，践止恒岳，咨求通玄丈人。又过苏门，问道隐者元知运〔九〕。太行采药，经王屋小有洞。太白习隐诀，终南修《亢仓子》九篇。天宝四载徂夏，诏书征谒京邑，与冢臣八座讨论，山林之士麕至，始知浩然物故，嗟哉！未禄于代，史不必书，安可哲踪妙韵从此而绝？故详问文者，随述所论美行嘉闻，十不纪一。浩然凡所属缀，就辄毁弃，无复编录，常自叹为文不逮意也。流落既多，篇章散逸，乡里购采，不有其半。敷求四方，往往而获，既无他事为之传次，遂使海内衣冠搢绅，经襄阳思睹其文，盖有不备见而去，惜哉！

今集其诗二百一十八首，分为四卷〔一〇〕，诗或缺逸未成，而制思清美，及他人酬赠，咸录次而不弃耳。

〔一〕本文明活字本、汲古阁本与底本基本相同，惟宋本、藻翰斋本与之出入较多，但大都无关宏旨，仅择其与浩然作品、行止有关者，加以校勘,馀从略。

〔二〕“华阴太守郑倩之”,宋本作“华茫太守荣阳郑倩之”。

〔三〕“守河南独孤策”,宋本、藻翰斋本作“太守河东独孤册”。

〔四〕“及”,宋本、藻翰斋本作“后”。

〔五〕“浩然会寮友”至“仆已饮”,宋本为“□□□□□□□”七字阙文,藻翰斋本则作“浩然叱曰业已倾”七字。

〔六〕“食鲜”,宋本、藻翰斋本同。清碧琳瑯馆重刊本作“食鳝”,恐非是。“冶城”,底本作“治城”,误。藻翰斋本作“冶城”,是。宋本无此二字,亦甚合理。

〔七〕宋本作“年五十,有子仪甫”。

〔八〕“名不继于选部”,宋本作“名劣系于选部”,藻翰斋本作“名不系于选部”。“选部”,清碧琳瑯馆重刊本作“选郡”,误。

〔九〕“又过苏门,问道隐者元知运”,宋本、藻翰斋本无“又”字,“元”作“左”。

〔一〇〕“分为四卷”,宋本作“别为士类,分上中下卷”。藻翰斋本作“别为十类,分上中下”。陈振孙《直斋书录解题》云:“《孟浩然集》三卷,唐进士孟浩然撰,宜城王士源序之。凡诗二百一十八首,分为七类,太常韦滔为之重序。”看来唐本原为三卷,“四卷”盖为明人所分。至于类别,宋蜀刻本之“士类”,盖为“七类”之误,而藻翰斋本之“十类”或亦“七类”之误欤?

重序

宜城王士源者,藻思清远,深鉴文理,常游山水,不在人间。著《亢仓子》数篇,传之于代。余久在集贤,常与诸学士命此子,不可得见。天宝中,忽获《浩然文集》,乃士源为之序传,词理卓绝,吟讽忘疲,书写不一,纸墨薄弱。昔虞坂之上，逸驾与驽骀俱疲；吴灶之中，孤桐与樵苏共爨，遇伯乐与伯喈，遂腾声于千古。此诗若不遇王君，乃十数张故纸耳。然则王君之清鉴，岂减孙、蔡而已哉。余今缮写，增其条目，复贵士源之清才〔一〕，敢重述于卷首〔二〕。谨将此本，送上秘府〔三〕，庶久而不泯，传芳无穷。天宝九载正月初三日，特进行太常卿礼仪使集贤院修撰上柱国沛国郡开国公韦滔叙。

〔一〕"贵"，宋本、藻翰斋本无。

〔二〕"重"，宋本、藻翰斋本作"自"。

〔三〕"秘"上，宋本有二字阙文。